BASTEI LÜBBE

DIE URZEIT-SAGA

William Sarabande

LAND AUS EIS

DIE GROSSEN JÄGER

Ins Deutsche übertragen
von Bernhard Kempen

BASTEI LÜBBE

BASTEI-LÜBBE-TASCHENBUCH
Band 13 432

Erste Auflage:
Februar 1993
Zweite Auflage:
Oktober 1993
Dritte Auflage:
Februar 1994
Vierte Auflage:
Mai 1995

Deutsche Lizenzausgabe 1993
Bastei-Verlag Gustav H. Lübbe
GmbH & Co., Bergisch Gladbach
Originaltitel: Beyond the Sea of Ice
Lektorat: Wolfgang Neuhaus/
Reinhard Rohn
Titelillustration: Hans Hauptmann
Umschlaggestaltung:
Quadro Grafik, Bensberg
Satz: KCS GmbH,
Buchholz/Hamburg
Druck und Verarbeitung:
Brodard & Taupin, La Flèche,
Frankreich
Printed in France

ISBN 3-404-13432-X

Der Preis dieses Bandes
versteht sich einschließlich der
gesetzlichen Mehrwertsteuer.

Für Lyle

Personen

Torkas Stamm

Torka –	Jäger der Eiszeit aus Sibirien, 20 Jahre alt
Umak –	Torkas Großvater und Herr der Geister, mit 45 Jahren bereits ein alter Mann
Egatsop –	Torkas Frau, 18 Jahre alt
Kipu –	Torkas Sohn, 5 Jahre alt
Lonit –	Mädchen aus Torkas Stamm, 12 Jahre alt und fast schon eine Frau

Galeenas Stamm

Galeena –	Häuptling eines Stammes aus dem Osten
Ai –	Galeenas Lieblingsfrau
Manaak –	Jäger in Torkas Alter
Iana –	Manaaks Frau
Ninip –	kleiner Junge
Naknaktup –	ältere Frau
Oklahnoo –	ältere Frau

Supnahs Stamm

Supnah –	Häuptling des Stammes
Karana –	Supnahs Sohn
Navahk –	Zauberer

Tiere

Wollhaariges Mammut – Großer elefantenähnlicher Pflanzenfresser mit langen, gebogenen Stoßzähnen und dickem rötlichem Fell, Schulterhöhe bis zu fünf Meter.

Riesenwolf (Direwolf) – Eiszeitlicher Wolf, größer und schwerer als heutige Wölfe.

Säbelzahntiger – Raubkatze mit langen, dolchartigen Eckzähnen, erreichte etwa die Größe des heutigen Afrikanischen Löwen, hatte jedoch stärkere Vorder- und kürzere Hinterbeine.

Schneehuhn – Kleiner Vogel, kaum größer als heutige Wachteln.

Kurzschnauzenbär – Eiszeitlicher Bär mit gedrungenem Gesicht, etwa um ein Drittel größer als heutige Bären, vorwiegend Fleischfresser.

Teratornis – Geierähnlicher Kondor mit einer Flügelspanne von mehr als vier Metern.

PESCH
NORDPOLARMEER
Diomedes-Inseln
SIBIRIEN
ALASKA
Bering-Landbrücke
Tundra
ASIEN
PAZIFISCHER OZEAN
NORDAMERIKA
Küstenverlauf in der Eiszeit
Heutiger Küstenverlauf
Gletscher
TORKAS WELT DER EISZEIT

TEIL 1

DER DÄMON

1

Da war etwas draußen in der Nacht – etwas Großes. Es war lautlos und furchterregend.

Der Jäger blieb unvermittelt stehen und lauschte. Alle seine Sinne waren angespannt und signalisierten Gefahr.

Der junge Mann war hochgewachsen und kräftig, doch vom langen Winter ausgezehrt und erschöpft, und so war er bereit, vor der Gefahr zu fliehen.

Schon seit Stunden spürte er, daß irgend etwas ihn mit der Erbarmungslosigkeit des Todes durch die endlose Dunkelheit der arktischen Winternacht verfolgte. Zweimal war er umgekehrt, um nach Spuren zu suchen, doch der Wind verhinderte, daß sie sich lange auf der gefrorenen, schneebedeckten Tundra hielten.

Er hob den Blick und sah Schneeschleier, die vor den bläulich schimmernden Nordlichtern tanzten. Dabei entdeckte er den einsamen Felsgrat, der sich wie die Nase eines toten Riesen aus der flachen Tundra erhob.

Ohne zurückzublicken, wechselte er die Richtung. Alinak und Nap würden ihm folgen, wie sie es schon während der letzten Tage getan hatten. Sie wußten, daß man sich auf seinen Jagdinstinkt verlassen konnte, denn er war Torka, und unter seinen Ahnen gab es viele Herren der Geister. Alinak und Nap hatten bestimmt längst schon bemerkt, daß er sich auf dem hohen Felsgrat in Sicherheit bringen wollte, wo sie zumindest einen kleinen Vorteil gegenüber ihrem unheimlichen Verfolger hätten.

Auf dem Felsgrat angelangt, blieb Torka stehen und blickte über die schneeverwehte Landschaft zurück. Er entdeckte seine beiden Begleiter, zwei windgebeugte Gestalten, die allmählich im Eisnebel sichtbar wurden und ihm über den Rücken des Grats folgten. Mit ihrer Fellkleidung und den Geweihen, die aus den Kapuzen hervorragten, sahen sie wie halb menschliche, halb tierische Alptraumwesen aus.

Aber dies war kein Traum. Dies war das Zeitalter des Eises. Mindestens vierzigtausend Jahre würden noch vergehen, bis andere Jäger dieses Land Sibirien nennen würden. Dann würde es hier Wälder geben und andere Rassen von Menschen und Tieren. Doch jetzt war es nur eine wilde, trostlose Ebene, in der allein die klagenden Stimmen des Windes und der Riesenwölfe zu hören waren.

Über den hohen, eisbedeckten Gebirgszügen im Osten vergoldete das erste Licht der Dämmerung den Himmel. Es war noch schwach, warf jedoch schon graue und violette Schatten über das Land, das seit Monaten kein Sonnenlicht mehr gesehen hatte. Die Zeit der langen Dunkelheit war vorbei. Nach dem längsten und härtesten Winter, den Torka je erlebt hatte, kehrte die Zeit des Lichtes zurück.

Seine zwei Begleiter hatten ihn eingeholt. Genauso wie

Torka waren sie durch dicke Kleidung vor dem Wetter geschützt. Ihre Unterwäsche war aus der weichen Haut von Karibukälbern gefertigt. Hosen aus Hundefell hielten die Eiseskälte des arktischen Windes ab. Darunter trugen sie Strümpfe aus Hirschleder, das die Frauen weich wie Samt gekaut hatten, und darüber Gamaschen aus Bisonfell, die kreuzweise über kniehohe, pelzgefütterte Stiefel mit dreifacher Sohle geschnürt waren. Die äußere Kleidung bestand aus einer Jacke aus Karibuleder und einem Mantel aus Karibufell.

Es gab nichts Wärmeres als das Fell eines im Winter erlegten Karibus. Die Haare dieser rentierähnlichen Tundrabewohner waren viel kürzer als die der Moschusochsen oder Bisons, doch sie bestanden aus winzigen, luftgefüllten Röhrchen, die einen wirksamen Schutz gegen die tödliche Kälte der Arktis bildeten. In solchen Fellen konnte ein Jäger sich fast unbegrenzte Zeit in der Tundra aufhalten. Die Männer waren bereits seit drei Tagen unterwegs, doch selbst die wärmste Kleidung konnte sie nicht vor Erschöpfung oder Hunger schützen – oder vor Fehlern.

Besorgt betrachtete Torka die Geweihe seiner Begleiter. Es war ein Sakrileg, das Jagdzeichen anzulegen, bevor die Beute gesichtet war. Sein eigener Jagdumhang steckte noch zusammengerollt in seiner Rückentrage, aus der die Geweihstangen wie ein Flügelskelett herausragten.

Plötzlich dröhnte ein tiefes Grollen über die Tundra. Wieder war Torka augenblicklich alarmiert. Die drei Jäger fuhren herum und versuchten, die Richtung zu bestimmen, aus der das Geräusch gekommen war. Das Heulen der Riesenwölfe zwischen den Gebirgsgletschern verstummte. Auch sie schienen bemerkt zu haben, daß dieses Geräusch nicht das Donnern einer Lawine war.

Das tiefe Grollen stammte von einem Lebewesen, das sich irgendwo dort draußen befand. Durch das Schneegestöber war noch nichts zu erkennen, doch das Wesen war so groß und so schwer, daß seine Schritte den Boden der Tundra erzittern ließen. Dann nahmen die Jäger seine Witterung auf. Doch bevor sie den Geruch in der klirrenden Kälte identifizieren konnten, hatte der Wind den warmen Hauch schon wieder davongetragen.

Die Jäger warteten regungslos, doch das Geräusch wiederholte sich nicht. Nap und Alinak lief vor Hunger das Wasser im Mund zusammen, und ihre Mägen knurrten. Anders als Torka hatten sie keine Gefahr gespürt, denn ihre Sinne waren vor Erschöpfung so abgestumpft, daß sie bereits zu sehen glaubten, wonach sie verzweifelt suchten: endlose Herden von Karibus, die von den Bergen kamen und nach Osten zogen, wo sie ihre Kälber zur Welt bringen würden.

Die Herden waren schon lange überfällig. Wie jedes Jahr hatte der Stamm sein Winterlager an einem der Wanderwege der Karibus aufgeschlagen und darauf vertraut, daß die Herden zurückkommen würden, bevor es zu einer Hungersnot kam. Zum Schutz gegen die grausamen Stürme der langen Dunkelzeit hatten sie Gruben ausgehoben, über denen sie gewölbte Dächer aus Mammutrippen und Bisonfell errichteten. Der Hungermond war auf- und wieder untergegangen, aber die Karibus waren nicht zurückgekehrt.

Selbst die ältesten Stammesmitglieder konnten sich an keinen strengeren Winter erinnern. Es hatte zwar eine kurze Tauwetter-Periode gegeben, dann aber war die Kälte zurückgekehrt, und Stürme aus dem Norden hatten sie überfallen wie ausgehungerte Wölfe. Trotz des Wetters waren die Männer Tag für Tag auf die Jagd gegangen, doch jedesmal kamen sie mit leeren Händen zurück. Bald waren ihre Vorräte aufgebraucht. Die Frauen suchten vergeblich die Fallen ab, während ihre Brüste bald keine Milch mehr gaben und die Säuglinge vor Hunger schrien.

In den Knochenzäunen, welche die Halbwüchsigen zu Beginn der Dunkelzeit aufgestellt hatten, verfingen sich keine Schneehühner mehr. Teenak, die jüngste Frau des Häuptlings, hatte ein Opfer für die Geister gebracht und ihr neugeborenes Kind ausgesetzt. Aus Mitgefühl hatten die Himmelsgeister das Baby mitgenommen. Nun konnte es in der Geisterwelt darauf warten, bis Teenak es noch einmal zur Welt brachte, wenn die Zeiten besser waren. Zwei weitere Frauen waren Teenaks Beispiel gefolgt, doch die Karibus blieben trotzdem aus.

Vor drei Tagen wurden die Jäger des Stammes ausgeschickt, um nach den Herden zu suchen, die ihre Lebensgrundlage bildeten. Sie ernährten sich nicht nur vom schmackhaften Fleisch der Karibus, sondern nutzten auch die Felle als Kleidung, die Geweihe, Knochen und Sehnen für die verschiedenartigsten Werkzeuge und das Fett für die Öllampen. Ohne das Karibu konnten sie nicht überleben.

Alinak und Nap starrten hinaus in das Zwielicht und versuchten zu erkennen, was Torka zu einem so plötzlichen Halt veranlaßt hatte. Er mußte die Karibus entdeckt haben. Als Torka auf den Grat zugerannt war, hatten die Männer hoffnungsvoll ihre Jagdsymbole angelegt. Sie waren überzeugt, daß er sie zu einer erhöhten Stelle führte, von der sie auf ihre Beute blicken konnten.

Nap hielt mit seinem Handschuh den Knochenschaft des Speeres fest umklammert. Er kniff seine schwarzen Augen über den hohen, runden Wangenknochen zu schmalen Schlitzen zusammen und sah sich bereits auf dem Rückweg zum Winterlager, mit vollem Bauch und unter der Last frischen Fleisches gebeugt. Alinak dachte dasselbe wie sein Bruder. Fast glaubte er, schon den säuerlichen, dampfenden Karibudung zu riechen und ihn körnig und glitschig zwischen seinen Handschuhen zu spüren; dann würde er mit dem Dung seine Kleidung beschmieren, um den Geruch seiner Beute anzunehmen, bevor er sich zusammen mit Torka und Nap an die Herde anschlich.

Die Brüder nickten sich zu und bestätigten sich gegenseitig ihre unausgesprochenen Gedanken. Ihre Fähigkeit, sich ohne einen Laut miteinander verständigen zu können, war ein sechster Sinn, den alle Jäger und Raubtiere besaßen, deren Überleben davon abhing, in Gruppen zu jagen. Jedes Wort, jeder Laut, würde die Beute aufmerksam machen und die anderen Jäger in ihrer Konzentration stören, während sie sich an das Wild heranpirschten.

Es waren der Hunger und die Erschöpfung, die Nap zum Sprechen verleiteten. Er selber bemerkte es erst, als der Wind seine Stimme zurücktrug und ihm das Wort ins Gesicht wehte . . .

»Karibu . . .«

Die Tragweite seines Verstoßes war ihm sofort klar. Erschrocken hielt er die Luft an, doch es war zu spät. Das Wort war gesprochen und wurde vom Wind davongetragen.

Torka und Alinak waren entsetzt. Nap hatte gerade eines der ältesten Tabus der Tundra gebrochen. Wenn man einer Sache einen Namen gab, hauchte man ihr damit den Lebensgeist ein. Und Lebensgeister hatten ihren eigenen Willen. Wenn sie ohne die entsprechende Zeremonie geweckt wurden, fühlten sie sich entehrt, und sie würden versuchen, sich zu rächen, indem sie den Frevler mit dem Hungertod bestraften oder sich in Dämonen verwandelten, die über ihn herfielen und zerfleischten.

Nap spürte die finsteren Blicke seiner Begleiter. Torka mußte ihm nicht sagen, daß er einen unverzeihlichen Fehler begangen hatte, der sie alle das Leben kosten konnte. Selbst wenn sie jemals lebend ins Winterlager zurückkehren sollten, hätte Nap seinen Ruf als Jäger für immer verspielt. Doch Torka konnte ihm nicht lange böse sein, denn auch er war erschöpft und kurz vor dem Verhungern. In dieser Situation hätte jeder von ihnen die Beherrschung verlieren und das Tabu brechen können. Doch falls Nap tatsächlich einen Dämon heraufbeschworen hatte, konnte es sich nicht um jenes Wesen handeln, das sie bereits seit Stunden verfolgte.

Torka hielt Messer und Speer bereit. Er spürte einen bitteren Geschmack in der Kehle, als er sich an die Worte Umaks erinnerte, seines Großvaters, der ihn aufgezogen und ihm beigebracht hatte zu jagen, nachdem seine Eltern getötet worden waren. *Wenn ein Mann dem Tod nahe ist, brennt in seinem Auge ein helles Licht. Nur wenn er sich diesem Licht stellt, kann seine Seele den Tod überwinden.*

Torka spürte, wie das Licht tief in seinem Auge brannte und sein Sehvermögen beeinflußte. Die Welt wurde weiß und grell wie das Fell eines großen weißen Bären. *Wir haben den Wind im Rücken,* dachte er. *Das Wesen dürfte unsere Witterung bereits aufgenommen haben. Wenn es ein Bär ist, wird er verrückt vor Hunger sein, nachdem er monatelang nur vom eigenen Fett gelebt hat. Selbst auf dem Felsgrat sind wir nicht vor ihm sicher.*

Er wurde unruhig und wünschte sich, sein Großvater wäre jetzt bei ihm. Alinak und Nap waren erfahrene Jäger, aber wenn der alte Mann an seiner Seite war, fühlte Torka sich unbesiegbar. Doch Umak hatte sich vor einiger Zeit bei der Jagd auf eine Steppenantilope das Bein verletzt. Jetzt hielt er sich in Torkas Erdhütte im Winterlager auf, zusammen mit Torkas Frau Egatsop, dem neugeborenen Kind und ihrem kleinen Sohn Kipu.

Besorgt dachte Torka an den kleinen Jungen, der von Tag zu Tag blasser und schwächer wurde. Nein, er durfte sich nicht von einem unsichtbaren Tier Angst einjagen lassen, dessen Fleisch seinen Sohn und den Stamm vor dem Verhungern retten könnte. Doch wenn es nun ein Dämon oder ein Bär war?

Als Kind hatte Torka einmal mitansehen müssen, wie sein Vater von den Pranken eines großen weißen Bären zerfetzt wurde. Das Tier war später seinen Wunden erlegen, sein Fleisch hatte die Überlebenden des Stammes lange ernährt, aber der Bär hatte zehn Speere zerfetzt und die Seelen dreier Jäger und einer Frau, Torkas Mutter, mit in die Geisterwelt genommen.

Die Erinnerung ließ ihn neuen Mut schöpfen und seine Angst vergessen. Umak hatte sich dem Bären entgegengestellt und den todbringenden Wurf angebracht. Und er war der Sohn von Umaks Sohn. Auch er war verrückt vor Hunger, nachdem er monatelang nur von kärglicher Nahrung gelebt hatte.

Der Wind ließ nach, als der Morgen über der Tundra anbrach und die Schrecken der Dunkelheit verbannte. Torka suchte nach einem Bären, den es nicht gab, und Nap und Alinak warteten darauf, daß ein Dämon Gestalt annehmen und über sie herfallen würde. Doch vor ihnen breitete sich nur die vertraute leere Tundra aus, die am Horizont von Bergen begrenzt wurde. In der Ferne glitzerte ein kleiner See wie ein gefrorener Edelstein. Er lag am Fuß einer Endmoräne, die zweifellos während der letzten Tauperiode entstanden war. Am Rand des Sees war etwas auf dem Eis zu erkennen. Größe und Farbe ließen keinen Zweifel zu: Es war ein blutiger Kadaver.

Die Jäger atmeten auf. Die Schrecken der Nacht und alle Vorsicht waren vergessen, als sie erkannten, daß sie genug Nahrung gefunden hatten, um sich satt zu essen, und sogar noch mehr als genug für den hungernden Stamm.

Torka lachte. Sein Instinkt hatte ihn in die Irre geführt, und die Bestie, die ihn in der Nacht verfolgt hatte, war seine eigene Angst gewesen.

»Seht ihr es auch?« fragte Alinak leise, als ob er seinen eigenen Augen nicht traute.

»Ich sehe es!« bestätigte Torka und gab dem, das dort offensichtlich tot und gefroren im Eis lag, einen Namen. »Mammut!«

Nap zuckte zusammen, doch Torka klopfte ihm auf die Schulter. Nap hatte zwar ein Tabu gebrochen, doch es schien, als ob die Geister noch einmal darüber hinwegsehen würden.

Die Jäger kletterten den Felsgrat hinunter und machten sich auf den Weg zum See. Sie segneten den Geist, der das Mammut während der letzten Tauperiode in die Irre geführt und in den Schlamm getrieben hatte. Als es sich aus eigener Kraft nicht mehr befreien konnte, mußte es verhungert und festgefroren sein.

Unterwegs sangen die Männer aus Dankbarkeit für die Geister. Obwohl das Fleisch des Mammuts bitter schmeckte, weil dieser Riese sich in der Hauptsache von Fichtenzweigen ernährte – der Hunger wühlte in ihren Eingeweiden, und sie waren nicht wählerisch. Es interessierte sie auch nicht, warum das Mammut seinen Lebensraum in den Hügeln am Fuß der Berge verlassen hatte. Das Fleisch war für sie wie ein unverhofftes Geschenk der Geister.

Atemlos erreichten sie den See und blieben vor dem Kadaver des Mammuts stehen. Es war eine große Kuh. Sie lag auf der Seite, und zwei Beine und der größte Teil des riesigen Kopfes steckten im Eis. Eigentlich hätten die Männer argwöhnisch sein müssen, weil offensichtlich kein Raubtier den Kadaver angerührt hatte, doch der Hunger ließ sie alle Vorsicht vergessen.

Mit dem Wind hatte auch die Kälte etwas nachgelassen, obwohl die Lufttemperatur hier im Schatten der Moräne immer noch unter dem Gefrierpunkt lag. Das lange Fell des Mammuts war zu Eiszapfen gefroren. Es würde die Jäger viel Kraft kosten, sich durch das Fell zu hacken, um an das Fleisch zu gelangen. Doch sie machten sich sofort an die Arbeit.

Sie sprangen auf den Rücken des Giganten und schlitzten Haut und Fell mit den Speeren auf. Dann arbeiteten sie mit ihren Messern weiter. Doch ihre Begeisterung wurde gedämpft, als sie die gefrorenen Fleischstücke auslösten und nur das Blut heraussaugen konnten. Das Fleisch des Mammuts würde bis zur nächsten Tauperiode steinhart bleiben. Sie benötigten bessere Werkzeuge, um genügend Fleisch herauszuschneiden, das sie ins Lager bringen konnten. Dazu mußten sie zuerst ein paar Stammesmitglieder zu Hilfe holen und jemanden zurücklassen, der den Kadaver gegen Raubtiere verteidigte.

Als die Jäger auf dem Rücken des Mammuts hockten und überlegten, wer von ihnen gehen und wer bleiben sollte, fiel plötzlich ein Schatten über sie. Zunächst achteten sie nicht darauf, denn sie nahmen an, daß lediglich der Schatten der Moräne länger geworden war.

Torka hatte als erster das beunruhigende Gefühl, beobachtet zu werden. Er blickte auf – und starrte in das Auge des Todes.

Der Mammutbulle, der hinter ihnen stand, hatte eine Schulterhöhe von beinahe sechs Metern. Seine Stoßzähne, die aus mehr als einer halben Tonne Elfenbein bestanden, waren fast so lang wie das Tier selbst. An den Spitzen waren sie abgestumpft, weil der Bulle mit diesen gewaltigen Stoßzähnen den Boden der Tundra durchwühlt, aber auch während der Brunftzeit viele Kämpfe bestanden hatte.

Torka stand auf. Das also war das Tier, das sie in der Nacht verfolgt hatte. Seine Instinkte hatten ihn also nicht im Stich gelassen. Doch niemals hätte er es für möglich gehalten, daß ein Lebewesen so groß und so bedrohlich sein könnte. Es war wie ein böser Traum aus den Erzählungen der alten Männer am Lagerfeuer während der Winterdunkelheit. Im Vergleich zu dieser Bestie erschien Torka sogar der große weiße Bär wie ein schwächlicher Schneehase.

Instinktiv wußte Torka, daß der Bulle der Gefährte der Kuh war, von deren Fleisch sie gegessen hatten. Er war es auch gewesen, der die Raubtiere vom Kadaver vertrieben hatte.

Der riesige Kopf des Mammuts senkte sich und pendelte vor und zurück. Alinak und Nap kauerten sich ängstlich zusammen. Dann bäumte es sich plötzlich auf, sein langer Rüssel hob sich und trompetete ihnen wütend entgegen.

Im nächsten Augenblick war der Koloß bereits über ihnen. Die drei Männer griffen nach ihren Speeren, sprangen vom Kadaver hinunter und flüchteten, schlitterten das Eis des Seeufers entlang, um sich in Sicherheit zu bringen. Doch es gab keine Sicherheit.

Torka hörte Alinaks Schrei, der mit einem erstickten Würgen abbrach. Torka und Nap konnten sich seinen grausamen Tod vorstellen, doch keiner von ihnen blickte sich um. Für Alinak kam jede Hilfe zu spät.

Nap rannte dicht neben Torka. »Lauf weg, Torka!« stieß er schluchzend hervor. »Es ist mein Dämon. Er hat es auf mich abgesehen. Lauf zum Felsgrat! Ich werde ihn ablenken!«

»Wir bleiben zusammen!« rief Torka, obwohl er wußte, daß Nap recht hatte. Wenn sie sich trennten und im Zickzack liefen, konnten sie das Tier vielleicht verwirren und sich beide in Sicherheit bringen. Es war das größte Mammut, das er je gesehen hatte, aber Torka wußte, daß es ein Tier aus Fleisch und Blut war und kein Dämon. Und Mammuts konnten nicht klettern. Dieses Wissen gab ihm die Kraft, schneller zu laufen, und er hätte den Felsgrat rechtzeitig erreicht, wäre Nap nicht plötzlich ausgeschert und zum See zurückgerannt, dem Mammut entgegen.

»Nein!« schrie Torka. »Bleib bei mir! Wir sind fast da!«

Doch Nap blieb stehen und beobachtete, wie das Mammut ihm langsam entgegentrabte. An seinen Stoßzähnen und Beinen klebte Alinaks Blut. Es hielt den Kopf gesenkt und den Blick starr auf Nap gerichtet. Dann schnaufte es und beschleunigte seinen Schritt.

Torka stand wie angewurzelt. »Lauf, Nap! Lauf weg!«

Doch Nap verharrte. Regungslos stand er vor dem angreifenden Mammut und hob seinen Speer erst im letzten Augenblick, als ihm der stinkende Atem des Tieres entgegenschlug und ihm klar wurde, daß es kein Dämon, sondern ein sterbliches Wesen war, wie er selbst. Er schrie und wandte sich zur Flucht, doch es war zu spät, denn das Mammut hatte ihn bereits mit dem Rüssel gepackt. Naps Speer blieb, ohne Schaden anzurichten, im zotteligen roten Fell des Tieres hängen. Dann warf ihn das Mammut zu Boden und zertrampelte ihn.

Torka konnte sich vor Entsetzen nicht rühren. Das Trompeten des Siegers über jene, die den Körper seiner Gefährtin geschändet hatten, fuhr ihm durch Mark und Bein und weckte tief in ihm einen lodernden Zorn, wie er ihn nie zuvor verspürt hatte und der seine Augen mit einem brennenden weißen Licht füllte.

Das Mammut starrte ihn aus seinen tückischen kleinen Augen haßerfüllt an. Der gewaltige Rüssel hob sich, und der riesige Körper schwankte. Es stampfte mit dem Fuß auf, daß die ganze Welt zu erbeben schien.

Doch Torka blieb ruhig. Er hatte jetzt keine Angst mehr, er spürte nur noch Haß. Er wußte, daß er nicht mehr fliehen konnte, und wartete. Das Licht in seinen Augen brannte hell. Er dachte wieder an Umaks Worte. *Nur wenn der Jäger sich diesem Licht stellt, kann seine Seele den Tod überwinden.*

Torka stellte sich dem Tod. Er hielt den Speer wurfbereit in der Hand und wartete. Als das Mammut schließlich angriff, lief er nicht davon. Mit einem Schrei stürmte er ihm entgegen.

2

Der Schrei des Jägers zerriß die Stille des arktischen Morgens. Er hallte über die schneeweiße Tundra, die im grellen Sonnenlicht lag.

Aber die Sonne schien nicht. Am Morgenhimmel hatte sich nur kurz die Dämmerung gezeigt, und dann war der Tag schon wieder vorbei gewesen. Es gab auch keinen Jäger, sondern nur einen alten Mann, der in der Erdhütte schreiend aus seinen Träumen erwachte.

»Seht nur! Sie kommen! Der Stamm wird nicht verhungern!«

Vor Freude erhob sich der alte Mann von seiner schmalen Matratze, einer Lederplane auf dem Fußboden der kleinen Hütte, geflickten Eingeweiden als Polsterung und einem Haufen abgenutzter Karibufelle. Unter dem wasserdichten Schutz war der Dauerfrostboden zu Matsch geschmolzen, doch der alte Mann spürte weder die Feuchtigkeit noch die Kälte. Seit dem Tod seiner Frau hatte er die Gewohnheit angenommen, in seiner Kleidung zu schlafen. Jetzt schwitzte er vor Aufregung unter der Karibufelljacke und der aus Fuchsschwänzen zusammengenähten Weste.

Vor seinen Augen zogen die Karibuherden vorbei. Ihre alljährliche Frühlingswanderung hatte endlich begonnen, und bald würden die Jäger mit genügend Nahrung für alle zurückkehren.

Der alte Mann fuhr sich mit der Zunge über die spröden Lippen und schmeckte das köstliche Karibufett darauf. Er stützte seine dünnen, aber noch kräftigen Hände auf die Matratze und spürte das Hufgetrappel der Herde, die aus den Schluchten der Berge zurückkehrte, wo sie Zuflucht vor den Stürmen der Dunkelheit gesucht hatte.

Dann aber verwandelte sich das Geräusch der Hufe in einen anderen, tieferen Ton. Der alte Mann war verwirrt und neigte lauschend den Kopf zur Seite, während er versuchte, seinen Traum festzuhalten. Das Geräusch hatte etwas Bedrohliches, obwohl es aus weiter Ferne kam. Dann war es verschwunden, und der alte Mann hörte nur noch die grollende Stimme seines eigenen Hungers. Seine Eingeweide zogen sich schmerzhaft zusammen. Seit einem ganzen Monat hatte er keine richtige Mahlzeit mehr gehabt und seit drei Tagen überhaupt nichts mehr gegessen.

»Umaks Bauch spricht durch seinen Mund«, sagte die leise Stimme der Frau voller Verachtung.

Er zuckte vor Scham zusammen, als ihn der Blick der Frau traf. Also hatte er sie wieder einmal geweckt, als er hinausschrie, was er in seinen Wunschträumen zu sehen glaubte.

»Wenn wir Umaks Träume essen könnten, wären wir alle dick und fett«, sagte sie und blickte ihn aus kalten, schwarzen Augen an.

Ihre Worte verletzten seinen Stolz. Hatte er nach seiner Jugend nun auch seine Würde verloren? Wie konnte er Egatsop beschämen, indem er ihr zeigte, wie sehr er unter dem Hunger litt, während sie – zu Recht – seinen Anteil vom Rest des Vorrats aß, der für die Familie gedacht war?

Umak konnte sie in der Dunkelheit kaum erkennen. Sie saß im Schneidersitz auf der Matratze und hatte sich eine Felldecke über den Kopf gezogen, die ihre kleine, gedrungene Gestalt wie ein Zelt umhüllte. Ihr Mann war nicht da. Das Neugeborene lag an ihrer Brust, während ihr Sohn Kipu neben ihr schlief.

In der Feuermulde zersprang ein Stein in der Hitze. Dadurch sackte die Glut aus Knochen und Dung zusammen, und in der Asche öffnete sich ein Lichtspalt, der dem Gesicht der Frau einen rotgoldenen Schimmer verlieh. Trotz seines unverhohlenen Hasses mußte Umak sich eingestehen, daß Egatsop eine hübsche junge Frau war.

Ein zweiter Stein zersprang mit einem lauten Knall, der den Säugling weckte. Er quengelte eine Weile, bis er schließlich, an Egatsops Brust nuckelnd, wieder einschlief.

Egatsop starrte den alten Mann noch immer vorwurfsvoll an. »Alle Jäger sind zurückgekommen, aber ohne Fleisch. Alle bis auf Torka, Alinak und Nap. Wenn sie nicht bald etwas zu essen bringen, werden meine Brüste austrocknen, und diesem Kleinen wird es genauso ergehen wie den anderen . . . die den Wölfen oder wilden Hunden überlassen wurden . . .«

»Die Jäger werden zurückkommen, und sie werden Fleisch mitbringen! Deine Brüste werden nicht austrocknen!«

»Hast du das in deinen Träumen gesehen, Herr der Geister?«

»Das habe ich.« Es ärgerte ihn, daß sie seinen Rang auf diese Weise verspottete. Einst hatte es geheißen, daß er, Umak, der größte Jäger von allen sei, daß er mit den Geistern der Tiere sprechen und den Herden befehlen könne, zu kommen oder zu gehen. Doch in diesen Tagen wurde ihm – wie auch dem Rest des Stammes – schmerzhaft bewußt, daß er niemandem mehr befehlen konnte, vor allem nicht der Zunge dieser Frau.

»Alte Männer sehen viele Dinge«, sagte sie mit einem verächtlichen Schnaufen. »Aber sie sehen nicht mehr mit der Klarheit der Jugend, sonst wären sie draußen mit den

Jägern unterwegs und würden nicht anderen die Nahrung wegnehmen, wenn sie nicht mehr selber für sich sorgen können.«

»Ich werde wieder jagen. Mein Bein ist fast verheilt.«

»Fast ist nicht gut genug. Torka jagt für dich. Torka wird immer für dich jagen. Und er wird einem alten Mann das geben, was eigentlich seiner Frau und seinen Kindern zusteht.«

Umak empfand ihre Worte als ungerecht. Mit fünfundvierzig war er das älteste Mitglied des Stammes. Er wußte, daß viele ihn für einen Greis hielten, aber er fühlte sich nicht alt. Auch ein junger Mann konnte bei der Jagd auf eine Steppenantilope ausrutschen und sich das Knie verstauchen. Als seine Frau gestorben war und er niemanden mehr hatte, der für ihn sorgte, war er einverstanden gewesen, den Rest der langen Dunkelzeit in Torkas Hütte zu verbringen. Egatsop hatte ihn deutlich spüren lassen, daß sie den neuen Mitbewohner nicht mochte, doch er hatte dafür gesorgt, daß die Hälfte seines Anteils an Nahrung, Wasser und Fellen an sie und die Kinder ging. Als Torka protestierte, hatte er einfach behauptet, er würde nicht so viel benötigen. Seitdem Torka vor drei Tagen aufgebrochen war, hatte er auf alles verzichtet, damit Egatsop nicht die Milch für den Säugling ausging.

Als Umak sie daran erinnerte, knurrte sie ihn nur an. Schließlich hielt sie ihm vor, daß es seine Pflicht wäre, auf seine Nahrung zu verzichten. »Du hättest deine Seele schon längst den Stürmen übergeben sollen, alter Mann. Torka ist viel zu freundlich zu dir gewesen. Das ist seine große Schwäche. Doch jetzt hat der Häuptling gesagt, wenn Torka und die anderen nicht bald zurückkehren, müssen wir das Lager abbrechen und ohne sie auf Nahrungssuche gehen. Wie willst du die Wanderung überstehen, alter Mann, wenn Torka dir nicht hilft? – Diese Frau wird es nicht tun!«

Zum ersten Mal im Leben spürte Umak die Last seiner Jahre. Alle seine Kinder waren tot, wie auch die letzte seiner Frauen. Sein Enkel Torka war der einzige, der ihn daran erinnerte, daß sie jemals gelebt hatten. Torka, der kleine Kipu und das Baby. Die Kinder liebte er fast genauso wie Torka. Er wußte, daß seine Liebe für sein Enkelkind in den Jahren zu einem Band geworden war, das ihn nun zu erwürgen drohte. Wenn Torka nicht zurückkehrte, würde Egatsop sich einen anderen Mann nehmen und Umak aus der Erdhütte verjagen. Niemand würde sich in diesen Hungertagen noch um einen nutzlosen alten Mann kümmern, der nicht mehr jagen konnte. Nur die Stärksten durften überleben. Für die Alten, die Schwachen und die Kinder, die keinen Nutzen für den Stamm hatten, gab es keinen Platz.

Die Verzweiflung durchfuhr den alten Mann wie ein kalter und grausamer Wind. Er war nicht alt und schwach! Es brauchte einige Zeit, bis sein Bein verheilt war, aber es würde heilen. Das Knie war lediglich verstaucht; er humpelte nur noch ein wenig. Schon bald würde er so stark sein wie immer.

»Wir werden bald aufbrechen«, sagte Egatsop leise, um Kipu und den Säugling nicht zu wecken. »Wenn Torka zurückkommt, wird er für dich sorgen, Herr der Geister. Er wird viele Meilen an deiner Seite gehen und seine Kraft verbrauchen. Er wird Umak Nahrung geben, die eigentlich den Mündern dieser Frau und dieser Kinder zusteht. Torka wird dafür sorgen, daß jemand, der kein Recht darauf hat, trotzdem überlebt. Inzwischen werden wir verhungern, weil Torka bald nicht mehr die Kraft zum Jagen hat.«

Umak schämte sich, denn er wußte, daß sie die Wahrheit sagte und daß auch die anderen Mitglieder des Stammes Torkas Güte als Schwäche betrachteten.

Sie verfiel in einen leisen Singsang und wiegte das

schlafende Baby in den Armen. »Du saugst mir alle meine Kraft aus, Kleines. Es ist nicht mehr viel Milch für dich da. Wenn die Jäger nicht bald zurückkommen, werden wir weiterziehen. Aber hab keine Angst. Schlafe! Träume! Dann wirst du an einem Ort sein, wo die Geister deinen Hunger stillen. Träume davon! Und sei nicht traurig, denn diese Frau wird dich in besseren Tagen noch einmal auf die Welt bringen.«

In der Ferne war das Bellen eines wilden Hundes zu hören. Egatsop zuckte zusammen und horchte. »Er ist immer noch da. Gestern kam er so nahe, daß er fast in die Fallen getreten wäre, die die Frauen ihm gestellt haben. Aber er ist klug und vorsichtig. Wir werden einen besseren Köder brauchen, damit er seine Vorsicht vergißt.«

Umak legte eine Felldecke über seine knochige Schulter. Er zitterte. Er wußte, was Egatsop damit sagen wollte.

Sie wiegte den Säugling, der leise wimmerte. »Wenn du der Köder wärst, würde er kommen. Ja, solange du noch Kraft zum Weinen hast. Wenn der Hund groß genug ist und richtig zerlegt und zubereitet wird, könnte er uns viele Tage lang ernähren. Der ganze Stamm würde Lobgesänge für dich singen, und diese Frau wäre stolz auf dich!«

»Frau, du wirst den Abkömmling dieses Mannes nicht an wilde Hunde verfüttern!«

»Es ist Torkas Kind, nicht deins, alter Mann!«

»Torka wird es nicht erlauben!«

»Torka ist nicht da! Und selbst wenn er hier wäre, wüßte er, was zu tun ist. Torka hat das Lager verlassen, bevor das Neugeborene alt genug war, um einen Namen zu bekommen. Ohne Namen hat es keine Seele. Es sieht nur aus, als ob es leben würde. Wenn der Stamm sich auf den Weg zu neuen Jagdgründen macht, wird diese Frau all ihre Kraft brauchen, um ihr Gepäck zu tragen. Egatsop wird nicht die einzige Frau sein, die ihr Baby den Geistern überläßt. Sieh mich nicht so an, alter Mann! Du weißt, daß ich die Wahrheit spreche. Egatsop kann nur dann neue Babys machen, wenn sie stark genug ist. Sei froh, daß ich nicht so gefühllos wie die Frau des Häuptlings bin. Sie hat behauptet, daß die Geister die Seele und den Körper des Kleinen genommen haben, aber das ist nicht wahr. Teenak selbst hat den Körper ihres Neugeborenen genommen. Ihre Familie hat viele Tage lang davon gegessen.«

Umak ließ den Kopf hängen. Er, der in seiner Jugend einen großen weißen Bären erlegt und im hohen Alter noch eine Steppenantilope mit bloßen Händen getötet hatte, konnte Egatsops Worte nicht ertragen. Warum verabscheute er diese Frau, die doch nur praktisch dachte? Torka wurde von jedem Mann des Stammes beneidet, daß er Egatsop besaß. Alles, was sie gesagt hatte, war richtig – richtig, ehrlich und praktisch. Außerdem war sie stark und er nur ein alter und schwacher Mann, lebensuntüchtiger als der seelenlose Säugling, den sie an ihrer Brust hielt.

Sie sah seine Qual und lächelte. Ihre Zähne waren klein, scharf und gleichmäßig, doch sie verletzte ihn mit ihren Worten. »Geh jetzt, alter Mann! Verfüttere deine Seele an die Dunkelheit des Winters, bevor Torka zurückkommt und dich zurückhält. Geh! Geh, und diese Frau schwört, daß sie diesen Kleinen so lange säugen wird, wie noch Milch in ihren Brüsten ist! Bleib, und diese Frau schwört, daß sie das, was sie in ihren Armen hält, den wilden Hunden als Köder vorwirft! Geh! Mach deiner Schande ein Ende!«

Er nahm weder Waffen noch Vorräte mit, als er die Erdhütte verließ. Er ging nur mit der Kleidung, die er am

Leibe trug, und den Stiefeln, die er vor dem Schlafengehen nicht ausgezogen hatte. Er hüllte sich in das schwere Bisonfell, das ihm so lange als Reisemantel gedient hatte. Er trug es nicht als Schutz gegen die Kälte, sondern um seine Schande zu verbergen.

Draußen vor der Erdhütte blickte er hinaus auf eine Landschaft, die im blaßblauen Schein des Nordlichts lag und so wild, unbarmherzig und schön war wie Torkas Frau.

Er konnte nur hoffen, daß Torka noch lebte, daß er mit Alinak und Nap bereits auf dem Rückweg zum Winterlager war und reiche Beute mitbrachte.

Aber nicht für Umak. Er würde nie wieder essen.

Er machte sich auf den Weg und ging an den Erdhütten vorbei, in denen der Stamm Zuflucht vor der beißenden Kälte des Windes gesucht hatte. Niemand war draußen, doch er hörte ihre Stimmen. Es waren die Stimmen des Lebens, das nun hinter ihm lag. Die Zukunft gehörte diesen kleinen Familien, Egatsop und ihren Kindern und Torka, falls er noch lebte. Er, Umak, war jetzt nur noch Vergangenheit.

Es fiel ihm schwer, die Endgültigkeit dieser Wahrheit anzuerkennen. Er hatte es sich immer viel leichter vorgestellt. Falls er nicht auf der Jagd starb, würde er eines Tages aufwachen und wissen, daß er alt war. Dann würde seine Seele nach Erlösung streben, und er würde seine letzte Reise antreten, wie es schon so viele vor ihm getan hatten. Aber er hatte noch keinen Frieden mit dem Tod gemacht. In seinem alten Körper war die Seele eines jungen Mannes gefangen.

Aus der letzten Hütte kam eine weibliche Gestalt. Es war Lonit. Trotz ihrer dicken Kleidung erkannte er sie sofort wieder. Obwohl sie noch ein Kind war, überragte sie bereits die meisten Frauen des Stammes.

Sie hatte den Unterschlupf ihrer Familie verlassen, um

einen der Lederrriemen, mit denen die Dachbedeckung auf den Mammutrippen befestigt war, wieder festzuzurren. Als sie Umak sah, hielt sie inne. Instinktiv erkannte sie seine Absicht.

Der alte Mann spürte den Blick ihrer ungewöhnlichen Augen, die so sanft und braun wie die einer Antilope waren. Außerdem besaßen sie nicht jene Lidfalten, die bei den Frauen und Mädchen des Stammes als Schönheitsmerkmal angesehen wurde. Er wußte, daß eins ihrer fremdartigen Augen grün und blau von den letzten Prügeln ihres Vaters war. Es war ein Wunder, daß das Mädchen so lange überlebt hatte. Seit dem Tod ihrer Mutter war sie von der ganzen Familie schlecht behandelt worden, was zweifellos mit ihrem merkwürdigen Aussehen zu tun hatte. Viele meinten sogar, daß ihr Vater Kiuk ein so häßliches Mädchen niemals hätte am Leben lassen dürfen. Doch Kiuk war ein guter Jäger, und was er mit seinen Frauen machte, war seine Angelegenheit.

Umak hatte immer Mitleid mit ihr gehabt. Sie war ein starkes, robustes und duldsames Kind, das vor allem zu den ganz Jungen und Alten immer sehr freundlich war. Für einen Augenblick dachte er, daß sie ihn ansprechen und zurückhalten würde. Doch damit hätte sie ihm seine letzte Würde genommen. So sah das Mädchen nur regungslos zu, wie Umak schweigend an ihr vorbeihumpelte.

Dann hatte er das Lager hinter sich gelassen und machte sich auf seine letzte Reise. Der Tod wartete auf ihn. Es würde das Beste für sie alle sein.

»Wo ist Umak?'

Der kleine Kipu war aufgewacht und vermißte seinen Urgroßvater. Der alte Mann hatte Kipu versprochen, Knochen mit ihm zu werfen. Es war ein Spiel, das die

Erwachsenen mit zugespitzten Knochenstücken spielten. Im ganzen Stamm war Umak der Beste im Knochenwerfen.

Der Junge runzelte nachdenklich die Stirn. Sein Vater fehlte ihm; er war schon sehr lange auf der Jagd. Kipu setzte sich auf und rieb sich die Augen. Seine Mutter hatte einen merkwürdigen Gesichtsausdruck, so ausdruckslos und flach wie ein oft benutzter Kochstein. Kochsteine sahen stark und fest aus, als würden sie ewig halten. Aber wenn man sie zu dicht ans Feuer brachte, konnten sie platzen, dachte Kipu und blickte seine Mutter an.

»Wann kommt Torka zurück?«

»Bald«, antwortete sie mit einer Bestimmtheit, die keinen Zweifel ließ.

Die Falte auf Kipus Stirn vertiefte sich. Seine Mutter sprach nur deshalb mit so sicherer Stimme, weil sie in Wirklichkeit gar nicht sicher war. So verhielt sie sich immer, wenn sie Angst hatte. Kipu ließ den Blick durch das Halbdunkel der Erdhütte schweifen. Sie hatten nicht einmal mehr genug Fett für die Öllampen. Inbrünstig sehnte er sich nach dem Ende des Winters. Wenn es doch nur schon Sommer wäre!

»Umak hat versprochen, mir zu zeigen, wie man eine Antilope jagt«, sagte er. »Wenn die lange Dunkelzeit vorbei ist, wird Kipu alt genug sein zu lernen, wie ein Mann zu jagen.«

»Umak ist gegangen, um seine Seele dem Wind zu überlassen.«

Kipu legte den Kopf auf die Seite. »Wann kommt er zurück?«

»Er wird nicht zurückkommen.«

Das Kind starrte mit leerem Blick vor sich hin. Kipu war erst fünf Jahre alt, aber er war unter den Nomaden der Tundra zur Welt gekommen und aufgewachsen. In der Ferne heulte ein wilder Hund. Kipu lauschte und verstand, was Umak getan hatte und warum. Der Junge hatte Tränen in den Augen. Er bewunderte seinen Urgroßvater und würde ihn sehr vermissen, aber er würde nicht um ihn weinen. Er war Torkas Sohn und Umaks Nachkomme. Eher hätte er seine Hand ins Feuer gestoßen, als daß er geweint hätte.

Egatsop beobachtete ihn und wartete auf Tränen oder ein anderes Zeichen der Schwäche. Sie war erleichtert, daß das Kind nur vor sich hin starrte und schwieg. Sie wußte, wie hart es für den Jungen war. Der Säugling an ihrer Brust regte sich, und obwohl Umak es ihr niemals geglaubt hätte, mußte sie ein Gefühl der Zärtlichkeit niederkämpfen, das sie zu überwältigen drohte. Wenn sie diesen Säugling aussetzen mußte, konnte sie sich solche Gefühle nicht leisten. Der Kummer würde sie schwächen, und sie konnte Torka und Kipu nicht mehr die volle Aufmerksamkeit widmen.

Torka! Beinahe hätte sie vor Sehnsucht seinen Namen gerufen. Wo war ihr Mann? Warum war er immer noch nicht zu ihr zurückgekehrt?

3

Blut und Schmerzen waren Torkas einzige Wahrnehmungen, als er benommen und verwirrt erwachte.

Wo war er? Warum war er allein? Er konnte sich an einen Sonnenaufgang erinnern, aber jetzt war es dunkel und kalt. Der Wind wehte mit einem monotonen Heulen über die Tundra. Er lauschte, lange Zeit, denn zu nichts anderem war er imstande. Jede Bewegung schmerzte, jeder Gedanke, jeder Atemzug. Vorsichtig sog er die Luft ein, wie ein zu heißes Getränk.

Dann wurde sein Durst stärker als der Schmerz. Er lag mit dem Gesicht nach unten; seine Wange war halb am Boden festgefroren, und im Mund schmeckte er die Tundra: Sie war wie das blutige Fleisch eines lebendig gehäuteten Wesens. Er blinzelte und blickte durch blutverkrustete Wimpern in die Ferne. Plötzlich war ihm alles wieder gegenwärtig.

Das Mammut.

Der Tod von Alinak und Nap.

Und sein eigener Tod. Er erinnerte sich wieder an seinen wütenden Angriff. Mit erhobenem Speer war er direkt auf das Mammut zugelaufen. Als es seinen Kopf gesenkt hatte, war er auf einen seiner Stoßzähne gesprungen. Als es den Kopf hochwarf, um ihn abzuschütteln, hatte er sich am Fell festgeklammert und immer wieder mit dem Speer zugestoßen, bis das Mammut ihn abgeschüttelt hatte. Er flog im hohen Bogen wie ein Stein, der aus einer Schlinge abgeschossen wird, und prallte mit der Gewißheit auf den Boden, daß er sterben würde.

Er konnte es kaum fassen, aber er war noch am Leben, wie ihm der quälende Schmerz bewies. Sein Instinkt sagte ihm, daß das Mammut nicht mehr da war. Warum hatte es ihn nicht getötet wie Alinak und Nap?

Die Erkenntnis kam ihm, als er aufzustehen versuchte und mit schmerzverkniffenen Augen den Boden unter sich sah. Was er geschmeckt hatte, war tatsächlich das blutige Fleisch eines lebendig gehäuteten Wesens. Es waren die blutigen Überreste dessen, was einst Nap gewesen war. Die Wärme seines zermalmten Körpers hatte den bewußtlosen Torka vor dem Erfrieren bewahrt. Nachdem das Mammut ihn auf Nap geschleudert und dessen Blut an seinem eigenen Körper gerochen hatte, war diese Bestie überzeugt gewesen, Torka wäre ebenfalls tot. Das Mammut hatte sich an ihm gerächt und war weitergezogen. Als Torka aufstand, sah er, daß sich seine Handschuhe in Naps blutigen Eingeweiden verheddert hatten. Würgend wandte er sich ab, und beinahe wäre er in Ohnmacht gefallen. Nap hatte ihm an diesem Tag zweimal das Leben gerettet. Wenn Torka zum Winterlager zurückkehrte, würde er Lobgesänge zu Naps Ehren anstimmen. Naps Frau konnte bei all ihrem Kummer stolz sein, dafür würde er sorgen.

Doch er hatte noch einen langen Weg vor sich. Der Wind wurde stärker, und ein dünner Wolkenschleier verbarg die Polarlichter. Es war eine dunkle, kalte Welt, in der Torka sich nun auf den Rückweg ins Winterlager machte.

Stunden vergingen, während er sich Meile um Meile voranschleppte. Er war schwach und hatte große Schmerzen. Mehrmals mußte er anhalten, um sich auszuruhen. Feiner, trockener Schneefall setzte ein, als er zum ersten Mal die Spuren des Mammuts kreuzte. Er stapfte weiter, während ihm klar wurde, daß es den Weg zurückverfolgte, auf dem die drei Männer vor Tagen vom Winterlager aufgebrochen waren.

Stöhnend trieb Torka sich voran und kämpfte gegen die Schwäche und den Schmerz. Er kannte die Absicht des Mammuts. Der arme, törichte Nap hatte recht gehabt. Dieses Mammut war kein Tier, es war ein Dämon, und sein Zorn war noch nicht befriedigt. Es würde der Fährte der Jäger bis zum Lager des Stammes folgen und sie alle töten.

Umak wanderte allein durch die Nacht. Er wollte nicht wissen, wie lange er schon unterwegs war oder wie weit er sich schon vom Lager entfernt hatte. Diese Dinge sollten jetzt keine Bedeutung mehr für ihn haben. Doch er wußte es ganz genau und hätte den Weg zurück ins Lager mit verbundenen Augen mitten im Schneesturm gefunden. Sein Knie schmerzte, aber nicht so stark, wie er befürchtet hatte. Offensichtlich war es tatsächlich schon fast verheilt.

Das ist jetzt ohne Bedeutung. Jetzt ist die Zeit des Todes, nicht des Lebens und des Heilens. Für Umak existieren diese Dinge nicht mehr.

Er ging immer weiter und wunderte sich über seine Ausdauer. Obwohl er alt und halb verhungert war, spürte er keine Müdigkeit. Er ging im langsamen, gemessenen Schritt des Nomaden, dessen Füße ihn schon rund um den Polarkreis getragen hatten.

Er blickte hinauf zum bewölkten Himmel. Harte Schneekörner, nicht größer als Staubteilchen, stachen ihm ins Gesicht. Der Wind wurde zwar stärker, aber es würde keinen Sturm geben. In ein paar Stunden mußte der Himmel wieder klar sein. Dann würde sich Eiseskälte über die Tundra legen – lebensgefährlich für jeden, der sich nicht dagegen schützte.

Vor ihm erhob sich ein flacher, zerklüfteter Tundrahügel. Er würde einem alten Mann einen schönen Ausblick bieten, während er sich dem Wind aussetzte und auf den Tod wartete.

Umak bestieg den Hügel und setzte sich. Der Wind kam und erzählte ihm von vielen Dingen, von vergangenen Jagden und von Frauen, die seinen Stolz geteilt hatten, von Kindern, die seit langem tot waren, von allem – nur nicht vom Sterben. Ihm war nicht einmal kalt. Er kam auf die Idee, sich nackt auszuziehen. Das würde den Tod sicherlich beschleunigen, doch er empfand es als entwürdigend, sich zu Tode zu zittern, während seine Knochen sich unter der Haut abzeichneten und alle Geister sehen konnten, daß Umak unter seiner Kleidung nicht mehr der Mann war, der er einmal gewesen war.

Er schnaubte, riß sich zusammen und begann, seinen Lebensgesang zu singen. Der Wind würde ihn in die Geisterwelt tragen, wo der Tod ihn hören und wissen würde, daß es Zeit war zu kommen. Es hieß, daß Umak nicht mehr imstande war, die Geister der Tiere zu beschwören. Aber er wäre ein erbärmlicher Herr der Geister, wenn er nicht einmal mehr den Geist seines eigenen Todes rufen könnte.

Er sang ununterbrochen. Er versuchte, Tonhöhe und Rhythmus dem Lied des Windes anzupassen, doch es gelang ihm nicht ganz. Als er keine Worte mehr hatte, sang er nur noch Töne. Allmählich wurde es ihm langweilig. Vielleicht langweilte er auch den Tod. Dieser Gedanke ärgerte ihn. Immerhin war er Umak! Welcher Jäger konnte sich mit verwegeneren Taten brüsten als er? Der Tod sollte beeindruckt sein! Doch selbst der größte Herr aller Geister der Arktis konnte seinen Lebensgesang nur mit einer begrenzten Anzahl von Geschichten füllen. Wie viele Bären konnte ein Mann in einem Leben bezwingen, wie viele Säbelzahntiger oder wie viele Bisons in ihren riesigen Herden? Trotz seiner ungewöhnlichen Tapferkeit war er letztlich doch nur ein Mensch. Was erwartete der Tod von ihm? Er konnte sich doch keine Geschichten ausdenken, um seinen Lebensgesang zu verlängern. Es war ein Tabu, das kein Mensch brechen durfte, sollte seine Seele nicht von den Winden zerstreut werden. Er dachte eine Weile darüber nach, bis ihm die Idee kam, daß dem Tod seine Geschichten vielleicht so gut gefielen, daß er sie noch einmal wiederholen sollte.

Umak tat es mehrere Male. Aber statt des Todes lockten seine Gesänge einen wilden Hund an. Es war dasselbe Tier, das bereits seit Tagen um das Winterlager herumgeschlichen war. Umak war nicht überrascht, daß das Tier erschien. Der Hund war klug genug gewesen, den Fallen zu entgehen, die Egatsop und die anderen Frauen ihm gestellt hatten. Als er entdeckte, wie ein einsamer Jäger das Lager verließ, hatte er ihn zweifellos als leichte Beute eingeschätzt und verfolgt.

Es war ein großes, wolfähnliches Tier mit einer Maske aus schwarzem Fell um die hellblauen Augen. Es näherte sich gegen den Wind, damit seine Beute keine Witterung aufnahm. Doch Umak hatte es längst bemerkt. Dennoch rührte er sich nicht, sondern saß im Schneidersitz da, die Hände auf den Knien mit den Innenflächen nach oben, und blickte zum weiten, bewölkten Gewölbe des Himmels hinauf. Er lächelte.

Dieser alte Mann wird keine leichte Beute für dich, Bruder Hund. Bevor du über Umak herfallen kannst, hat er dir sämtliche Knochen gebrochen und saugt das Mark heraus, um die Flamme seines eigenen Lebens zu nähren.

Er sprach die Worte nicht aus. Dennoch schien der Hund verstanden zu haben, daß er auf der Hut sein mußte. Er hielt den Kopf gesenkt und hatte den Schwanz zwischen die Beine geklemmt. Er beobachtete Umak und wartete, daß die unbewegliche Gestalt erste Zeichen der Schwäche erkennen ließ.

Umak wollte ihm diesen Gefallen nicht tun und rührte sich nicht von der Stelle. Aus den Augenwinkeln sah er, daß der Hund sich auf die Hinterbeine gesetzt hatte. Er war sehr groß, doch seine unverhältnismäßig langen Gliedmaßen und seine schlaksigen Bewegungen verrieten, daß er noch ein junger Rüde war. Vermutlich war er von seinem Rudel verstoßen worden, nachdem er sich leichtsinnigerweise mit dem Leithund der Gruppe angelegt hatte. Umak wußte nicht sehr viel über Hunde. Er vermutete, daß sie ähnlich wie Wölfe sehr gesellige Tiere waren, die in Rudeln jagten und deren Überleben von der Gruppe abhing. Ein plötzliches Gefühl von Mitleid für den Hund erinnerte Umak schmerzlich an seine eigene Lage. Ob jung oder alt, ob Mensch oder Tier, niemand hatte auf sich allein gestellt große Überlebenschancen.

Nicht daß Umak am Überleben gelegen war. Er war entschlossen zu sterben. Jetzt bewegte er sich zum ersten

Mal und blickte über die Schulter zum Hund hinüber. Vielleicht gefiel es den Geistern, seinen Lebensgesang auf diese Weise zu beantworten. Er hatte schließlich den Tod gerufen. Vielleicht war dieser wilde Hund mit der schwarzen Maske und den blauen Augen ein Bote der Geister.

Umak schnaubte. Das Geräusch kam so unvermittelt, daß Mensch und Hund gleichermaßen erschraken.

Der Hund war knurrend aufgesprungen. Die zwei Ausgestoßenen starrten sich an. Beim Anblick des knochendürren Tieres, seiner fleischfarbenen, vernarbten Nase und der wundschorfigen Ohren wurde Umak plötzlich wütend.

»Dieser alte Mann hat nicht so lange gelebt, um von einem Hund gefressen zu werden! Umak verdient einen besseren Tod!« Damit sprang er auf die Beine, wedelte mit den Armen und stürmte heulend auf den Hund zu.

Erschrocken fuhr das Tier herum und verschwand in der Nacht, als wäre es niemals hier gewesen.

Der alte Mann blickte ihm lange nach. Er fragte sich, ob es ein Geschöpf aus Fleisch und Blut oder ein Geist gewesen war. Doch die deutlichen Spuren im Schnee ließen keinen Zweifel. Außerdem würde der Hund sehr bald zurückkommen. In der Zwischenzeit stattete er vermutlich dem Winterlager einen Besuch ab. Umak mußte an Egatsop und ihr Versprechen denken, das Neugeborene nicht den Stürmen auszusetzen. Er fragte sich, ob der wilde Hund sich vom Fleisch der Kinder ernährt hatte, deren Mütter nicht so umsichtig gehandelt hatten wie die Frau des Häuptlings.

Seine Hände verkrampften sich. Er wünschte, er hätte den Hund getötet. Wenn er nur seine Speere oder wenigstens ein Messer mitgenommen hätte! Wenn der Hund zurückkam, würde er ihn mit bloßen Händen töten. Vielleicht wäre der Tod dann nicht mehr von seinen

Geschichten gelangweilt und würde auf ehrenhaftere Weise zu ihm kommen als in der Gestalt eines abgemagerten Köters.

Aber der Hund kam nicht zurück. Umak stellte erstaunt fest, daß er das Tier vermißte. Was würde als nächstes kommen? Er zuckte mit den Schultern. Was immer es auch war, er würde sich dem Gegner stellen, selbst wenn er sich, wie Umak fürchtete, heimlich anschlich und ihn im Schlaf überraschte.

Er stieg wieder den Hügel hinauf und setzte sich. Der Wind hatte sich abgeschwächt, und es schneite nicht mehr. Noch vor wenigen Augenblicken war der Himmel bewölkt gewesen, jetzt aber konnte Umak die Sterne sehen. Er begann noch einmal mit seinem Lebensgesang. Es war sehr kalt. Er würde langsam erfrieren, und seine Seele würde sich aus dem Gefängnis aus Haut und Knochen lösen, an das sie seit seiner Geburt gefesselt war. Das würde ein annehmbarer Tod sein. Allmählich wurde er müde. Doch seine dicke Kleidung und der Windschutz aus Bisonfell waren warm und bequem. Damit hatte er schon viele Winterstürme auf offener Tundra überstanden. Es war nicht sehr wahrscheinlich, daß er auf diese Weise erfrieren würde.

Also warf er sie ohne weitere Umstände fort. Der Wind schnitt durch seine Unterkleidung und biß tief in seine Haut wie die Zähne eines wilden Hundes. Die eiskalte Luft brannte in seinen Lungen, und er dachte: *Dieser alte Mann wird jetzt endlich sterben! Und der Tod wird im Schlaf kommen!*

Er setzte sich wieder und wartete auf den Tod. Die Zeit verstrich. Es war zu kalt zum Singen oder zum Schlafen. Er dachte, daß er die Zeit vielleicht besser mit einem Geistertanz vertreiben könnte. Die Bewegung würde seinen Kreislauf anregen, so daß ihm wärmer wurde, bis endlich der Tod kam und er zusammenbrach. Er versuchte es, doch nach einer Weile tat ihm sein Knie weh, und er kam sich albern vor, ohne Zuschauer zu tanzen.

Er hockte sich wieder hin, um zu warten. Seine Gliedmaßen wurden allmählich gefühllos. Sein Penis schrumpfte, und seine Hoden zogen sich in die warme Höhle zurück, aus der sie einst gekommen waren, als er noch ein kleiner Junge war. Er dachte an seine Kindheit, die plötzlich gar nicht mehr so lange zurückzuliegen schien. Erinnerungen kamen, und die Vergangenheit war ihm viel näher als die Zukunft.

Die Zeit verging, aber Umak starb nicht. Allmählich wurde ihm klar, daß er sich nicht einfach widerstandslos der Kälte aussetzen konnte, nachdem er sein ganzes Leben lang gegen sie gekämpft hatte. Er hüllte sich wieder in das Bisonfell, damit er schlafen konnte. Vielleicht würde mit dem Schlaf dann auch der Tod kommen. Ohne seine Karibujacke, die Fuchsschwanzweste und die Hosen war ihm unter dem Bisonmantel immer noch kalt, aber er konnte wenigstens schlafen.

Von Zeit zu Zeit erwachte er und mußte feststellen, daß er immer noch lebte. Dann knurrte er verärgert und schlief wieder ein.

Kurz vor der Dämmerung spürte er, daß der Tod näher kam und ihn rief. Doch bevor er antworten konnte und seine Seele ihm folgen konnte, wurde er von einem Knurren geweckt.

Der wilde Hund war zurückgekommen und mußte ihn schon seit Stunden beobachtet haben. Umak verfluchte ihn.

»Du dummes Tier! Dieser alte Mann wollte gerade in die Geisterwelt übergehen! Hättest du nicht solange warten können? Dann wäre meine Seele jetzt frei, und du könntest dich über meine nutzlosen Knochen hermachen! Doch jetzt hast du es verpatzt. Du wirst diesen alten Mann nicht fressen, solange er noch lebt!«

Der Hund lauschte auf seine Worte. Er hielt den Kopf gesenkt, hatte die Ohren angelegt und die Zähne gefletscht. Sein tiefes Knurren klang bedrohlich.

Umak knurrte zurück. »*Aar* . . . verschwinde! Wenn du mir zu nahe kommst, wird dieser alte Mann *dich* fressen!«

Der Hund rührte sich nicht. Er knurrte immer noch. Doch Umak ließ sich davon nicht einschüchtern. Das Tier war vermutlich genauso schwach wie der halb verhungerte Mann, den es sich als Beute ausgesucht hatte. Umak wußte aus Erfahrung, daß man die Drohung eines Hundes erwidern mußte. Er stand auf und hüllte sich in das Bisonfell, so daß er doppelt so breit wirkte. Er knurrte den Hund erneut an und gab ihm damit einen Namen.

»*Aar* . . .«

Und der Hund antwortete ihm, wich aber nicht zurück. *Aarrr* . . .«

Umak ärgerte sich. Solange der Hund da war, konnte seine Seele den Körper nicht verlassen. Er bückte sich und hob einen Stein auf, den er nach dem Tier warf. Er hatte gut gezielt, und der Hund rannte jaulend davon. Aber jetzt keuchte der alte Mann vor Anstrengung. Also war er doch geschwächt und dem Tode nahe. Plötzlich hatte er Angst, weil ihm klar wurde, daß er nicht sterben wollte.

Er sammelte seine Kleidungsstücke ein, zog sie wieder an und lief los. Es war ihm egal, wohin er ging. Er würde einfach so lange weiterlaufen, bis er umfiel. Dann würde der Hund, der ihn natürlich immer noch verfolgte, über ihn herfallen. Da er noch jung war, hatte er mehr Ausdauer als ein alter Mann. Dann würde der Tod kommen, den er gerufen hatte, den er aber nicht mehr wollte.

Der alte Mann und der Hund entdeckten gleichzeitig den Kadaver, der offenbar von Wölfen zurückgelassen worden war. Sie stürmten los, und Umak spürte, daß der Hunger ihm neue Kraft verlieh. Er lief wie ein junger Mann und versuchte, den Hund mit Gesten und Rufen zu vertreiben. Eingeschüchtert beobachtete das Tier, wie Umak über die Reste der Steppenantilope herfiel. Er schluchzte vor Erleichterung, als er das Fleisch hinunterschlang und erkannte, wie sehr er noch am Leben hing.

Er aß und aß und bemerkte zunächst gar nicht, daß der Hund ihm Gesellschaft leistete. Irgendwann blickte er auf und sah das Tier, das auf der ihm abgewandten Seite vom Kadaver fraß. Ihre Blicke trafen sich, und der Hund hielt inne. Seine Haltung war unterwürfig. Umak konnte es sich nicht erklären, aber er verspürte kein Verlangen, den Hund zu vertreiben. Während er weiteraß, fragte er sich, ob die Geister ihm dieses halbverhungerte Tier geschickt hatten, um ihm zu sagen, daß sie seinen Tod noch nicht wollten.

Er zog sich zurück, als sein Hunger gestillt war, und beobachtete den Hund nachdenklich. Jetzt war er stark genug, um das Tier mit einem Steinwurf zu töten. Außerdem war die Gelegenheit günstig, denn der Hund war nicht auf der Hut. Umak könnte viele Tage von seinem Fleisch essen. Er könnte es sogar zum Stamm bringen und Egatsop beweisen, wie sehr sie sich in ihm getäuscht hatte. Die Erinnerung an die Frau erfüllte ihn mit Abscheu. *Nein*, dachte er, *das Fleisch dieses Hundes wird ihren Bauch nicht füllen. Der Stamm hat diesen alten Mann ausgestoßen. Aber du hast Umak den Lebenswillen zurückgegeben. Nun, wo wir vom selben Fleisch gegessen haben, sind wir von einem Fleisch, Bruder Hund. Und Umak wird niemals das Fleisch seines Bruders essen.*

Er erhob sich und blickte auf den Hund hinunter. Der Hund erwiderte Umaks Blick, musterte den Menschen. Er spürte, daß sich etwas in dem Mann verändert hatte. In seiner Haltung war eine neue Kraft und Entschlossenheit. Von ihm ging jetzt keine Drohung mehr aus. Der Mensch hatte ihm einen Anteil von seiner Beute abgegeben. Für alle Tiere, die in Gruppen leben, bedeutete dies, daß man in das Rudel aufgenommen war. Der Hund entspannte sich und begann wieder zu fressen. Der Mensch würde ihm nichts Böses antun, denn sie hatten einen Bund geschlossen. Sie gehörten nun zum selben Rudel.

Umak und der Hund blieben beim Kadaver der Steppenantilope, bis sie alles Fleisch verzehrt hatten. Die Wölfe hatten die Antilope erst vor kurzem erlegt und sie nur angefressen. Erst als Umak die letzten Knochen aufbrach, um das Mark herauszusaugen, fragte er sich, warum Wölfe soviel Fleisch einfach liegenließen. Die Antwort ernüchterte ihn, denn er erkannte, daß Wölfe genauso genügsam wie Menschen waren, die auch nur das mitnahmen, was sie tragen konnten.

Die flüchtige Morgendämmerung des arktischen Frühlings wich bald wieder der Dunkelheit der Nacht. Der alte Mann hüllte sich in seinen Bisonmantel und schlief ein. Der Hund blieb in seiner Nähe, kam ihm aber nicht zu nahe. Sie waren keine Feinde mehr, aber auch noch keine Freunde.

Die Nacht verging, und es wurde wieder Morgen. Umak erwachte und freute sich, daß er am Leben war. Er ging weiter, und der Hund folgte ihm. Wenn er anhielt, blieb auch der Hund stehen. Sie nahmen die Route, auf der auch Nap, Alinak und Torka vor vielen Tagen vom Winterlager aufgebrochen waren. Umak fragte sich, ob sie bereits zurückgekehrt waren, doch er zweifelte nicht daran. Sein Enkel war ein Jäger mit außergewöhnlichen Fähigkeiten und hervorragenden Instinkten. Auch Torka würde eines Tages ein Herr der Geister sein, wenn Umak ihm alles beigebracht hatte, was es zu wissen gab.

Der alte Mann knirschte mit den Zähnen. Denn erst jetzt fiel ihm ein, daß er ja ausgestoßen worden war und Torka nie wieder unterrichten würde.

Dieser Gedanke war so schmerzhaft, daß er sich wünschte, er wäre gestorben. Denn ganz allein auf der Tundra zu sein, vom Stamm ausgestoßen, ohne seine Lieben jemals wiedersehen zu können, das war der Tod.

Der Hund wurde plötzlich unruhig und machte Umaks düsteren Gedanken ein Ende. Vor ihnen kreuzte eine andere Spur die seiner Stammesmitglieder. Der Hund lief aufgeregt herum und schnüffelte. Auch Umak nahm die Spur in Augenschein.

Ein Mammut!

Umak hütete sich, das Wort laut auszusprechen, um nicht den Geist des Tieres ohne das entsprechende Ritual herbeizurufen, aber es handelte sich zweifellos um ein Mammut. Es war ein einzelnes Tier, und nach den Fußspuren zu urteilen, war es das gewaltigste Mammut, das Umak jemals gesehen hatte.

Er berührte die Spuren und roch daran. Das Mammut schien den Jägern zu folgen, denn beide Fährten kreuzten sich mehrmals.

Der alte Mann wunderte sich über dieses Verhalten. Mammuts durchzogen gewöhnlich in kleinen Familiengruppen die Fichtenbestände am Fuß der Berge. Die Kühe und die Kälber blieben zusammen, während die Bullen allein oder zu zweit herumstreiften und sich der Herde nur zur Paarungszeit anschlossen. Dem Menschen gingen sie normalerweise aus dem Weg.

Umak spreizte seine Hand über dem gewaltigen Fußabdruck. Die Spuren mußten zu einem riesigen männlichen Tier gehören. Er erinnerte sich an eine Geschichte, die er als kleiner Junge von den alten Männern gehört hatte. Es war die Legende von einem Mammut, das die Menschen den Zerstörer nannten oder Donnerstimmen oder Welterschütterer. Jeder Mensch, auf den sein Schatten fiel, mußte sterben.

Er mußte lächeln. Die Bestie seiner Kindheitserinnerungen war nur ein Märchen. Mammuts waren sehr scheue Tiere. Falls dieser alte Bulle auf dem Weg zum Winterlager sein sollte, waren die Tage des Hungers für den Stamm vorbei. Die Jäger würden es auf einem ihrer Streifzüge entdecken, ihre letzten Kräfte sammeln und gemeinsam das Tier erlegen.

Umak freute sich für den Stamm und bedauerte, daß er auf Egatsop gehört und sich für den Tod entschieden hatte. Obwohl seine letzte Mammutjagd schon Jahre zurücklag, hätte seine Erfahrung dem Stamm von Nutzen sein können. Aber er konnte nicht mehr zurück; die Entscheidung für den Tod war unwiderruflich. Wenn er zurückkehrte, bestand die Gefahr, daß der Tod ihm folgte und die Seelen des gesamten Stammes nahm.

Er seufzte. Er hätte ihnen gerne geholfen und ihnen gesagt, daß ein riesiges Mammut in der Nähe war.

Er schnaubte. »Sie werden diesen alten Mann nicht brauchen. Ein Mammut von der Größe eines Berges ist auch so alt wie ein Berg. Vielleicht ist es auf der Wanderung in den Tod, genauso wie Umak. Es wird schwach sein und einfach zu töten.«

Der Hund sah ihn an. Umak verstand plötzlich die Gedanken des Tieres so deutlich, als hätte es sie laut ausgesprochen. Hatte er nicht am eigenen Leib erfahren, daß Alter nicht mit Schwäche gleichzusetzen war?

Die Nacht brach an, und ein bitterkalter Wind setzte ein. Der alte Mann saß unter seinem Zelt aus Bisonfell und beschwor vergangene Jagden und ruhmreiche Kämpfe gegen gewaltige Tiere herauf. Er sang, und der Wind trug seine Worte über die Tundra.

Der Hund hatte sich in seiner Nähe zusammengerollt und die Nase unter den Schwanz gesteckt. Seine Glieder zuckten im Schlaf; auch er träumte von vergangenen Jagdzügen.

Der Wind trug Umaks Gesänge zu Torka, der nicht weit entfernt war. Er horchte fassungslos und versuchte sich zu erheben. Er stieß einen Schrei aus und stürzte halb besinnungslos dort wieder zu Boden, wo er vor Stunden zusammengebrochen war. Als der wilde Hund den Schrei hörte, hob er den Kopf, und sein Fell sträubte sich. Umak hatte ebenfalls etwas gehört, konnte das Geräusch aber nicht erkennen.

Er unterbrach seinen Gesang. War es der Schrei eines Raubtiers oder seines Opfers gewesen? Die Erinnerungen an seine Jugend verflüchtigten sich, und er war wieder ein einsamer alter Mann inmitten der wilden Tundra. Vielleicht hatte er die Stimme des Todes gehört.

Er richtete sich kerzengerade auf. Er war Umak und hatte keine Angst! Dennoch tasteten seine Hände nach einer nicht vorhandenen Waffe, und in seiner Kehle war ein bitterer Geschmack. Er hatte Angst. Er war alt und schwach und allein, aber er wollte nicht sterben. Er spürte eine starke Lebenskraft. *Wenn Umak immer noch der Herr der Geister ist, der er einmal war, dann kann er auch das wieder fortschicken, was er gerufen hat.*

Er begann wieder zu singen. Es hieß, daß lauter Gesang die Geister der Angst aus dem Bauch eines Mannes vertrieb. Vielleicht würde er auch den Tod in die Flucht schlagen. Doch Umaks Gesang weckte Torkas fast erloschenen Lebensgeist und gab ihm neue Hoffnung.

»Umak?« Ja, es war die geliebte Stimme! Er hätte sie in der tiefsten Nacht und im heftigsten Sturm wiedererkannt. »Umak!« rief er so laut er konnte.

Und Umak hörte ihn.

Er machte sich sofort auf den Weg, während der Hund vorauslief. Bald fand der alte Mann seinen Enkelsohn und kniete nieder. Während er Torka in den Armen hielt, lauschte er seiner blutigen Schreckensgeschichte.

»Umak ... Vater meines Vaters ... du mußt den Stamm warnen ... du mußt ... Du mußt so schnell wie möglich zu ihnen zurückkehren.« Torkas Worte kamen stoßweise hervor, als er gegen die Bewußtlosigkeit ankämpfte und diesen Kampf schließlich verlor.

Der alte Mann drückte ihn fest an sich. Jetzt wußte Umak, warum der Tod seine alte Seele nicht genommen hatte – er hatte sich jüngere, schwächere Lebensgeister geholt. Und jetzt war ein riesiges Mammut in der Gestalt von Donnerstimme, dem Welterschütterer, unterwegs zum Winterlager seines Stammes.

Der einzige, der es noch aufhalten konnte, war ein alter Mann.

»Und dieser alte Mann wird es versuchen!«

4

Den Rest der langen Nacht trabte Umak mit dem bewußtlosen Torka auf dem Rücken zum Lager zurück, während der wilde Hund ihn begleitete. Es war noch dunkel, als er Pause machte und vor Erschöpfung keuchte.

Umak stand vornübergebeugt, und das Gewicht Torkas lastete schwer auf seinen Schultern, als er in der Ferne Wölfe heulen hörte. Tief in seinem Innern sprach die Stimme seiner Erschöpfung: *Alter Mann, es ist nicht mehr weit. Es ist nicht mehr weit! Aber dein Knie schmerzt, und dein Körper läßt dich im Stich. Du wirst es niemals schaffen – nicht mit Torka auf dem Rücken.*

Er überlegte nur einen kurzen Augenblick, ob er aufgeben sollte. Nein, er würde seinen Enkel nicht im Stich lassen, solange einer von ihnen beiden noch einen Hauch Leben in sich hatte.

Er spürte den Blick des wilden Hundes, der ihn an Egatsops Tadel erinnerte. Ja, er war schwach, aber er mußte einfach so schnell wie möglich ins Winterlager zurück. Er wußte, daß er Torka zurücklassen sollte. Wäre Torka bei Bewußtsein gewesen, hätte er sogar darauf bestanden.

Der alte Mann lauschte dem Heulen der Wölfe. »Was Donnerstimme nicht töten konnte, wird Umak nicht als leichte Beute für die Raubtiere zurücklassen.«

Er mußte all seine Energie und Konzentration aufbringen, um sich zum Weitergehen anzutreiben. Dabei sprach er laut zum Hund, zu den Wölfen und den endlosen Weiten der Tundra. »Dieser Mann ist Umak. Er ist der Herr der Geister. Er wird weitergehen. Er hat den Wind im Rücken, der seine Schritte beschleunigen wird. Bald wird Umak zu Hause sein und den Stamm warnen. Gemeinsam werden sie sich dem großen Mammut entgegenstellen. Sie werden seinen Geist verjagen und sein Fleisch essen.«

Und es schien ihm tatsächlich, als ob der Wind seinen Beinen neue Kraft verlieh. Schließlich war er der Herr der Geister. In seiner Phantasie flog er mit dem schwerelosen Torka auf dem Rücken durch die Nacht, während neben ihm der Hund mit weiten Sätzen durch den Himmel sprang.

Wie jeder wahre Schrecken kam es lautlos aus tiefster Nacht über sie, aus der Finsternis, in der sich die Angst vor dem Tageslicht versteckt. Heimtückisch schlich es sich gegen den Wind an. Nur die Erschütterungen seiner schweren Schritte auf dem Boden der Tundra verrieten seine Annäherung.

In Torkas Erdhütte regte sich Kipu im tiefen, traumlosen Schlaf, der am Ende der Nacht kommt.

In der traumlosen Dunkelheit regte sich ein unbestimmtes Bewußtsein von Gefahr, wie ein Windhauch auf der schwarzen Oberfläche eines dunklen Sees in mondloser Nacht. Die Bedrohung war unsichtbar; es gab nur die Dunkelheit, die Stille, den vertrauten moderigen Geruch der Erdhütte und das leise unregelmäßige Scheuern und Knirschen von Fell gegen Knochen, wenn der Wind an der Hütte zerrte.

Der Junge seufzte und drehte sich auf die andere Seite. Sein Schlaf war immer noch tief und fest, aber nicht mehr ruhig.

Seine Unruhe weckte Egatsop. Mit dem Säugling an der Brust lag sie verschlafen da und lauschte. Sie bemerkte einen schwachen Geruch nach Fichtenzweigen und geronnenem Blut, das in ihr die Vorstellung von gewaltiger Größe und Gewicht erweckte.

Es ist nur der Wind, sagte sie sich. *Er weht aus Richtung der fernen Berge, wo die Fichtenwälder wachsen. Aber warum riecht es nach Blut?*

Sie öffnete die Augen und starrte in die Dunkelheit wie ein kleines Tier in seinem Bau, das Angst hatte, etwas Großes und Hungriges könnte von draußen eindringen. Aber sie hörte nichts. Hätte sich ein Räuber ins Lager geschlichen, wären die Jäger aufmerksam geworden. Sie wären aufgesprungen, hätten zu Speeren und Messern gegriffen und die Frauen und Kinder gewarnt, in den Hütten zu bleiben, bis alles vorbei war. Doch die Jäger schienen ruhig zu schlafen.

Egatsop fühlte sich plötzlich allein und verletzlich, als sie sich nach der Wärme und Geborgenheit ihres Mannes sehnte. Sie hatte ihn noch nie so sehr vermißt wie jetzt. Wenn er nicht bald zurückkehrte, würde sie sich einen anderen Mann nehmen müssen. Der Häuptling würde darauf bestehen. Eine Frau konnte nicht alleine leben.

In ihrer Kehle bildete sich ein harter Kloß. Es gab andere Männer, die sie wollten, aber sie mochte noch nicht daran denken, nicht solange es noch eine Chance gab, daß Torka am Leben war.

Sie lag ganz still. Da war etwas draußen in der Nacht. Aber was? Sie kämpfte ihre Angst nieder und sagte sich, daß es nur ihre eigene Furcht war, die sie beunruhigte.

Für einen kurzen Moment bedauerte sie es, Umak fortgeschickt zu haben. Wenn er noch hier wäre, hätte er draußen nachsehen können. Aber er war fort, und das war gut so. Sie fragte sich, ob er schon tot war. Sie hoffte es, denn die Geister der Toten blieben in der Nähe des Lagers, bis ein Neugeborenes nach ihnen benannt wurde und sie wieder in die Welt der Lebenden eintreten konnten. Es war vermutlich nur Umaks Geist, der sie geweckt hatte, der nun an den Wänden der kleinen Hütte zerrte, um ins warme Innere zu gelangen.

Egatsop hielt den Säugling fest an sich gedrückt und war zum ersten Mal froh, daß es kein männliches Kind war. Jetzt, da die Seele des alten Mannes frei war, verlangte es die Sitte, daß ein männliches Kind nach Umak benannt wurde, damit er im Körper des Neugeborenen weiterleben konnte. Egatsop verzog das Gesicht vor Abscheu bei der Vorstellung, Umak, den sie in den Tod geschickt hatte, würde neues Leben aus ihren Brüsten saugen.

Als ob es ihre Gedanken gespürt hätte, regte sich das schlafende Baby, fand eine Brustwarze und saugte mit gierigen Zügen.

Egatsop zuckte zusammen. Hatte der alte Mann bereits den Körper des Säuglings beseelt? Sie mußte daran denken, wie hartnäckig er sich an das Leben geklammert, wie entschieden er sein Alter oder das Ausmaß seiner Verletzung geleugnet hatte. Sie hatte ihn erst beschämen müssen, bevor er bereit gewesen war, seine Seele dem Wind zu überlassen. Aber konnte ein Mann so hungrig nach dem Leben sein, daß er sich freiwillig herabsetzte und seine männliche Seele einem *weiblichen* Körper anvertraute? Nein, nicht einmal Umak würde das tun.

Der Säugling krächzte unzufrieden. Es war keine Lüge gewesen, als Egatsop gesagt hatte, daß ihre Brüste bald austrocknen würden. Wenn Torka und die anderen nicht vor morgen nacht mit Beute zurückkamen, mußte sie das Baby aussetzen, bevor es ihr die Kraft aussaugte, die sie selbst zum Überleben brauchte.

Sie lag still und dachte darüber nach, wie sie es tun würde. *Ohne Zeremonie. Da es noch keinen Namen hat, hat es auch noch keine Seele. Es lebt überhaupt nicht. Sein Schicksal ist ohne Bedeutung. Diese Frau wird es weit weg vom Lager bringen. Dann wird sie seinen Mund und seine Nase mit Schnee verstopfen, damit niemand von den Lebenden die Schreie hört, wenn es nackt der Kälte ausgesetzt ist.* So wäre es ihr am liebsten, doch sie durfte nicht so verschwenderisch sein. Dieser Säugling würde als Köder für wilde Hunde dienen, solange er noch kräftig genug zum Schreien war und die Tiere dadurch in die Falle lockte.

Urplötzlich wurde der Geruch nach Fichten und Blut sehr stark und durchdringend, und der Boden vibrierte. Egatsop fuhr erschrocken hoch. Die Erschütterungen hörten kurz auf, um bald wieder in kurzen Stößen einzusetzen. Es waren gewaltige Schritte.

Kipu war aufgewacht und rieb sich verschlafen die Augen. »W-was ist los?« Seine Stimme zitterte, obwohl er versuchte, ihr einen gleichgültigen, männlichen Klang zu geben.

Dann sah er Egatsops schreckgeweitete Augen. Er sprang auf. Nun war *er* der Beschützer der Frau seines Vaters.

Der Geruch nach Fichtenzweigen war überwältigend. Kipu legte den Kopf in den Nacken und sog prüfend den Geruch ein, wie Umak es ihm beigebracht hatte. *Nimm den Geruch in dein Gedächtnis auf, dort, wo all deine Erinnerungen schlummern.* Aber Kipu war noch ein kleiner Junge, und in seinem Gedächtnis gab es nur wenige Erinnerungen. Er war niemals in den Bergen gewesen, und er hatte noch nie einen Wald oder einen Baum gesehen.

Doch Egatsop wußte nun, daß ihre Furcht begründet war. Der Gestank in ihrer Nase deutete weniger auf Fichten als auf das Tier hin, das sich fast ausschließlich davon ernährte, so daß es mit Haut und Haaren nach dem harzigen Gehölz roch, selbst wenn es sich weit von den Wäldern entfernt und in die Ebene der Tundra verirrt hatte.

»MAMMUT!«

Der Häuptling hatte die Warnung gerufen, und wie zur Antwort war kurz darauf das Trompeten des Tieres zu hören.

Das Lager war plötzlich von den verwirrten Rufen der Männer und den Schreckensschreien der Frauen und verängstigten Kinder erfüllt. Egatsop wußte alles, was sie wissen mußte.

»Donnerstimme . . . Welterschütterer . . . Der die Seelen der Menschen vernichtet . . . die Litanei der Schreckensnamen zog an ihrem Geist vorüber, während sie sich an die alten Schauergeschichten erinnerte. Sie roch den Gestank seines Atems und seines blutverkrusteten Fells und wußte mit entsetzlicher Gewißheit, daß es das Blut Torkas war. Der Zerstörer hatte ihren Mann getötet.

Sie spürte die Erschütterungen im Boden, während das Tier wutentbrannt kreuz und quer durch das Lager stürmte. Die Szenen aus den Schauergeschichten standen ihr vor Augen, als sie aufsprang und die kleine Tochter an ihre Brust drückte. Sie hatte vergessen, daß es nur ein seelenloser Säugling war.

Kipu suchte die Speere zusammen, die der alte Umak zurückgelassen hatte, die in den Händen eines Kindes jedoch nutzlos waren. Sie stieß ihn zu Boden, bückte sich und nahm ihn unter den Arm.

»Wir müssen fliehen! Wenn wir in der Hütte bleiben, wird es uns zertrampeln!«

»Ich werde das Mammut töten!« rief der Junge ohne Respekt vor dem Namen des Tieres, während seine Mutter ihn nach draußen zerrte. Wütend stand er vor der Hütte und sagte ihr, daß er jetzt ihr einziger Beschützer sei und seine Waffen holen müsse. Sie war im Eingang stehengeblieben und hielt immer noch die Felltür der Hütte in einer Hand, als sie zu Kipu aufschaute. Er hatte noch nie diesen häßlich verzerrten Gesichtsausdruck bei ihr gesehen, und er verstand auch nicht, warum sie seinen Namen mit gellender, beinahe erstickter Stimme schrie.

Egatsop war das letzte, was Kipu im arktischen Dämmerlicht sah. Für einen Sekundenbruchteil wurde es gleißend hell, als irgend etwas ihn von hinten traf. Kipu hatte nicht einmal mehr die Zeit, sich zu fragen, was ihn getötet hatte.

Doch Egatsop hatte alles mit angesehen. Nachdem die Bestie ihren Sohn mit ihrem gewaltigen Fuß zerquetscht hatte, hielt sie kurz inne und kam dann auf Egatsop zu. Sie war klein und beweglich genug, um weglaufen zu können. Sie hätte zur Seite springen und ihm den Säugling zuwerfen können, um die Bestie abzulenken. Aber sie konnte es nicht. Im letzten Moment, als Torkas Frau in die Augen des Todes blickte, versuchte sie noch, auszuweichen und sich schützend um ihr Baby zu legen, um sein Leben zu retten.

Alles um ihn herum war blau, der Schnee, der Himmel, sogar die Luft und die fernen Geräusche des Todes und des Schreckens. Und Torka fiel durch dieses Blau wie in den bodenlosen Abgrund einer Gletscherspalte, während sein Gefährte von oben mit hilfloser Stimme rief, die schwächer und schwächer wurde, bis er nur noch seinen eigenen Atem hörte und sein Körper gegen die zerklüfteten Eiswände stieß, die immer enger wurden, und ...

»Torka!«

Umaks Stimme drang von der Öffnung der Gletscherspalte zu ihm herab und holte ihn in die Wirklichkeit zurück.

Er lag im Schnee, und sein Körper war ein einziger Schmerz. Der Todessturz in den blauen Abgrund schien ihm angenehmer als diese Qualen.

Für einen Augenblick ließ er sich wieder fallen, doch Umak packte ihn mit seinen Handschuhen und schüttelte ihn unnachgiebig.

»Torka! Wir müssen weiter! Aber dieser Herr der Geister hat keine Macht mehr über sein Knie. Er ist gestürzt. Umak kann dich nicht mehr tragen.«

»Tragen?« Das Wort war eher ein Protest als eine Frage. Er war Torka, und niemand mußte ihn tragen, nicht einmal Umak, es sei denn ... Bevor er diesen Gedanken zu Ende führen konnte, fiel er wieder in den Abgrund. Doch diesmal war er nicht aus blauem Eis, sondern hell und voller schmerzhafter Erinnerungen, die ihn wieder zu Bewußtsein brachten.

Mit Umaks Hilfe richtete er sich auf und wäre vor Schmerz beinahe wieder bewußtlos geworden. Dann aber zog er neue Kraft aus dem Schmerz, versuchte ihn zu verdrängen, bis er ihn kaum noch spürte. Er lehnte sich gegen Umak, den alten, harten Körper mit dem starken Herzen. Es hatte Torka immer Trost und neue Kraft gegeben, einfach nur in Umaks Nähe zu sein, und er zehrte auch jetzt davon, während die Morgendämmerung sich mit den Strahlen des Polarlichts vermischte, die Farben verblassen ließ und die Welt in das goldene Licht des Morgens tauchte.

»Hör mir zu!« Irgend etwas lag in Umaks befehlender Stimme, das Torkas Sinne aus ihrer schmerzbetäubten Lethargie riß.

Er lauschte auf die ungewöhnliche Windstille, das unregelmäßige Schlagen seines Herzens und die gleichmäßigen Atemzüge des alten Mannes. Es war still, viel zu still. Als wären er und Umak die einzigen lebenden Wesen auf der Welt.

»Wir sind zu spät gekommen«, sagte der alte Mann mit tiefer Stimme, die nichts von seinem Leid verriet. Er hatte sich bis zu einem Punkt der Erschöpfung getrieben, den jeder andere Mensch als letzte Grenze des Möglichen betrachtet hätte. Doch er, Umak, hatte sich gezwungen, diese Grenze zu überschreiten. Mit Torka auf dem Rücken war er immer weiter gegangen, er hatte sich wieder jung, stark und unbesiegbar gefühlt, bis sogar der hechelnde Hund ihn ungläubig gemustert hatte, da er kaum noch Schritt mit Umak halten konnte.

Jetzt lag der Hund ein Stück entfernt im Schnee auf einer leichten Erhebung der Tundra am Rand des Tals, in dem Umaks Stamm sein Winterlager aufgeschlagen hatte. Dort hatte das Knie ihn im Stich gelassen. Er war zwar ein Herr der Geister, doch über seine Kniescheibe besaß er keine Macht, als er sie sich ausgerenkt hatte. Er war schwer gestürzt und hatte noch verzweifelt versucht, sich an Torka zu klammern. Dann lag er halb betäubt und atemlos im Schnee.

Das Trompeten des Mammuts brachte ihn wieder zu Bewußtsein. Doch er hörte keine Rufe, keine Schreie, und so wußte er, daß er zu spät gekommen war. Er humpelte die Anhöhe hinauf. Was er dort sah, ließ ihn wieder in die Knie gehen. Umak, den Herrn der Geister und Bezwinger der Tiere, gab es nicht mehr. Er war plötzlich wieder ein alter, hilfloser und ohnmächtiger Mann. Er senkte den Kopf und betrachtete die stummen Überreste der Katastrophe. Er war bereit, seine eigene Seele mit den Toten forttreiben zu lassen, aber er wußte, daß der Tod nicht an dem zähen alten Mann oder dem verletzten Jäger interessiert war.

Umak ging zu Torka hinüber, der im Fieberwahn stöhnte. Er versuchte, ihn zu beruhigen und Kraft daraus zu ziehen, daß der junge Mann ihn jetzt brauchte. Er war zu spät gekommen, um seinen Stamm vor der Gefahr zu warnen. Jetzt aber würden sie seine Fähigkeiten als Herr der Geister und Heiler benötigen. Der Gedanke gab ihm ein wenig von seiner Selbstachtung zurück. Er sprach mit Torka und versuchte ihm klarzumachen, daß sie weitergehen mußten.

Umak lauschte auf die Stille und wußte, daß das Mammut weitergewandert war. Bald, wenn der erste Schock vorbei war, würden die Überlebenden zu klagen beginnen.

Doch die Stille blieb und schien immer tiefer und dichter zu werden. Und plötzlich erkannten Umak und Torka die Wahrheit.

Der Zerstörer war gekommen und gegangen. Und unter der ganzen Weite des erbarmungslosen Himmels waren Torka und Umak die einzigen Überlebenden, die den Gesang des Windes und das trostlose Klagen eines einsamen Wolfes am Rande des Tals hören konnten.

5

Schweigend lauschten sie dem Gesang des Wolfes, der ihr Leid nur noch vertiefte.

Keiner von beiden wußte, wer zuerst bemerkte, daß es gar nicht der Gesang eines Wolfes war. Aber der wilde Hund war sofort aufgesprungen und horchte mit aufgestellten Ohren auf das Geräusch, das Beute versprach.

Umak und Torka erhoben sich langsam, Torka stützte sich auf den alten Mann und kämpfte gegen Schmerz und Schwindelgefühl an. Der Wind hatte sich gedreht, so daß er ihnen nun aus dem Tal entgegenblies, und verwandelte den vermeintlichen Wolfsgesang in das leidgeplagte Jammern einer Frau.

Gemeinsam stiegen sie ins Tal hinab, während der Hund ihnen in angemessenem Sicherheitsabstand folgte. Sie achteten nicht auf das Tier. Umak hatte völlig vergessen, daß es da war.

Das Klagen der Frau hatte aufgehört, doch Torka bildete sich ein, es immer noch zu hören. Die Stimme gab ihm neue Hoffnung. Es war die Stimme seiner Frau! Er war sich ganz sicher. Sie wußten nicht, wie viele Mitglieder ihres Stammes getötet oder verwundet waren, aber Torka lebte, und Umak war an seiner Seite. Egatsop rief nach ihm, und Kipu brauchte ihn, ebenso wie die anderen Überlebenden.

Tief im Innern wußte Torka, daß er sich etwas vormachte. Aber er wollte die Wahrheit nicht akzeptieren. Seine Gedanken waren wie Schorf, der eine gefährliche Wunde bedeckte. Sie beruhigten ihn und minderten den Schmerz, den jeder Schritt und jeder Atemzug ihm verursachten. Ohne diese Gedanken hätte er den Verstand verloren.

Als er schließlich an den Rand des Lagers kam und sah, was er nicht wahrhaben wollte, blieb er fassungslos stehen und redete sich ein, daß es irgendwo in diesem Blutbad, in dieser bedrohlichen Stille, noch Überlebende geben mußte. Seine Frau und seine Kinder warteten auf ihn. Doch dann brach der Schorf ein Stückchen auf, und die Wunde begann wieder zu bluten. Sein nächster Schritt war nicht mehr so sicher wie zuvor.

Umak entdeckte die Frau zuerst. Sie kniete am anderen Ende des Lagers hinter einem blutigen Meer aus zerstörten Hütten und zerfetzten Körpern. In der blutbesudelten Kleidung waren die meisten von ihnen nicht wiederzuerkennen. Das Mammut hatte sich nicht damit begnügt, einfach nur zu töten, es hatte die Männer, Frauen und Kinder zu einer blutigen Masse zerstampft, so daß Umak stellenweise keinen Unterschied mehr zwischen dem Fleisch und dem Boden erkennen konnte.

Die Frau hatte dem Blutbad den Rücken zugekehrt und sich in eine Felldecke gehüllt. Sie sah aus wie ein kleines Zelt inmitten der Verwüstung, bis sie sich bewegte. Sie schaukelte vor und zurück, wie Umak es schon allzuoft bei Müttern gesehen hatte, deren Babys gestorben waren und die sie an ihre Brust gedrückt hielten, im verzweifelten Versuch, sie ins Leben zurückzuwiegen.

Es war verständlich, daß Torka annahm, Egatsop würde dort mit seinem Baby in den Armen hocken. Er durchquerte das Lager, zog sie an den Schultern hoch und sprach sie an, als er sie zu sich umdrehte. Die Decke fiel ihr von den Schultern, und seine Wunschträume verflüchtigten sich. Es war nicht Egatsop, sondern Lonit, das Mädchen.

Ihre Augen waren schockgeweitet, und das schmutzige Gesicht war kreidebleich. Sie hielt kein Kind an sich gedrückt, sondern hatte die Arme hilflos über der Brust verschränkt und sich selbst gewiegt, um sich nicht noch einmal vom Schrecken überwältigen zu lassen. Das erste Mal war sie von den Schreien der Menschen erwacht, als die Welt um sie herum zusammenbrach. Die Hütte hatte Lonit unter sich begraben und sie zu ersticken gedroht, als die Frauen ihres Vaters über sie hinweggeklettert waren und sich aus dem Gewirr von Fellen und Knochen befreien wollten. Lonit hatte ihren Vater und die anderen Männer rufen gehört, die sich sammelten, um die Bestie mit Speeren, Messern und Fackeln zu vertreiben. Dann war seine Stimme im Getümmel untergegangen, während sie in ihren Schlaffellen unter den Trümmern der Erdhütte lag und sich nicht bewegen und kaum atmen konnte. Mit letzter Kraft hatte sie geschrien, als die Welt immer wieder erbebte, bis es schließlich still wurde.

Dann hatte sie sich aus der Hütte gekämpft, und was sie sah, trieb sie in den Wahnsinn. Ihre Familie war tot, sie alle waren tot, und sie, Lonit, freute sich darüber! Sie erinnerte sich an all die Schmerzen und Demütigungen, an die Grausamkeit und Unbarmherzigkeit, die sie in diesem Stamm erlebt hatte. In der letzten Zeit war Kiuk immer wieder in der Dunkelheit zu ihr gekommen, um sie zu prügeln, und obwohl sie noch keine richtige Frau war, war er in sie eingedrungen, wie es sein Recht als Vater war. Bis ein anderer Mann für sie sprach, konnte Kiuk mit ihr machen, was er wollte. Da seine beiden Frauen schwanger waren, benutzte er sie, um sich zu erleichtern. Er ging brutal vor und stieß tief in sie hinein. Manchmal hatte sie das Gefühl, er wolle bis zu ihrem Herzen vorstoßen und sie töten. Er pumpte so lange, bis sie blaue Flecken an den Schenkeln hatte, und die Stelle, wo er in sie eindrang, war wund und blutig von der brutalen Behandlung. Doch sie hatte niemals geschrien, nicht einmal, als er ihr ein blaues Auge geschlagen hatte, weil es ihm bis zur Befriedigung zu lange dauerte. Wenn er fertig war und sich zur Seite drehte, hatte sie sich leise in den

Schlaf geweint, um niemanden zu wecken und wegen der Störung erneut verprügelt zu werden. Frauen mußten immer still sein. Und sie mußten stark sein und den Männern in jeder Beziehung gehorchen. In jener Nacht hatte sie sich ihre Unfähigkeit vorgeworfen, ihren Vater befriedigen zu können. Es war ihre Pflicht, ihn zu befriedigen, aber was sie auch tat, er war nie zufrieden mit ihr. Und jetzt würde ihn nie wieder etwas befriedigen, denn er war tot. Alle waren tot. Und sie freute sich darüber! Wer von ihnen war jemals freundlich zu ihr gewesen? Nur der alte Umak und Torka. Aber sie waren beide fort und vermutlich tot wie alle anderen.

Die Tragweite dieser Erkenntnis hatte sie wie ein Blitz getroffen. Von einem Augenblick zum anderen verwandelte sich ihre Freude in Schuld. Was war sie nur für ein niederträchtiges Geschöpf! Ihr Vater hatte sie zu Recht verachtet, wie alle anderen auch. Jetzt waren sie tot, und nur sie, ein kaum erwachsenes, geschundenes Mädchen, war noch am Leben. Sie irrte im Lager umher und schrie ihr Leid wie ein tollwütiges Tier heraus, bis sie zusammenbrach und nicht mehr weinen konnte. Ohne den Schutz des Stammes war sie hilflos den großen Wölfen, Bären und Löwen ausgeliefert. Sie würden kommen, um sie zu fressen, und sie würden befriedigt sein. Vielleicht war sie nur zu diesem Zweck geboren.

Jetzt starrte sie Torka wie einen Geist an. Sie blinzelte und versuchte, aus der leeren Welt des Wahnsinns zurückzukehren, in der sie Zuflucht vor dem Mammut, der Hoffungslosigkeit und dem Blutbad um sie herum gesucht hatte.

»Torka?« Sie wäre fast zusammengebrochen, als sie seinen Namen sprach, aber sie strengte sich an, nicht ohnmächtig zu werden und sich vor ihm zu blamieren. Er war kein Geist. Der feste, schmerzhafte Griff seiner Hand überzeugte sie davon. Sie lebte, und Torka war bei ihr. Er war nicht tot, sondern endlich zurückgekehrt. Die Geister hatten ihr Flehen erhört. Sie hatte es immer gewußt, obwohl niemand im Lager daran geglaubt hatte. Torka war für jeden ein Freund gewesen, und alle trauerten um seinen Verlust. Doch andere erinnerten sich daran, daß er in so vielen Dingen der Beste war. Und wenn er nicht zurückkam, würden sie selber die Tapfersten, Stärksten und Klügsten sein, vor ihren Frauen und Kindern und vor sich selbst.

So war es schon immer gewesen; das hatte Lonit bereits vor langer Zeit gelernt. Niemand sonderte sich ab. Jeder versuchte, dem anderen nachzueifern, um die Gruppe zu stärken und nur dem Zweck des Überlebens der Gemeinschaft zu dienen. Der Stamm war ein lebender Organismus, der nur so stark wie die Gesamtheit seiner Mitglieder war. Die Schwachen wurden ausgestoßen, und die Stärksten hielten ihre Kraft zurück, damit auch die weniger Starken sich entfalten konnten. Die Erfahrung hatte sie gelehrt, daß zwanzig gute, zuverlässige Jäger mehr Fleisch nach Hause brachten als ein einzelner, ganz gleich, wie überragend seine Fähigkeiten und seine Tapferkeit waren. Lonit hatte Torka schon immer dafür bewundert, wie er sich selbst im Zaum hielt, um auch anderen ihren Stolz zu lassen. Doch alle wußten, daß Torka der Beste war, denn gerade seine Achtung vor ihnen machte ihren Stolz wieder zunichte.

Jetzt blickte sie beschämt zu ihm auf. Der Wind wehte über das verwüstete Lager und erinnerte Lonit daran, daß sie die einzige Frau war, die jetzt die überlieferte Begrüßung für den heimkehrenden Jäger sprechen mußte.

Doch ihr Kopf war leer. Es kam ihr nicht in den Sinn, daß in dieser Umgebung jeder Willkommensgruß als Lästerung erscheinen mußte – sie wußte nur, daß sie sich nicht an die Worte erinnern konnte. Sie schämte sich noch mehr, denn sie verdiente es nicht, am Leben zu sein, wenn alle Menschen um sie herum tot waren. Wie sehr mußte Torka den Anblick der häßlichen, unbeholfenen Lonit hassen, wenn seine eigene Frau tot war, wenn all die hübschen Frauen mit ihren kleinen, gedrungenen Körpern und den runden, flachen Gesichtern tot waren. Torka wollte bestimmt nicht von einem Mädchen begrüßt werden, das gleich nach der Geburt ausgesetzt worden wäre, wenn Kiuks Lieblingsfrau es nicht in einem wildreichen Jahr zur Welt gebracht und ihr Vater nicht Mitleid mit einer Frau gehabt hätte, deren Kinder noch nie das Säuglingsalter überlebt hatten.

Ihre Mutter hielt sie für wunderschön. Lonit hatte das niemals verstanden. Ihr Gesicht war eher oval, ihr Nasenrücken spitz, und sie war sehr groß für eine Frau. Doch das Schlimmste war, daß sie ohne die Hautfalte geboren war, die das Augenlid bedeckte und sich von der Tränendrüse bis zur Schläfe erstreckte. Diese Falte war nicht nur eine Voraussetzung für weibliche Schönheit, sondern auch ein wichtiger Schutz vor Wind und Schneeblindheit. Doch trotz ihrer Deformierung war Kiuk einverstanden gewesen, Lonit am Leben zu lassen. Zweifellos hatte er gehofft, daß sie mit der Zeit schöner werden würde. Doch sie blieb häßlich, wie sie war, und wurde statt dessen immer kräftiger. Nach dem Tod ihrer Mutter hätte ihr Vater Lonit sofort verstoßen, hätten seine anderen Frauen nicht immer wieder Arbeit für sie gehabt. Sie trug die schwersten Lasten, erledigte die lästigsten Pflichten und war dankbar dafür, denn sie hatte kein besseres Leben verdient. Eines Tages, wenn ihre Blutzeit gekommen war, würde vielleicht ein Witwer oder ein älterer oder körperlich unansehnlicher Mann sie zur Frau nehmen. In der Zwischenzeit fand Kiuk seine eigene Verwendung für sie. Doch die Zeit der langen Dunkelheit war seit ihrer Geburt bereits elfmal gekommen und gegangen, und sie hatte immer noch nicht geblutet. Andere in ihrem

Alter trugen bereits Säuglinge an der Brust, aber das machte ihr nichts aus. Ihr Lebenswille war stark. Sie hatte sich oft darüber gewundert, aber sie erinnerte sich immer wieder an die letzten Worte ihrer Mutter auf dem Sterbebett:

»Du bist anders als die anderen, mein Kleines. Sie sagen, daß du häßlich bist. Sie sagen, daß es im Stamm keinen Platz für eine so häßliche Frau gibt. Also mußt du nützlich sein. Du mußt tapfer sein und vor allen Dingen stark. Wenn du das nicht bist, wird man dich ausstoßen. Dann wird deine Seele vom Wind verweht werden, während Füchse und Wölfe über deine Knochen herfallen.«

Lonit hatte zugehört und gelernt. Sie hatte sich nützlich gemacht und war stark gewesen. Doch nun waren alle tot. Nur sie, das unwürdigste Mitglied des Stammes, war am Leben und unverletzt. Wie konnte sie sich erdreisten, hier vor Torka zu stehen, dem größten Jäger von allen, und sich anmaßen, ihn anzusprechen?

»Wo ist Torkas Frau . . . sein Sohn . . . der Säugling?«

Als sie seine Stimme hörte, errötete sie. Jetzt sah sie zum ersten Mal an seiner Haltung und seinen fiebrigen Augen, daß er schwer verletzt war. Seine rasselnde Stimme klang fern und hohl. Lonit wußte, wenn sie ihm die Wahrheit sagte, würde etwas in ihm zerbrechen.

Umak beobachtete Torka und das Mädchen vom Rand des Lagers aus. Er blinzelte, als der Wind ihm ins Gesicht wehte, und blickte suchend zum Himmel und zum Horizont. Die Aasvögel hatten das Lager bereits gefunden. Es war noch früh am Morgen, aber um diese Jahreszeit würde es bald wieder dunkel werden. Dann würden auch die Füchse, Luchse, wilden Hunde und Riesenwölfe vom Geruch des Blutes angelockt werden.

Der Gedanke an Wölfe ernüchterte ihn. Ihre breiten

Kiefer konnten mühelos den Schenkel eines Mannes durchbeißen. Die scharfen, kantigen Zähne der Wölfe waren hervorragend dazu geeignet, Haut und Muskeln zu zerfetzen und Knochen aufzubrechen. Er versuchte, den Gedanken zu verdrängen, aber die Wölfe ließen ihm keine Ruhe. Bilder von anderen großen Fleischfressern zogen an seinem inneren Auge vorbei: riesige, flinke Kurzschnauzenbären, langmähnige Löwen mit zottigem Fell und Säbelzahntiger mit unterarmlangen Fangzähnen.

Gegen solche Raubtiere waren ein alter Mann, ein junges Mädchen und ein schwerverletzter Jäger praktisch hilflos. Sie durften nicht hierbleiben. Der Wind war heftiger und kälter geworden, und Umak spürte, daß ein Sturm in Anzug war. Sie mußten retten, was sie in den zerstörten Erdhütten noch finden konnten, und mußten morgen schon weit weg sein, irgendwo in einem provisorischen Unterschlupf.

Umak war besorgt. Es würde nicht einfach sein, Torka und Lonit davon zu überzeugen. Auch ihm gefiel diese Aussicht nicht. Den Lebenden stand es nicht zu, die Besitztümer der Toten an sich zu nehmen, denn sie brauchten ihre Waffen, Werkzeuge und Behausungen auch in der Geisterwelt. Wenn sie nicht jagen oder ruhen konnten, würden sie die Diebe solange verfolgen, bis auch sie zu Geistern wurden. Doch Umak wußte, er, Torka und das Mädchen hatten keine andere Wahl. Vielleicht würden die Geister Nachsicht üben, wenn man ihnen die richtigen Gesänge darbrachte. Es würde Umaks Aufgabe als Herr der Geister sein, es ihnen verständlich zu machen.

Umak beobachtete Torka, der durch die Überreste des Winterlagers ging. Seine steifen Schritte deuteten darauf hin, daß er den Schmerz seiner Verletzungen zu ignorieren versuchte. Er bemerkte nicht, daß Lonit ihm wie ein verschüchtertes Fohlen folgte. Er ging langsam und vorsichtig wie auf dem dünnen Eis eines tiefen und gefährlichen Sees. Der Vergleich war nicht unangebracht, dachte Umak. Wenn Torka fand, wonach er suchte, würde das Eis brechen und Torka in seinem Kummer ertrinken. Dann würde ein Stück von ihm sterben und zu seiner toten Frau und den Kindern in die Geisterwelt eingehen. Wenn er die Leiden der Wahrheit überstanden hatte, würde er ein anderer, ein härterer Mann sein. Wie die Spitze eines guten Speeres mußte Torka nun im Feuer seiner Qualen gehärtet werden.

Umak wünschte sich, er könnte seinem Enkelsohn helfen, die Schmerzen zu ertragen, aber Torka mußte es alleine durchstehen, damit er seinen Stolz nicht verlor. Obwohl Umak beschlossen hatte, ein unbeteiligter, durch Alter und Weisheit gegenüber dem Leid abgestumpfter Beobachter zu bleiben, zitterte das Kinn des alten Mannes, als er sah, wie Torka sich vor den Überresten seiner Erdhütte niederkniete. Umak wußte, was Torka jetzt sah und kämpfte gegen das Verlangen, zu ihm zu gehen. Er wünschte sich, er hätte die Kraft, die Hütten wieder auferstehen zu lassen und den Leichen das Leben zurückzugeben. Ein wahrer Herr der Geister wäre dazu imstande. Ein wahrer Herr der Geister wäre auch nicht im Schnee gestolpert, sondern wäre rechtzeitig zur Stelle gewesen, um einen unsichtbaren Speer in das Herz des Mammuts zu schleudern.

Egatsop hatte recht gehabt. Umak war kein Herr der Geister mehr. Er war ein nutzloser alter Mann, der hilflos zusehen mußte, wie Torka sich bückte und etwas in seine Arme nahm, das so klein und schlaff war wie die Puppe aus Karibuleder, die die Frauen für ihre kleinen Mädchen nähten und mit Schneehuhnfedern, Flechten und Fellresten ausstopften. Doch diese Puppe, deren Nähte geplatzt waren und deren Arme und Beine in unnatürlichem Winkel vom Körper abstanden, der nur noch durch die blutgetränkte Hülle der Kleidung zusammengehalten wurde, war keine Puppe.

»Kipu!« schrie Umak und heulte auf. Er hatte den kleinen Jungen völlig vergessen, weil er so sehr mit sich selbst beschäftigt gewesen war und sich bemitleidete, daß er nicht mehr Umak, der Herr der Geister, der Überwinder aller Hindernisse war.

Der alte Mann schloß die Augen. Tränen brannten auf seinen Lidern. Sein langes Haar wehte im Wind und peitschte ihm ins Gesicht. *Dieser Mann ist alt. Dieser Mann ist Herr über gar nichts mehr. Dieser Mann hat schon zu lange gelebt.*

Aber nicht lange genug.

Das scharfe, abgehackte Bellen eines wilden Hundes riß Umak aus seiner Verzweiflung. Der Hund stand in der Nähe und blickte den alten Mann aus seinen himmelblauen Augen an.

Umak schaute ihn nachdenklich an. Also war Bruder Hund ihm wieder einmal gefolgt. Und wieder einmal hatte der Hund ihn gestört und ihn wissen lassen, daß es noch nicht Zeit zu sterben war. Er mochte alt sein und nicht mehr würdig, sich Herr der Geister zu nennen, aber er lebte noch. Er war immer noch Umak. Und wenn Torka und Lonit überleben sollten, gab es für ihn noch viel zu tun, bevor er seine Seele dem Wind überließ.

6

Gemeinsam machten sie sich an die häßliche Aufgabe, die verstümmelten Leichen auf traditionelle Weise anzuordnen. Sie legten die Männer, Frauen und Kinder, die zur gleichen Familie gehörten, nebeneinander auf den

Rücken, so daß sie in den Himmel blickten. Als sie mit der grausigen Versammlung fertig waren, betrachteten die drei Überlebenden gemeinsam die schreckliche Endgültigkeit der Szene, die sich vor ihnen ausbreitete.

Torka fiel neben den Leichen seiner Familie auf die Knie, Lonit zitterte unkontrolliert, und Umak hob die Arme, um den Todesgesang anzustimmen. Es waren nur kurze Beschwörungen, bei denen ihm immer wieder vor Verzweiflung die Stimme brach. Aber er brachte den Gesang zu Ende und hatte abschließend noch eine letzte Bitte an die Geister.

»Geht jetzt, ihr Lebensgeister! Verlaßt diesen Ort des Todes! Ihr sollt nun mit dem Wind reisen und Umak und Torka und Lonit behüten. Durch diese Frau sollt ihr wiedergeboren werden und durch die Worte dieser Menschen weiterleben, die immer von euch in ihren Lebensgesängen berichten werden.«

Er senkte die Arme und blickte das Mädchen an. »Komm jetzt! Wir müssen diesen Ort verlassen, bevor die Dunkelheit anbricht.«

Lonit schwieg. Ihr Gesicht war verhärmt vor Kummer und leichenblaß vor Kälte. Was hatte Umak gesagt? Hatte er denn vergessen, daß sie fünf Tage Wache halten mußten, wenn die Seelen sich noch in der Nähe ihrer Körper aufhielten und manchmal beschlossen, ins Leben zurückzukehren? Es war undenkbar, den Stamm in dieser schweren Zeit zu verlassen, wenn die Verwandten und Freunde Hilfe brauchten.

Lonit erwartete, daß Torka gegen die Anweisung des alten Mannes protestieren würde, doch der Jäger war nicht in der Verfassung. Er hatte Kipus Körper wieder in die Arme genommen. Der Wind zerrte am Schlaffell, daß er über Egatsop und den Säugling ausgebreitet hatte. Mit glasigen Augen starrte Torka vor sich hin; er schien sich in einer anderen Welt zu befinden. Er flehte mit einem leisen Gesang die Seele Kipus an, wieder in den zerschundenen Körper zurückzukehren.

»Im Körper dieses Kleinen wird nie wieder eine Seele wohnen«, sagte Umak sanft. Auch Torka würde sich mit dieser Wahrheit abfinden müssen. »Torka muß sich jetzt ausruhen.« Er blickte wieder das Mädchen an. »Komm! Lonit und Umak haben noch viel zu tun.«

Verwirrt starrte Lonit ihn mit ihren runden Antilopenaugen an, bis sie den Blick hastig abwandte. Es war verboten, einem anderen Menschen zu lange in die Augen zu sehen – man konnte dabei seine Seele verlieren. In der kurzen Zeitspanne hatte sie bereits bemerkt, wie Umaks Augen an ihrer Seele zerrten.

Umak verstand Lonits Reaktion. Er legte ihr die Hände auf die Schultern und rüttelte sie sanft. »Hör zu, Lonit, Tochter des Stammes! Den Stamm gibt es nicht mehr. Wir können nicht hierbleiben. Wenn wir am Leben bleiben wollen, müssen wir gehen, bevor die Aasfresser kommen. Wir wären ihnen hilflos ausgeliefert und hätten keinen Schutz vor dem Sturm, der bald heraufziehen wird. Doch zuerst müssen wir den Toten die Dinge des Lebens nehmen. Wir sind die einzigen Überlebenden. Wenn auch wir sterben, wird der Stamm für immer tot sein. Verstehst du das?«

Sie verstand es nicht, aber es stand ihr als Frau nicht an, die Autorität eines Mannes in Frage zu stellen. Vor allem nicht dieses Mannes. Sie fürchtete sich vor ihm, nicht weil er der Herr der Geister und trotz seines Alters weise und stark war, sondern weil sie glaubte, daß er übermenschliche Kräfte besaß. Sie hatte ihn gesehen, als er aus dem Lager humpelte, um zu sterben. Er war ein uralter, gebeugter Jäger gewesen, der auf eine Reise ging, von der noch niemand zurückgekehrt war.

Doch Umak war zurückgekehrt. Als sie ihn am Rand des verwüsteten Lagers auftauchen sah, hatte sie gedacht, er wäre ein Geist. Und der Hund an seiner Seite mußte ein Geisterhund sein, weil er ihm nicht ins Lager gefolgt war, um sich über die Toten herzumachen. Statt dessen hatte er die ganze Zeit außerhalb des Lagers gehockt, wo der Wind an seinem Fell zerrte wie an der Decke, die über Torkas tote Familie ausgebreitet war.

Lonit zitterte heftig. Umaks Griff um ihre Schultern wurde härter, und sie spürte die Knochen seiner sehnigen Finger durch ihre zerfetzte Jacke aus Karibufell. Besaßen Geister Knochen und konnten sie die Lebenden mit solcher Kraft packen? Sie wagte einen kurzen Blick in das Gesicht des Geistes. Er sah aus wie Umak, wie der alte Jäger, der Torka das Leben gerettet hatte und rechtzeitig zum Winterlager seines Stammes zurückgekehrt war, um einem häßlichen Mädchen zu helfen, sich um die Toten zu kümmern.

Tränen schossen ihr in die Augen. Der alte Mann zog sie zu sich heran und hielt sie in den Armen. Er roch nach Leben, und sie wußte, daß er kein Geist war. Sie klammerte sich an ihn und weinte. Als ihre Tränen versiegt waren, flüsterte sie: »Ich habe Angst.« Umak hielt sie noch eine Weile in den Armen und wurde durch ihre Nähe ebenso getröstet wie sie durch die seine. »Komm, Lonit!« sagte er leise. »Wir haben keine Zeit mehr, um Angst zu haben.«

Trotzdem hatte sie Angst, als sie nun das Lager nach Werkzeugen, Waffen, Kleidung und Nahrungsresten durchstöberten. Was sie taten, war verboten, und die Geister der Toten würden gewiß zornig werden. Umak versuchte sie mit Gesängen zu besänftigen, in die Lonit furchtsam einstimmte, während sie die Trümmer durchsuchten.

Sie legten ihre Ausbeute auf ein Bisonfell. Umak hatte ein paar unversehrte Speere, Messer, Lederriemen, Sehnen, Werkzeuge zur Steinbearbeitung und Knochenstücke gefunden. Lonit legte ein geflochtenes Netz aus den Haaren eines Moschusochsen, Messer und Schaber zum Abhäuten, drei gute Nähahlen, ein Steinbeil und einen Meißel aus dem Eckzahn eines großen Bären dazu.

Es schien Lonit, als wären alle Reichtümer der Welt auf dem Fell ausgebreitet, doch Umak schüttelte murrend den Kopf und sagte ihr, wonach sie suchen sollte. In der eingestürzten Erdhütte ihrer Familie fand sie ihre Knochennadeln, die noch in dem Streifen aus Dachsfell steckten. Zu ihrer Überraschung waren nur wenige Nadeln zerbrochen. Da das Dachsfell vom Schlamm aufgeweicht war, sortierte Lonit die unversehrten Nadeln aus, reinigte sie mit Speichel, rieb sie am Ärmel trocken und steckte sie in das Loch in ihrer Nase, das allen Frauen des Stammes zu diesem Zweck schon in ihrer Kindheit durchstochen wurde. Manchmal benutzten sie es auch, um sich mit Steinperlen oder Süßwassermuscheln zu schmücken. Lonit hatte sich selbst nie für würdig empfunden, so etwas zu tragen, aber an den anderen Frauen und Mädchen hatte es hübsch ausgesehen. Die Erinnerung machte sie traurig, und so war sie froh, als Umak sie zurückrief.

Als er endlich zufrieden war, packte er die Sachen auf einen Schlitten, der groß genug war, ihre Vorräte und einen kranken Mann zu tragen. Es war eine einfache Vorrichtung, die lediglich aus Bisonfellen bestand, die mit Sehnen an einem Rahmen aus Karibugeweihen befestigt waren. Als Kufen dienten Mammutrippen, die sie später auch als Dach für ihren Unterschlupf benutzen würden, wenn der Sturm einsetzte. Mit Lonits Hilfe war der Schlitten bald beladen. Umak brummte zufrieden.

Dann machte er sich an die wichtige Aufgabe, die Kufen zu schmieren. Dazu benutzte er eine Mischung aus Schlamm, Moos und Schnee, die Lonit in einem Steinmörser für ihn anrührte. Sie mußten darauf achten, daß die Masse in der Kälte nicht erstarrte, doch Umak hatte sie rasch auf die Kufen aufgetragen. Er setzte sich und wartete, bis sie im Wind gefroren war, bevor er sie mit einem Messer glattkratzte.

Lonit wollte bereits ein Feuer machen, über dem sie in einem Lederbeutel Schnee schmelzen würde, um damit die Kufen zu vereisen. Doch Umak blickte besorgt zum Himmel auf und schüttelte den Kopf.

»Bald wird es dunkel, und wir dürfen keine Zeit verlieren«, brummte er und machte sich auf die Suche nach einem Stück Bärenfell. »So wird es schneller gehen und genauso gut funktionieren.«

Beeindruckt vom Einfallsreichtum des alten Mannes beobachtete Lonit, wie er auf das Stück Fell urinierte. Die heiße, dampfende Flüssigkeit wurde vom dicken Pelz aufgesogen. Dann fuhr er damit vorsichtig über die gefrorene Masse. Nach mehreren Durchgängen hatte er eine harte, glatte Eispolitur hergestellt, auf der die Kufen leicht über den Schnee der Tundra gleiten würden.

»Jetzt können wir gehen! Wir werden schnell wie der Wind sein!« sagte er.

Sie teilten ihre Werkzeuge und Vorräte in drei Stapel auf. Zwei wurden eingewickelt und an Rückentragen befestigt, der dritte in ein Bisonfell gerollt und auf den Schlitten geladen. Dann versuchte Umak seinen Enkel davon zu überzeugen, daß er Kipu hierlassen mußte. Torka starrte seinen Großvater mit weit aufgerissenen Augen an.

»Torka wird Kipu nicht zurücklassen!« murmelte er im Fieberwahn.

»Kipu ist nicht mehr hier. Seine Seele wartet an einem weit entfernten Ort.«

Torkas Gesicht war ausdruckslos wie eine Maske. »Werden wir auch dorthin gehen?«

»Ja, das werden wir«, sagte der alte Mann und kämpfte gegen ein Gefühl der Traurigkeit an, als Torka plötzlich bewußtlos in seine Arme sank.

TEIL 2

REISE IN EIN NEUES LEBEN

1

»Die Spuren des großen Mammuts führen nach Süden. Also werden wir nach Osten gehen, auf dem Weg, den die Karibus auf ihrer Wanderung nehmen. Dann werden wir bald auf die Herden stoßen und genug zu essen haben.«

Mit diesen hoffnungsvollen Worten Umaks brachen sie auf, in Richtung der aufgehenden Sonne in ein unbekanntes Land, während sich am Himmel ein Sturm zusammenbraute und der Hund ihnen in respektvollem Abstand folgte.

Lonit blickte zurück und wünschte sich, daß der Hund verschwinden würde. Vielleicht war es doch ein Geisterhund, denn der Herr der Geister hatte es nicht gewagt, ihn zu töten. Sie könnten sich an ihm satt essen, bis sie auf größere und bessere Beute gestoßen waren. Doch der alte Mann machte keine Anstalten, den Hund zu töten oder zu vertreiben, und Lonit hatte als Frau nicht das Recht, Umak danach zu fragen.

Sie gingen weiter und weiter und keuchten unter der doppelten Last ihrer Rückentragen und des Schlittens mit dem bewußtlosen Torka. Nach einer Weile vergaß Lonit den Hund und konzentrierte sich nur noch auf den nächsten Schritt. Der Schlitten schien immer schwerer zu werden, doch Lonit redete sich ein, daß es ihr überhaupt nichts ausmachte. Torkas Gewicht würde für sie nie eine Last sein, denn sie hatte ihn immer geliebt, solange sie sich erinnern konnte. Torka war der beste aller Jäger, und eines Tages würde er der Herr der Geister sein und den Stamm anführen, wenn der Häuptling zu alt geworden war. Torka war der einzige gewesen, der sich nie über ihr merkwürdiges Aussehen lustig gemacht hatte. Einmal, als sie noch ein ganz kleines Mädchen gewesen war, war sie zwischen die Beine ihres Vaters geraten und hatte sich dafür eine Tracht Prügel eingefangen. Torka hatte ihre Bestrafung ernst und nachdenklich mitangesehen. Anschließend war er zu ihr gegangen und hatte sie wieder auf die Beine gestellt. Und er hatte sie angelächelt. Dieses Lächeln hatte ihr wieder Mut gemacht und ihren Schmerz gelindert. Sie würde diesen Augenblick nie vergessen. Seit dem Tod ihrer Mutter war es das erste Mal gewesen, daß irgend jemand sie freundlich behandelt hatte.

»Sei mutig, kleines Antilopenauge!« hatte er gesagt, und aus seinem Mund hatte diese Anspielung auf ihre ungewöhnlich großen und runden Augen beinahe wie ein Kompliment geklungen.

Seitdem hatte sie ihn geliebt. Es machte ihr nichts aus, daß er ihre Liebe nie erwidern würde. Sie war dessen nicht würdig. Es genügte ihr, in seinem Schatten zu leben, ihn zu sehen und seine Stimme zu hören. Wenn Torkas Seele eines Tages den Körper verließ, um vom Wind davongetragen zu werden, würde ihre Seele ihm folgen, genauso wie ihr Körper jetzt Umak über die schneeweiße Tundra folgte und alles hinter sich ließ, das sie je gekannt hatte.

Aber wie lange konnte sie noch weitergehen? Sie war hungrig und müde, nicht nur von der Qual dieses Tages, sondern auch von den Wochen am Rand des Verhungerns. Sie und Umak hatten nur ein wenig ranziges Fett gegessen, das der alte Mann in der Hütte des Häuptlings gefunden hatte. Während er seinen Anteil nur widerwillig gegessen hatte, wollte sie sofort alles hinunterschlingen, doch er hatte darauf bestanden, daß eine Hälfte aufgehoben, in dünne Scheiben geschnitten und in einen Beutel aus Vogeleingeweiden gelegt wurde. Dann hatte er den Beutel flachgedrückt und Lonit unter ihren Mantel gesteckt. Dort wurde es warmgehalten und vom Druck der Rückentrage zu fettigen Klümpchen weichgerieben. Das Mädchen freute sich bereits auf die Mahlzeit, die ihr wieder neue Energie geben würde.

Der Wind wurde stärker. Das Tageslicht war nur noch eine schwach schimmernde Aura am bewölkten Horizont. Lonit wußte nicht, wie lange sie noch mit Umak mithalten konnte. Sie warf ihm einen Blick durch die langen Haare ihrer Kapuze aus Fuchsfell zu.

Umak zog unermüdlich neben ihr den Schlitten. Er ging gebeugt, und sein Profil ragte aus seinem Bärenfellumhang hervor. Unter schweren Lidern und drahtigen Brauen starrten seine Augen geradeaus. Sein Mund war verkniffen. Es war das Gesicht eines starken, aber alten Mannes.

Lonit wurde plötzlich übel vor Angst. Wenn Umak irgend etwas zustoßen würde, wüßte sie nicht, wie sie für sich selbst und Torka sorgen sollte. Und wenn Torka starb? Nein, daran durfte sie nicht denken. Es würde sie schwerer belasten als das Gewicht auf ihrem Rücken.

Entschlossen stemmte sie sich gegen den Wind. Die flüsternden Geräusche weckten Erinnerungen an die vielen Toten, die sie zurückgelassen hatten und denen sie ihre Habe gestohlen hatten.

Ihr werdet nicht davonkommen.

Wir werden folgen.

Wir werden uns alles zurückholen, was ihr gestohlen habt.

Wir werden eure Seelen essen und sie dem Wind überlassen.

Ihr werdet sterben. Für immer.

Hatte der Wind zu ihr gesprochen? Oder hatte sie nur die Stimme ihrer eigenen Angst gehört? Sie beschloß, den Wind zu ignorieren und weder an die Vergangenheit noch an die Zukunft zu denken. Es war sicherer, sich nur mit dem Augenblick zu beschäftigen, sich auf den nächsten Schritt zu konzentrieren und dann wieder auf den nächsten. Wenn Torka überleben sollte, durfte sie nicht aufgeben.

Umak spürte eine Veränderung an dem Mädchen. Anstatt langsamer zu werden, zog sie den Schlitten plötzlich mit neuer Kraft. Sie war sehr stark und hatte sich noch nicht ein einziges Mal beschwert. Dennoch war sie nur eine Frau und trotz ihrer Größe noch nicht einmal erwachsen. Sie würde bald ermüden. In den nächsten Tagen, bis Torka sich erholt hatte – falls er sich erholte – würde Umak für sie jagen und für Unterschlupf zum Schutz gegen Wetter und Raubtiere sorgen müssen.

Seit dem Tod seiner letzten Frau hatte er selbst für sich sorgen müssen, und als er sich das Bein verletzt hatte, war er nicht einmal dazu imstande gewesen. Jetzt wurde er wieder gebraucht. Torka und Lonit konnten nur überleben, wenn er sie nicht im Stich ließ. Und wenn sie starben, wäre es, als hätte der Stamm nie existiert.

Es war jetzt fast stockdunkel, und der Wind zerrte an ihnen. Doch der alte Mann fror nicht und wurde auch nicht langsamer. Er fürchtete sich nicht vor der Verantwortung für Torka und Lonit. Für sie würde er wieder jung und stark sein – so stark wie das Mädchen, das mit ihm Schritt hielt. Er sah sie verstohlen von der Seite an und dachte: *Dieses Mädchen hat Mut. Sie wird eines Tages eine Frau sein, die tapfere Söhne gebärt.*

Ihr Gesicht war tief in ihrer Kapuze verborgen. Das war ihm recht, denn sie war keine Schönheit. Doch in dem gefährlichen, unbekannten Land, das vor ihnen lag, würde sich der Wert einer Frau an ihrer Ausdauer und Willenskraft und nicht an ihren Gesichtszügen messen.

Doch als das letzte Tageslicht verblaßte, war die Frau nur noch ein Mädchen, und das Bein des verjüngten Herrn der Geister schmerzte unter der Haut eines alten Mannes. Als Torka sich auf dem Schlitten bewegte, brachte er sie beide aus dem Gleichgewicht, und sie fielen in den Schnee.

Umak schnaubte, stand auf und streckte dem Mädchen seine Hand hin. »Ich glaube, es ist Zeit zum Ausruhen.« Seine Hand war ruhig, aber er war dankbar für die Dunkelheit, weil Lonit so die Erschöpfung auf seinem Gesicht nicht erkennen konnte.

Aber Lonit schaute Umak gar nicht an. Sie blickte über seine Schulter den Weg zurück, den sie gekommen waren. In ihrem Gesicht stand das blanke Entsetzen.

Hunderte von Augen starrten sie an. Sie schienen körperlos in der Nacht zu schweben und blinzelten von Zeit zu Zeit wie die Funken über einem unsichtbaren Feuer.

Lonit war überzeugt, daß es die Augen der Toten

waren, die ihnen den ganzen Weg gefolgt waren und nur auf die Dunkelheit gewartet hatten, um die Seelen jener zu holen, die sie bestohlen hatten.

Doch Umak wußte es besser. Er konnte den Hund gerade noch erkennen, der zwischen ihnen und den Augen stand. Er hatte die Zähne gefletscht und knurrte drohend.

Umak knurrte ebenfalls, weil er die Gefahr nicht eher bemerkt hatte. Durch den Gegenwind hatte er sie nicht wittern können, aber das war keine Entschuldigung. Ein jüngerer Herr der Geister hätte es auch so gewußt. Er ärgerte sich über sich selbst und versuchte, in der Dunkelheit die schlanken Gestalten zu erkennen, deren Winterfelle weiß wie Schnee waren.

Es waren Füchse. Wie lange mochten sie ihnen schon gefolgt sein? Durch den Hunger hatten sie ihre Scheu abgelegt, und zusammen in einem großen, gierigen Rudel waren sie so gefährlich wie Wölfe, wenn sie angriffen.

Und Umak war sicher, daß die Tiere angreifen würden. Sie hatten beobachtet, wie ihre Beute gestolpert und zu Boden gegangen war. Außerdem rochen sie Torkas Blut und die Schwäche der beiden anderen Menschen.

Langsam und mit bedächtigen Bewegungen schnallte Umak seine Rückentrage ab und bedeutete dem Mädchen, dasselbe zu tun. Sie gehorchte, doch als er ihr sagte, sie solle ihm zwei seiner Speere geben und sich selbst ebenfalls zwei nehmen, zögerte sie. Einer Frau war es verboten, die Waffen eines Mannes zu berühren, weil sonst der schlechte Einfluß ihres schwächeren Geschlechts die Kraft zum Töten beeinträchtigte. Sie starrte den alten Mann fassungslos an und hoffte, daß sie sich verhört hatte, doch als er zornig seinen Befehl wiederholte, gehorchte sie schließlich.

Sie besaßen insgesamt sieben Speere, lange Stäbe aus gespaltenen Beinknochen eines Mammuts mit Spitzen aus behauenem Stein oder Elfenbein, die mit Sehnen befestigt waren. Normalerweise wurden sie unterwegs auf der Schulter getragen, doch Umak hatte sie waagerecht durch seine Rückentrage gesteckt, damit beide Hände für die außergewöhnliche Last frei waren. Zur schnellen Verteidigung hatte er sein Steinmesser und eine Keule aus dem feuergehärteten Schenkelknochen eines Langhornbisons in den Gürtel gesteckt. Die Speere konnten im Notfall schnell genug herausgezogen werden, um sich gegen größere Beutetiere zu verteidigen – wie jetzt.

Er streckte sich und blähte seinen Brustkorb auf, um vor den Tieren größer zu erscheinen. Er knurrte erneut und macht Lonit mit Gesten klar, was sie tun sollte.

Die Speere fühlten sich ungewohnt an, aber sie schmolzen oder erschlafften nicht, als sich ihre weiblichen Fäuste um die Schäfte klammerten. Vielleicht waren die Verbote über den Waffengebrauch nun außer Kraft, wo der Stamm nicht mehr existierte. Lonit sagte sich, daß sie Umaks Anweisungen folgen mußte, andernfalls wäre es sein Recht, sie zu schlagen oder zu verstoßen.

In siegessicherer Haltung marschierte er auf die Füchse zu, und Lonit tat es ihm nach. Im stillen rief sie die Geister an, die in den Speeren wohnten.

Vergebt diesem unwürdigen Mädchen, daß es euch hält! Gebt ihren Händen Kraft und ihrer Seele Mut! Seid stark und schnell und trefft euer Ziel!

Die Speere schienen ihre Bitte erhört zu haben, denn plötzlich spürte sie neue Kraft in den Armen. Mit großen, prahlerischen Schritten stakste der alte Mann vorwärts und brüllte die Füchse an, um sie zu verscheuchen. Lonit ahmte ihn nach und war erstaunt, daß ihre Stimme überhaupt nicht ängstlich klang.

Einige der Augen blinzelten und verschwanden, doch viele verharrten unbeeindruckt auf der Stelle. Als Lonit und Umak sich näherten, blickte der wilde Hund zu ihnen zurück. Die Anführer des Fuchsrudels nutzten diesen Augenblick und sprangen ihn aus der Dunkelheit heraus an. Als sie jetzt wie Lemminge in Scharen angriffen, konnte Lonit sie zum ersten Mal deutlich erkennen und hielt den Atem an. Sie hatte noch nie so viele Füchse auf einmal gesehen. Sie hätte nie geglaubt, daß es auf der ganzen Welt so viele geben würde. Für einen Augenblick wich die Kraft aus ihren Armen, und vor Angst war sie wie gelähmt.

Der wilde Hund hätte jetzt rasch den Schwanz einziehen und in der Nacht verschwinden können. Statt dessen stellte er sich knurrend den Gegnern und biß wild um sich, während sie ihn mit gebleckten Zähnen ansprangen.

Lonit spürte instinktiv, daß jetzt die beste Gelegenheit zur Flucht war. Wenn die Füchse über den Hund herfielen, würden sie sich nicht um die beiden Menschen kümmern. Doch warum stellte der Hund sich zum Kampf? Es schien, als würde das Tier sich bewußt in Gefahr begeben, um die Mitglieder seines Rudels zu verteidigen.

»Aar!« brüllte Umak plötzlich, und das Mädchen zuckte erschreckt zusammen als er heulend an die Seite des Hundes rannte. Er stand bis zu den Knien in Füchsen und stach mit dem Speer immer wieder zu. Lonit hörte ein schmerzhaftes Jaulen und plötzlich, wie ein aufgescheuchter Vogelschwarm, war das Fuchsrudel verschwunden. Umak und der Hund standen keuchend nebeneinander und waren nur noch von zerfetzten und blutigen Kadavern umgeben. Umak hob einen Speer, an dem noch der aufgespießte Körper eines Fuchses hing, und schüttelte ihn.

»Jetzt werden wir ein Festmahl halten!« rief er triumphierend.

Der alte Mann blickte auf den Hund hinab. Außer einem eingerissenen Ohr und der blutigen Schnauze schien das Tier unverletzt zu sein. Das dicke Fell hatte ihn offenbar vor größerem Schaden bewahrt. Er stand so dicht neben Umak, daß der alte Mann ihn ohne weiteres berühren oder ihm seinen Speer durch den Rücken ins Herz hätte treiben können. Der Hund sah zum alten Mann hinauf und rührte sich nicht von der Stelle, als er den Fuchs vom Speer schob und dem Hund vor die Füße fallen ließ. Der Hund beschnüffelte den Kadaver; dann legte er sich nieder und begann zu fressen, als wäre die Gesellschaft des Menschen für einen Hund die natürlichste Sache der Welt.

Fassungslos starrte Lonit den alten Mann an. Er war also doch der Herr der Geister, ein so mächtiger Jäger, daß er durch Zauberei den Geist eines Tieres beeinflussen und ihm seinen Willen aufzwingen konnte. Er hatte nicht nur die Füchse vertrieben und einige getötet, damit sie zu essen hatten, er hatte sogar den Hund dazu gebracht, neben ihm zu kämpfen, als wäre er sein Bruder.

2

Sie hockten sich in den Schnee und verzehrten zwei der Füchse roh, während um sie herum der Wind immer stärker wurde. Sie häuteten die Kadaver mit ihren Steinmessern und saugten heißes, lebenspendendes Blut aus dem faserigen Fleisch.

Als sie spürten, wie die Kraft in ihre ausgehungerten und erschöpften Körper zurückkehrte, machten sie sich daran, eine Erdhütte als Schutz gegen den aufziehenden Sturm zu errichten. Mit seiner Steinaxt schob Umak den Schnee zur Seite und zerhackte dann den gefrorenen Boden zu kleinen, ungleichmäßigen Soden, die Lonit nebenan auf einem Haufen stapelte. Mit der gezackten

Spitze eines Karibugeweihs kratzten der alte Mann und das Mädchen eine Mulde in den Boden, die etwa sechs Fuß weit und einen Fuß tief war. Als sie fertig waren, nahmen sie den Schlitten auseinander und legten den noch immer bewußtlosen Torka in den Schnee, nachdem sie ihn in ein Bisonfell eingewickelt hatten. Sie rammten die Mammutrippen so tief es ging in den Boden und verschnürten sie mit den großen Geweihen zu einem Dachgerüst. Dann breiteten sie eine Plane aus eingefettetem Leder darunter aus. Es war die einzige, die sie aus dem Lager hatten retten können, und sie war an einigen Stellen eingerissen, aber Lonit würde sie später ausbessern.

Die Wände aus Fell und Häuten wurden dann schichtweise über den Rahmen gezogen und mit Lederriemen zusammengebunden. Schließlich häuften sie die Soden an den Wänden der Erdhütte auf, nicht nur um das Dach zusätzlich zu sichern, sondern auch zum Schutz gegen den Wind.

Nun brachten sie Torka in die Erdhütte und legten ihn vorsichtig neben die Stelle, an der sie das Feuer machen wollten. Er lag wie tot da. Umak fühlte seinen Puls an der Schläfe. Torka hatte immer noch Fieber, doch sein Herzschlag war kräftig und gleichmäßig. Der alte Mann lächelte, denn er war sich jetzt sicher, daß Torka wieder gesund werden würde. Er wagte es nicht, Lonit seine Zuversicht mitzuteilen, damit er keine Dämonen weckte. Er sagte ihr nur, daß es Torka offenbar schon besser ging, worauf sie erleichtert aufatmete.

Dann holten sie ihre Vorräte und einen der Füchse, die inzwischen steifgefroren waren. Sie würden ihn später häuten und zerlegen, wenn es in der Hütte wärmer geworden war. Die übrigen sechs Tiere vergruben sie neben der Hütte. Im ständig gefrorenen Boden der Tundra würde das Fleisch für fast unbegrenzte Zeit haltbar bleiben.

Umak setzte sich, und Lonit verschloß die Felltür von

innen. In der Hütte war es dunkel. Draußen ließ der Wind ein wenig nach, um dann die Richtung zu wechseln. Fast im selben Augenblick wurde es merklich kälter. Aus Erfahrung wußte der alte Mann, daß nun ein eisiger Sturm über sie hereinbrechen würde, den nur die widerstandsfähigsten Geschöpfe überleben konnten.

Wir werden ihn überleben, dachte der alte Mann und entspannte sich. Er mußte an den Hund denken und wünschte sich, er wäre mit in die Hütte gekommen. Er hatte Futter von ihm angenommen, war jedoch zurückgewichen, als er ihn damit in den Schutz der Hütte locken wollte. Jetzt lag er draußen im Windschutz einer Fellwand und hatte sich um die Reste eines Fuchses zusammengekugelt. Mit dem Bauch voller Fleisch und Mark und dem dicken Winterfell würde er ausreichend gegen die Kälte geschützt sein.

Auch ich werde überleben, dachte der alte Mann.

Als ob er Umaks Gedanken bestätigen wollte, heulte der Hund plötzlich trotzig gegen den Sturm an.

Lonit saß still und lauschend da und zitterte, weil sie sich auf einmal unsäglich einsam fühlte. Zum ersten Mal wurde ihr richtig bewußt, daß sie, Umak und Torka alles waren, was noch vom Stamm existierte. Draußen in der Dunkelheit beherrschten der Wind, der Sturm und die wilden Tiere eine Welt, die sich in unendliche Weiten erstreckte. Sie waren ganz allein in dieser Welt, ein Mädchen, ein alter Mann und ein verwundeter Jäger. Unter dem wilden, weiten arktischen Himmel sang der Hund sein Klagelied in die endlose Nacht hinaus.

»Was ruft dein Bruder Hund in den Wind, Herr der Geister?« fragte Lonit den alten Mann. Sie hatte versucht, nicht ängstlich zu klingen, und hoffte, daß er sie nicht wegen ihrer Frage bestrafen würde.

Umak hatte das Zittern in der Stimme des Mädchens gehört. Auch er spürte die Verzweiflung der Einsamkeit und der Furcht, doch er war der Herr der Geister und durfte sich keine Unsicherheit erlauben. Er lauschte auf den Gesang des Hundes. »Daß wir am Leben sind«, antwortete er mit grimmiger Entschiedenheit. »Und daß wir am Leben bleiben werden.«

Der Wind zerrte an ihrem kleinen Unterschlupf, doch er hielt stand, obwohl Schnee durch die Ritzen wehte, die Lonit aus Erschöpfung nicht mehr hatte flicken können. Umak spürte, daß die Temperatur immer weiter fiel, und er wurde besorgt. Er richtete sich auf, so weit es ging, denn die Erdhütte war groß genug, um sich darin in ganzer Länge auszustrecken, aber man konnte nicht aufrecht darin stehen.

»Steh auf!« rief er dem Mädchen zu und befahl ihr, sich auszuziehen. Sie gehorchte zitternd, während auch er sich seiner Kleidung entledigte. Dann beugte er sich über Torka und zog ihm seine zerrissenen und blutigen Kleidungsstücke aus.

Er bedeutete Lonit, sich an Torkas rechte Seite zu legen, während er sich links von ihm ausstreckte. Dann hüllten sie sich in Bisonfelle und zitterten so lange, bis ihnen warm wurde. Die gemeinsame Wärme ihrer Körper würde ihnen helfen, die schlimmsten Stunden des Sturms zu überstehen.

Lange lagen sie wach und lauschten dem Wind, während Torka tief und fest zwischen ihnen schlief. Nach einer Weile sagte der alte Mann mit einer Bestimmtheit, die keinen Zweifel ließ: »Siehst du? Wir sind am Leben! Und wir werden am Leben bleiben!«

Aber wie lange noch? fragte sich das Mädchen und war nicht sicher, ob Umak zu ihr oder zum Sturm gesprochen hatte. Es spielte keine Rolle. Sie merkte, daß Umak eingeschlafen war und daß auch sie ihm bald folgen würde. Sie schloß die Augen und kuschelte ihren schlanken Körper an Torka. *In der ganzen Welt gibt es für Torka nun keine andere Frau mehr. Es gibt nur noch Lonit. Ich bin seine Frau. Er wird mein Mann werden, wenn es soweit ist. Ja, so wird es sein. Er wird vergessen, daß ich häßlich bin. Ich werde mich so nützlich machen, daß er es vergessen muß.*

Sie wurde von einem süßen Hochgefühl überwältigt. Sie drückte sich noch enger an Torka und spürte, wie seine fiebrige Hitze mit der ihrer eigenen Haut verschmolz. Ihr Pulsschlag raste mit einer Intensität, die keine jugendliche Schwärmerei mehr war. Nach dem heutigen Tag war sie kein Kind mehr, das war für immer vorbei. Ihre kleine Hand tastete über seinen Körper und blieb auf Torkas Schulter liegen.

»Lonit ist Torkas Frau«, flüsterte sie kaum hörbar und glitt allmählich in den Schlaf.

Doch plötzlich war sie wieder hellwach. Sie blickte mit weit aufgerissenen Augen um sich, und jeder Muskel ihres Körpers war angespannt. Umak schlief weiter, und auch Torka atmete gleichmäßig. Doch draußen wütete der Sturm mit dämonischer Kraft. Es hatte etwas Übernatürliches und Bedrohliches. Lonit setzte sich auf. Durch die Ritzen drang Schnee in das Innere der Hütte. Er bildete Wirbel in der Luft und nahm die Form von Geistern und Dämonen an, die an ihrer nackten Haut zerrten.

Lonit hielt den Atem an. In den Gesichtern der Dämonen erkannte sie die Mitglieder des Stammes, obwohl sie ihre frühere Form verloren hatten. Es waren nebelhafte, durchsichtige Schlieren, von denen eine die Gestalt einer Frau annahm. Ihre Gesichtszüge waren verstümmelt und von Reif bedeckt, und sie blutete Nebel aus tausend Wunden. Kalte, unversöhnliche Augen, die einst wunderschön gewesen waren, richteten sich auf Lonit, und aus dem skeletthaften Mund drang ein einziges Wort.

»Torka . . .«

Lonit wußte, daß die Geisterfrau Egatsop war, die

gekommen war, um die Seele ihres Mannes zu fordern. »Nein«, schrie Lonit und warf sich über Torka, während sie spürte, wie eiskalte Hände des Todes über ihren Rücken strichen. »Er lebt! Du kannst ihn nicht haben! Er ist jetzt mein Mann!«

Der Wind wurde stärker und dröhnte in ihren Ohren. Die bittere Kälte brannte in ihren Nasenlöchern und drang in ihre Lungen, bis sie kaum noch atmen konnte. Sie spürte Egatsops Finger, die sich wie messerscharfe Eiszapfen in ihren Körper krallten, um an den Mann zu gelangen, der unter ihr lag. Plötzlich bewegte sich Torka und rief die Namen seiner toten Frau und seiner Kinder.

Eine Woge der Verzweiflung brach über Lonit herein. Wie hatte sie sich nur einbilden können, daß Torka sie wollte, selbst wenn sie die letzte Frau der Welt war. Die Frau, die er liebte, war aus der Totenwelt zurückgekommen, um ihn sich zu holen. Aber sie konnte Torka nicht einfach sterben lassen, den Mann, den sie mehr als ihr Leben liebte.

Sie drehte sich zum Geist um. »Komm und nimm mich! Du kannst in meinem Körper weiterleben, wenn du bei ihm sein willst!«

Doch der Geist schien sie nur auszulachen. Lonit hatte nicht einmal in ihren schlimmsten Alpträumen ein häßlicheres Gesicht gesehen. Sie wurde vor Angst fast ohnmächtig und warf sich wieder über Torka. Sie schluchzte, als der Sturm die Hütte schüttelte. Plötzlich hörte sie im Tosen des Sturmes den Hund knurren, und so schnell, wie sie erschienen waren, verschwanden die Geister wieder.

Sie wandte sich ab und sah, daß Umak sich erhoben hatte. Er tat, was er konnte, um die Ritzen im Dach zu stopfen, und bat sie, ihm zu helfen. Er hatte keine Geister gesehen und keine Stimmen gehört. Er versicherte ihr, daß alles nur ein Traum gewesen sei.

In der Dunkelheit durchstöberte sie ihre Habe und fand ihre Fäden aus feiner Sehne. Mit zitternden Händen fädelte sie einen in eine Nadel und versuchte, die Risse notdürftig zu flicken. Als sie fertig war, hatte der Sturm abgeflaut. Sie half Umak, den Schnee aus der Hütte zu räumen, und kroch wieder unter die Schlaffelle.

Aber sie fand keinen Schlaf. Draußen vor der Hütte knurrte der wilde Hund, und die ganze Nacht über hielt Lonit Wache gegen die Dämonen.

3

Im Osten zeigte sich das erste Grau der Dämmerung. Der Wind brauste über die geduckten Gipfel und Gletscher und die eisigen Polarsteppen der Tundra. Wenn jemals Dämonen die Nacht heimgesucht hatten, so waren sie jetzt verstummt. Der Sturm hatte sich ausgetobt und nur eine Kruste aus trockenem Schnee auf dem gewölbten Dach der Hütte und dem Fell des schlafenden Hundes hinterlassen.

Lonit war schließlich doch in den tiefen, traumlosen Schlaf der Erschöpfung gefallen. Neben ihr war Torka aus seinem Fieber erwacht. Lange Zeit lag er ruhig da und starrte in die Dunkelheit, während er die Wärme der beiden Menschen an seiner Seite spürte.

Ihre Anwesenheit konnte ihn nicht trösten, denn die Erinnerungen, die ihn jetzt überfielen, waren schmerzhafter als das dumpfe Pochen seiner Wunden. Die Geister der Vergangenheit lebten noch hinter seinen Augen: seine Frau, sein Baby und seine Freunde, die für immer verloren waren. Er sah wieder den blutigen Schnee im Winterlager seines Stammes. Er sah den kleinen Kipu und hörte seinen Schrei, als ein furchterregender Schatten über ihn fiel. Er sah das Mammut, Donnerstimme, den Welterschütterer. Mit Augen, die vor Haß auf den Menschen geweitet waren, stapfte der Zerstörer durch Torkas Geist und ließ seinen Zorn an Kipu und an allen anderen aus, die ihm lieb waren.

Das Innere der Hütte drohte ihn plötzlich zu ersticken. Er konnte die Qual seiner Erinnerungen nicht mehr ertragen. Mit schmerzverzerrtem Gesicht stand er auf und stieg über seinen schlafenden Großvater hinweg. Er hüllte sich in eins der Schlaffelle, öffnete die Tür und ging nach draußen.

Die Welt war weiß und fremd. Sie erstreckte sich scheinbar endlos nach Osten in mächtigen, weiß schimmernden Wellen. Links von ihm bewegte sich im Schnee plötzlich etwas Felliges, schüttelte sich und wich knurrend vor ihm zurück.

Erschrocken nahm Torka Abwehrhaltung ein und war bereit, das Tier zu erwürgen, wenn es ihn angriff. Doch als er die Hütte verlassen hatte, war Umak aufgewacht und trat nun an seine Seite.

»Es ist nur Bruder Hund«, erklärte Umak. »Er ist ebenfalls allein und hat kein Rudel mehr. Er ist diesem alten Mann gefolgt und hat seine Seele davor bewahrt, vom Wind davongetragen zu werden. Er hat an Umaks Seite gekämpft und sich einen Platz in diesem Lager verdient.«

Torka runzelte die Stirn. Er fühlte sich verwirrt, benommen, geschwächt. Er konnte sich nicht an die Stunden erinnern, die vergangen waren, seit er im Winterlager des Stammes in Fieberwahn gefallen war. Umaks Worte ergaben keinen Sinn für ihn. Die Szene kam ihm unwirklich vor, wie ein Teil seiner Alpträume. Er legte eine Hand auf den Arm seines Großvaters, um sich zu vergewissern, daß er keine Traumgestalt war.

Der alte Mann verstand und nickte lächelnd. »Umak

ist noch am Leben, weil Bruder Hund ihn nicht sterben lassen wollte«, erklärte er. »Nur deshalb hat dieser alte Mann dich gefunden. Zusammen mit dem Mädchen habe ich dich vom Ort des Todes in ein neues Leben geführt. Wir sind alles, was vom Stamm noch übrig ist. Aber wir werden überleben.«

Torka verspürte plötzlich nur noch eine dumpfe Verzweiflung. »Wozu?«

Umak blickte ihn verständnislos an. »Wozu haben Menschen jemals gelebt? Um neues Leben hervorzubringen! Um das Lachen ihrer Kinder zu hören! Um mutig für die Frauen auf die Jagd zu gehen! Und um in der Winterdunkelheit den Gesang des Lebens zu singen.«

Torka schloß die Augen. »Dieser Mann wird nicht eher den Gesang des Lebens singen, bis sein Speer das Blut des Zerstörers geschmeckt hat. Die Seele dieses Mannes wird so lange tot wie die Geister seines Stammes sein, bis er das Fleisch des Welterschütterers verschlungen hat und seine Knochen unter dem Auge der Mitternachtssonne verbleichen.«

Umak starrte seinen Enkel entgeistert an. »Der Zerstörer ist ein Dämon! Niemand kann ihn töten!«

Torka sah dem alten Mann unverwandt in die Augen. »Ich werde es für meine Frau tun, für mein Kind, das noch keinen Namen hatte, für meinen Sohn Kipu und für all jene, die nun mit toten Augen in den Himmel starren. Torka wird Donnerstimme entweder töten oder mit ihm in die Geisterwelt eingehen, um ihn dort auf ewig zu jagen.«

Die Tage vergingen. In der klirrenden, unerbittlichen Kälte, die dem Sturm folgte, wurden die Fährten von Mensch und Tier mit Eis bedeckt. Selbst wenn Torka gesund gewesen wäre, hätte er ihre Spuren niemals zurückverfolgen können, um die Fährte des Mammuts aufzunehmen. Sie hatten sich weit vom Jagdgebiet ihres Stammes entfernt. Keine vertraute Landmarke zeigte den Weg zurück zum Winterlager an. Dennoch war Torka von dem Gedanken besessen, zurückzukehren, die Bestie, die seinen Stamm getötet hatte, aufzuspüren und zu töten. Er wußte, daß er keine Chance hatte, den Kampf zu überleben. Doch für ihn war das Leben ohnehin vorbei – seit jenem Tag, als er seine Frau und seine Kinder im blutigen Schnee liegen sah.

Im Zwielicht der warmen Erdhütte saß Umak im Schneidersitz und starrte Torka finster an. »Das Mammut, das du suchst, wirst du niemals finden. Vergiß es, bevor es dich tötet!«

Torka erwiderte Umaks finsteren Blick. »Du bist schuld, daß der Zerstörer nun durch einen anderen Teil der Welt zieht als ich. Wenn ich das Mammut niemals finden kann, wie soll es mich dann töten?«

Umak schnaubte. »Die Bestie, die in deinen Gedanken umherwandert, zehrt von deiner Seele. Laß sie los, Torka, bevor es zu spät ist!«

»Es ist bereits zu spät.«

Lonit hörte ihnen schweigend zu. Die zwei Jäger saßen ihr gegenüber am Feuer. Lonit hatte den kleinen ausgehöhlten Stein, der gleichzeitig als Lichtquelle und zum Kochen diente, leicht in ihrem Reisegepäck unterbringen können, ebenso wie ihre Feuerwerkzeuge, den bereits abgenutzten Knochenstab mit den vielen Vertiefungen, den Knochenbohrer mit dem Mundstück aus poliertem Stein und dem Strick zum Drehen. Das alles hatte den Angriff des Mammuts unbeschadet überstanden.

Mit diesen Werkzeugen Feuer zu machen, war eine Kunst. Heute hatte sie, als sie Torkas düstere Stimmung spürte, das Ritual absichtlich in die Länge gezogen. Sie hatte gehofft, mit dem Licht und der Wärme ihres Feuers

Torkas Trauer vertreiben zu können. Sie hatte das steinerne Mundstück zwischen die Zähne genommen, das den Feuerbohrer in der Vertiefung des Knochenstabs hielt. Dann hatte sie den Strick einmal um den Bohrer gewickelt, die Enden in beide Hände genommen und den Stab damit so lange gedreht, bis die Reibung einen Funken aufglimmen ließ, den sie mit getrocknetem Moos auffing.

Feuermachen war Frauenarbeit. Lonit hatte es von ihrer Mutter gelernt. Das Mädchen war stolz darauf, zumindest in dieser Kunst eine gewisse Geschicklichkeit entwickelt zu haben, und sie wollte Torka mit ihrem Feuer aufmuntern. Aus ihrem letzten Stück Fett, das noch aus dem Winterlager stammte, hatte sie dickes Öl gepreßt und in den ausgehöhlten Stein gegeben. Darin hatte sie den kleinen Rest Moos getunkt, mit dem sie den Funken aufgefangen hatte. Der Stein glühte zwischen den Soden aus Moos und Flechten, die die Hitze des Feuers aufnahmen und in das Innere der Erdhütte abstrahlten.

Doch weder Torka noch Umak achteten auf Lonits Feuer. Sie waren zu sehr in ihr Gespräch vertieft und nahmen es als selbstverständlich hin, daß Lonit als Frau die Fähigkeit besaß, Feuer zu machen. Torka starrte in die Flamme. »Ich werde zum Winterlager zurückkehren und die Fährte des Zerstörers aufnehmen. Die Tage werden länger und bald auch wärmer. Dann werde ich wieder gesund sein. Mit eurem schweren Gepäck und dem Schlitten habt ihr tiefe Spuren auf dem Land hinterlassen. Die Narben auf der Tundra halten sich lange. Wenn das Eis schmilzt, werde ich der Spur folgen, die ihr hinterlassen habt.«

»Wir haben keine Spuren hinterlassen«, erwiderte Umak. »Die Tundra war hartgefroren. Wir sind die ganze Zeit im Schnee gewandert.«

Torka brummte. »Dann werde ich nach Vögeln Ausschau halten«, sagte er. »Die Aasfresser des Landes und der Luft werden kommen und sich über die Toten hermachen.«

»Sie sind längst wieder fort. Umak hat sie schon vor dem Sturm gespürt. Aus diesem Grund hatte dieser alte Mann sich entschlossen, den Sturm nicht abzuwarten, sondern sofort aufzubrechen.«

Lonit schauderte, als sie sich daran erinnerte.

Torkas versteinertes Gesicht war im Feuerschein von Trauer und Erschöpfung gezeichnet. »Du hast mir viel beigebracht, Vater meines Vaters. Ich werde in die Richtung gehen, wo die Sonne versinkt, bis mir das Land wieder vertraut ist. Ich werde das Lager finden und Totenwache halten. Dann werde ich den Zerstörer jagen.«

»Dieser alte Mann wird nicht mit dir gehen!« Umak war wütend und ungeduldig. »Dieser alte Mann wird weiter in die Richtung ziehen, wo die Sonne sich erhebt, und die Karibus suchen. Umak ist das Leben zurückgegeben worden. Er wird es nicht leichtfertig aufs Spiel setzen. Umak muß sich um Lonit kümmern. Sie ist noch ein Mädchen, aber sie wird bald eine Frau sein. Durch sie kann der Stamm wiedergeboren werden, und für uns alle wird ein neues Leben beginnen. Doch Leben entsteht nur aus Leben, Torka. Wenn du tatsächlich den Zerstörer findest und ihn tötest, wird er dir kein Leben geben. Es ist ein Dämon. Wenn er stirbt, wird er spurlos in den Nebeln des Geisterwindes verschwinden.«

»Sein Fleisch wird mir Leben geben.« Torka erinnerte sich an den Geruch des Blutes des Mammuts und wie er immer wieder auf das Tier eingestochen hatte, bevor es ihn in den scheinbar sicheren Tod geschleudert hatte. »Es hat geblutet . . .«

Umak brummte, und vor Wut brach er eine Kante der Speerspitze ab, die er ausgebessert hatte. »Das wirst du auch!«

Torka wußte später nicht mehr genau, wann er begann, Umaks Ansichten über das Mammut zu teilen. Die Zeit verging schnell. Die Schwellungen und blauen Flecken verschwanden, und seine Wunden wurden zu Narben. Der Frühling kam und vertrieb die Winterdunkelheit. Jeden Tag ging Torka während der wenigen hellen Stunden nach draußen. Vergeblich suchte er nach dem Weg zurück ins Winterlager. Er suchte nach Wild und Mammutspuren und fand statt dessen seine Kraft wieder. Langsam heilte sein Körper, aber nicht seine Seele.

Seine Erinnerungen ließen ihm keine Ruhe. Ob er wachte oder schlief, Donnerstimme beherrschte ständig seine Gedanken. Doch dann eines Nachts schlief er traumlos. Zum ersten Mal, seit das Mammut in sein Leben getreten war, um ihn zu vernichten, wachte er erfrischt auf und freute sich, am Leben zu sein. Dennoch quälte ihn sein Gewissen. Seine Familie und alle seine Freunde waren tot; er durfte sie nicht einfach vergessen. Umak hatte recht gehabt, als er ihn davor warnte, daß die Bestie an seiner Seele zehren würde. Er wehrte sich nicht dagegen, dann beruhigte es ihn, obwohl es ihm die Lebensfreude raubte.

Sie aßen den letzten Fuchs, und bevor sie noch das Mark aus den Knochen gekratzt hatten, machte Lonit sich daran, Fallen aufzustellen. Bald rösteten sie Lemminge und Pikas auf dem Feuer. Umak erlegte ein geschecktes Schneehuhn. Die ersten Zugvögel waren zurückgekehrt und zogen über den Himmel. Schüchtern ging Lonit auf Torka zu und schenkte ihm eine neue Jacke, die sie aus den Fellen und Schwänzen der Füchse genäht hatte. Torka mußte eingestehen, daß Lonits Geschicklichkeit mit der Nadel die seiner Frau in den Schatten stellte. Dann ärgerte er sich, daß sie ihn dazu veranlaßt hatte, einen solchen Vergleich anzustellen, und wollte die Jacke zuerst nicht tragen. Doch seine alte war völlig zerlumpt, und er hatte keine Wahl. Er trauerte um den Verlust Egatsops. Sie hätte hier sein sollen, um für ihn zu nähen, und nicht dieses fohlenhafte Mädchen mit den runden Augen und den langen, jungenhaften Beinen. Einst hatte er sie für ihre Hartnäckigkeit bewundert, mit der sie sich trotz aller Widrigkeiten an das Leben klammerte, doch jetzt haßte er sie. Er wußte, daß seine Gefühle für sie unvernünftig waren, aber das war ihm gleichgültig. Sie war am Leben, während seine Frau und seine Kinder tot waren. Deshalb mußte Umak sich um sie kümmern und war nicht daran interessiert, sich auf die Suche nach dem Zerstörer zu machen.

Und dafür haßte Torka sie. Es gab keine andere Frau mehr auf der ganzen Welt, und Umak hatte recht, wenn er sagte, daß der Stamm durch sie wiedergeboren werden mußte, wenn er nicht für immer sterben sollte. Dieser Gedanke war so abstoßend, daß Torka sich nicht weiter damit beschäftigen mochte. Doch dann kam der Tag, wo er erwachte, einen gebratenen Lemming aß und nach draußen in die Wärme der aufgehenden Sonne trat. Da mußte er widerwillig zugeben, daß es gut war, am Leben zu sein. Die Bestie seiner Erinnerungen rührte sich wieder, doch diesmal wußte er, daß er den Zerstörer nie wiedersehen wollte – zumindest nicht, wenn er keine Überlebenschance hatte. Und die hatte er nicht, solange er allein war. Er durfte Umak und das Mädchen nicht dadurch in Gefahr bringen, daß sie ihm in den Schatten des Zerstörers folgten. Umak war ein alter Mann und Lonit ein kaum erwachsenes Mädchen. In dieser wilden, feindlichen Welt durfte er sie nicht im Stich lassen.

4

Dann brachen sie eines Tages auf, in Richtung der aufgehenden Sonne, auf der Suche nach den Karibus. Als das Licht und die Wärme zurückkehrten, veränderte sich die Tundra. Der Boden, der bisher unter der dünnen Schicht aus Schnee und Eis hartgefroren war, federte nun nachgiebig unter den Schritten der Reisenden.

Sie zogen durch ein Land, das auf der ganzen Welt einzigartig war. Anderswo waren Licht und Feuchtigkeit die bestimmenden Lebensfaktoren, doch hier herrschte der kalte, schneidende Wind. Selbst an den längsten und wärmsten Tagen des Sommers, wenn die Sonne niemals unterging und die Tundra mit einem Blütenteppich überzogen war, hielt der eisige Wind die Temperaturen so niedrig, daß im Schatten der Hügel und zwischen den Felsblöcken immer noch Schneereste lagen. Flüsse und Seen waren eisfrei, doch der Boden war bis in eine Tiefe von fast einem Meter ständig gefroren. Auf den Bergen, die sich bis zum westlichen Rand der bekannten Welt erstreckten, blieb der Schnee bis zum nächsten Herbst liegen, wenn sich eine neue Schneedecke darüber legte, die immer dicker und schwerer wurde, bis sie den ganzen Gebirgszug unter sich begrub und nur die höchsten Gipfel freiließ. Insgesamt bedeckten die gewaltigen, zwei Meilen dicken Eismassen im Westen und Osten eine Fläche von viertausend Meilen im Durchmesser.

Die kleine Reisegruppe sah jedoch nur die ergrünende Tundra, während sie immer weiter ostwärts in ein unbekanntes Land vorstieß.

Es ging nur langsam voran, denn durch den Temperaturwechsel war der Boden in ungleichmäßige Stücke zerbrochen. Sie waren entstanden, als in der ersten Wärme Schmelzwasser in die Bodenspalten sickerte, anschließend wieder gefror und so Spalten von zehn bis hundert Fuß Länge aufrissen.

Doch keiner von ihnen beschwerte sich. Sie machten einen Bogen um die flachen Rinnen und dankten den Geistern, daß das lange, wellige Tal, durch das sie zogen, nur eine dünne Schneedecke besaß und das Schmelzwasser sich überall zu eisigen Bächen und Flüssen sammelte.

Keuchend vor Erschöpfung machten sie eine Pause. Umak nickte zufrieden. »Bald werden viele Vögel kommen, um zu nisten, um ihre Jungen großzuziehen und uns als Nahrung zu dienen.«

Lonit faßte neuen Mut, als sie diese Worte hörte. In ihrem Gepäck hatte sie mehr als genug Sehnen, um eine Steinschleuder herzustellen. Wenn sie vier kleine Steine von gleichem Gewicht fand, hatte sie eine beachtenswerte Waffe, mit der sie in der traditionellen Technik der Stammesfrauen auf die Jagd nach Wasservögeln gehen konnte. Ähnlich wie eine Bola wickelte sich die Schleuder um die Füße der Vögel und hinderte sie daran davonzufliegen. Mit der Steinschleuder war Lonit genauso geschickt wie mit Fallen und geflochtenen Netzen für den Vogel- und Fischfang. Sie war froh über ihre Fähigkeiten und die vielen Stunden, die sie daran gearbeitet hatte, denn ein häßliches Mädchen mußte für irgend etwas gut sein, wenn sie das Recht zum Überleben haben wollte.

Torka starrte hinaus in das Tal, das sich vor ihnen allmählich verengte. Wie weit waren sie schon gekommen? Wie viele Meilen lagen jetzt zwischen ihnen und dem verwüsteten Winterlager? Er dachte an Egatsop und das Neugeborene. Es war ein so hübsches Mädchen gewesen mit den schrägen Augen und den langen Wimpern der Mutter. Er schloß die Augen und fühlte sich plötzlich unerträglich müde.

»Seht!« rief Umak und zeigte mit einem knochigen Finger zum Himmel.

Torka und Lonit blickten nach oben. Etwa eine Meile von ihnen entfernt ließ sich ein riesiger Vogel vom Aufwind tragen.

»Sonnenvogel!« benannte Umak das Tier, das seinen Namen daher hatte, daß es das Licht der Sonne verdunkeln konnte, wenn es vorbeiflog. Beim Anblick des gewaltigen Kondors mit einem Gewicht von fünfzig Pfund und einer Flügelspanne von fünfzehn Fuß machte Umaks Herz einen Sprung vor Freude. Selbst der wilde Hund blickte verdutzt gen Himmel. Umak sprang von einem Fuß auf den anderen und fühlte sich stark und glücklich, als hätte er niemals gehumpelt. »Sonnenvogel! Wir werden deinem Schatten folgen!« rief er. Er wußte, daß der Kondor sich vom Aas großer Tiere ernährte. Wo der Sonnenvogel flog, wanderten im Schatten seiner Flügel die Karibus.

Voller Hoffnung zogen sie weiter und durchquerten einen Flußarm an einer seichten Stelle. Dann schlugen sie erschöpft ihr Lager auf, doch diesmal errichteten sie nur einen Wetterschutz, denn sie wollten sich nicht lange aufhalten. Sie waren sicher, daß sie nur wenige Meilen weiter auf die Karibuherden stoßen würden.

Während Umak und Torka ihre Speere nahmen und in der Umgebung nach kleinem Wild suchten, holte Lonit ein Fangnetz mit Sehnenmaschen aus ihrer Rückentrage. Der Hund schnüffelte an Murmeltierspuren und jagte männliche Schneehühner, die auf den Hügeln hockten und heisere Balzrufe austauschten. Lonit ging zum Flußarm und kniete sich ans Ufer. Sie achtete darauf, daß ihr Schatten nicht auf die Wasseroberfläche fiel, und tauchte ihr Netz in die Strömung. Sie hielt es mit dem offenen Ende stromaufwärts, und schon im nächsten Augenblick hatte sie einen fetten Lachs gefangen, und nach kurzer Zeit war ihr Netz schon zum Bersten gefüllt.

Sie reihte die Fische ordentlich am Ufer auf und bewunderte ihren Fang, als sie auf den wilden Hund aufmerksam wurde. Sie hatte Angst vor dem Hund, und sie wußte, daß auch Torka ihm nicht traute. Das Tier war so groß, daß es einen Mann ernsthaft verletzen konnte, und ein Mädchen hätte gegen ihn keine Chance. Doch der Hund war Umaks Bruder, und wenn es ein Geisterhund war, so hatte er zumindest jetzt nichts Furchterregendes an sich. Er scheuchte die flüchtigen Schneehühner von einem Hügel zum anderen und schnappte nur nach wirbelnden Federn, wenn die kampflustigen Vögel gackernd vor ihm davonflogen.

»Hat deine Hundemutter dir nicht beigebracht, wie man jagt? Auf diese Weise wirst du nie etwas fangen!«

Lonit schüttelte das Wasser aus ihrem Fangnetz und brach zwei Äste von einer Zwergweide ab, die mit ihren flaumigen Kätzchen dicht am Wasser im Windschatten der Uferböschung wuchs. Mit den Ästen und dem Netz ging sie langsam zu einem Hügel in der Nähe, auf dem keine Schneehühner balzten. An der Nordseite lag etwas festgebackener Schnee, doch sie schaffte es, genug davon zu lösen, um zwei Schneebälle zu formen. Den einen, der etwa die Größe eines Schneehuhns hatte, stellte sie auf der Hügelkuppe auf, und den kleineren, länglichen befestigte sie oben am größeren. Wo die beiden Schneebälle sich berührten, drückte sie ein paar zerflückte Moosstücke in die Schneemasse, die die ersten Büschel des Sommergefieders darstellen sollten.

Sie begutachtete ihr Werk und war damit zufrieden. Aus der Ferne würde ihr Schneevogel echt genug aussehen, um jeden dummen, paarungsbereiten Hahn zu täuschen. Sie lächelte still, als sie etwas Schnee vor ihrem Lockvogel anhäufte, das Netz darüberlegte und es mit den Weidenzweigen feststeckte.

Jetzt ging sie hinter dem Hügel in Deckung und horchte

auf die Schneehühner, die nicht aufgehört hatten, mit lauten Rufen ihr Revier zu beanspruchen. Diesen Ruf, den sie lange geübt hatte, ahmte sie nun nach. Schon im nächsten Augenblick kam ein Vogel geflogen, um den Köder anzugreifen. Er stieß herab und kreischte eine Warnung, doch als seine Krallen in den Schnee griffen, verfingen sie sich im Netz. Er geriet aus dem Gleichgewicht und flatterte mit den Flügeln. Lonit hatte seine Rufe gehört und stürmte den Hügel hinauf, warf sich auf den Vogel und brach ihm kurzerhand das Genick. Sie hielt ihre Trophäe hoch und stieß einen triumphierenden Schrei aus. Wenn Umak und Torka zurückkamen, hatten sie Fisch und Geflügel zu essen. Sie würden sich darüber freuen und von Lonits Nutzen überzeugt sein.

Dann entdeckte sie die beiden Männer in der Ferne. Sie trabten auf sie zu und hatten ihre Speere erhoben. Sie gestikulierten und freuten sich offensichtlich über das Schneehuhn, das sie gefangen hatte. Sie hielt es hoch, damit sie es sahen. Umak rief ihren Namen, und die beiden begannen zu rennen. Lonit war begeistert.

Aber nicht lange, denn der Schrei eines anderen Vogels ließ sie herumfahren. Sie kreischte verzweifelt, als sie sah, wie der Hund am Ufer den letzten ihrer Fische verschlang. Dann verdunkelte plötzlich ein Schatten das letzte Tageslicht, als der riesige Kondor seine Flügel anlegte und im Sturzflug auf sie zuschoß.

Lonit erstarrte. Sie sah nur noch schwarze und weiße Federn und darüber den geierähnlichen Hals mit dem flachen Kopf und dem krummen, gefährlichen Schnabel, der sich gierig im Flug öffnete. Das Mädchen starrte in Todesangst auf die runden, roten Augen und den aufgerissenen Schnabel. Der Kondor kreischte und wollte nach dem Schneehuhn in ihren Händen greifen. Doch in diesem Augenblick sprang plötzlich der Hund Lonit wie aus dem Nichts an und warf sie von den Beinen.

Vor Schreck ließ Lonit das Schneehuhn los. Hätte sie nur ein wenig länger gezögert, hätte der Kondor ihr die Hand abgerissen. Als sie zu Boden stürzte, dachte sie nur daran, daß der Hund sie jetzt fressen würde. Doch er war schon wieder verschwunden und verfolgte den riesigen Vogel, der taumelnd und kreischend mit Torkas Speer in der Brust vom Himmel fiel.

Lonit hörte die Jäger rufen. Ihr Mund war wie ausgetrocknet, und sie fühlte sich klein und dumm, als sie beobachtete, wie der Kondor fauchend und blutspuckend zu Boden ging. Mit seinem gewaltigen Schnabel und den scharfen Krallen war er immer noch gefährlich. Torka und Umak stürmten los, um ihm den Todesstoß zu geben. Der wilde Hund blieb dicht neben Umak und half seinem Menschenbruder knurrend, Federn spuckend und niesend, die Beute zu erlegen.

Lonit war verzweifelt.

Durch ihre Dummheit hatte sie die Fische und das Schneehuhn verloren. Heute abend würden Torka, Umak und Bruder Hund sich am Fleisch des Kondors sattessen. Doch ein häßliches, unwürdiges Mädchen wie Lonit hatte kein Recht, an einer Mahlzeit teilzunehmen, zu der sie nichts beigesteuert hatte.

5

Umak neckte sie, als sie darauf bestand, daß sie kein Recht auf einen Anteil am Kondor hatte. Er blickte sie mit einem belustigten, aber nicht unfreundlichen Lächeln an. »Kleines Mädchen, ohne dich und das Schneehuhn als Köder hätten wir den Sonnenvogel doch niemals vom Himmel geholt!«

»Ich bin kein kleines Mädchen. Ich bin fast schon eine Frau!«

Torka blickte sie ernst an. »Also gut, du Fast-Frau, dann wirst du den Kondor zerlegen, ein Feuer machen und das Fleisch für Umak und Torka braten. Das ist die Aufgabe einer Frau. Und wenn du damit fertig bist, hast du dir deinen Anteil verdient.«

Sie errötete. Dankbar für jedes Wort von Torka machte sie sich erleichtert an die Arbeit.

Zumindest Umak war einfach zufriedenzustellen. Heute waren er und Torka bis zum Ende des Tals gegangen und hatten einen niedrigen Hügel bestiegen, um zu sehen, was dahinter lag. Dort hatten sie über eine weite Ebene geblickt und am Horizont das entdeckt, wonach sie so lange gesucht hatten.

»Heute abend essen wir das Fleisch des Kondors«, sagte Umak, »und werden uns am Blut und Mark des Sonnenvogels stärken, denn wir dürfen seine Seele nicht entehren, indem wir das verschwenden, was wir getötet haben. Doch morgen werden wir weiterziehen. Morgen werden wir eine lange Reise machen und ein Jagdlager aufschlagen, in dem wir viele Tage bleiben werden. Und dann beginnt die Karibujagd!«

Seine Augen leuchteten vor Begeisterung. »Diese Herde kommt uns aus dem Osten entgegen, wie dieser alte Mann vorausgesagt hat. Sie erstreckt sich von Horizont zu Horizont bis in die Unendlichkeit. Niemals hat dieser Herr der Geister so viele Karibus auf einem so weiten Land gesehen!«

Umaks Begeisterung war ansteckend. Lonit hörte neben der Arbeit zu und war zunächst traurig, als sie an die langen Tage des Hungermonds und all das Leid denken mußte, das der Stamm durchgemacht hatte. Doch das alles zählte jetzt nicht mehr. Wenn die Jäger Karibus erlegten, würde sie ihre Fähigkeiten als Frau nutzbringend einsetzen und gut für ihre Männer sorgen. Sie lächelte, und Grübchen bildeten sich unter ihren hohen Wangenknochen, als sie an die vielen guten Dinge dachte, die sie aus Fell, Knochen und Sehnen der Karibus fertigen würde. Torka sah ihr bei der Arbeit zu, und er schweifte wieder in düstere Gedanken ab. Ihr Anblick bereitete ihm immer wieder Kummer. Lonit war ein starkes und zähes Kind, aber er sehnte sich nach seiner Frau und seinen Kindern. Und wieder schlug sein Verlangen in Haß auf Lonit um. Warum hatte sie überlebt, während alle anderen tot waren?

Er stand neben dem Wetterschutz und starrte hinaus in die Welt. Sie erschien ihm plötzlich so leer. Würde er jemals wieder das Lachen der Kinder hören oder die leisen Gespräche der Frauen in der Dunkelheit und den spielerischen Streit der Männer bei einem Wettstreit im Knochenwerfen?

Als er wieder den Unterschlupf betreten und sich neben Umak setzten wollte, knurrte der wilde Hund ihn an. Das Tier lag neben Umak, gerade außerhalb seiner Reichweite. Es blieb immer in seiner Nähe, und jedesmal, wenn ihm jemand zu nahe kam, warnte er ihn.

»Sei ruhig, Bruder Hund!« sagte Umak zu dem Tier. »Torka gehört zu unserem Stamm und ist vom selben Blut wie dieser alte Mann. Du mußt dich an ihn gewöhnen. Er ist auch dein Bruder.«

Der Hund legte den Kopf wieder auf die Pfoten und entspannte sich, ließ Torka aber nicht aus den Augen. »Aarr . . .« knurrte er, diesmal wesentlich leiser.

»Aar!« wiederholte Torka verärgert und nahm neben seinem Großvater Platz. Umak war als Herr der Geister zwar in der Lage, Macht über ein Tier zu gewinnen. Doch wenn es nach Torka ginge, würde er dem Hund den Schädel einschlagen. Das Tier würde eine gute Mahlzeit abgeben, und sein Fell war auch nicht zu verachten. Und er konnte ja niemals der Bruder eines Menschen werden, ganz gleich, was Umak behauptete. Torka traute dem Hund nicht. Irgendwann würde er die Menschen nicht mehr beschützen, sondern sie angreifen. Und wenn Umaks Kräfte schwanden und er nicht länger Herr über seinen Geist war, würde der Hund über ihn herfallen. Torka wartete nur auf diesen Tag; dann würde er den vermeintlichen Bruder Hund töten.

»Seht!« sagte Lonit und hielt einen der langen Flügelknochen des Kondors in die Höhe. Sie hatte das Fleisch und die Sehnen mit dem Messer entfernt und bewunderte seine Leichtigkeit. »Wie kann ein so zerbrechlicher Knochen das Gewicht eines so großen Vogels tragen?«

Umak knurrte. Das war eine Frage, die nicht einmal der Herr der Geister beantworten konnte. Doch Torka stand interessiert auf. Das Mädchen hatte seine angeborene Neugier geweckt.

Er kniete neben dem toten Tier nieder und nahm den noch vollständigen anderen Flügel in die Hand, den Lonit sauber vom Schultergelenk abgetrennt hatte. Er bewunderte die glatten und großen Federn. Er rupfte eine aus und fuhr damit durch die Luft, wobei die Feder am biegsamen, hohlen Kiel einen kräftigen Widerstand ausübte.

Lonits weibliche Augen bemerkten andere, praktische Eigenschaften der Federn. Sie waren lang genug für einen Sommerrock, man mußte sie nur an einem Gürtel aus Sehnenschnur zusammennähen. Sie würden auch einen prächtigen Brustschmuck für die Beschwörungsrituale eines Herrn der Geister abgeben oder einen Fächer, um an den windlosen Sonnentagen die Fliegen zu vertreiben. Schüchtern versuchte sie, Torka ihre Ideen mitzuteilen, doch er schien sie nicht zu hören. Fasziniert bewegte er den Flügel und bewunderte seinen Aufbau, die Stärke und Elastizität der kräftigen Sehnen, welche die Muskeln und Knochen wie Sprungfedern vor- und zurückschnellen ließen.

»Auf diese Weise fliegt er...«, sagte er in Gedanken versunken.

Torkas Neugier war jetzt auch auf seinen Großvater übergesprungen. Er stand auf, nahm ihm den Flügel aus den Händen und untersuchte ihn. Dann nickte er, hob ihn auf seinen Rücken und entfaltete ihn. Vorsichtig begann er den Flügel zu bewegen, bis er in einen Tanz verfiel, geierähnliche Rufe ausstieß und den Flug des Kondors nachahmte.

Torka konnte sich nicht mehr zurückhalten und lachte laut. Lonit hielt sich die Hand vor den Mund, um nicht loszuprusten und den Herrn der Geister zu beleidigen. Der wilde Hund zog sich winselnd zurück und schien vom Verhalten seines Herrn irritiert zu sein.

Umak tanzte weiter und bewegte den Flügel, als wäre er mit seinem Arm verwachsen. Dabei sang er ein Dankeslied für den großen Vogel, dessen Fleisch sie bald essen würden.

Auf diese Weise fliegt er, dachte Umak, und für eine Weile spürte er nicht mehr das Gewicht der Jahre in seinem alten Körper. Er tanzte wirbelnd und springend, bis er erschöpft innehielt und wieder ein alter Mann war. Er dachte an die weite Ebene, auf der sie die Karibus gesehen hatten, und an die vielen Meilen, die sie noch von den Herden trennten. Umak ließ den Kondorflügel fallen und stemmte keuchend die Hände in die Hüften, während sich sein schlimmes Knie und seine gepeinigten Füße wieder schmerzhaft bemerkbar machten.

»Wenn dieser alte Mann sich doch nur wie ein Sonnenvogel Flügel wachsen lassen könnte! Wenn wir doch nur alle mit Kondorflügeln fliegen könnten! Denkt nur, wie weit wir dann reisen und wie viele Dinge wir dann sehen könnten! Und wie wir unsere Füße schonen könnten!«

Lonit machte ein Feuer aus getrockneten Fuchsknochen und Soden, die sie in ihrem Gepäck mitgenommen hatte. Sie brieten den Sonnenvogel und aßen, soviel sie konnten. Auch der Hund erhielt seinen Anteil. Dann rollten sie sich in ihre Schlaffelle, um sich von dem anstrengenden Tag auszuruhen.

Mit den Bäuchen voller Fleisch schliefen sie eng aneinandergedrängt in der Wärme des Feuers unter dem Wetterschutz. Torka hatte einen seltsamen Traum, in dem er sich selbst als Mann mit Kondorflügeln sah, die ihn hoch und schwerelos über der Welt schweben ließen. Er war wie ein Speer, der seinen Flug selbst steuern und mit eigenen Augen sehen konnte.

Er blickte hinunter auf die Erde, auf die steilen Gipfel, die Schluchten im Griff des Eises, die Täler der Tundra und die weiten Ebenen, über die sich die Karibus in endlosen Strömen ergossen. Und ganz weit im Osten am Horizont sah er ein grasendes Mammut, ein einzigartiges Tier mit Schultern hoch wie Berge, Stoßzähnen hart und kalt wie Gletscher und Augen, die vor Haß auf den Menschen geweitet waren. Es sah zu Torka auf und trompetete mit einer Stimme, die den Himmel erzittern ließ.

Torka antwortete ihm. Er schrie, legte seine Flügel an und stürzte vom Himmel. Dabei verwandelte er sich in einen Speer, der das Mammut mit der Kraft eines Blitzes traf. Der Zerstörer ging zu Boden, und Torka erwachte zitternd mit dem Geschmack von Blut, Tod und Verzweiflung im Mund.

Er lag noch eine Zeitlang wach und dachte über seinen Traum nach. Wo mochte das Mammut jetzt grasen? Und würde es jemals einen Mann und einen Speer geben, die diese Bestie töten konnten?

6

Die Lederschlaufe sirrte durch die Luft, als Torka sie losließ. Der schlafende Hund hörte das Geräusch, doch es war bereits zu spät. Die Schlaufe legte sich um seinen Hals, und als das verwirrte Tier aufsprang, zog sie sich noch fester. Der ungewohnte Druck versetzte den Hund in Panik. Er wollte wegrennen, doch Torka hatte das andere Ende des Riemens bereits an einem Knochen festgebunden, den er am Abend zuvor tief in den Boden getrieben hatte.

Benommen stand der Hund mit gesenktem Kopf da, und seine ganzer Körper stemmte sich gegen den Zug des Lederriemens. Das Tier starrte Torka an und schien langsam zu verstehen, als die blauen Augen das Stück Leder bis zur Hand des Mannes zurückverfolgten. Ein tiefes Knurren kam aus seiner Kehle. Ohne Warnung machte er einen Satz nach vorn und wäre Torka mit seinen gefletschten Zähnen selbst durch den dicken Kragen an die Kehle gegangen, wäre der Jäger nicht rechtzeitig zurückgesprungen. Der Hund winselte vor Schmerz, als das straff gespannte Seil ihn von den Beinen riß.

Lonit fuhr erschrocken auf. Sie waren bis zu den fernen Hügeln weitergezogen und hatten in ihrem Windschatten eine Erdhütte errichtet. Nach dieser Nacht würden sie die Karibus jagen, die zu Hunderttausenden auf der weiten Ebene vor ihnen grasten. Das Mädchen würde natürlich nicht an der Jagd teilnehmen, aber sie war schon vor den Männern aufgestanden, um die Schaber und Messer zum Abhäuten und Zerteilen der Tiere zurechtzulegen. Im ersten Tageslicht hatte sie sich mit ihrem Werkzeugbeutel aus Luchsfell vor die Hütte gesetzt. Der Hund hatte sie nur kurz angeblickt und war sofort wieder eingeschlafen. Sie war so mit ihren Werkzeugen beschäftigt gewesen, daß sie Torka überhaupt nicht bemerkt hatte.

Umak kam splitternackt aus der Hütte gestürmt. »Was hast du getan?« schrie er und beobachtete fassungslos, wie der Hund sich verzweifelt wand und mit den Zähnen am Lederriemen zerrte.

Lonit hielt den Atem an und senkte den Blick. Sie war schockiert, nicht etwa wegen der Nacktheit des alten Mannes, sondern wegen seines Tonfalls. Er hatte Torka angebrüllt, und sie durfte auf keinen Fall Torkas Beschämung mit ansehen. Kein Mann sprach je auf diese Weise mit einem anderen Mann; nur Frauen durften so gedemütigt werden.

Torka erbleichte und schien nicht zu verstehen, was seinen Großvater so erzürnt hatte. »Wenn die Karibus auch nur einen Hauch der Witterung des Hundes aufnehmen, werden sie sich in alle Winde zerstreuen wie Weidenlaub in einem Herbststurm«, erklärte er. »Torka dachte, auch Umak will den Hund zurückhalten, bevor wir auf die Jagd gehen.«

»Kein Mann fesselt seinen Bruder!« Umak zitterte heftig in der Kälte des Morgens. Er faßte sich an die Kehle und schien die enge Schlaufe des Riemens um seinen eigenen Hals zu spüren. Es tat Umak leid, daß er geschrien hatte. Torka hatte ja nicht unbedacht gehandelt, hatte es nur gut gemeint. Doch daß er den Hund gefesselt hatte, war eine Schande sowohl für das Tier wie auch für Umak. »Brüder müssen einander vertrauen. Das ist das einzige Band, das es zwischen ihnen geben darf. Andernfalls . . .« Er ließ den Satz unvollendet und trat vorsichtig einen Schritt auf den Hund zu.

Das Tier sprang auf und senkte den Kopf, während sich die Haare entlang der Wirbelsäule sträubten. Ein tiefes, vibrierendes Knurren kam aus seiner Kehle, und es entblößte seine gefährlichen Zähne. Umak blieb stehen. Er war traurig, denn er erkannte, daß er einen Freund verloren hatte.

Der Hund ging ein paar Schritte zurück und warf sich dann mit aller Kraft gegen den Zug des Riemens. Die Schlinge um seinen Hals riß, und der Knochenstab zerbrach. Für einen Augenblick schien es, als wollte der Hund sich auf Umaks Kehle stürzen. Lonit schrie auf, und die Werkzeuge fielen zu Boden, als sie die Flucht ergriff. Torka fuhr herum, um sich einen der Speere zu greifen, die an die Hütte gelehnt standen. Doch der Hund sprang am alten Mann vorbei und rannte über die Tundra davon.

Torka holte aus, um ihm einen Speer hinterherzuwerfen, doch Umaks Ruf hielt ihn im letzten Augenblick zurück.

Obwohl er großen Respekt vor Umaks Befehlsgewalt hatte, zitterte Torka vor Enttäuschung. »Der Hund wird die Karibus vertreiben!« stieß er bitter hervor.

Umaks Augen verengten sich zu schmalen Schlitzen. Torka blickte ihn mit eiskalter Verachtung an. In seinen Augen stand das Mitleid für einen alten Mann, der nicht mehr imstande war, sichere Entscheidungen zu treffen. Umaks Trotz regte sich. Seine Würde bewahrte ihn davor, Torka ins Gesicht zu sagen, daß er jetzt irgendwo tot in der Tundra liegen würde, hätte Umak nicht mit Entschlossenheit gehandelt. Er blickte ihn mit der weisen Verachtung an, die nur das hohe Alter für die Dummheit und Ungeduld der Jugend empfinden konnte.

»Torka hat zum Wohl des Stammes gehandelt«, sagte der alte Mann schließlich. »Torka glaubt, daß man Bruder Hund nicht trauen kann und hat ihn verjagt, obwohl er Umak, Lonit und auch Torka das Leben gerettet hat. Umak und Bruder Hund sind viele Meilen zusammen gewandert. Sie haben vom selben Fleisch gegessen und im selben Lager geschlafen. Aar ist der Bruder dieses Herrn der Geister. Und wenn er zurückkommt, um seinen rechtmäßigen Platz als Mitglied dieses Stammes zu fordern, wird Torka seine Hand nicht wieder gegen ihn erheben!«

Umak hatte mit ruhiger Stimme gesprochen, doch seine Worte waren ebenso ein Tadel wie ein Befehl gewesen. »Der Hund wird nicht zurückkommen«, erwiderte Torka nachdenklich. Hatte Umak das Tier tatsächlich wie einen Menschen beim Namen genannt? Obwohl Torka bereits die Grenzen des Anstands und der Tradition überschritten hatte, konnte er nicht mit seiner Frage zurückhalten. »Aar?«

Umak hob gebieterisch den Kopf. »Mein Enkelsohn hat einen Namen, genauso wie mein Bruder!«

»Dein Bruder ist ein Hund, Großvater!« erinnerte ihn Torka. Er war ernsthaft besorgt. Der alte Mann sah so zerbrechlich aus, wie er dort splitternackt, die dünnen, sehnigen Arme über der knochigen Brust verschränkt, in der Kälte stand. Torka mußte daran denken, wie oft Egatsop ihn auf Umaks Schwächen hingewiesen hatte. Er glaubte, ihre verächtliche Stimme im Wind zu hören. *Umak ist alt. Umak hat seine Kraft verloren. Umak ist nicht mehr der Mann, der er einmal war. Umak ist nicht mehr der Herr der Geister. Umak ist nicht einmal mehr Herr über seinen eigenen Geist. Umak ist eine Belastung für den Stamm.*

Doch jetzt gab es den Stamm nicht mehr. Torka war mit Umak und Lonit allein auf der Welt. Beide hatten geholfen, sein Leben zu retten, doch jetzt war er wieder gesund und kräftig. Und auch Umak mußte die Wahrheit erkennen, nämlich, daß ihr weiteres Überleben jetzt von Torka abhing. Das Mädchen war noch sehr jung, und bis zu diesem Augenblick war Torka nicht bewußt geworden, wie alt Umak wirklich war. Vielleicht hatte Egatsop recht gehabt. Vielleicht gehörten Umaks Weisheit genauso wie die Kraft seines Körpers der Vergangenheit an. Seine seltsame Zuneigung für den Hund schien das zu bestätigen.

»Großvater«, sagte Torka sanft. »Es ist Zeit, den Hund

zu vergessen. Torka hatte nicht vor, ihn zu vertreiben, doch jetzt, wo er fort ist, ist es gut so. Noch nie haben Hunde und Menschen gemeinsam gejagt und dasselbe Lager geteilt. Wenn der Hund zurückkommt, wird er uns auf der Jagd folgen und das Wild vertreiben.«

Umak schnaubte ärgerlich über Torkas herablassenden Tonfall. »Genauso wie er den Sonnenvogel von Lonit fort und direkt in Torkas Speer getrieben hat?«

Lonit errötete, als sie die Spannung spürte, die zwischen den beiden Jägern herrschte. Sie kniete sich nieder, um die Werkzeuge wieder aufzusammeln. Sie wünschte sich, Torka hätte gesehen, wie der Hund mit Umak gegen die Füchse gekämpft hatte. Wenn sie ein Mann wäre, hätte sie es Torka sagen können. Dann hätte er erkannt, daß Umak ein großer und mächtiger Herr der Geister war und daß er den wilden Hund mit seiner Macht bezwungen hatte.

»Torka braucht keinen Hund, der ihm auf der Jagd hilft!« antwortete Torka erregt auf Umaks kühlen Sarkasmus.

Umak schnaubte erneut. »Wir werden sehen. Komm, wir wollen uns auf die Jagd vorbereiten! Laß uns die Jagdkleidung anziehen! Diesem alten Mann ist kalt. Er möchte Karibus jagen und sehen, wieviel Torka noch von dem weiß, was Umak ihm beigebracht hat.«

Die Jagd begann, und sie erlegten das erste Tier. Als die zweite Kuh röchelnd mit zwei Speeren im Leib zu Boden ging, stürmte die Herde in Panik vor ihnen davon. Es war ein wilder Strom aus blökenden Kälbern und schnaufenden Kühen, der sich von Horizont zu Horizont erstreckte, so weit das Auge reichte.

»Kein Hund könnte so viel Wild vertreiben!« sagte Umak.

Torka schwieg. Er wollte nicht zugeben, daß der alte Mann recht hatte. Dennoch fühlte er sich jetzt besser, weil sie Glück auf der Jagd gehabt hatten. Er war sogar froh, daß Umak ihn übertrumpft hatte. Trotz seines steifen Beines hatte der alte Mann die Jagd angeführt, als ob er und nicht Torka im besten Mannesalter stand. Dabei hatte Torka ihm nicht etwa den Vortritt gelassen – Umaks Erfolg war ganz allein sein Verdienst. Alle fünf Speere hatten ihr Ziel getroffen, doch Torka hatte nur einen Wurf anbringen können.

Umak warf ihm einen verstohlenen Blick zu und konnte ein schelmisches Lächeln der Überlegenheit nicht unterdrücken, als er seine Waffen aus den Leibern der erlegten Tiere zog.

Ihre Augen trafen sich. Und wie schon oft zuvor schienen ihre Seelen miteinander zu verschmelzen. Jeder kannte die Gedanken des anderen.

Dieser alte Mann ist nicht so alt, als daß er nicht mehr fähig wäre, seinen Enkel bei der Jagd zu übertreffen.

Torka nahm den Tadel hin und nickte. *Dieser junge Mann hat einen alten Mann unterschätzt, der immer noch einen großen weißen Bären erlegen könnte.*

Umaks Grinsen zog sich über sein ganzes Gesicht und entblößte seine abgenutzten, aber noch starken Zähne. Er kniete nieder, zog einen Handschuh aus und stieß seine bloße Hand in die Wunde, die Torkas Speer in die Kuh gerissen hatte. »Dies war eine Todeswunde«, gestand er ein.

Torka lächelte. Damit wollte sein Großvater ihren Streit schlichten. Er kniete sich ebenfalls hin und schob seine Hand in die andere Wunde, die Umaks Speer verursacht hatte.

»Torka und Umak sind gute Partner bei der Jagd«, sagte er. »Gemeinsam haben wir diese Kuh zweimal getötet!«

Für diesen Tag war die Jagd zu Ende. Sie stimmten den Gesang an, der seit Generationen von den Jägern des Stammes gesungen wurde, um den Geistern für die erlegte Beute zu danken. Sie gaben sich Mühe, nicht an jene zu denken, die nie wieder mit ihnen jagen würden, doch sie waren allgegenwärtig; sie flüsterten im Wind und schauten aus dem Himmel zu.

Doch die Toten konnten nicht essen, und Umak und Torka hatten einen Bärenhunger. Sie stachen die Augen des Karibus aus und schlürften den bittersüßen schwarzen Saft. Sie öffneten die Brust und aßen die Herzen ihrer Beute. Für sie war es eine Zeremonie, weil sie spürten, wie die Lebensgeister der Karibus sie mit Wärme und neuer Kraft erfüllten. Sie lachten sich zu. Es war schon viel zu lange her, seit sie das letzte Mal Blut und Fleisch des Karibus genossen hatten.

Die beiden Kühe waren verhältnismäßig kleine und magere Jährlinge gewesen, ohne Kälber, weil diese aus Mangel an Milch verhungert wären. Mühelos nahmen die Jäger ihre Beute auf die Schulter und trotteten zum Lager zurück, wo Lonit sie bereits erwartete.

Sie brachte ihnen den überlieferten Frauengruß dar, der von den Männern ebenso traditionsgemäß nicht beachtet wurde. Sie luden die Beute vor Lonits Füßen ab, zogen den Umhang mit den Geweihen als Jagdzeichen aus und hockten sich ans Feuer. Dann begann Lonit ihre pflichtgemäße Litanei der Dankbarkeit. Wiederum verlangte es die Sitte, daß die Männer nichts darauf erwiderten. Obwohl sie ihr Schweigen nicht brachen, zeigte sich Überraschung auf ihren Gesichtern, denn der Tonfall von Lonits Lobgesang war wundervoll. Ihre Stimme klang so angenehm und sanft, daß sie den kalten Wind zu beruhigen schien. Ihr langsamer, einfacher Tanz führte sie mit kleinen Schritten im Kreis um die Beutetiere herum. Als sie schließlich vor den Männern innehielt, atmete Umak zum Zeichen der Anerkennung hörbar aus. Obwohl Torka sich nicht äußerte, strahlte Lonit vor Freude, nicht nur über die reiche Beute, auch, weil ihr Lobgesang ihren Männern gefallen hatte.

Der Gedanke, daß es *ihre* Männer waren, machte sie schwindelig vor Glück. Sie ging an die Arbeit und zog den Kadaver in Windrichtung von der Hütte fort, damit Raubtiere, die vom Geruch angezogen wurden, nicht auf die Menschen stießen. Mit dem scharfen Fleischmesser öffnete sie die Bäuche der Karibus und schnitt Leber und Nieren heraus. Sie brachte die Organe, die noch warm waren und in der kühlen Luft dampften, zu den Jägern. Ihr würziger Geruch war berauschend. Während Torka seinen Anteil nahm und zu essen begann, gab Umak großzügig dem überwältigten Mädchen einen Teil ab. Er schnitt bluttriefende Stücke ab und bestand darauf, daß Lonit sie sofort verzehrte. Auch als sie den Jägern die Gedärme brachte, überließ Umak ihr einen Anteil von diesem köstlichen Fleisch; die Gedärme waren mit nahrhaften, halbverdauten Flechten und Moosen gefüllt. Lonit hatte diese Delikatesse zum letzten Mal genossen, als ihre Mutter noch lebte und sie mit ihr geteilt hatte. Seitdem hatte sie sich von Überresten ernähren müssen, weggeworfenen Markknochen, zähem Fleisch, das niemand sonst mehr essen wollte, und dem ›Frauenfleisch‹, das sie selber jagen durfte. Dazu gehörten Vögel, Fische, Nagetiere oder Larven, die die Männer nur während der Hungerzeit anrührten, wenn die Mitglieder des Stammes alles aßen, was sie bekommen konnten.

Als ihr Hunger gesättigt war, erhoben sich Torka und Umak, um die Karibus zu häuten. Lonit stand neben ihnen und bewunderte ihre Geschicklichkeit. Das Häuten von Großwild war Männerarbeit. Trotzdem schaute sie interessiert den schnellen, sicheren Bewegungen der starken Männerhände zu. Mit den gut eingearbeiteten Feuersteinklingen lösten sie die Haut und zogen sie vom Fleisch ab.

Anschließend setzten die Männer sich wieder ans Feuer und knabberten noch eine Weile an den übriggebliebenen Stücken Leber, Nieren und Innereien, bis sie schließlich einnickten, müde und gesättigt.

Nun machte sich Lonit an die Arbeit. Zuerst breitete sie die Häute mit dem Fell nach unten aus und beschwerte sie mit Steinen. Sie achtete sorgfältig darauf, die Häute nicht zu spannen, damit sie später nicht hart wurden und nicht mehr zu gebrauchen waren. Die blutigen, oberflächlich abgeschabten Häute verkrusteten sich bereits im trockenen, kalten Wind. Morgen würde sie beginnen, die Fleischreste zu entfernen, doch es würden noch ein paar Tage vergehen, bis die Häute weiterverarbeitet werden konnten. Wenn sie genügend ausgetrocknet waren, würde Lonit in den Häuten schlafen. Durch die Wärme und die Ausdünstungen des menschlichen Körpers weichten sie auf, bis sie nach wiederholtem Abschaben und Strecken zart genug waren, um daraus Kleidung für die Männer zu nähen. Lonit würde die Nähte so fest miteinander verbinden, daß auch der kälteste Wind nicht durchdringen konnte. Wenn die Jäger dann an stürmischen Tagen während der langen Winterdunkelheit hinausgingen, würde vielleicht sogar Torka anerkennen, daß Lonit nicht völlig nutzlos war.

Während sie das Fleisch zerteilte, dachte sie an die vielen Karibus, die Torka und Umak in den nächsten Tagen zu ihr bringen würden. Ihr Rücken schmerzte, und ihre Hände waren rauh, doch das machte ihr nichts aus. Dieses Fleisch war für Torka und Umak, und sie war stolz, daß sie es für ihre Männer zubereiten durfte. Nachdem die roten Filets aus Muskelfleisch über dem Knochenrahmen hingen, machte sie sich trotz ihrer spürbaren Erschöpfung daran, die Gelenkknochen aufzubrechen und das Mark herauszuholen.

»Du hörst jetzt auf und kommst ans Feuer!«

Erschrocken blickte Lonit auf. Torka saß im Schneidersitz neben dem schnarchenden Umak und starrte sie verärgert an. Überrascht stellte sie fest, daß es bereits dunkel geworden war. Die goldenen, blauen und grünen Farben der Polarlichter pulsierten am Nachthimmel. Der Geruch nach gebratenem Fleisch stieg ihr in die Nase, und ihr Magen knurrte. Sie hatte noch gar nicht bemerkt, daß sie Hunger hatte.

Torka winkte sie heran. Sein Gesicht zeigte keine Regung, als sie zu ihm kam, um aus seiner Hand einen Knochenspieß mit gerösteter Karibuzunge entgegenzunehmen. Im sanften Glühen des Feuers und vor dem Hintergrund des vielfarbigen Schimmerns der Nordlichter sah Torka so faszinierend aus, daß Lonit sich nicht von der Stelle rühren konnte. Ihre Hand war in der Bewegung erstarrt und zitterte sichtlich.

»Nimm! Iß! Du Fast-Frau hast die Arbeit einer ganzen Frau geleistet . . . die Arbeit von einem Dutzend Frauen! Aber weiß diese Frau nicht, wann es Zeit ist, aufzuhören und sich auszuruhen.« Er klopfte ungeduldig neben sich auf den Boden. »Hier! Setz dich neben Torka auf die Felle! Laß dich vom Feuer wärmen, ruh dich aus und iß!«

Sie war von dieser Einladung so überwältigt, daß ihr beinahe die Knie nachgaben. Sie setzte sich. Zusammen aßen sie schweigend, während der Wind flüsterte und Funken vom Feuer in den Himmel stiegen. Das Mädchen blickte ihnen nach und aß langsam, ohne etwas zu schmecken. Sie dachte nur daran, wie nah sie dem Mann neben ihr war. Mit jeder Faser war sie sich seiner Gegenwart bewußt; die Nervenenden in ihrer Haut waren gespannt und warteten nur auf seine Berührung oder ein Wort von ihm. Doch er saß schweigend und regungslos da, starrte hinaus in die Nacht und hing seinen eigenen

Gedanken nach. Nicht einmal das Glühen des Feuers konnte die Traurigkeit mildern, die Lonit in seinen Augen sah. Bald wurde auch das Mädchen traurig, denn sie spürte, daß Torka sie überhaupt nicht wahrnahm, obwohl er sie an seine Seite gerufen hatte. Sein Herz war bei seiner Frau und seinen Kindern, bei all dem, was er verloren hatte und nie wieder in seiner Nähe haben würde.

Als es völlig dunkel geworden war, kam Wind auf, und die Temperatur fiel. Sie gingen in die Erdhütte, um Schutz vor der Kälte zu suchen.

Kurz vor der Morgendämmerung wachte Lonit vom Heulen eines wilden Hundes auf. Sie lag in der Dunkelheit und fragte sich, ob es Bruder Hund war. Sie lauschte seinem Klagen und Torkas gleichmäßigem Atmen. In seine Felle eingerollt, schlief er tief und fest an ihrer Seite. Es dauerte eine Weile, bis sie das vertraute Schnarchen des alten Mannes vermißte.

Sie setzte sich auf und versuchte, in der Dunkelheit etwas zu erkennen. Umak war nicht mehr da.

Sie war so müde von der Arbeit gewesen, daß sie nur ihre blutverschmierte Jacke ausgezogen hatte, bevor sie unter die Felle kroch. Jetzt wickelte sie sich in ein Schlaffell, zog ihre Stiefel an und verließ leise die Hütte.

Im ersten blauen Licht des Morgens sah sie Umak sofort. Seine Gestalt zeichnete sich vor dem Morgenhimmel ab. Er hatte den Kopf zurückgeworfen, und sein Haar wehte im Wind. Mit ausgebreiteten Armen rief er die Morgensonne an. Doch seine Stimme war nicht die eines Menschen, es war die Stimme eines wilden Hundes.

Plötzlich antwortete Bruder Hund ihm von den fernen Hügeln, und die Stimmen von Mensch und Tier vereinigten sich.

Am nächsten Tag, als Torka und Umak wieder auf die Jagd gingen, wartete der Hund bereits auf sie. Er stand auf einem Tundrahügel und beobachtete die grasenden Karibus. Der Wind zerrte an seinem dichten Fell und trug gleichzeitig seinen Geruch davon, so daß die Karibus ihn nicht wittern konnten. Auch den Geruch der Menschen nahmen sie nicht wahr, denn die Männer hatten ihre Jagdumhänge mit frischem Karibudung eingerieben.

Der Hund beobachtete die Jäger, wie sie sich in ihrer Verkleidung aus Fellen und Geweihen niederknieten und den langsamen, gestelzten Gang der Karibus nachahmten. Doch für den Hund waren sie sofort als Menschen zu erkennen. Außerdem war er so viele Meilen mit Umak gewandert, daß der alte Mann sich unauslöschlich in sein Gedächtnis eingeprägt hatte. Das Heulen des alten Mannes hatte ihn zum Lager zurückgelockt, denn als Hund verspürte er eine starke Bindung an sein Rudel. Obwohl sein Nackenfell sich sträubte, wenn er an Torka dachte, war Umak immerhin sein Bruder geworden. Sie gehörten zum selben Rudel, und der Hund war von Natur aus ein geselliges Tier, das nicht allein leben konnte.

Da Aar die Jagd angeboren war, mußte ihm nicht beigebracht werden, wie er dem Rudel beim Beutezug am besten half. Torka und Umak beobachteten erstaunt, wie der Hund vom Hügel herabkam und mit jedem Schritt schneller wurde. Er rannte in die Herde hinein und jagte die Karibus auseinander, bis die ganze Herde auf der Flucht war. Unter wütendem Gebell suchte er sich seine Beute aus und schnitt sie vom Rest der Herde ab. Dann trieb er mehrere Kühe und Kälber genau vor die Speere der Jäger. Er blieb stehen und beobachtete, wie die Männer die Tiere erlegten – ein Verhalten, durch das er ihnen die führende Rolle im Rudel zugestand.

Umak war begeistert. »Bruder Hund treibt die Karibus«, erinnerte er Torka an dessen eigene Worte. »Aber er treibt sie nicht fort, sondern den Jägern entgegen!«

Torka starrte das hechelnde Tier an und versuchte zu begreifen, was er gerade erlebt hatte. Es konnte nicht sein, daß ein Hund mit der Klugheit eines Menschen jagte, doch Aar hatte es getan. Mit Aars Hilfe hatten sie doppelt so viele Tiere wie üblich mit viel weniger Mühe erlegt. Torka mußte sich eingestehen, daß Umak wirklich der Herr über den Geist des Tieres war. Er nickte, doch er war noch nicht völlig überzeugt. Umak hatte zwar recht behalten, doch es war unnatürlich, daß ein Hund in der Gesellschaft des Menschen lebte. Für heute hatte das Tier jedenfalls seinen Anteil verdient, daran wollte auch Torka nicht rütteln.

7

Das Leben war gut. Selbst wenn ihnen Geister aus dem verlassenen Winterlager folgten und im Wind von Tod und Verzweiflung flüsterten, waren Torka, Umak und Lonit viel zu beschäftigt, um ihnen zuzuhören. Das Mädchen kümmerte sich um das neue Lager, während die Männer auf die Jagd gingen. Der Hund lief immer voraus und trieb ihnen das Wild vor die Speere, als ob er darauf abgerichtet worden wäre. Sie hatten genug Fleisch, um die gefürchtete Zeit der langen Dunkelheit zu überstehen. Lonit bearbeitete viele Häute, aus denen sie neue Kleidung für sie alle fertigen konnte. Bald hatten sie genug gejagt. Doch immer noch zogen die Karibus in schier endloser Zahl über das Land.

Und dann, eines Tages, waren sie verschwunden.

Torka stand auf einer Anhöhe und blickte über die leere,

stille Welt. Die Karibus waren zu den Hügeln weit im Westen gezogen, doch die dunklen Narben ihrer Wanderung waren noch auf dem gefrorenen Land zu erkennen.

»Sie werden wiederkommen«, sagte Umak, der neben seinen Enkel getreten war. Der Hund begleitete ihn, hielt aber respektvollen Abstand zu Torka. Umak nahm zufrieden einen tiefen Atemzug. Seit den Tagen der Jagd, der Ruhe und des Essens fühlte er sich wieder jung. »Dies ist ein gutes Lager. Wenn die Karibus nach Osten ziehen, können wir sie hier empfangen. Sie werden uns Fleisch für die lange Winterdunkelheit geben.«

»Woher kommen sie? Und wohin gehen sie?« wollte Torka wissen.

Umak schnaubte. »Das weiß kein Mensch. Die Karibus durchstreifen die ganze Welt. Sie suchen geheime Orte auf, die nur die Karibus betreten dürfen.«

»Ich möchte wissen . . .« Torka blickte nachdenklich nach Osten über die weite, gewellte Ebene, über die die Karibus gekommen waren. Am Horizont schimmerte die Schneekappe eines mächtigen Berges im Dunst. Hinter dem Berg erstreckte sich die Ebene der Tundra scheinbar bis in die Unendlichkeit. »Die Karibus müssen von irgendwo hinter jenem Berg gekommen sein, um in den Tagen der Sonne auf der Tundra zu grasen und zu kalben. Doch jedesmal, wenn die Zeit der langen Dunkelheit naht, kehren sie zurück in den Osten. Wohin gehen sie? Warum gehen sie? Wovon ernähren sie sich, wenn sie in den Tagen des Hungermondes verschwunden sind? Wenn die Jäger ihnen folgen könnten, wenn die Männer im Winter Karibus jagen könnten . . .«

Umak ließ Torka mit einem Schnauben verstummen. »Das ist keinem Mann erlaubt! Die Sonne ruft die Karibus, und sie folgen dem Ruf zu einem geheimen Ort im Himmel, über den Bergen, im Angesicht der aufgehenden Sonne!«

»Ist es so?«

»So ist es!« bestätigte Umak mit Bestimmtheit, denn was die Väter seiner Väter in uralten Tagen gesprochen hatten, war heilig. Es wurde nicht in Frage gestellt.

Unter einer Wolke aus Zugvögeln suchte Lonit nach Steinen für ihre Wurfschleuder. Ihr Kopf und ihre Brüste schmerzten, als sie sich bückte, um neben einem großen, flechtenbewachsenen Felsblock nach Kieselsteinen zu suchen. An der Südseite, wo es keine Flechten gab, war der Fels so glatt, daß er wie abgeschliffen schien. Normalerweise wäre ihr dies sofort aufgefallen, da sie sich immer für das Ungewöhnliche interessierte, doch sie fühlte sich nicht gut und beklagte im stillen ihre Nutzlosigkeit.

Seht euch nur diese Frau an! sagte sie zu sich selbst. *Nur ein paar Tage Schlachtarbeit, und Lonit ist so steif, wund und mißmutig wie eine alte Frau! Lonit ist eine Schande für die Männer, die ihr erlauben, das Lager mit ihr zu teilen. Selbst der Hund ist wichtiger als Lonit!*

Ihre stillen Selbstvorwürfe wurden noch schlimmer, als sie keine geeigneten Steine finden konnte. Sie hatte die vier Stricke, die die Steine halten sollten, bereits sorgfältig aus drei Sehnen geflochten und sie an einem Ende durch einen weiteren Strick miteinander verbunden. Wenn sie die losen Enden mit Steinen beschwerte und zwei Kondorfedern anbrachte, um den Flug zu stabilisieren, besaß sie eine perfekte Waffe für die Jagd auf Land- und Wasservögel, die bald in den zahlreichen Tümpeln und Seen nisten würden, die nach der Schneeschmelze im Frühling auf der Tundra glitzerten. Schon jetzt waren die seichten Seen teilweise eisfrei, und die ersten Vögel suchten den gefrorenen Boden bereits nach frischen Sprößlingen oder Grasresten aus dem letzten Jahr ab. Bald würden sie ihre Nester bauen, und wenn die unzähligen anderen Zugvögel eingetroffen waren, würde es viele Eier geben.

Doch jetzt, als Lonits Bauch sich schmerzhaft verkrampfte, konnte nicht einmal der Gedanke an diese Delikatessen sie wieder aufmuntern. Ihre abgearbeiteten Hände begannen in den Handschuhen zu schwitzen. Sie fühlte sich so merkwürdig und fragte sich, ob sie sterben würde. Dieser Gedanke beschäftigte sie so sehr, daß sie erschrocken auffuhr, als Umak plötzlich hinter ihr auftauchte.

»Die Fast-Frau hat sich ganz allein weit vom Lager entfernt. Das ist nicht gut. Es ist immer gefährlich, wenn jemand allein geht. Wonach sucht Lonit?«

Sie nahm seinen Tadel beschämt hin und wagte es nicht, ihn anzusehen. Sie wußte, daß er recht hatte, und fühlte sich elend. Um ihn nicht durch Schweigen zu beleidigen, antwortete sie schließlich. »Lonit wollte eine Steinschleuder machen und hat nach Steinen gesucht.«

»Viel Fleisch ist auf den Trockengerüsten und in den Vorratsgruben. Lonit braucht keine Schleuder. Lonit sieht müde aus. Komm! Die Fast-Frau wird nie eine Frau werden, wenn sie ständig arbeitet und sich nicht ausruht. Wenn sie allein das Lager verläßt, werden Raubtiere sie verfolgen, und ihre Männer müssen sich in Gefahr begeben, um sie zu retten.«

Seine Worte beschämten sie noch mehr. Dabei hatte sie so sehr darauf geachtet, daß Umak und Torka nichts von ihrer Schwäche bemerkten. Sie war so stolz darauf gewesen, daß sie die Arbeit einer Frau für die Jäger tun konnte, daß sie geschickt im Zubereiten von Fleisch und in der Herstellung von Kleidung war. Und auf die angemessene Art hatten die Männer ihre Dankbarkeit gezeigt, durch Brummen, Nicken und dadurch, daß sie wortlos annahmen, was Lonit ihnen darbot. Diese stumme Zustimmung war die höchste Form von Anerkennung, die eine Frau erhoffen konnte. Und Lonits Herz war jedesmal voller Stolz gewesen . . . bis die Mattigkeit über sie gekommen war. Dann war ihr wieder bewußt geworden, daß Umak und Torka sie nur hinnahmen, weil sie keine andere Wahl hatten. Denn sie war ja die einzige, die Frauenarbeit verrichten konnte.

Als Umak sie betrachtete, mußte er im stillen an all die guten Frauen denken, mit denen er während seines langen Lebens die Schlaffelle geteilt hatte und die nun tot waren. Jetzt gab es nur noch ein unscheinbares Mädchen, das ihm in seinen alten Tagen schmeicheln konnte. Der Gedanke, daß eines Tages wirklich eine neuer Stamm durch sie geboren werden sollte und er sich mit einem so schwachen und unbedeutenden Geschöpf paaren mußte, ließ seine Männlichkeit schrumpfen. Diese Aufgabe würde er zweifellos Torka überlassen. Und wenn er sie nahm, würde Lonit so selbstverständlich neues Leben hervorbringen wie Fische, die durch Zauber aus dem schmelzenden Eis eines Flusses entstanden.

Der alte Mann drehte sich um und ging zurück zum Lager, während Lonit ihm schweigend folgte. Er hatte ihr befohlen, sich auszuruhen, doch ihre Bauchkrämpfe würden sie nicht einschlafen lassen.

Einige Monate lang würde es nachts nicht vollkommen dunkel werden. Doch die Dämmerung war schon weit fortgeschritten, als Umak und Torka vor dem kleinen Feuer aus Knochen und Dung saßen. Sie sprachen leise miteinander und genossen den leichten Wind, der zum ersten Mal seit langer Zeit nicht die Schärfe des Winters hatte.

Vor dem bleiernen, mondlosen Himmel flog eine Eule vorbei, die immer noch ihr weißes Wintergefieder hatte und sich bleich vor der Schwärze der Nacht abhob. Torka sah auf und verfolgte ihren Flug. Die Nacht war erfüllt von den Geräuschen des erwachenden Lebens. Überall plätscherte Wasser in zahllosen Rinnsalen. Umak kaute an einem langen Streifen Karibufleisch. Er hielt es mit der einen Hand fest, packte das andere Ende mit den Zähnen und schnitt es mit einer Feuersteinklinge ab. Er grunzte zufrieden. Mit vollem Mund lobte er, wie Lonit das Fleisch zubereitet hatte. Torka nickte widerstrebend. Sie hatte es quer zu den Fasern in dünne Scheiben geschnitten und im Wind getrocknet. Es war so zart, als hätte sie es mit Steinen weichgeklopft. Es zeigte sich, daß sie das Lager viel besser versorgen konnte als Egatsop. Sie arbeitete hart und sorgfältig und mit geschickten Händen. Obwohl sie sich niemals beschwerte, hatte Torka ihren erschöpften Gesichtsausdruck bemerkt, als Umak sie zurück ins Lager gebracht hatte. Obwohl er sie nicht mochte, dachte er daran, daß er und Umak vielleicht einige Traditionen des Stammes überdenken mußten. Alle Dinge waren in Männerarbeit und Frauenarbeit aufgeteilt, doch jetzt gab es auf der ganzen Welt nur noch zwei Männer und eine Frau. Und die Fast-Frau war zwar so groß wie Umak und überraschend kräftig für ihr Alter, letztlich aber doch noch ein Mädchen. Sie durfte nicht überfordert werden.

Während des Essens hatte Umak seinen Enkel beobachtet, und wie so oft wußte er, was er dachte. »In einem neuen Leben müssen Menschen neue Wege suchen«, sagte er nachdenklich. Er nahm einen Bissen Fleisch, schnitt ihn ab und spuckte ihn wieder aus. Er landete auf der Nase des Hundes, der neben dem Feuer gedöst hatte. Aar sprang sofort auf, schnappte sich das Fleisch und schlang es in einem Stück hinunter.

Umak kicherte. »Neue Zeiten bringen neue Beziehungen. Wenn dieser alte Mann der Bruder eines Hundes werden kann, kann Torka auch einer Frau bei ihrer Arbeit helfen.«

»Lonit ist keine Frau. Sie ist ein Kind. Sie darf nicht so viel arbeiten. Wir sind nur zwei, aber sie schuftet, als hätte sie einen ganzen Stamm zu versorgen. Ich habe den Eindruck, sie will absichtlich die Erinnerung an die Frauen des Stammes beschämen. Das ist nicht gut.«

Umak blickte Torka nachdenklich an. Sie beide waren sich in so vielem ähnlich. Dennoch hatte Torka schon immer eine Eigenschaft besessen, die Umak nie genau hatte bestimmen können. Als Torka schließlich ein Mann geworden war, war diese tiefe, verborgene Kraft stärker geworden. Sie wuchs in der Seele des Mannes, unsichtbar und unergründlich wie eine unter dem Eis verborgene Strömung eines Flusses. Eines Tages würde sie die Oberfläche durchbrechen und das Land verändern. Doch jetzt schmerzten die Narben eines verwundeten Lebens noch zu sehr auf seiner Seele. Sie machten ihn blind für alles, was außerhalb der Vergangenheit lag. Er konnte nicht einmal das Verdienst eines jungen Mädchens erkennen, das sich solche Mühe gab, ihn zufriedenzustellen.

Umak seufzte. »Die Fast-Frau ist nun einmal so, wie sie ist. Sie ist stark und mutig. Sie will nicht die Erinnerung an die Frauen des Stammes beschämen. Sie tut nur alles, um uns zufriedenzustellen, weil sie Angst hat, nicht vor den Geistern der anderen Frauen bestehen zu können.«

Torka schnaubte auf eine Art, die an Umak erinnerte. »Der alte Mann sieht nicht mehr klar«, warf er seinem Großvater vor.

Umak blickte seinen Enkel über das Feuer hinweg abschätzend an. »Dieser alte Mann hat schon lange gelebt und viele Dinge gesehen. Und Umak wird dir etwas über die Fast-Frau erzählen: Selbst die unscheinbarste Knospe wird nach dem langen Schlaf unter dem Eis des Winters bald zu einer Blume werden. Sie wird schwellen, sich öffnen und unter der Wärme und dem Licht der Sommersonne bereitwillig das Geschenk des Lebens empfangen.«

Er hatte sich deutlich genug ausgedrückt, doch Torka wollte nicht darüber nachdenken. »Lonit ist keine Frau!« beharrte er.

Umak seufzte wieder, warf dem Hund das letzte Stück Fleisch zu und zog sich das Bisonfell enger um die Schultern. »Noch ist Lonit ein Mädchen«, räumte er ein. »Doch schon bald wird sie eine Frau sein. Die einzige Frau!«

Er umklammerte mit den Armen die Beine und legte den Kopf auf die Knie. Er fühlte sich plötzlich so müde. Er gähnte, schloß die Augen und lauschte dem Geräusch des Windes und der Erde, die sich dem Frühling öffnete. »Schon bald . . .«, wiederholte er und glitt in den Schlaf. Sofort begann er zu träumen, von fernen Ländern, von reichen Jagdzügen, von Frauen, die ihn geliebt hatten und ihn unter dem wilden Polarhimmel seiner Jugend begleiteten. Lonit kam in seinen Träumen nicht vor, denn es waren Träume der Vergangenheit. Das Mädchen war eine geschlossene Blüte, die auf einen zukünftigen Sonnenaufgang wartete, während sie ihre eigenen Träume träumte.

Torka saß allein am Feuer. Wölfe heulten in der Ferne. Sein Blick kehrte sich nach innen, und er dachte an seine verlorene Frau, sein Baby und den geliebten Jungen, die er nie wiedersehen würde. Im ersterbenden Schein des Feuers sah nur der wilde Hund seine Tränen.

Das Knurren des Hundes weckte ihn. Von jenem Moment, als Torka die Augen öffnete, bis zum Angriff vergingen nur Sekunden, doch sie erschienen ihm wie eine Ewigkeit.

Er war alarmiert und sofort hellwach. Er spürte, daß er beobachtet wurde, wie ein Tier, das in einer Falle gefangen und von Jägern umringt war, die ihm jederzeit den Todesstoß versetzen konnten.

Umak schlief in seinem Bisonfell weiter und wurde von

den Riesenwölfen offenbar nicht als Beute betrachtet, denn einer von ihnen sprang über Umak hinweg direkt auf Torka zu. Der Jäger stellte fest, daß er zu weit von der Erdhütte entfernt war, um sich noch rechtzeitig einen Speer greifen zu können. Er hätte sich einen leichtsinnigen Narren gescholten, doch selbst dafür war keine Zeit mehr.

Der Schatten des riesigen Wolfes zeichnete sich vor dem Nachthimmel ab, als der Hund ihm plötzlich entgegengesprungen kam. Torka war jetzt auf den Beinen und bereit, den Angriff des Tieres mit erhobenen Armen abzuwehren. Doch zu seiner Überraschung wurde der Wolf vor seinen Füßen zu Boden geworfen. Ungläubig starrte Torka das Knäuel aus Fell und Beinen an. Dann endete das Knurren mit einem würgenden Jaulen, als die Zähne des Hundes dem Riesenwolf die Kehle herausrissen.

Das Rudel rückte enger zusammen. Es waren vier Wölfe mit schweren, geifernden Kiefern und bedrohlich gesenkten Köpfen, die von einem männlichen Tier angeführt wurden. Torka stürmte los und griff sich zwei der Speere, die aufrecht an die Hütte gelehnt standen, während die anderen klappernd zu Boden fielen.

»Umak!« rief er, doch sein Großvater schlief weiter, ohne etwas von der Gefahr zu bemerken. Torka hatte keine Zeit mehr, ihn zu wecken. »Kommt her!« rief er den Wölfen zu. Aus Erfahrung wußte er, daß diese Tiere sich durch mutiges Auftreten verscheuchen ließen.

Im grauen Licht des bewölkten Himmels beobachtete Torka, wie die Wölfe sich langsam Schritt für Schritt näherten. Er fragte sich, warum sie ein solches Risiko eingingen, obwohl sie ganz offensichtlich nicht unter Hunger litten. Mit ihren glühenden Augen starrten sie Torka an, und plötzlich verstand er. Sie waren auf den Geschmack von Menschenfleisch gekommen und zogen ihn leichterer Beute vor. Sie hatten sich Meilen entfernt im verlassenen Lager satt gefressen.

Dieser Gedanke erfüllte Torka mit lodernder Wut. Er schleuderte einen Speer, der sein Ziel nur um Haaresbreite verfehlte. In dem Augenblick, als das kleinste Tier des Rudels auf ihn zusprang, warf er den zweiten Speer. Er traf den Wolf mitten im Sprung. Regelrecht aufgespießt fiel das Tier zu Boden und heulte zuckend im Todeskampf.

Von diesem Geräusch wurde Umak geweckt. Erschrokken fuhr er auf und blickte um sich. Ein Riesenwolf lag tot am Boden, ein zweiter starb zu Torkas Füßen, und zwei weitere näherten sich knurrend Bruder Hund. Umak blinzelte und fragte sich, ob er träumte. Doch dann verstand er und wußte, was er tun mußte. In diesem Augenblick kam Lonit aus der Erdhütte.

Sie trug nur ihre Unterkleidung und hatte ihr Fleischmesser in der Hand. Ohne zu zögern, rannte sie mutig auf die Eindringlinge zu und schrie sie wild an. Torka schnappte sich den Speer, der sein Ziel verfehlt hatte, und schrie ebenfalls.

Der kleinere Wolf wich zurück. Er wußte, daß sie ihren Vorteil verloren hatten. Er drehte sich um und flüchtete. Sein Begleiter folgte ihm. Der Anführer wirbelte ebenfalls herum, aber er flüchtete nicht, sondern machte einen Satz auf das Mädchen zu.

Er brachte Lonit aus dem Gleichgewicht und warf sie zu Boden, während seine Zähne sich tief in ihren Unterarm gruben. Das Messer wurde ihr aus der Hand geschleudert.

Nun war auch Umak auf den Beinen und hatte sich einen Speer geschnappt. Torka warf seine Waffe zur Seite und stürzte sich auf den Wolf. Er packte ihn am Genick und spürte die Kraft des Tieres, das sich in seinem Griff wand. Dann erschlaffte der Körper des Wolfes. Umak hatte den Speer mit seinem ganzen Gewicht in den Leib des Tieres gestoßen. Es war sofort tot, denn der Speer hatte das Fell und die Rippen durchdrungen und es mitten ins Herz getroffen.

»Ai-yeh!« rief der alte Mann und zog den Speer mit einem Ruck heraus. Das Blut sprudelte schwarz aus der Wunde. Doch Umak fühlte sich nicht wie ein Sieger. Seine Reaktion war viel zu langsam gewesen. Seine jugendliche Seele hatte geschrien und ihn zur Eile getrieben, doch sein alter Körper hatte ihn im Stich gelassen und sich schwerfällig wie ein Stein bewegt.

Hektisch befreite sich Torka von dem Wolf und rollte den schlaffen Körper zur Seite. Ihm wurde kalt vor Schreck, als der blutüberströmte Körper des Mädchens darunter zum Vorschein kam. Ein Arm lag quer über ihrem Gesicht. Das Leder des Ärmels war an mehreren Stellen zerfetzt und blutig. Torka kniete neben ihr nieder und hatte Angst, sie zu berühren. Er fragte sich, ob sie tot war. Sie war voller Blut, aber er wußte nicht, ob es ihres oder das des Wolfes war. Seine Gefühle verwirrten ihn, und sein Herz war wie aus Eis, als ihm bewußt wurde, wie sehr er sie vermissen würde – nicht weil sie hart arbeitete und die einzige Frau auf der Welt war, sondern einfach, weil sie Lonit war. Die Erkenntnis traf ihn wie ein Schock. Sie war unscheinbar mit ihren großen runden Antilopenaugen und den häßlichen Grübchen, die sich beim Lächeln in ihren Wangen bildeten, und sie war viel zu groß und schlank für ein Mädchen, aber sie war genauso mutig wie der stolzeste Jäger und so duldsam wie die besten Frauen des Stammes. Bis zu diesem Augenblick hatte Torka nicht erkannt, wieviel sie ihm bereits bedeutete. Doch er wollte es nicht, denn die Erinnerung an Egatsop verbot es ihm.

»Lonit?« Es war Umak, der leise und zögernd ihren Namen rief, weil er befürchtete, daß ihre Seele den Körper bereits verlassen hatte. Das Gefühl der Schande verwandelte sich in Übelkeit. Wenn der Wolf Lonit getötet hatte, war es Umaks Schuld.

Aber das Mädchen war nicht tot. Langsam bewegte sich ihr verletzter Arm, und ihre Augenlider flatterten. Durch blutige Wimpern sah sie zu Torka auf. Sie konnte sich nicht zurückhalten, sie schlang die Arme um seinen Hals und vergrub ihr Gesicht an seiner Schulter. Er lebte! Sie war sich sicher gewesen, daß die Wölfe ihn gefressen hatten. Dann erinnerte sie sich, daß auch Umak in Gefahr gewesen war. Sie lugte über Torkas Schulter und sah den alten Mann mit dem Hund an seiner Seite. Erleichtert lächelte sie.

»Die Wölfe sind fort? Und wir sind immer noch zusammen? Umak und Torka, Bruder Hund und Lonit... wir sind immer noch ein Stamm?«

»Ein Stamm«, bestätigte Umak und fragte sich, ob das Mädchen sein Versagen bemerkt hatte.

Doch sie hatte nur Augen für Torka, der nun ihre Arme von seiner Schulter löste. Sie bemühte sich stillzuhalten, als er vorsichtig ihren blutigen Ärmel zurückschob und ihre Wunden untersuchte. Er runzelte die Stirn, als er sah, was die scharfen Zähne des Wolfes angerichtet hatten.

»Das muß genäht werden«, sagte er und bewunderte Lonit, wie still sie den Schmerz ertrug. »Die Fast-Frau ist sehr mutig.« Er sprach die Anerkennung laut, bevor er darüber nachdenken konnte. Es war nicht richtig, daß eine Frau so mutig war. Egatsop hatte während der Geburtswehen immer wie ein aufgespießter Wolf geheult. Eine Frau jammern zu hören, gab ihrem Mann ein Gefühl der Stärke. Versuchte dieses unscheinbare, rundäugige Mädchen ihm seine Männlichkeit zu nehmen?

Lonit ahnte nichts von Torkas Gedanken. Ihr Herz machte einen Sprung vor Freude. Diese Worte aus seinem Mund waren das Schönste, was sie je im Leben gehört hatte. »Wenn Torka bei ihr ist, hat Lonit vor überhaupt nichts Angst!«

Sie sah so jung, verletzlich und vertrauensvoll aus, daß er seinen Blick abwenden mußte. Er verstand sie nicht. Er wollte sie nicht verstehen. Ein schreckliches Gefühl der Trostlosigkeit breitete sich in ihm aus. Er dachte an die Wölfe, den riesigen Kondor und das Mammut, das den Stamm vernichtet hatte, an all die hungrigen Raubtiere der Tundra und die unendliche Weite, die sie umgab. Er hörte das leise Flüstern des Windes in der Nacht, der ihm erzählte, daß ein Mann auf tausend Arten sterben konnte und davon, wie kurz das Leben eines jungen Mädchens und eines alten Mannes sein würden, wenn nicht ein starker Jäger sie beschützte.

Schwerfällig erhob sich Torka. Ihm war nicht entgangen, wie langsam Umak reagiert hatte. Wenn der Hund sie nicht gewarnt hätte, wären sie ein Opfer der Wölfe geworden. Traurig mußte Torka sich eingestehen, daß Umak doch ein alter Mann war. Die Tage, in denen er sich auf die Kraft und Weisheit seines Großvaters hatte verlassen können, waren vorbei. Umak hatte einen schwerwiegenden Fehler begangen, als er sie ein Schlachtlager errichten ließ, das zwei Männer nicht angemessen verteidigen konnten. Dieser Fehler hätte sie fast das Leben gekostet. Sie hatten noch einmal Glück gehabt. Aber jetzt erkannte Torka, daß sie ihre Lebensweise ändern mußten, wenn sie überleben wollten. Sie konnten keine ungeschützten Lager mehr errichten, wie es der Stamm immer getan hatte, wo die Männer und die Jungen auf die Jagd gingen, bis es kein Wild mehr gab und sie weiterziehen mußten.

Doch wie sollten sie statt dessen leben? Die Frage beunruhigte ihn. Wie lange konnte er ganz allein für einen alten Mann und ein Mädchen sorgen?

Er blickte nach Osten, in das schwache Licht der Morgendämmerung, in dem sich die Silhouette des fernen Berges abzeichnete. Plötzlich wußte er, was er tun mußte. Wie die Herden, die zu Beginn der langen Dunkelzeit nach Osten zogen, mußte er seinen kleinen Stamm in Richtung der aufgehenden Sonne führen. Sie würden in die fernen Berge ziehen, wo sie ihr Lager mit hohen Steinwänden im Rücken gegen unerwartete Angriffe von Raubtieren verteidigen konnten. Sie würden auf der weiten Ebene der Tundra jagen, wie der Stamm es schon immer getan hatte. Doch sie würden dort lagern, wo ihr Stamm noch nie gelagert hatte.

»Lonit ist bereit.«

Die Stimme des Mädchens riß ihn aus seiner Vision. Umak hatte seinen Medizinbeutel aus der Erdhütte geholt und kniete neben Lonit. Er bereitete sich darauf vor, ihren Arm zu nähen. Das Mädchen saß still und tapfer da.

»Lonit hat keine Angst«, sagte sie.

Torka wandte den Blick wieder ab. Er haßte das Mädchen und wünschte sich, sie wäre tot und Egatsop an ihrer Stelle. Der Berg erstrahlte im goldenen Licht der aufgehenden Sonne, und irgendwo in der Ferne grollte Donner aus dem jetzt wolkenlosen Himmel. Torka horchte und wußte, daß es kein Donner war. Es war das Trompeten des Mammuts.

Er schloß die Augen und mußte wieder an all jene denken, die dem Zerstörer zum Opfer gefallen waren.

Als er die Augen wieder öffnete, bemerkte er, daß der Hund ihn ansah. Torka wandte rasch den Blick ab, denn er wollte nicht, daß ein Tier erkannte, was er Umak oder Lonit nicht verraten wollte.

Torka hatte Angst.

8

»Wir müssen diesen Ort verlassen!«

Umak und Lonit waren von Torkas Ankündigung überrascht und blickten ihn verwundert an. Sein Gesicht war verbissen, und die Arme hatte er über der Brust verschränkt. Als Zeichen des Sieges über die Wölfe hatte er aus ihren blutigen Pfoten eine Halskette gemacht. Damit hatte er sie für immer getötet und verhindert, daß sie in die Geisterwelt eingingen, denn sie waren über die Leichen seines Stammes hergefallen.

Er verstand die Bedenken von Umak und Lonit. Wenn sie das Lager verließen, mußten sie das meiste Fleisch, das sie eingelagert hatten, zurücklassen. Viele Stunden Arbeit wären umsonst gewesen, und das Leben vieler Karibus wäre vergeudet, und das wiederum beleidigte die Seelen der erlegten Tiere. Dennoch mußten sie das Risiko eingehen.

»In einem neuen Leben müssen Menschen neue Wege suchen.« Er blickte dem alten Mann in die Augen, als er dessen Worte zitierte. »Umak hat Torka und Lonit ein neues Leben gegeben. Jetzt müssen wir dieses Lager verlassen, wie Umak das Winterlager des Stammes verlassen hat, weil er die Lebenden nicht gegen die Tiere verteidigen konnte, die von den Toten fressen würden. Die Wölfe haben uns gezeigt, daß wir dieses Lager nicht verteidigen können.« Er machte eine Pause, denn seine nächsten Worte würden seine Zuhörer schwer treffen. »Wir müssen zum Berg gehen. An seiner Flanke werden wir ein neues Lager aufschlagen. Dort sind wir jedem Angreifer gegenüber im Vorteil. Am Berg werden wir ein neues Leben beginnen. Hier in diesem Lager können wir nicht weiterleben, außer im Blut der Tiere, die kommen und uns fressen werden.«

Lonit zuckte zusammen. Der Stamm hatte die Berge immer gemieden. Jeder wußte, daß dort die Windgeister lebten und immer wieder Wolken und Stürme gebärten. Lonit hatte ihr Brüllen und Stöhnen oft gehört, das in den Schluchten widerhallte. Wer sich in ihr Reich wagte, konnte im ewigen Eis und Nebel verlorengehen, wo die Windgeister die flüchtige Gestalt von gewaltigen menschenfressenden Wolken annahmen.

Lonit schauderte.

Torka wußte, was sie dachte, denn er kannte die Geschichten über die Windgeister. »Wir werden unser Lager an der Flanke des Berges errichten«, betonte er noch einmal und sah sie verärgert an, weil sie seine Entscheidung unausgesprochen in Frage gestellt hatte. »Wir werden nicht hoch hinaufgehen.«

Doch seine Worte beruhigten sie nicht. Es war undenkbar, sich länger in der Nähe eines Berges aufzuhalten. Sie erinnerte sich an eine Geschichte, die ihre Mutter ihr einmal erzählt hatte.

Vor langer Zeit führte ein Häuptling, dessen Name längst vergessen war, den Stamm in die Nähe eines hohen Gipfels, um dort sein Lager aufzuschlagen. Die Jagd war gut. Viele Tage vergingen. Doch in der Zeit der endlosen Sonne wurden die Windgeister neidisch auf das Jagdglück des Stammes. Sie ließen große Eismassen aus der Höhe des Berges herabstürzen, die das Lager unter sich begruben. Viele starben. Nie wieder hatte der Stamm es gewagt, die Windgeister zu beleidigen und sich in die Nähe der Berge zu wagen.

Lonit hätte Torka gerne daran erinnert, doch sie war sicher, daß er die Geschichte kannte. Torka würde nie eine Entscheidung treffen, die zu riskant für sie war. Ihr genähter und verbundener Arm brachte Lonit schmerzhaft zu Bewußtsein, daß es auch hier in der offenen Tundra sehr gefährlich war.

Lonit bezwang die Furcht. Wenn Torkas Plan unvernünftig war, würde der Herr der Geister Einspruch dagegen erheben. Doch Umak schwieg, er schnaubte nicht einmal. Das Mädchen entspannte sich. Wenn Torka und der Herr der Geister einer Meinung waren, würde alles gut werden.

Während sie die Erdhütte abbauten, beobachtete Torka seinen Großvater bei der Arbeit. Er machte sich Sorgen um ihn, denn der Angriff der Wölfe hatte den alten Mann verändert. Obwohl die Zähne der Tiere Lonits Arm aufgerissen hatten, war Umak tiefer verwundet worden. Er bewegte sich langsam und träge und humpelte auf seinem schlechten Bein. Er zeigte kein Interesse an dem Wolf, den er getötet hatte, und etwas in ihm schien gleichzeitig mit dem Tier gestorben zu sein.

Torka schnitt dem Wolf die Pfoten ab und fädelte sie an einer Schnur auf. Dann ging er zu Umak und hing sie ihm um den Hals.

»Für Kipu, Egatsop und den Stamm. Dieser Wolf wird nie wieder auf die Jagd gehen, weder in dieser noch in der nächsten Welt, denn Umak hat ihn getötet, und zwar für immer.«

Torka wollte dem alten Mann Mut machen, hatte aber keinen Erfolg. Umak nahm die Halskette ohne jeden Kommentar an. Er hatte versagt und wußte, daß auch Torka es wußte. Seine Worte konnten die blutende Wunde nicht stillen, die den letzten Rest seines Stolzes verletzt hatte.

Als Torka seinen Großvater jetzt beim Packen beobachtete, schien Umak vor seinen Augen zu altern, auszutrocknen und zu zerfallen, als ob er sich bald in Luft auflösen würde. Ohne Selbstachtung verlor sogar ein junger Mann jeden Lebenswillen, und selbst der mutigste Jäger war in diesem Zustand für die Jagd nicht mehr zu gebrauchen. Für einen Nomaden der Tundra bestand der einzige Ausweg aus dieser Erniedrigung im baldigen Tod. Torka war verzweifelt. Er konnte den Gedanken an ein Leben ohne Umak nicht ertragen, er hatte schon zuviel verloren. Er mußte dem Todeswillen Umaks entgegentreten und seinen Stolz herausfordern, selbst wenn er ihn damit beschämte.

Er ging langsam zum alten Mann hinüber, der neben Lonit hockte. Sie sortierten ihre Habe, um sie in die Felle einzurollen. Torka schnaubte so verächtlich, wie er konnte. »Umak arbeitet langsam wie eine alte Frau! Sieh, selbst ein Mädchen mit einem Arm in der Schlinge ist schneller als Umak!« Lonit starrte Torka mit offenem Mund an.

Auch Umak zuckte zusammen. Noch nie hatte sein Enkel mit solcher Geringschätzung zu ihm gesprochen, doch er konnte sich nicht gegen seine Worte auflehnen. »Umak ist alt«, sagte er nur.

»So wird es wohl sein«, stimmte Torka verächtlich zu. »Seht euch Umak an! Bestimmt wird er gleich Torka bitten, das Gepäck des Mädchens zu übernehmen und auch noch etwas von seinem eigenen, denn Umak ist alt und das Mädchen verletzt. Vielleicht versetzt er auch seine Seele in Bruder Hund, damit sogar das Tier unter seinem Alter zu leiden hat!«

Das war zuviel für Umak. Er sprang mit der Kraft und Beweglichkeit eines jungen Mannes auf. »Kein Mann ... kein Mädchen ... nicht einmal Bruder Hund wird Umaks Gepäck tragen! Dieser alte Mann hat sich bisher ohne Hilfe durchschlagen können! Er hat sogar Torka getragen, als dieser weniger Kraft zum Laufen als ein seelenloser Säugling hatte!«

Torka atmete erleichtert auf und mußte ein Lächeln unterdrücken. Eine Beleidigung war ein Gift mit heilsamer Wirkung. Es hatte das Feuer des Lebens in Umaks Augen zurückgebracht.

Lonit blickte von einem Mann zum anderen und verstand nicht, was hier vor sich ging. Sie hatte Angst, weil sie nicht der Grund für eine Feindschaft zwischen ihnen sein wollte. »Lonit wird ihr Gepäck selbst tragen! Lonit ist stark und braucht keine Hilfe!«

Torka blickte sie tadelnd an. »Die Fast-Frau hat einen genähten Arm. Sie wird ihr Gepäck nicht alleine tragen! Sie braucht Torka und Umak, um ihr zu helfen. Aber Umak sagt, daß er alt ist. Vielleicht würde er lieber hier zurückbleiben, weil es ihm zu anstrengend ist, mit Torka und Lonit weiterzuziehen, und weil er lieber seine Seele dem Wind überläßt. Vielleicht werden unsere Seelen ihm bald folgen, da unser Gepäck ohne Umaks Hilfe zu schwer ist und die Last uns erschöpft. Wenn die Wölfe das nächste Mal zu uns kommen, werden sie wohl nicht hungrig bleiben. Mit ihrem Geheul werden sie den alten Mann lobpreisen, der zu schwach war, um weiterzuziehen!«

Umaks Augen traten ihm fast aus dem Kopf. Seine Mundwinkel zogen sich erbittert nach unten. »Dieser alte Mann wird dem Säugling Torka zeigen, wieviel er noch tragen kann! Er wird sehen, wer am längsten durchhält!«

Lonit blickte von Umak zu Torka, und plötzlich verstand sie. Umak wirkte wie neugeboren, und das war Torkas Werk. Sie lächelte. Sie hatte jetzt keine Angst mehr, auf die Reise zum Berg zu gehen, denn sie befand sich in Gegenwart zweier Herren der Geister!

Sie hatten die Hügel rasch hinter sich gelassen, die sich am westlichen Horizont nun wie eingeschneite, schlafende Tiere erstreckten. Dahinter lag kalt und trostlos die Heimat ihrer Vorfahren, in der ihr Stamm seit unzähligen Generationen ein karges Leben gefristet hatte. Vor ihnen zog sich das Land in sanften Wellen bis zum Berg hin. Nach Norden und nach Süden erstreckte sich die Tundra Tausende von Meilen, bevor sie in die Eismeere überging, die eines Tages die Tschuktschen-See und das Bering-Meer genannt würden.

Torka führte sie an, Umak folgte hinter Lonit, und der Hund trottete an der Seite des alten Mannes. Mit dem Frühling ließ der Frost nach, und die Tagestemperaturen stiegen knapp über den Gefrierpunkt. Schneebänke schmolzen, und Gletscherwasser aus den fernen Bergen überflutete die Tundra. In ein paar Stunden würde alles wieder gefroren sein, doch überall auf der offenen Ebene sahen die Reisenden Bäche, Flüsse, Teiche und Seen, die im Licht der tiefstehenden Sonne glitzerten.

Ganz allmählich änderte sich die Beschaffenheit des Geländes. Sie stießen auf niedrige Hügel, die dicht mit wermut- und salbeiähnlichen Kräutern bewachsen waren. Sie bemerkten den sanften Anstieg erst, als ihnen die Waden von der ungewohnten Belastung schmerzten.

Der Hund hielt an und schnupperte mit erhobenem Kopf im Wind. Irgend etwas hatte sich verändert, und jetzt bemerkten es auch Torka und Umak. Lonit blieb neben ihnen stehen. Ihr Arm in der Schlinge aus Karibufellstreifen schmerzte. Sie mußte zwar nur die Hälfte des üblichen Gepäcks tragen, da Umak und Torka darauf bestanden hatten, es unter sich aufzuteilen. Trotzdem war es eine schwere Last, die die dumpfen Krämpfe in ihrem Bauch verstärkte. Sie wünschte sich, die Schmerzen würden bald aufhören. Wenn sie schon sterben mußte, hoffte sie, daß es wenigstens schnell ging. Sie fühlte sich elend, als sie sich vorbeugte und ihre Rückentrage zurechtrückte. Dabei fiel ihr Blick auf ein paar verstreute Steine, die zu ihren Füßen lagen.

Ihr erster Gedanke war, daß sie endlich die passenden Gewichte für ihre Steinschleuder gefunden hatte, denn die Steine besaßen alle die gleiche Größe, wie der Augapfel eines großen Karibus. Doch als sie sich bückte, um einen der Steine aufzuheben, runzelte sie verblüfft die Stirn. Das glatte Spiralmuster auf der Oberfläche war so schön, daß sie den Atem anhielt. Sie hatte noch nie einen solchen Stein gesehen.

Aber es war kein Stein, sondern eine Muschel – zumindest war es vor vielen Jahrtausenden eine gewesen. Jetzt war es ein Fossil, das schwer in der Hand des Mädchens lag. Sie starrte es an und verstand nicht, wieso ein Stein die Form einer Muschel hatte.

Lonit konnte nicht wissen, daß die Muschel einst auf dem Grund eines flachen Meeres gelebt hatte, das verschwunden war, als sich das Klima änderte, als Gletscher sich auf der Erde ausbreiteten und immer mehr Wasser in Form von Eis banden. Als sie wuchsen, schrumpften die Ozeane, und aus einer Meerenge wurde eine Ansammlung Salzwasserseen, die sich allmählich mit dem Geröll von Jahrtausenden anfüllten. Das Leben, das sich nicht in tieferes Wasser flüchten konnte, wurde erstickt, als die Seen austrockneten. Die Muschel, die Lonit in der Hand hielt, wurde unter den Ablagerungen eines vergangenen Zeitalters begraben und durch den unaufhaltsamen Vorgang der Fossilisation in Stein verwandelt.

Nachdem die Muschel durch die scharrenden Hufe der wandernden Karibus wieder an die Oberfläche gebracht worden war, erzählte sie Lonit von einer anderen Zeit und einer anderen Welt, doch das Mädchen konnte ihre Sprache nicht verstehen.

Torka, Umak und der Hund waren stehengeblieben, weil sie den ungewöhnlichen Geruch des Bodens wahrgenommen hatten, der einst von den Fluten der Bering-Straße zwischen den Küsten Sibiriens und Alaskas bedeckt gewesen war. Die Erdschicht über dem Dauerfrostboden war hier dicker und roch nach dem urzeitlichen Schlamm und den Tieren und Pflanzen des Meeres. Der Geruch erzählte ihnen von einer wärmeren und weniger lebensfeindlichen Welt. Obwohl die Jäger mit ihren feinen Nasen spürten, daß dieses Land anders war, konnten sie den Unterschied nicht bestimmen. Sie waren Menschen des Eiszeitalters, die nie ein Meer oder einen Ozean gesehen hatten und sich keine freundlichere Welt vorstellen konnten.

»Seht!« Umak zeigte nach Osten, wo zottige Kamele mit hohen Höckern grasten. Der alte Mann erkannte drei Tiere, kniff die Augen zusammen und entdeckte auch eine Herde Moschusochsen. »So viel Wild!« rief er.

Torka schwieg. Er hätte nur das bestätigen können, was ohnehin offensichtlich war. Die Sonne hatte ihren höchsten Stand erreicht, und bald würde es wieder dunkel werden. Der Berg war noch weit entfernt, doch Umak wollte seinem kleinen Stamm nicht eher eine Rast gönnen, bis sie ein sicheres Lager an der Flanke des Berges aufgeschlagen hatten.

»Wir gehen weiter!« sagte er. Nachdem Lonit noch ein paar versteinerte Muscheln aufgesammelt hatte, führte er sie über das weite Land, das einst am Grund eines Ozeans gelegen hatte.

Sie zogen dem großen, schneebedeckten Berg entgegen, der viele Jahrtausende in der Zukunft nur noch eine Insel sein würde, die sich aus einem flachen Meer erhob. In diesem Zeitalter würde man sie die Große Diomedes-Insel nennen, nach einem König von Argos, dem Helden eines Menschenstammes, der erst in vierzigtausend Jahren geboren würde.

Doch Torka dachte nicht an die Zukunft, während Umak, Lonit und der wilde Hund ihm zum schimmernden Berg folgten. Er dachte an die Vergangenheit, an die Toten und all das, was er zurückließ, während er, ohne es zu wissen, seinen Stamm aus Asien in eine neue Welt führte.

TEIL 3

BERG DER MACHT

1

Sie gingen weiter, bis es dunkel wurde. Doch sie schienen dem hohen Berg, dessen Schneekappe in der Nacht schimmerte, kein Stückchen näher gekommen zu sein.

Erschöpft von der Anstrengung hielten sie an und gruben sich eine Höhle in den Windschatten eines Hügels. Dann breiteten sie ihre Schlaffelle aus, aßen etwas getrocknetes Karibufleisch und rollten sich wie Füchse in ihrem Bau zusammen.

Umak lächelte in seinen Träumen. Er war zufrieden, denn er hatte mit Torka Schritt gehalten. Schließlich war es der junge Mann gewesen, der nach einer Rast verlangt hatte, und nicht der alte.

Lonit war ebenfalls glücklich, denn sie hatte jetzt ein Geheimnis vor ihren Männern. Sie lag an der Wand der Höhle und hatte ihnen den Rücken zugekehrt. Wenn sie um ihr Geheimnis wüßten, hätte sie alleine schlafen müssen, und davor fürchtete sie sich. Die Tundra war zu finster und bedrohlich, also hatte sie ihr Geheimnis für sich behalten. Doch sie wußte nun, daß sie von den quälenden Krämpfen nicht sterben würde. Wäre sie mit den Frauen des Stammes zusammengewesen, hätte sie es schon viel früher verstanden und wäre von ihrer ersten Monatsblutung nicht so überrascht worden. Torka konnte sie jetzt nie wieder eine Fast-Frau nennen, denn die Geister ihres Geschlechts hatten sie endlich für würdig befunden. Zum Glück besaß sie noch genügend Fellreste, um ihr Geheimnis vor den Männern zu verbergen.

Torka lag noch lange wach. Er wäre lieber weitergezogen, doch der Weg zum Berg war länger, als er vermutet hatte. Schließlich aber fiel er in einen leichten und unruhigen Schlaf. Torka war froh darüber, denn er hatte die Wölfe noch nicht vergessen und wollte wachsam für jede Gefahr bleiben. Er spürte, wie der Hund von Zeit zu Zeit aufmerksam wurde und sich wieder beruhigte. Zum ersten Mal war er dankbar für die Gegenwart von Umaks Bruder, der oben an der Hügelkuppe lag und sich selbst zum Wachtposten ernannt hatte. Wenn ihnen Raubtiere gefolgt waren, würde der Hund sie warnen. Torka gestand sich ein, daß die Treue des Tieres zu Umak nicht ohne Vorteile war.

So konnte Torka sich erlauben, für kurze Momente einzuschlafen. In seinen unruhigen Träumen hörte er ein Geräusch, ein tiefes Dröhnen, das die ganze Welt erzittern ließ. Er führte Umak und Lonit viele Meilen weit durch die Dunkelheit. Dann brandete plötzlich eine riesige Wasserwand auf sie zu, so schwarz wie die Nacht und so hoch wie der Berg, zu dem er seinen kleinen Stamm führte. Sie rannten vor der gewaltigen Welle davon, doch sie kam immer näher, bis sie von ihr fortgespült wurden, in ein finsteres, dumpfes Totenreich, wo ihre Seelen für immer verloren waren.

Er schreckte aus dem Schlaf und blickte nach Osten, wo die Sonne hinter dem Berg aufging. Die Nacht war vorbei; ein neuer Tag brach an. Und Torka, der nicht wissen konnte, daß sein Traum eine Vision der Vergangenheit und der Zukunft gewesen war, freute sich, am Leben zu sein, als die Morgensonne ihn wärmte und die ganze Welt vergoldete.

So zogen weiter. Diesmal übernahm der Hund die Führung. Umak ging dem Mädchen voraus, und Torka blieb dicht hinter ihr. Lonit stemmte sich gegen den Wind und beobachtete den Hund, der mit aufgestelltem Schwanz vorantrottete.

Gewöhnlich wirkte der Anblick des Tieres beruhigend auf Lonit. Oft amüsierte sie sich über den Hund und verließ sich darauf, daß er bei Gefahr sein menschliches Rudel warnen würde. Doch als Lonit plötzlich das Gefühl hatte, beobachtet zu werden, lief Aar unbeeindruckt weiter und schien nichts von ihren Ängsten zu bemerken.

Obwohl das Gefühl nicht nachließ, redete Lonit sich nach einer Weile ein, daß sie nur eine dumme, überängstliche Frau war. Umak, Torka und der Hund hatten viel schärfere Sinne als sie. Außerdem hieß es, daß die Gedanken einer Frau während ihrer Blutzeit so unberechenbar wie ihre Launen waren. Wenn sie mit dem Stamm gewandert wären, hätte man sie von den anderen Frauen getrennt. Zusammen mit allen, die in der gleichen Situation waren, hätte sie ganz am Ende des Zuges marschieren müssen, damit sie die anderen nicht mit ihrem Unglück ansteckte.

Sie fühlte sich schuldig und errötete. Sie war froh, daß

weder Torka noch Umak ihr Gesicht sehen konnten, denn sie hätten sofort bemerkt, daß sie etwas vor ihnen verheimlichte, und wären ihr böse gewesen. Vielleicht würden sie Lonit sogar für immer verstoßen. Sie hätte nichts anderes verdient. Doch sie war die einzige Frau auf der Welt, und so würden sie sich damit zufriedengeben, daß sie weit hinter ihnen ging, wie es die Tradition und das Tabu verlangten. Davor hatte sie Angst, denn der letzte im Zug war das leichteste Opfer der Raubtiere. Eine Gruppe von Frauen mochte verhältnismäßig sicher sein, aber als kleines Mädchen hatte sie einmal mit angesehen, wie eine Nachzüglerin von einem Löwen gerissen wurde. Die Frau war zurückgeblieben, um sich zu erleichtern. Dann war die riesige Katze hinter einem Hügel hervorgekommen, wo sie gewartet hatte, bis der Stamm vorbeigezogen war, um sie von hinten anzuspringen. Als die Männer sich endlich gesammelt hatten, um den Räuber zu töten, war es für die Frau schon zu spät gewesen. Lonit hatte nie vergessen, wie die Frau ausgesehen hatte, nachdem der Löwe über sie hergefallen war.

Sie schauderte und versuchte, mit den Männern Schritt zu halten. Sie würden es schon bemerken, wenn sie beobachtet wurden. Dann gab Lonit sich Mühe, nicht mehr an Löwen oder Windgeister zu denken, die ihre Annäherung aus der kalten, wilden Höhe des Berges beobachten mochten. Sie blickte auf ihre Füße und konzentrierte sich nur auf den nächsten Schritt, bis Umak unvermittelt stehenblieb und Lonit mit ihm zusammenstieß.

»Seht nur!« Er schien ihre Tolpatschigkeit gar nicht bemerkt zu haben, sondern deutete nur in die Ferne.

Das Mädchen folgte seinem Blick und sah direkt vor ihnen das riesige Skelett. Torka packte seinen Speer so fest, daß ihm die Finger schmerzten. Er biß die Zähne zusammen, um nicht laut loszuschreien.

Der Zerstörer, Donnerstimme, der Welterschütterer . . .

»Nein!« rief Torka. Er wollte nicht wahrhaben, was er vermutete. Falls dieser gewaltige Knochenhaufen die Überreste des großen Mammuts waren, hatte er keine Chance mehr, das Tier mit eigenen Händen zu töten. Bis zu diesem Augenblick war ihm nicht bewußt gewesen, wie sehr es ihn trotz Umaks weisem Rat noch danach verlangte, selbst wenn er damit sein Leben aufs Spiel setzte. Nur noch einmal wollte er in die roten, menschenhassenden Augen sehen, um mit seinem Speer Rache zu nehmen für seinen Stamm, für Egatsop und für Kipu, den er nie wieder stolz auf seinen Schultern tragen würde.

Er hatte einen bitteren Geschmack im Mund. Tränen schossen ihm in die Augen, und er hielt einen qualvollen Schrei der Verzweiflung zurück. Er hob seinen Speer und rannte los, während der Hund, Umak und Lonit folgten.

Schweigend begutachteten sie die Knochenreste eines Wesens, das sie noch nie zuvor gesehen hatten. Torka fühlte eine Welle der Erleichterung, selbst als Umak ein enttäuschtes Grunzen hören ließ.

»Das ist kein Mammut«, sagte der alte Mann und hoffte, daß der Zerstörer jetzt in einem weit entfernten Teil der Tundra graste.

Lonit kämpfte gegen die schrecklichen Erinnerungen, als sie auf die fremdartigen, länglichen Knochen starrte. Sie war traurig, daß es nicht die Knochen der Bestie waren, die das Leben ihres Stammes zerstört hatte. Dieses Mammut lebte immer noch irgendwo und erschütterte die Welt mit seinem mächtigen, haßerfüllten Trompeten. Umak hatte sie weit von ihm fort geführt, aber vielleicht hatte es sich ebenfalls nach Osten gewandt. Vielleicht hatte sie die Augen des Mammuts gespürt. Sie schauderte. Dieser Gedanke war zu schrecklich.

Der Hund winselte leise. Er umkreiste die riesigen Knochen und beschnüffelte sie ausgiebig, bis er das Interesse verlor, weil ihm seine Nase sagte, daß es hier nichts zu fressen gab. Er hob hier und da sein Bein, um seine Duftmarke zu hinterlassen, und setzte sich schließlich. Er gähnte und blickte nach Osten, wie um seinen Mitreisenden zu sagen, daß es hier nichts Interessantes gab und sie ebensogut ihre Reise fortsetzen könnten.

Doch das Skelett hatte Torkas Neugier geweckt. Er hatte noch nie etwas Ähnliches gesehen. Es steckte halb im Boden und war mehr als siebenundzwanzig Fuß lang. Er lief die Strecke zweimal ab, um sicherzugehen. Es hatte weder Beine, Zähne oder Stoßzähne und sah aus wie ein riesiger Fisch. Doch wie sollte ein Fisch auf trockenes Land geraten sein? Und in keinem Bach oder Teich war das Wasser tief genug, als daß ein solches Tier darin schwimmen konnte.

Umak schien zu wissen, was Torka durch den Kopf ging. Ihre Blicke trafen sich. Umak nickte, brummte und verzog den Mund. »Im Zeitalter des großen Regens, als sich das Wasser sammelte und das Land bedeckte, hätte ein solcher Fisch genug Wasser zum Leben gehabt. Es heißt, daß die Fische sich zu jener Zeit vom Fleisch der Menschen ernährten.« Er machte eine Pause, bis ihm die Schöpfungsgeschichten, die er als kleiner Junge von den alten Männern gehört hatte, wieder ins Gedächtnis kamen. Er nickte. Dieses gewaltige Skelett bestätigte, daß diese Geschichten die Wahrheit sagten. Ein solcher Fisch konnte nur in großem Wasser leben. Dennoch war Umak ein Mensch der Tundra. Es war schwer für ihn, sich einen Ozean oder gar einen Wal vorzustellen.

Torka erinnerte sich an seinen Traum von der großen, schwarzen Wasserwand, die die Ebene überflutete. Er berührte eine Rippe des fossilen Wals. Er wußte aus Erfahrung, daß Fischgräten zu Staub zerfielen und anders als die harten Knochen von Mensch und Tier waren.

Doch dieser Knochen in seiner Hand war hart und unnachgiebig wie Stein. Er sah wieder die Welle von allen Seiten auf ihn zukommen, so schwarz wie die Flüssigkeit im Augapfel eines Karibus.

Er riß sich aus seinem Tagtraum, bevor die Welle ihn verschlingen konnte, und ließ den Walknochen los. Als die Erinnerung an seine Vision ihn leicht schwanken ließ, griff er in einer reflexhaften Bewegung erneut zu. Dabei zerbrach der fossile Knochen, und die obere Hälfte fiel ihm zu Füßen.

Umaks Augen weiteten sich erstaunt, doch dann trübte sich sein Gesichtsausdruck. Torka trat einen Schritt von dem Knochenstück zurück und wäre fortgegangen, hätte Umak ihn nicht aufgehalten.

»Nein! Torkas Hand hat den Knochen gespalten. Die Seele des großen Fisches hat Torkas Macht nachgegeben. Sie hat dem Mann einen Teil von sich geschenkt. Torka kann nicht fortgehen!« Er wollte hinzufügen: *Denn sie wird ihm folgen. Sie wird sich in einen Dämon verwandeln und von Torkas Seele zehren, bis er tot ist.* Doch er wagte nicht, diese Warnung auszusprechen, um damit nichts zu beschwören. »Nimm ihn mit!« sagte er statt dessen.

Torka wußte, daß er Umaks Befehl gehorchen mußte. Obwohl der alte Mann die Warnung nicht in Worte gekleidet hatte, las Torka sie deutlich in seinen Gesichtszügen. Er kniete nieder, um sich den Knochen genauer anzusehen.

Torka hielt erstaunt den Atem an. Das Knochenstück war nur wenig kürzer als sein Unterarm und leicht gebogen. Als er es vom Hauptteil der Rippe abgebrochen hatte, war an der Bruchstelle eine messerscharfe Schneide entstanden. Mit seinen Steinwerkzeugen hätte er niemals eine so scharfe Kante herstellen können. Er fuhr vorsichtig mit dem Daumen über die Bruchstelle und zuckte zurück. Obwohl er sie kaum berührt hatte, hatte er sich einen blutenden Schnitt zugefügt.

Umak schnaubte und nickte.

Torka lächelte trotz seiner düsteren Stimmung. Er mochte dieses Stück Fischrippe nicht, das weder Knochen noch Stein war, aber es tat gut zu sehen, daß Umak sich wieder überlegen fühlte. Er nahm das stumpfe Ende des Walknochens in die Hand und hob ihn hoch, als er aufstand. Er prüfte, wie der Knochen in der Hand lag und gelangte zu der Ansicht, daß er eine außergewöhnliche Waffe abgab. »Ich nehme es mit!« sagte er.

Umak schnaubte erneut.

Dann machten sie sich wieder auf den Weg zum Berg. Diesmal hatte nicht nur Lonit das unbehagliche Gefühl, beobachtet zu werden, auch Torka erging es so. Doch er war noch zu sehr mit seiner Vision beschäftigt und drehte sich von Zeit zu Zeit um, als ob er fürchtete, sein Alptraum könnte wahr werden. Doch dort war nichts, nur das Skelett des Wals, das immer kleiner wurde, bis es nicht mehr zu erkennen war.

2

Das Land stieg allmählich an, als sie dem Berg immer näher kamen. Sie hatten nur die weite Grasfläche hinter sich gelassen und gelangten in hügeliges Land. Auch hier gab es die vertrauten Gräser, Moose und Flechten, zwischen denen immer wieder Sumpfpflanzen in Büscheln wuchsen. Doch jetzt kamen sie an Beständen von mannshohen Fichten mit hängenden Ästen vorbei. Instinktiv suchten Umak und Torka nach Mammutzeichen, da dieses Nadelgehölz die Lieblingsnahrung der großen Tiere war. Doch sie fanden keine Spuren und zogen erleichtert weiter.

Torka hielt an, und unwillkürlich blickte er wieder den Weg zurück, den sie gekommen waren. Die Ebene lag tief unter ihnen. Die Entfernungen waren im Dunst kaum noch abzuschätzen. Und dann machte er am Horizont eine dunkle Gestalt aus, mit einem Rücken so hoch wie die fernen Hügel und so rot wie getrocknetes Blut und mit Stoßzähnen, die im Sonnenlicht schimmerten.

Er blinzelte und schirmte seine Augen mit der Hand gegen das blendende Licht ab. Doch dann war es plötzlich fort.

Er starrte noch immer mit brennenden Augen zum Horizont, während sein Herz wild klopfte. *Zerstörer, Donnerstimme, Welterschütterer.* Fast hätte er die Namen laut gerufen. Er wollte, daß die Bestie ihm in das Hügelland folgte, wo er ihr einen Hinterhalt legen konnte. Er sah sich wieder wie im Traum aus großer Höhe mit dem Speer auf das Mammut stürzen.

»Torka!« rief Umak und winkte ihm, weiterzugehen.

Doch Torka rührte sich nicht. Nur langsam ließ der Traum ihn los. Wenn er jemals die Haut dieser Bestie durchdringen und bis zu seinem Herzen vorstoßen wollte, brauchte er einen Speer mit der Kraft eines Blitzes. Nirgendwo auf der Welt gab es eine solche Waffe. Kein Mann konnte sich zweimal dem Zerstörer stellen und hoffen, lebend aus dem Kampf hervorzugehen.

Er ging weiter, hing aber noch lange seinen düsteren Gedanken nach. Er war so von seinem verzweifelten Wunsch zu töten gefangen, daß er die Veränderung der Landschaft um ihn herum nicht bemerkte.

Die duftenden Fichtenbestände wichen zurück, und sie kamen in ein Waldland, das typisch für die Arktis war. Es bestand aus Zwergbäumen, die sich der extremen Kälte und dem unablässigen Wind angepaßt hatten und mit dem Lichtmangel während der einen Hälfte des Jahres und dem Überfluß während der anderen leben mußten. Viele der Weiden, Fichten und Birken waren mehrere hundert Jahre alt, doch kaum ein Baum reichte den Reisenden bis zum Knöchel. Sie waren so gut an ihre Umwelt angepaßt, daß sie zum Teil kaum noch wie Bäume aussahen. Sie wuchsen flach am Boden, als ob sie bewußt ein Maximum an Sonnenwärme einfangen und gleichzeitig ihre Äste nicht dem Wind aussetzen wollten.

Die riesige, vereiste Masse des Berges ragte nun vor ihnen in den Himmel. Sie machten Rast und starrten stumm und ehrfurchtsvoll zu ihm hinauf. Der eisige Atem des Berges schien von den vergletscherten Schluchten zu ihnen herabzuwehen. Aus dem Innern der gewaltigen Eiskappe, die den Gipfel bedeckte, drang ein knarrendes, mahlendes Geräusch, das Lonit aus Angst vor den Windgeistern zusammenzucken ließ. Umak runzelte die Stirn. Er hatte noch nie einen so gewaltigen Berg gesehen. Torka musterte ihn berechnend. Der Gipfel selbst war furchteinflößend, doch wo die ansteigende Tundra auf feste Felswände stieß, gab es viele große Vorsprünge, die die Erosion in den Fuß des Berges gegraben hatte und auf denen sich ein sicheres Lager einrichten ließ.

»Wir gehen weiter!« sagte er schließlich und war entschlossen, noch vor Anbruch der Dunkelheit eine solche Stelle zu finden.

Lonits Arm schmerzte in der Schlinge, und sie hatte leichtes Fieber. Ihr war heiß, und sie fühlte sich müde und war gereizt, doch sie beschwerte sich nicht. Sie ging hinter Torka und bemühte sich, mit ihm Schritt zu halten. Einmal wäre sie fast gestolpert, und sie biß sich auf die Lippe. Sie durfte Torka nichts anmerken lassen, denn sie wußte, daß er immer noch nicht viel von ihr hielt. Sie versuchte sich an die Zeiten zu erinnern, als er freundlich zu ihr gewesen war. Das schien in einer ganz anderen Welt gewesen zu sein, als sie noch ein Kind war. Jetzt war sie eine Frau, die einzige Frau, und Torka haßte sie deswegen. Vielleicht würde er mit der Zeit erkennen, daß sie nicht völlig nutzlos war. Doch jetzt war sie nur müde und ekelte sich vor sich selbst. Ihr Arm brannte wie Feuer. Der Wolf hatte nicht nur Haut und Fleisch, sondern auch den Knochen verletzt.

Umak beobachtete, wie das Mädchen sich mühsam vor ihm dahinschleppte. Es war offensichtlich, daß es ihr nicht gutging. Er hatte ihr Stolpern bemerkt und das Fieber in ihren Augen während ihrer letzten Rast gesehen. Der Arm mußte ihr höllische Schmerzen bereiten, doch sie hatte nichts gesagt. Er bewunderte ihre Stärke. Als er zu Torka aufsah, der unerschütterlich voranging, brummte er. Er hatte sich nicht einmal umgedreht, um sich zu vergewissern, daß er nicht vielleicht zu schnell für sie ging. Wie konnte er nur so herzlos sein? Umak machte sich Sorgen um Torka, denn die Wunden seiner Trauer waren immer noch nicht verheilt.

Wenn Torka zu störrisch ist, um Lonits Verdienst zu würdigen, wird Umak sich darum kümmern, dachte der alte Mann. Sein Verantwortungsgefühl für das Mädchen gab ihm neue Kraft. Als er schnaubte, sah der Hund ihn an und legte den Kopf auf die Seite. »Wenn die Wölfe das nächste Mal diesen alten Mann angreifen«, sagte er zu dem Tier, »werden sie sehen, daß er nicht so alt ist, wie sie es gerne hätten! Und Lonit wird es auch sehen!«

Umak nickte stolz. Er hatte die Wahrheit gesagt, denn er fühlte sich wieder stark und tatkräftig, und sein Bein schmerzte kaum noch. Er blieb neben einem kleinen Bach stehen, der zwischen ein paar fingerhohen Weiden hindurchfloß, die gerade ihre Knospen öffneten. Der Hund trat an den Bach und trank von dem eiskalten Wasser.

Umak bückte sich und brach ein paar Weidentriebe ab. Eine Hälfte davon verstaute er in seinem Medizinbeutel am Gürtel, den Lonit aus der Haut des Kondors gefertigt hatte, an der noch die flaumigen Brustfedern hingen.

Er stand auf und nahm den Rest der Zweige zwischen die Zähne, während er die Hände an seinem Mantel rieb. Seine Finger schmerzten vor Kälte, aber er bemerkte es kaum, als er zielstrebig hinter Lonit hertrottete. Er war kein bißchen außer Atem, als er sie einholte. Er hielt sie am Ellbogen fest und nahm die Zweige in die Hand.

»Hier! Nimm das! In den grünen Weidentrieben leben Geister. Gute Geister, die so klein sind, daß kein Mädchen und auch kein Herr der Geister sie sehen können.«

Sie war dankbar für die Gelegenheit zum Ausruhen, hoffte jedoch, daß er es ihr nicht anmerkte. Außerdem verstand sie nicht, was sie mit diesem seltsamen Geschenk anfangen sollte.

Als er ihr Zögern bemerkte, erklärte er es ihr. »Du mußt die Triebe kauen! Damit setzt du die Weidengeister in deinem Mund frei. Sie werden durch deinen Körper jagen und den Weidengeistertanz aufführen. Dabei werden sie dein Fieber und deine Schmerzen fressen, bis sie wieder verschwinden und Lonit dafür danken, daß sie ihnen Nahrung gegeben hat.«

Sie ließ den Kopf sinken. Umak hatte ihre Schwäche also bemerkt und sie womöglich sogar stolpern sehen. Umak mußte jetzt denken, daß sie die nutzloseste Frau war, die es je gegeben hatte. Doch zu ihrem Erstaunen gab der alte Mann ihrem Kinn einen sanften Stups, so daß sie ihn ansehen mußte und feststellte, daß er lächelte.

»Lonit ist mit ihren Wunden weit marschiert. Sie ist tapfer und stark! Umak gibt Lonit die Weidengeister. Sie sind nur für die, die nicht nutzlos und unwürdig sind.«

Sie schämte sich und wurde rot. Glaubte er wirklich, was er sagte? Nein, er wollte nur freundlich sein und sie aufmuntern. Gehorsam kaute Lonit die Zweige, als sie und die Männer weitergingen. Sie schmeckten bitter, doch bald staunte sie über die Zauberkraft des alten Mannes. Er war nicht nur Herr über den Geist eines wilden Hundes, sondern sogar über Baumgeister. Wie er versprochen hatte, ließ ihr Fieber nach, und die Schmerzen im Arm wurden schwächer. Sie dankte ihm. Er brummte zufrieden und sagte ihr, sie solle den Weidengeistern danken. Sie tat wie befohlen und versuchte sie sich als kleine grüne Kobolde vorzustellen, die durch ihren Körper tanzten. Sie fragte sich, ob sie den Schmerz roh aßen oder ihn in der Glut des Fiebers rösteten.

Sie fühlte sich jetzt wesentlich besser, doch während das Fieber schwand, wurde ihre Angst größer. Der Berg ragte hoch über ihnen auf und warf seinen Schatten über die Welt. Und von seinem zerklüfteten Gipfel aus beobachtete irgend etwas die kleine Gruppe.

Torka blieb stehen, und Umak und das Mädchen traten an seine Seite. Sie alle konnten es jetzt spüren. *Windgeister,* dachte Lonit und wußte, daß die sanften heilsamen Weidengeister machtlos gegen diese wilden und boshaften Wesen waren.

Löwen, dachte Umak, *oder Bären oder Wölfe.* Er versuchte vergeblich, die Erinnerung an sein Versagen zurückzudrängen. Er wußte nicht, wie er sich schlagen würde, wenn sie an größere und gefährlichere Raubtiere gerieten.

Torka stand kerzengerade und hatte die Augen zu schmalen Schlitzen verengt. *Es könnte alles Mögliche sein,* dachte er. Eine große räuberische Bergkatze, ein Bär, der gerade aus dem Winterschlaf erwacht war, oder nur ein Vogel, ein Falke oder ein Adler. Vielleicht auch nur ein Lemming, eine Maus oder ein fettes Murmeltier, das sich auf einem Grat sonnte und ohne großes Interesse die Menschen auf der Tundra mit seinen kleinen glänzenden Augen beobachtete. Es beruhigte ihn ein wenig, daß es kaum gefährlicher sein konnte als die Tiere, denen sie auf der offenen Tundra begegnet waren. Selbst wenn es ein großer Fleischfresser sein sollte, wußten sie jetzt immerhin, daß er sie bedrohte.

Als Torka den Blick über die Felswände schweifen ließ, entdeckte er einen Sims, der aus der steilen Westseite des Berges herausragte. Darüber war die Granitwand mit einer Reihe von Höhlen gesprenkelt. Ihre Größe und Lage machten ihn neugierig. Falls man in diese Höhe gelangen konnte, würde die größte und tiefste der Höhlen einen ausgezeichneten Schutz vor Wind, Wetter und besonders vor Raubtieren abgeben. Falls die Höhle nicht bereits von Raubtieren bewohnt war. Er war sicher, daß Umak an seinem Plan etwas auszusetzen hatte, und er wurde nicht enttäuscht.

»Die Jäger des Stammes leben nicht wie die Tiere in Höhlen!« protestierte der alte Mann. »Sie müssen so leben, wie unsere Väter schon immer gelebt haben – unter freiem Himmel!«

Das Tageslicht schwand, und Regenwolken sammelten sich. Ein kalter Wind blies vom eisbedeckten Gipfel herab. Weit unter ihnen in der Tundra heulten Riesenwölfe. Torka sah Lonit zusammenzucken. Er mußte eingestehen, daß er fast genauso erschöpft war wie sie.

»Wir müssen unser Lager aufschlagen«, sagte er. »Es wird bald dunkel. Vielleicht sind die Wölfe oder sogar noch größere Raubtiere auf unserer Fährte. Wir sind die letzten, die vom Stamm übrig sind, Vater meines Vaters! Wir sind in großer Gefahr, wenn wir im Freien lagern. Ein Lager an der Bergwand wäre gut, *in* der Bergwand sogar noch besser. Umak selbst hat die weisen Worte gesprochen: In einem neuen Leben müssen Menschen neue Wege suchen.«

Der alte Mann schnaubte und blickte mißtrauisch zu

den Höhlen hinauf. Er hatte ein ungutes Gefühl, aber er war ein Herr der Geister und konnte nicht einfach seine eigenen weisen Worte widerrufen. »Wir werden sehen«, sagte er schließlich.

Sie fanden den Weg zu den Höhlen ohne größere Probleme. Immer noch hatten sie das Gefühl, von unsichtbaren Augen beobachtet zu werden. Nachdem sie den weichen Boden der Tundra hinter sich gelassen hatten, schritten sie nun über den sandigen Anstieg und herabgestürztes Gletschergeröll, bis sie die bloßen Knochen des Berges erreichten. Als sie schließlich am Fuß der Ostflanke des Berges nach oben sahen, schien der Gipfel mit dem Nachthimmel verschmolzen zu sein. Obwohl sein Durchmesser mehrere Meilen betrug, war der Berg gar nicht so hoch, wie er aus der Ferne ausgesehen hatte.

Sie standen im Windschatten einer schmalen Schlucht, durch die sich ein eisiger Bach träge seinen Weg suchte. An verschiedenen Stellen gab es etwas Erdreich, wo Riedgrasbüschel und Gebirgssträucher Fuß gefaßt hatten. Wo die Schlucht das meiste Sonnenlicht einfing, standen ein paar gebeugte Fichten wie kostümierte Jäger, die im Traumtanz erstarrt waren. In der einbrechenden Dunkelheit sahen die Bäume schwarz aus. Dann wehte ihnen plötzlich unverkennbar Mardergestank entgegen.

Vermutlich war es ein Wiesel oder ein Vielfraß, also harmlose Tiere. Während der Hund die unbekannte Umgebung beschnüffelte, suchten die Reisenden nach Spuren größerer Tiere. Doch nichts deutete darauf hin, daß sie in das Revier eines Tieres eingedrungen waren, das eine Gefahr für sie darstellen könnte.

Dann wandten sie ihre Aufmerksamkeit ihrem Ziel zu. Die Höhlen lagen etwa dreihundert Fuß über ihnen, doch die Sicht wurde durch einen Felsvorsprung versperrt.

Torka wies sie auf eine Reihe von Unterbrechungen in der schmalen Spalte hin, die steil vom Fuß der Felswand bis zum Vorsprung hinaufführte. Es sah aus, als hätte die Hand eines Riesen eine Treppe in den Fels gemeißelt. Es war der einzige Zugang zu den Höhlen, ein schwieriger Aufstieg für jedes Geschöpf ohne Flügel, aber es bedeutete auch, daß weder Bären noch größere Katzen hinaufsteigen konnten.

Der Aufstieg machte ihnen keine besondere Mühe, nur der Hund blieb am Fuß der Wand stehen und beobachtete verdutzt, wie sein Rudel den steilen Weg ohne ihn weiterging. Er bellte. Umak, der als letzter ging, blieb stehen und rief den Hund. Der Weg war zwar steil, aber mit etwas Anstrengung mußte Aar es schaffen. Doch der Hund blieb mißtrauisch und rührte sich nicht von der Stelle.

»Es ist fast dunkel, und ein Sturm zieht auf«, erinnerte Torka seinen Großvater. »Komm! Der Hund wird seinen Weg alleine finden.«

»Umak wird seinen Bruder nicht zurücklassen!« erwiderte der alte Mann ärgerlich.

Torka wurde vom Keuchen des Mädchens abgelenkt, das hinter ihm ging. Sie war offensichtlich erschöpft, und er reichte ihr eine Hand, um ihr zu helfen. Er konnte sich später mit Umak auseinandersetzen. Wenn es um den Hund ging, war mit dem alten Mann nicht zu reden.

»Komm!« sagte er. »Torka will dir helfen.«

Sie lehnte sich gegen den kalten, rauhen Fels. Das Gewicht ihrer Rückentrage machte ihr Angst. Die Trageriemen schnitten ihr in die Schulter, und sie fürchtete, daß es sie aus dem Gleichgewicht bringen könnte und sie rückwärts abstürzen ließ. Ihr Herz klopfte wie wild, und ihr Mund war ausgetrocknet. Der verwundete Arm war heiß und schmerzte, denn durch das Klettern waren die Wunden wieder aufgerissen. Sie vermutete, daß einige

Nähte nicht gehalten hatten. Aber sie wollte Torka nicht noch einmal ihre Schwäche zeigen. Obwohl es sie drängte, seine Hand zu nehmen, weigerte sie sich.

»Lonit ist stark! Sie braucht Torkas Hilfe nicht!«

Er zischte verärgert, drehte sich um und kletterte weiter. Was war sie nur für eine störrische, undankbare Kreatur! Frauen! Alte Männer! Hunde! Sollten sie doch sehen, wie sie alleine zurechtkamen!

Er erreichte den Sims und zog sich auf einen breiten Felsvorsprung, dessen Rückwand sich tief in den Berg schnitt. Das Mädchen war dicht hinter ihm. Er hörte ihre Sohlen über die losen Steine schlittern. Ihr rasselnder Atem kam in schmerzhaften Stößen. Torka befreite sich von seiner Trage, beugte sich über die Kante, packte die Riemen ihrer Rückentrage und zog sie ebenfalls hinauf. Sie ließ sich auf die Knie fallen. Mit hängendem Kopf und sichtlichem Zittern erklärte sie ihm, daß sie den Aufstieg auch ohne seine Hilfe geschafft hätte. Er mußte sich zusammenreißen, um sie nicht über den Felsvorsprung hinunterzustoßen, denn er betrachtete ihre Worte als Überheblichkeit.

Es dauerte eine Weile, bis Umak begriff, daß er den Hund nie ohne seine Hilfe auf den Felsvorsprung bringen würde. Aar hatte den Zwischenfall mit dem Riemen nicht vergessen, und obwohl es Torka gewesen war, traute er auch Umak nicht genug, um sich von ihm berühren zu lassen. Umak schnaubte. Er konnte das Mißtrauen des Hundes verstehen. Langsam stieg er zurück und versuchte dem Hund begreiflich zu machen, daß er ihn tragen würde, wenn er nicht wie ein Mensch klettern konnte. Doch jedesmal, wenn er ihm zu nahe kam, wich Aar vor ihm zurück.

Das Heulen des Wolfsrudels klang bereits viel näher. Dabei lief es dem alten Mann kalt den Rücken hinunter. Torka rief nach ihm, doch Umak antwortete nicht. Er fühlte sich klein und verletzlich neben den hoch aufragenden Felswänden des Berges. Es begann zu regnen. Er durfte den Aufstieg nicht länger hinauszögern, sonst würden die Felsen zu glitschig werden. Er war wütend auf den Hund, weil er ihm immer noch nicht traute, obwohl sie schon so viel gemeinsam durchgestanden hatten, und weil er es als Herr der Geister nicht geschafft hatte, dem Tier seinen Willen aufzuzwingen.

»Aar! Du wirst jetzt zu Umak kommen!« befahl er.

Der Hund legte den Kopf zur Seite und starrte Umak an, als sei dieser verrückt geworden.

Aar senkte den Kopf. Er mochte es nicht, wenn man ihn anbrüllte.

»Komm her! Dein Bruder ruft dich! Der Hund muß dem Menschen gehorchen!«

Der Hund wich langsam zurück.

Umak sprang auf das Tier zu und hoffte es zu packen, um ihm zu zeigen, daß er ihm nichts Böses wollte. Doch seine Hände griffen ins Leere. Der Hund war im letzten Augenblick zurückgesprungen.

Umak lag auf dem Bauch, stemmte sich mit den Armen hoch und funkelte den Hund wütend an. »Dann bleib eben hier und warte, bis die Wölfe dich holen! Aber sag nicht, daß Umak nicht versucht hätte, dir zu helfen!« Er stand auf, klopfte sich Erde und Steine von den Hosen und rieb sich die schmerzenden Knie. »In neuen Zeiten müssen Menschen neue Wege suchen! Dasselbe gilt auch für Hunde!«

Er kehrte dem Hund den Rücken zu, zurrte seine Gepäcktrage wieder zurecht und begann mit dem Aufstieg. Als er den halben Weg zurückgelegt hatte, überkamen ihn Gewissensbisse. Er hielt an, um nach unten zu sehen. Dann lächelte er.

Bruder Hund folgte ihm.

Obwohl der Felsvorsprung für die Menschen, die ihr ganzes Leben auf der weiten Ebene der Tundra verbracht hatten, eine fremde Umgebung war, erkannten sie seine Vorteile. Sie waren im Trockenen, vor dem Wetter geschützt und vor wilden Tieren sicher. Eine kurze Erkundung ergab, daß hier schon lange keine Tiere mehr Unterschlupf gesucht hatten.

In der Dunkelheit ließen sie ihre Rückentragen fallen, breiteten die Schlaffelle aus und schliefen erschöpft ein. Sie hatten sich, so tief es ging, unter den weiten, aber niedrigen, höhlenähnlichen Felsvorsprung zurückgezogen und lagen dicht an dicht in ihre Felle eingewickelt. Der Hund hatte sich in Umaks Nähe hingelegt. Er leckte seine Pfoten, die er sich an den scharfen Felskanten blutig geschrammt hatte, doch nach einer Weile schlief auch er ein. Die Nacht war erfüllt von den Geräuschen der tiefen, gleichmäßigen Atemzüge der Menschen, dem Trommeln des Regens und dem allgegenwärtigen Flüstern des Windes. Von Zeit zu Zeit veranlaßte der üble, muffige Mardergeruch Lonit oder Torka dazu, sich im Schlaf zu rühren, doch nur der Hund ließ sich davon wecken.

Aar hob den Kopf und schnupperte. Es war stockdunkel in der Höhle. Sein Nackenfell sträubte sich, und er knurrte tief und bedrohlich. Etwas bewegte sich draußen in der Dunkelheit am Eingang der Höhle. Und es mußte den Hund gehört haben, denn plötzlich war es still.

Dann drehte sich der Wind. Der Geruch und der Schatten verschwanden. Der Hund war nicht sicher, ob seine Sinne ihm einen Streich gespielt hatten, und schlich zum Rand des Vorsprungs. Hier war der Geruch am stärksten. Irgend etwas war hier gewesen, aber der Hund wußte nicht was, denn er kannte diesen Geruch nicht. Er legte sich hin. Wenn das Wesen zurückkam, wäre er bereit. Die ganze Nacht über hielt der Hund Wache für die Menschen. Erst gegen Morgen, als der Regen in Schnee überging und die Felswand eisglatt wurde, erlaubte Aar sich etwas Schlaf. Jetzt konnte nichts mehr den Berg erklettern, nichts außer einem Windgeist.

Der Schnee fiel in unheimlicher Stille, dicker, nasser Schnee, der die Nacht erstickte und Lonit in ihren Träumen heimsuchte. Sie wachte auf und sah den Hund auf seinem Posten. Schaudernd erinnerte sie sich an ihren Traum, in dem die Windgeister die Gestalt fauchender, bissiger Wiesel angenommen hatten, die aufrecht wie Menschen gingen und sich gegenseitig mit angespitzten menschlichen Oberschenkelknochen zerstückelten.

Sie schwitzte und wünschte sich, sie hätte noch ein paar von Umaks Weidentrieben. Sie hatte Fieber, aber sie wollte Umak nicht aufwecken. Sie sah den Medizinbeutel neben dem schlafenden alten Mann liegen, aber sie würde nie auf den Gedanken kommen, ohne seine Erlaubnis etwas herauszunehmen.

Das Morgenlicht war ein schwaches Grau, das die Wände und die Decke der Höhle kalt und düster erscheinen ließ. Lonit mochte es nicht, weil es sie an ihren Traum erinnerte. Sie sehnte sich nach dem freien Himmel der Tundra und der vertrauten Enge einer Erdhütte, als sie mit ihren morgendlichen Pflichten begann. Ihr Arm brannte schmerzhaft, aber sie biß die Zähne zusammen. Sie würde sich später darum kümmern. Jetzt war es wichtiger, daß sie Feuer machte und das Frühstück zubereitete, bevor ihre Männer aufwachten.

Der Schnee war wieder in Regen übergegangen, als sie das Feuer aus Knochen und getrockneten Soden entzündet hatte. Dann weichte sie Streifen getrockneten Karibufleisches in geschmolzenem Schnee ein, steckte sie auf kleine Knochenspieße und röstete sie über den Flammen.

Torka und Umak wurden vom Geruch geweckt und

setzten sich schweigend ihr gegenüber an das kleine Feuer. Der Hund sah ihnen aus sicherer Entfernung zu und wartete darauf, daß der alte Mann ihm trotz Torkas Mißbilligung seinen Anteil zuwarf. Umak schmatzte mit den Lippen und nickte, um dem Mädchen zu zeigen, daß sie es gut gemacht hatte. Torka zeigte keinerlei Dankbarkeit, aber für Lonit, die oft genug von ihrem Vater geprügelt worden war, weil ihm das Essen nicht schmeckte, war es Lob genug, wenn er aß, was sie zubereitet hatte.

Das Fleisch war aufgebraucht, die Soden verbrannt und auch die Knochen zu Asche zerfallen. In der ungewohnten Umgebung wagte keiner von ihnen zu sprechen. Draußen stöhnte der Wind, und der Regen prasselte immer noch gegen den Berg, während das Schmelzwasser vom Gipfel herabströmte. Doch in der Höhle waren sie vor den Elementen geschützt.

Nach einer Weile bedrückte Umak das Schweigen und das unheimliche Ächzen und Knarren, das aus dem Fels drang, und es drängte ihn zu sprechen. Er beschloß, ihnen die Geschichte zu erzählen, wie die Menschen erschaffen wurden.

»Es begann an einem Tag wie diesem, vor langer Zeit. Vor der Großen Flut, als alle Lebewesen noch männlich waren, fiel der erste Regen. Er ging nicht in Schnee über, sondern es regnete mehrere Tage ununterbrochen, bis alles Leben ertrunken war, mit Ausnahme zweier Herren der Geister.«

Torka und Lonit waren gefesselt. Umak sprach mit dem tiefen, ruhigen Tonfall eines Mannes, der sein halbes Leben damit verbracht hatte zu lernen, wie man eine Geschichte richtig erzählte. Sogar der Hund hörte mit geneigtem Kopf zu, als würde er die Worte verstehen.

»Die zwei Herren der Geister suchten Zuflucht vor dem Regen an einem Tag wie diesem in einer Höhle wie dieser hoch oben auf dem Berg der Macht. Und als das Wasser sich endlich von der Erde zurückgezogen hatte, waren sie ganz allein. Das war nicht gut.

An einem Tag wie diesem saßen sie zusammen. In einer Höhle wie dieser. Sie wurden der Gesellschaft des anderen überdrüssig. ›Wir wollen die ertrunkene Welt wieder mit Leben füllen‹, sagten sie. Und so geschah es. Oben auf dem Berg der Macht beschworen sie einen gewaltigen Zauber. Die Sonne kam zurück, und der Tag war wiedergeboren. Und der Mond kam zurück, spuckte die Sterne aus, die er in seinem Mund verborgen hatte, und die Nacht war wiedergeboren. Die grünen Pflanzen wuchsen wieder, und die Tiere erstanden wieder zum Leben.

Doch als sie versuchten, neue Menschen zu machen, gelang es ihnen nicht. Sie versuchten es wieder und wieder. Doch die große Flut hatte ihre Macht geschwächt. Sie waren sehr müde. Sie sahen von ihrer Höhle hinaus in die Welt und waren traurig. Es war nicht gut, allein in einer Welt ohne Menschen zu sein.«

Er machte eine Pause. Seine Zuhörer waren gebannt. Es war die älteste aller Geschichten. Sie hatten sie schon unzählige Male gehört, aber es war beruhigend, sie hier an einem Tag wie diesem in einer Höhle wie dieser erneut zu hören, während der Regen fiel und der Berg sie hoch oben in den Wolken verbarg. Die Worte des Herrn der Geister drangen aus der Höhle und wurden vom Wind davongetragen, um den Geistern der Luft und des Himmels zu erzählen, wie die Menschen, die es nicht mehr gab, geboren wurden.

»Die zwei Herren der Geister schliefen. Der Berg der Macht gab ihnen Träume. An einem Tag wie diesem in einer Höhle wie dieser erwachten sie und wußten, was sie zu tun hatten, um neue Menschen zu machen. Sie verkehrten miteinander, und durch den Zauber des Berges wurde ein Mann durch den anderen schwanger. Als der Mond neunmal vor der Nacht geflohen war und neunmal zurückgekommen war, wurde das erste Menschenkind von einem Mann zur Welt gebracht. Unter Blut und Schmerzen. Das war nicht gut. So wurde das erste Kind durch den Zauber des Berges eine Frau. Und seit jenem Tag bis zum heutigen Tag gibt es Frauen, damit die Männer mit anderen Männern zusammensein können, ohne jemals wieder die Tortur des Gebärens ertragen zu müssen. Dies steht allein den Frauen zu. Für immer und ewig.«

Sie fühlten sich von der Geschichte gesättigt wie von einer guten Mahlzeit. Umak betrachtete Torka und Lonit nachdenklich. Die kalte, abgeschiedene Welt des Berges war trostlos und fremdartig, aber Torkas Entscheidung, sie hierher zu führen, war richtig gewesen. Mann und Frau saßen sicher zusammen zwischen schützenden Felswänden. Sie hatten die Vernichtung des Stammes überlebt, und so würde auch der Stamm weiterleben.

Als Lonit die letzten Fettreste von ihrem Bratspieß lutschte, betrachtete der alte Mann sie mit abschätzenden Blicken. In seinen Lenden regte sich flüchtig sein männlicher Trieb, doch er riß sich schnell wieder zusammen. *Das Mädchen ist noch ein Mädchen*, sagte er sich. *Mit der Zeit wird sie eine Frau sein. Aber jetzt noch nicht.* Er unterdrückte ein Gähnen. Das Feuer war warm, das Fleisch in seinem Bauch tat gut, und seine Lider wurden schwer. Er schloß die Augen, legte die Arme um die Knie und erlaubte sich ein Nickerchen. Torka wurde durch Umaks Schöpfungsgeschichte nicht dazu animiert, sich für Lonits Fruchtbarkeit zu interessieren; statt dessen dachte er wieder an seine Frau und seine Kinder. Er stand auf und ging zum Eingang der Höhle. Als er den bewölkten Himmel und die dunstige, verregnete Tundra sah, weilten seine Gedanken wieder in der Vergangenheit.

Das Geräusch eines polternden Steins schreckte ihn auf, und der üble Mardergeruch stieg ihm in die Nase.

Aar bellte aufgeregt und stand so nahe neben Torka, wie er es noch nie gewagt hatte. Der Jäger ging vorsichtig zur Felskante und spähte nach unten. Doch da war nichts, nur der Regen, die Wolken und die steile Felswand des Berges, die sich im Nebel verlor. Er schaute nach oben. Wenn der Regen aufhörte, würde er die kleineren Höhlen erkunden, die über ihnen lagen. Vielleicht lebte das Wiesel dort oben und war vom Fleischgeruch angelockt worden. Er wunderte sich, daß er es nicht gesehen hatte.

Umak war wieder wach geworden und kniete nun neben Torka. Er berührte den regengetränkten Erdboden mit den Fingerspitzen und führte sie an seine Nase. Ein Wiesel? Nein, nicht ganz. Es war eher, als mischten sich die Gerüche verschiedener Tierarten darin. Er schnupperte noch einmal und identifizierte sogar einen leichten menschlichen Geruch. Aber das war unmöglich, denn außer ihnen gab es auf der Welt keine Menschen mehr. Es gefiel ihm nicht, und eine dunkle Vorahnung überkam ihn. »Wenn es noch einmal zu unserer Höhle kommt, werden wir es töten«, sagte er und fügte in Gedanken hinzu: *bevor es uns tötet.*

Torka zuckte mit den Achseln. Trotz der letzten Nacht war er müde und ärgerte sich, daß er den Eindringling nicht gestellt hatte. Er durfte sich solche Achtlosigkeiten in Zukunft nicht mehr erlauben. Die zwei Männer und der Hund gingen zum Feuer zurück, wo Lonit vorsichtig ihren Verband entfernte.

Sie fühlte sich so krank und elend, daß es sie kaum interessierte, was Torkas und Umaks Neugier geweckt hatte. Was es auch gewesen sein mochte, jetzt war es fort. Sie wünschte sich, sie könnte dasselbe von ihrem Schmerz sagen. Was unter dem Verband zum Vorschein kam, überraschte sie nicht. Ihre Blutzeit hatte in der letzten Nacht aufgehört, doch ihr Arm blutete wieder und sonderte eine klare, heiße Flüssigkeit ab, wo Umaks Nähte noch nicht aufgeplatzt waren.

»Ai-yeh!« rief der alte Mann, als er nach ihrem Arm sah. Er ging neben ihr in die Knie und betastete vorsichtig die Wunden mit seinen Fingern.

Torka war wütend auf sie beide. Warum hatte das Mädchen nicht gesagt, wie schlecht es um sie stand? Er hatte Jäger gesehen, die Finger, Gliedmaßen oder das Leben verloren hatten, weil sie sich nicht um solche Entzündungen gekümmert hatten. Dachte Lonit in ihrer Überheblichkeit etwa, daß ihr Fleisch gegen solche Gefahren gefeit sei? Wie konnte Umak sie nur hätscheln und zu diesem unverantwortlichen Verhalten ermutigen? Was war sie nur für ein verabscheuungswürdiges Geschöpf!

In einem plötzlichen Wutanfall packte er Lonit an ihrem gesunden Arm, riß sie hoch und zerrte sie zum Rand des Felsvorsprungs. Sie schrie, weil sie Angst hatte, er würde sie hinunterstürzen. Statt dessen zerriß er ihren Ärmel und hielt ihren verletzten Arm in den Regen hinaus.

»Diese Frau ist die einzige Frau auf der Welt!« rief er Umak zu. »Wenn der Stamm weiterleben soll, wird er eines Tages durch sie wiedergeboren werden müssen. Sie mag sich für etwas Besseres halten, aber sie ist es nicht! Wenn sie stirbt, stirbt der Stamm für immer. Umak hat es so gesagt. Umak sollte sich daran erinnern. Dies ist keine Wiederholung der Schöpfungsgeschichte! Torka wird nicht mit Umak verkehren, um ein erstes Kind zu zeugen! Umak sollte das nicht vergessen! Wenn diese Frau sich nicht um sich selbst kümmern kann, wird Torka sich um sie kümmern! Aber er wird nicht so rücksichtsvoll sein wie Umak!«

Erbarmungslos kratzte er mit seinen Fingern über ihre Wunden, öffnete den weichen, entzündeten Schorf und setzte sie dem kalten, heilsamen Regen aus. Das Mädchen schluchzte und wand sich in seinem Griff, aber er hielt sie fest, bis Umak sich wütend wie ein brünftiger Karibubulle auf ihn stürzte.

Überrascht ließ Torka das Mädchen los, das kraftlos zu Boden sackte. Umaks starke Faust krallte sich fest in Torkas Kleidung und bewahrte ihn so davor, rückwärts den Vorsprung hinunterzustürzen.

Das Mädchen starrte erschrocken auf die beiden Männer, und der Hund knurrte verwirrt.

Torka sah seinen Großvater fassungslos an, während der Regen ihre Wut abkühlte.

Umak schnaubte verächtlich und ließ ihn los. »Torka ist mutig! Torka ist stark! Aber Torka ist blind, wenn es um Frauen geht!«

3

Die Tage vergingen. Durch die ständigen Regenschauer war der Berg bei Tag glitschig und bei Nacht vereist. Nie war es sicher genug, um nach draußen zu gehen. Die Menschen waren damit zufrieden, im Schutz ihrer Höhle zu bleiben. Am Eingang hatten sie die Plane aufgehängt, die normalerweise als Boden für ihre Erdhütten gedient hatte, doch jetzt hielt sie Wind und Regen ab, so daß es im Innern ihres Unterschlupfes trocken blieb. Lonit hatte Beutel aus eingefetteter Haut gefertigt, in denen sie Regenwasser sammelten. An der Rückwand der Höhle errichteten sie einen Kreis aus losen Steinen für die Feuerstelle. Nach vielen Tagen der Wanderung im Wind und in der Kälte sehnten sie sich nach Wärme und legten ihre Felle dicht ans Feuer. Anders als die Soden, die sie in der

Tundra benutzt hatten, speicherten die Steine die Wärme und strahlten sie noch lange ab, nachdem die Glut längst erloschen war.

Sie schliefen viel und erholten sich von den Anstrengungen der Reise. Umak vertrieb ihnen die Zeit mit Geschichten des Stammes. Aar lag dicht neben der Feuerstelle, aber dennoch weit genug entfernt, daß keiner der Menschen ihn überraschen konnte. Er beobachtete den Höhleneingang, lauschte und schnüffelte, doch der übelriechende Eindringling kam nicht zurück. Vorsichtshalber stellte Torka vor dem Eingang eine Falle auf.

Umak stand neben ihm und sah ihm unbeeindruckt zu. »Die Windgeister werden sich selbst in Torkas bester Falle nicht verfangen.«

»Vielleicht.« Torka ging wieder ans Feuer. Er nahm das Stück Walknochen in die Hand, das er von der Ebene mitgenommen hatte, und wickelte Sehnen um das stumpfe Ende. »Wenn der Regen aufhört, wird Torka es jagen.«

»Ein weiser Mann jagt keine Geister. Ein weiser Mann singt ihnen, deren Fleisch aus Luft und Wind besteht, Lobgesänge.«

»Torka kennt keinen Lobgesang, den er einem Wesen singen könnte, das wie der üble Darmwind eines Dachses stinkt. Wenn der Regen aufhört, wird dieser Jäger herausfinden, woraus sein Fleisch besteht. Wenn es ein Geist ist, wird Torka ihn lobpreisen. Wenn es Fleisch ist, wird Torka es töten.«

Der Regen hörte nicht auf, und die Jäger wurden unruhig. Sie bereiteten ihre Waffen auf künftige Jagden vor. Torka hoffte auf schmackhaftere Beute als Wiesel. Sehnsüchtig dachte er an die Kamele und Moschusochsen, die sie unterwegs gesehen hatten. Sobald das Wetter sich besserte, wollte er großes Wild jagen, bevor er sich mit stinkenden Bergbewohnern auseinandersetzte, seien es nun Tiere oder Geister.

Lonit war genauso ungeduldig wie ihre Männer. Sie fühlte sich schon viel besser. Ihr Fieber war abgeklungen, der Arm verheilte gut, und ihr Appetit kam zurück, als ihre Fleischvorräte gerade zur Neige gingen. Obwohl sie sparsam damit umgingen, waren auch die Knochen und Soden bald aufgebraucht. Sie aßen das Fleisch roh und machten nur noch in der bitteren Morgenkälte Feuer.

Während die Männer Speerspitzen aus den verschiedenen Steinen herstellten, die sie auf der Reise gesammelt hatten, breitete Lonit Karibufelle aus, die sie in ihrem letzten Lager vorbereitet hatte. Sie würde noch viele Stunden brauchen, um sie sorgfältig abzuschaben, bis sie weich genug für die Weiterverarbeitung waren. Unverzagt machte sie sich mit ihrem gesunden Arm an die Arbeit, nicht nur, weil es nichts anderes für sie zu tun gab, sondern weil sie ihren Männern den Luxus gönnen wollte, nach der Jagd auf der schlammigen Tundra ihre Sachen wechseln zu können. Sie wollte Torkas Kleidung zuerst nähen. Verstohlen warf sie ihm einen sehnsüchtigen Blick zu. Sie war ihm in den letzten Tagen aus dem Weg gegangen, um nicht noch einmal unabsichtlich seinen Zorn zu erregen. Doch die neue Kleidung würde ihn friedlich stimmen, selbst wenn sie von einem unscheinbaren, unwürdigen Mädchen kam.

Die Nächte waren immer noch lang und kalt. Im Dunkeln gab der Berg unheimliche Geräusche von sich, die ihren Schlaf störten. Von Zeit zu Zeit knurrte der Hund, und die Menschen wachten auf. Doch in der Dunkelheit rührte sich nichts, und auch die Falle am Höhleneingang blieb unberührt.

»Was auch immer durch den Wind der dunklen Bergnacht zieht, es ist nicht aus Fleisch. Es ist ein Geist!« Umak erhob sich von seinen Schlaffellen, kniete sich hin und sang den unsichtbaren Berggeistern mit erhobenen Armen einen Lobgesang.

Torka beobachtete ihn zweifelnd. »Wir werden sehen.« Er vergrub sich in seinen Fellen und schlief wieder ein. Er träumte von Bergen, die aus tosendem Wasser bestanden, und von Dämonen, die die Erde in Gestalt eines Mammuts heimsuchten. Dann war er plötzlich hellwach und lauschte auf die nächtlichen Geräusche der arbeitenden Eismassen. Er dachte an den Zerstörer, und ihm wurde klar, daß ein Mann ihn verletzen konnte, wenn er die richtige Waffe besaß.

Lonit rollte sich unter ihren Schlaffellen zusammen. Sie lauschte auf Umaks Lobgesang und hatte Angst. Sie mochte den Berg überhaupt nicht.

Zwei Tage später hörte der Regen auf. Als sie ihren Wetterschutz zur Seite zogen, drang das klare Licht eines wolkenlosen Sonnenaufgangs in die Höhle. Weit unten in der Tundra waren grasende Tierherden zu erkennen, Moschusochsen, Kamele und ein paar Steppenantilopen. Ohne auch nur einen Augenblick zu zögern, griffen Umak und Torka nach ihren Waffen, um auf die Jagd zu gehen. Torka bestand darauf, daß Lonit zurückblieb. Er wollte keine Frau an seiner Seite, die womöglich sein Jagdglück beeinträchtigte. Umak erinnerte ihn daran, wie nützlich das Mädchen bisher für sie gewesen war, aber Torka blieb hartnäckig. Lonit gab sich damit zufrieden; Torka hatte sicherlich recht. Obwohl Umak ihr versicherte, daß sie immer in Rufweite sein würden, hatte sie Angst, allein auf dem Berg zurückzubleiben. Mit einem Messer in der Hand zum Schutz gegen Windgeister beobachtete sie den Abstieg der Jäger. Der Weg war feucht und glitschig, doch ohne Gepäck kamen sie sicher voran. Enttäuscht stellte Lonit fest, daß der Hund ihnen aufgeregt hechelnd folgte. Es wäre ihr lieber gewesen, wenn er bei ihr geblieben wäre.

Ein leichter, warmer Ostwind wehte ihr die Gerüche von Erde und Gras, duftenden Fichten, Wermut und anderen Kräutern entgegen, die Lonit nicht bestimmen konnte. Sie entspannte die Finger, die fest um den Knochenschaft des Messers lagen. Dies war kein Morgen, der Furcht vor Windgeistern aufkommen ließ.

Sie ging zurück in die Höhle und nahm die Steinmuscheln und die vier Sehnenstricke aus ihrem Beutel, um endlich ihre Steinschleuder fertigzustellen. Doch als sie sich wieder in den sonnendurchfluteten Eingang gesetzt hatte, wurde sie von der Schönheit des Morgens abgelenkt.

Noch nie war sie so hoch oben gewesen. Sie genoß den herrlichen Ausblick und nahm einen tiefen Atemzug. Es begann ihr auf dem Berg zu gefallen.

Am Horizont sah sie riesige Wolkenbänke über der Tundra. Es dauerte einen Moment, bis sie feststellte, daß es in Wirklichkeit Berge waren. Vor den steilen Wänden aus Eis und Stein bewegten sich winzige Punkte. Es waren Vögel, die allmählich näher kamen und sich auf den vielen Seen und Bächen niederließen, die in der Morgensonne funkelten.

Sie lächelte und wandte sich wieder ihrer Steinschleuder zu. In den nächsten Tagen würde auch sie auf die Jagd gehen, nicht zusammen mit den Männern, sondern auf die Art der Frauen. Sie würde Vögel erlegen, sie rupfen und über schwelenden Moosen und Fichtenzweigen räuchern. In der Zeit der langen Dunkelheit wäre das geräucherte Geflügel eine willkommene Abwechslung zum fetten Fleisch des Großwildes. Ihre Männer würden zufrieden mit ihr sein.

Ein paar kleine Steine polterten vor ihr in die Tiefe. Lonit duckte sich erschrocken und flüchtete unter die Höhlendecke. Es hatte nur einen Augenblick gedauert, aber Lonit war der Angstschweiß ausgebrochen. Sie glaubte gehört zu haben, wie etwas über ihr ausgerutscht war und sich an den Felsen geklammert hatte. Sie ließ die Steinschleuder fallen und griff nach ihrem Messer. Sie war bereit, sich gegen die Gefahr zu verteidigen.

Nachdem die letzten Steine im Geröll am Fuß des Berges zur Ruhe gekommen waren, hörte sie nur noch das Rauschen der Schmelzwasserbäche. Als der warme, frühlingshafte Wind über ihr Gesicht strich, entspannte sie sich. Sie war eine törichte Frau, die sich von ihrer Einbildungskraft Streiche spielen ließ. Der Regen hatte ein paar Steine gelockert, die jetzt heruntergefallen waren. Zwischen den steilen Felsen über ihrer Höhle gab es nichts Lebendes. Sie war allein auf dem Berg.

Auf dem Felsvorsprung nahm sie ihre Arbeit an der Steinschleuder wieder auf. Sie badete im Sonnenlicht wie ein Lemming auf einem Stein, aber sie konnte sich nicht völlig entspannen. Sie dachte an die Windgeister und hielt ihr Messer für alle Fälle griffbereit.

Aar krabbelte noch vor Umak und Torka über die Felskante. Lonit war entzückt, denn die Männer hatten zwei Antilopen mitgebracht. Voller Stolz ließen sie die goldbraunen, zartgliedrigen Tiere von den Schultern gleiten.

Lonit kürzte ihren Dankestanz ab, denn sie alle wollten die Beute sofort ausweiden und häuten. Als Lonit ihnen bei der Arbeit zusah, bemerkten die Männer ihre Unruhe. Doch sie sagte nur, daß sie eine dumme Frau sei und sich eingebildet habe, etwas an der Felswand über ihr gehört zu haben. Sie war überrascht, als die beiden Männer sich bedeutungsvolle Blicke zuwarfen.

»Vielleicht hatten wir doch keine Sinnestäuschung«, sagte Umak, als er sein Messer weglegte und sich von der Antilope erhob.

Auch Torka war aufgestanden und wischte sich die blutigen Hände am abgezogenen Fell der Antilope ab. »Komm! Was es auch sein mag, wir werden es finden. Und zwar sofort!«

»Es?« Lonit stellte die Frage, bevor sie sich zurückhalten konnte.

»Das, was wir oben am Berg gesehen haben«, antwortete Torka mürrisch. »Warum hat die Fast-Frau nichts davon gesagt, bevor sie gefragt wurde? Warum hat sie sich nicht von der Stelle gerührt, anstatt es zu verfolgen?«

Sie schämte sich, senkte den Kopf und brachte ein Geständnis hervor. »Lonit hatte Angst vor den Windgeistern.«

Umak wandte sich verärgert seinem Enkel zu. »Die Fast-Frau kann doch nicht mit nur einem gesunden Arm klettern! Und wenn sie es versucht hätte, wäre Torka wütend gewesen, weil sie sich in Gefahr begeben hätte. Bah! Umak sagt, daß Torka schlimmer als eine Frau ist, denn er kann sich nicht entscheiden! Einmal sagt er dies und dann wieder etwas anderes!« Er schnaubte verächtlich. »Lonit muß auf Umak hören, den Herrn der Geister! Und der Herr der Geister sagt, daß die einzige Frau auf der Welt sich richtig verhalten hat, sich nicht auf eine gefährliche Geisterjagd zu begeben!«

»Was wir über der Höhle gesehen haben, war kein Geist!« lehnte Torka sich gegen den Tadel seines Großvaters auf. Umak hatte niemals in diesem schroffen Ton mit ihm gesprochen, bevor sie auf die Reise gegangen waren. Er funkelte Umak wütend an. »Torka wird jetzt die Felswand hinaufklettern und den Geist holen. Dann wird er aus seinen Innereien eine Soße zum Fleisch der Antilope machen!«

Er ignorierte die Proteste des alten Mannes, klemmte sich das Messer zwischen die Zähne und machte sich an den Aufstieg. Er hatte keine Angst vor dem Schatten, den er und Umak über die Felsen hatten huschen sehen. Aus der Entfernung hatte es wie ein Spiel von Licht und Wind auf den zerklüfteten Felsen ausgesehen. Aber jetzt erinnerte er sich daran, daß es eine dunkle, pelzige Gestalt gewesen war, größer als ein Wiesel, aber kleiner als ein junger Bär. Das Mädchen hatte es gehört, und sie hatten es in der ersten Nacht auf dem Vorsprung gerochen. Torka war sicher, daß es kein Windgeist war. Er wollte dem Mädchen beweisen, daß Umak nicht immer recht hatte. Er würde ihr den Körper des Geistes bringen, und sie würde sehen, daß es nur ein Tier war. Mit der messerscharfen Keule, die er aus der Walrippe hergestellt hatte und die er nun an seinem Gürtel trug, würde er dem Gegner den Schädel einschlagen und ihm den Bauch aufschlitzen. Er würde ihn Lonit vor die Füße werfen und sagen: »Hier ist dein Windgeist! Hier ist der Geist, den Umak so sehr gefürchtet hat! Tanze jetzt den Dankestanz für Torka, der ihn getötet hat! Tanze jetzt für den Jäger, der uns die Angst vor dem Wind genommen hat!«

Der Gedanke erfüllte ihn mit Zufriedenheit, obwohl es ihm eigentlich egal sein konnte, was das Mädchen dachte.

Als er weiterkletterte, machte er sich Sorgen, sein Opfer könnte ihn überraschen, wenn er am wenigsten damit rechnete. Er stellte sich vor, wie er mit der Hand nach einem Halt suchte und das Wesen ihn angriff, bevor er seine Keule packen konnte. Umak und Lonit würden zusehen, wie er in den Tod stürzte, und der alte Mann würde sagen: »Es ist, wie der Herr der Geister es vorausgesagt hat – Menschen dürfen keine Geister jagen. Für jene, deren Fleisch aus Luft und Wind besteht, stimmt der weise Mann einen Ehrengesang an.«

Wir werden sehen, wer aus Luft und Wind besteht und wem Lonit ihren Ehrengesang darbringt, dachte Torka.

Bevor er sich auf den nächsten Vorsprung zog, nahm er das Messer aus den Zähnen und fuhr damit vorsichtshalber ein paar Mal durch die Luft. Der Stein war kalt und zerkrümelte unter seinen Fingern. An anderen Stellen war er hart und glatt, so daß es eine gefährliche Kletterpartie war. Doch lange, waagerechte Spalten im Stein ließen Torka schnell vorankommen. Bald erreichte er einen Abhang, wo er verschnaufte und seine verkrampften Hände lockerte. Dann ging er durch dünne Nebelschlieren weiter und redete sich ein, daß es keine Windgeister waren.

Über der Eiskappe auf dem Berggipfel bildeten sich Wolken. Von Zeit zu Zeit hörte Torka den Gletscher stöhnen und knarren. Ein anderer Mann hätte darin vermutlich die Stimmen der Geister gehört, aber Torka wußte, daß es nur die Kräfte der Erde und des Eises waren. Solange er sich vorsichtig verhielt, drohte ihm keine Gefahr. Dennoch war er als Jäger der Tundra nicht in seinem Element. Angesichts des Berges fühlte er sich klein und schwach gegenüber Kräften, die er nicht verstand, Instinktiv ging er nur langsam voran und hielt sein Messer bereit.

Immer wieder spürte er Augen auf sich gerichtet, die seinen Vorstoß verfolgten. *Paß gut auf*, warnte er, *Torka kommt und bringt dir den Tod!*

Das Geröll, das den felsigen Untergrund des Abhanges mehrere hundert Fuß hoch bedeckte, gab seinen Füßen nur wenig Halt. Er lief wie über Sand. Dann endete der Abhang vor einer Steilwand, die bis zu einem Ausläufer des Gipfeleises hinaufführte. Die Gletscherzunge, in die Steine und mammutgroße Felsblöcke eingebettet waren, ragte über die Felswand hinaus und war an der Unterseite schmutzig vom mitgeführten Felsschutt. Schmelzwasser tropfte herab und sammelte sich auf der glatten Felswand zu kleinen milchigen Wasserfällen.

Torka fühlte sich immer noch beobachtet. Er nahm den Wieselgestank auf und folgte seiner Nase bis zu den Höhlen am Fuß der Felsenwand, die er vor Tagen von der

Tundra aus gesehen hatte. Anders als der höhlenartige Vorsprung, unter dem sie ihr Lager aufgeschlagen hatten, waren diese Höhlen zum größten Teil kaum mehr als Vertiefungen im Fels. Nur eine war groß genug als Versteck für ein Wiesel.

Torka wagte sich nur langsam heran. Seine Finger klammerten sich um den Knochenschaft seines Messers. Der Geruch des Wesens war nun allgegenwärtig. Er nahm seine Keule vom Gürtel und suchte nach Spuren. Doch er konnte nichts entdecken, was ihm verriet, womit er es zu tun hatte. Was auch immer in dem Bau lebte, es war nicht mehr da, stellte Torka fest, als er mit äußerster Vorsicht in die Höhle spähte.

Das Geschöpf hatte sich ein kleines, verdrecktes Nest aus Gras und Zweigen gemacht, die es aus der Tundra mitgebracht haben mußte. Überall waren Vogelfedern und Reste abgenagter Knochen und Sehnen verstreut. Obwohl kein Kot zu entdecken war, ließ der moschusähnliche Gestank der Drüsenabsonderungen des Wesens Torka würgen.

Er wich zurück und atmete tief die sich schnell abkühlende Bergluft ein. Was für ein Geschöpf mochte in einem solchen Bau hausen? Es war ein kalter, lebensfeindlicher Ort für jedes Tier, obwohl das Licht der Morgensonne hineinfiel und man von hier aus einen überwältigenden Ausblick auf die Tundra hatte, ohne gleichzeitig dem Wind ausgesetzt zu sein.

Er drehte sich um und ließ seinen Blick über die Felswand und den Abhang wandern. Er wurde immer noch beobachtet, konnte aber nicht sagen, aus welcher Richtung. Er hätte gern weiter nachgesehen, doch die Wand war zu steil und die Gletscherzunge zu tückisch. Außerdem stellte er überrascht fest, daß sein Schatten länger wurde. Die Vorstellung, den Berg im Dunkeln hinuntersteigen zu müssen, behagte ihm nicht.

Er war verärgert und enttäuscht, weil Umaks Windgeist ihm vorerst entkommen war. Doch er sorgte dafür, daß es nicht dabei blieb. Er brauchte nicht lange, um mehrere Schlingen vor dem Eingang der Höhle und an verschiedenen anderen Stellen auszulegen. Jetzt war er froh, daß er seinen Aufstieg so ungestüm begonnen hatte, denn ansonsten hätte er seine Netze und Sehnenstricke womöglich im Lager zurückgelassen. Dann machte er sich an den schwierigen Abstieg zur Höhle, wo Umak und Lonit ihn bereits erwarten würden.

4

Torka war schlecht gelaunt, als er die Höhle betrat. Aar döste auf dem Felsvorsprung, wachte auf, als er ihn hörte, starrte ihn knurrend an und ging ihm aus dem Weg. Wenn das Tier sich nicht bewegt hätte, hätte Torka ihm einen Fußtritt gegeben. Er war müde, hungrig und wütend, als er sah, daß Lonit während seiner Abwesenheit bereits beide Antilopen geschlachtet hatte. Egatsop hätte das niemals in dieser kurzen Zeit geschafft. Lonit hatte sogar schon das Essen vorbereitet und die Fleischstücke sorgfältig zum Trocknen ausgelegt. Die Schatten der hereinbrechenden Nacht spiegelten seine Stimmung wieder, als er das kleine, fast rauchlose Feuer begutachtete. Niemals hätte Egatsop ein solches Feuer machen können. *Niemals,* dachte Torka und hatte wieder einmal einen Grund gefunden, Lonit übelzunehmen, daß ihm die Erinnerung an seine geliebte Frau vergiftet wurde.

Er blieb stehen. Das Mädchen hatte schon eine Mahlzeit für Umak vorbereitet. Sie zeigte immer große Achtung vor dem alten Mann. Wieder schnitt Egatsop schlecht ab. Und wieder fand Torka einen Anlaß, Lonit zu verachten. Er wußte, daß sie unermüdlich daran arbeitete, Egatsop in Mißkredit zu bringen. Wie konnte Umak nur auf diese verabscheuungswürdigen Machenschaften hereinfallen? Sein Großvater saß neben dem Feuer, schnarchte zufrieden mit dem Kopf auf den Knien und hielt immer noch eine Antilopenkeule in der Hand.

Das Mädchen näherte sich dem zurückgekehrten Jäger. Er funkelte sie an, als sie ihm mit gesenktem Blick eine gebratene Keule anbot. Torka riß ihr das Fleisch wortlos aus der Hand und setzte sich ans Feuer. Er aß schweigend und vermied es, sie anzusehen, während sie ihm gegenüber kniete und geduldig darauf wartete, daß er nach Wasser oder mehr Fleisch verlangte.

Dann warf er ihr doch einen verstohlenen Blick zu. Wahrscheinlich glaubte sie, daß er versagt hatte, weil er mit leeren Händen zurückgekehrt war, und er hatte das Bedürfnis, sich zu rechtfertigen. »Torka hat die Stelle gefunden, wo der vermeintliche Geist haust. Morgen wird die Fast-Frau sehen, daß er aus Fleisch und Blut besteht. Torka hat Fallen aufgestellt. Morgen wird die Fast-Frau sein stinkendes Fell in dieser Feuerstelle verbrennen, und Umak wird sein Blut trinken und wissen, daß Torka recht hatte!«

Sie gab keine Antwort. Torka erwartete auch keine. Sie spürte seine Wut und fragte sich, was sie falsch gemacht hatte. Sie war überrascht, daß er überhaupt zu ihr gesprochen hatte. Sie nahm einen Wasserbeutel und hielt ihn dem Mann hin. Vielleicht hatte er Durst. Ein Mann sollte nicht erst nach Wasser fragen müssen. Eine Frau sollte seine Bedürfnisse schon im voraus erkennen.

Ihre Blicke trafen sich. Für einen Augenblick war Torka so verblüfft, daß er weiterzukauen vergaß. Im rötlichen Schein des Feuers war Lonits Gesicht so sanft, golden und von einer so zarten Schönheit wie das der jungen Antilope, deren Fleisch er aß.

Sein Hunger verflüchtigte sich und wich einem lange vermißten Bedürfnis, bis er es ungläubig verdrängte. Lonit eine Schönheit? Umak hatte recht, es gab tatsächlich Geister auf dem Berg. Sie mußten von Torka Besitz ergriffen haben, als er durch die Nebelschwaden gestiegen war. Selbst jetzt noch zehrten sie an seinem Verstand. Wenn er ein häßliches und erbärmliches Mädchen wie Lonit mit Verlangen ansah, beschmutzte er die Erinnerung an seine liebe Frau. Wütend riß er Lonit den Wasserbeutel aus der Hand.

»Geh weg! Kümmere dich um die Felle und deine Frauenarbeit! Komm mir nicht mehr zu nahe!« fauchte er sie an und bedauerte es, sie nicht geschlagen zu haben. »Torka kann deinen Anblick nicht ertragen!«

Benommen gehorchte sie ihm und kauerte sich in die hinterste Ecke der Höhle, wo er sie kaum erkennen konnte. Tränen schossen ihr in die Augen. Sie versuchte sie zurückzuhalten, aber sie rannen ihr dennoch über das Gesicht. Sie war dankbar für die Dunkelheit.

Er blickte nicht in ihre Richtung und wollte auch nicht mehr an sie denken. Er wandte sich der Keule zu und schlug wütend seine Zähne hinein, bis nur noch das feste Muskelfleisch übrig war.

Dann bemerkte er wieder den Wieselgestank und mußte feststellen, daß er selbst ihn mitgebracht hatte. Der Geruch war in seiner Kleidung. Er schnupperte an seinem Handrücken und fluchte. Er hatte ihn auch auf der Haut und in den langen Haaren. Angeekelt warf er die Keule ins Feuer, sprang auf und zog sich aus. Er warf die Kleidung ins Dunkel der Höhle. Lonit würde schon wissen, was zu tun war, wenn sie den Geruch bemerkte. Dann bückte er sich und rieb sich von Kopf bis Fuß mit Asche ein, die er vom Rand der Feuerstelle nahm. Die

Asche würde den Wieselgestank aufnehmen und mit dem beißenden Rauchgeruch überdecken.

Lonit sah weder die Kleidung, noch bemerkte sie deren Gestank, denn sie hatte nur Augen für den nackten Mann im Schein des Feuers. Die Keule hatte die Flammen aufflackern lassen, das fettige Gewebe verbrannte qualmend und mit einem heißen, düsteren Licht, so daß seltsame Schatten auf den Höhlenwänden tanzten.

In diesem Licht sah sie seine Männlichkeit und die Narben vieler Jagden. Sie sah seinen breiten Rücken, seine schmalen Hüften und seine kräftigen Schenkel und Arme. Wie gebannt hielt sie den Atem an, als er zur anderen Seite der Höhle ging, wo er zwei der Wasserbeutel mitnahm, die sie dort abgestellt hatte. Draußen vor dem Eingang im kalten Abendwind schüttete er sie über sich aus. Sie hörte ihn keuchen, und plötzlich fing etwas tief in ihren Lenden Feuer. Düstere Erinnerungen flackerten vor ihrem inneren Auge auf. Sie sah ihren Vater über sie gebeugt in sie eindringen und fluchen, weil sie ›kein Feuer fing‹. Sie hatte nie verstanden, was er von ihr wollte. Doch jetzt, als sie Torka im zitternden Flammenschein sah, verstand sie. Zum ersten Mal wußte sie, daß eine Frau genauso heiß wie ein Mann brennen konnte – aber nicht für irgendeinen Mann. Torkas Gestalt zeichnete sich vor dem Abendhimmel ab, als er seinen Körper wusch und sein Haar ausschüttelte. Er ging zurück in die Höhle, nahm eins seiner Schlaffelle und setzte sich wieder ans Feuer. Im dicken Bisonfell zitterte er, bis ihm wieder warm wurde. Er war müde und bemerkte nicht, daß das Mädchen ihn beobachtete und daß auch sie zitterte, aber nicht vor Kälte.

Bald war er eingeschlafen, und sie hörte seine tiefen, gleichmäßigen Atemzüge. Der alte Mann schnarchte. Im Schatten neben dem Höhleneingang kaute Aar an einem Knochen. Sie lauschte auf das Kratzen seiner Zähne und das Prasseln der letzten Fettreste im Feuer. Die Flammen hatten sich beruhigt. Die Zeit, ›Feuer zu fangen‹, war vorbei.

Dann bemerkte sie den Geruch von Torkas Kleidung. Sie verstand, daß sie sie reinigen und lüften sollte. So leise wie möglich zog sie sie ans Feuer und rieb sie gründlich mit Asche ein. Dann brachte sie sie hinaus in die frühe Nacht, breitete sie auf den Felsen aus und beschwerte sie mit Steinen. Dort würden Wind und Sonne dafür sorgen, daß sie sauber wurden. Mit der Zeit würde der Wieselgestank sich verflüchtigen, aber niemals völlig verschwinden. Im Halbdunkel fuhr sie mit der Handfläche über die Fuchsschwänze, die Torkas Jacke säumten. Wie viele Stunden hatte sie daran gearbeitet? Wie lange würde sie brauchen, bis sie wieder so viele erstklassige Fuchsfelle zusammen hatte?

Sie seufzte. Torka brauchte neue Kleider. Obwohl sie müde war, beflügelte sie dieser Gedanke. Er hatte ihr gesagt, sie sollte sich um die Felle kümmern. Genau das würde sie tun! Vielleicht wäre er nicht mehr so wütend, wenn sie seine Kleidung in kürzester Zeit durch neue und bessere ersetzte. Ihr verletzter Arm war fast verheilt. Sie brauchte schon keine Schlinge mehr und konnte die Hand ohne Schmerzen benutzen, obwohl die genähte Haut oft noch juckte.

Sie seufzte erneut. Torka würde sie niemals anlächeln, aber vielleicht würde er sich über ihre Geschicklichkeit freuen. Sie verdrängte ihre Erschöpfung und ging zu der Stelle hinüber, wo sie die Felle ausgebreitet hatte. Die eigentliche Arbeit würde morgen beginnen, doch zuvor war noch die letzte Behandlung nötig. Heute nacht würde sie nackt in den Fellen schlafen und sie damit weich und wasserabstoßend machen.

Sie zog sich aus. Stück für Stück ließ sie ihre Kleidung fallen, bis sie nackt und zitternd in der dürftigen Wärme und dem schwachen Licht des niederbrennenden Feuers stand.

In der Feuerstelle zerbrach knackend der verkohlte Knochen der Antilopenkeule. Als das Mark über die Glut lief, dampfte es zischend. Von dem Geräusch wurde Torka geweckt, und er blickte auf.

Und er sah etwas, das er noch nie gesehen hatte.

Der weiche Feuerschein hob ihre Körperformen von der Dunkelheit ab. Torka starrte sie atemlos, erregt und verwirrt an. Die nackte Gestalt, die dort vor ihm stand, konnte nicht Lonit sein. Doch die Augen, die ihn ansahen, konnten nur ihr gehören. Sie erwiderten seinen Blick wie eine erschrockene Antilope, und ihre Augen waren runde, dunkle Seen, in denen sich das Feuer spiegelte.

Doch es waren nicht ihre Augen, die seinen Blick gefesselt hielten. Es war ihr Körper.

Die Fast-Frau war eine Frau! Und zum ersten Mal, seit Torka das Lager des Todes hinter sich gelassen hatte, wurde seine Erinnerung an Egatsop verdrängt. Sie war tot, und Lonit lebte. Und es war das Leben, das sich nun in ihm regte, ihn alle Erinnerungen und alle Vergleiche vergessen ließ und nur eine einzige Sehnsucht übrig ließ. Er war hart vor Verlangen, als seine Blicke über die Körperformen einer ungewöhnlichen, fast erwachsenen Frau glitten. Lonits Rundungen waren üppig, und ihre Haut war geschmeidig wie die einer jungen Antilope. Dies war die Blume, von der Umak gesprochen hatte. Nach ihrem langen Schlaf war sie erblüht und voller Leben.

Nachdem Lonit sich niedergekniet, in ein Fell gehüllt und hingelegt hatte, starrte Torka noch lange in die Dunkelheit. Er wurde wütend. Warum hatte sie sich so zur Schau gestellt, wenn sie nicht beabsichtigte, ihm seine Befriedigung zu geben? Wie konnte sie es wagen, ihm jetzt den Rücken zuzukehren und sich wie ein Kind in ihre Felle zu kuscheln, nachdem sie ihm gerade gezeigt hatte, daß sie überhaupt kein Kind mehr war? Im Stamm war es das Recht jeden Mannes, seine sexuellen Bedürfnisse mit jeder Frau zu befriedigen, solange ihr eigener Mann keine Einwände erhob. Lonit war die letzte Frau, die Torka sich zu diesem Zweck ausgesucht hätte, aber nun war sie die einzige Frau der Welt. Sie gehörte ihm. Und Umak.

Torka sah zu seinem Großvater hinüber. Soweit er wußte, hatte der alte Mann keine Annäherungsversuche an das Mädchen unternommen, aber er hatte kein Geheimnis daraus gemacht, daß er über diese Möglichkeit nachgedacht hatte. Umak schlief fest neben der Feuerstelle. Torka wußte, daß er bis zum Morgengrauen schlafen würde, wenn er nicht absichtlich geweckt wurde.

Sein Blick wanderte zum Mädchen zurück. Sie lag regungslos auf der Seite. Er vermutete, daß sie nur vortäuschte zu schlafen. Jetzt, wo sie ihn erregt hatte, wies sie ihn zurück. Tief in seiner Kehle entstand ein Knurren. Er bemerkte nicht, daß der Hund davon aufwachte und den Kopf hob. Seit seiner letzten männlichen Befriedigung war schon zuviel Zeit vergangen. Die Flamme, die Lonit in ihm entzündet hatte, konnte nicht mehr gelöscht werden. Sie hatte kein Recht, sich von ihm abzuwenden. Es war ihre Pflicht, seinem Verlangen nachzugeben.

Er ging zu ihr hinüber und zog das Fell weg. Er legte sich neben sie und bedeckte sie beide mit seinem eigenen Schlaffell, um die Kälte der Nacht abzuhalten. Ihr Rücken war so heiß und fest wie sein Verlangen. Er packte sie und drehte sie zu sich um. Mit groben Händen begann er, die Frau zu erkunden, von der er bis zu dieser Nacht gar nicht gewußt hatte, daß sie existierte.

Lonit gab sich ganz Torkas Verlangen hin. Sie gab ihm alles und bereitete ihm damit ebensoviel Freude wie sich selbst. Jetzt war sie endlich eine Frau! Jetzt konnte sie sich endlich als nützlich erweisen, und zwar auf eine Weise, die ihn wirklich zufriedenstellte. Bereitwillig folgte sie seinem Begehren, streichelte ihn, öffnete sich seinen forschenden Händen und empfing ihn, als er in sie eindrang. Ihr Körper gehörte nicht mehr ihr allein, sie war eins mit seinem Körper, und ihre Bewegungen waren genauso wild und heftig wie die seinen.

Torka war erschüttert von ihrer Reaktion. Niemals in all ihren gemeinsamen Jahren hatte Egatsop so auf ihn reagiert wie Lonit. *Niemals.* Sogar darin entehrte sie die Erinnerung an seine geliebte Frau. Doch als sie in der Dunkelheit mit ihm vereint war, war Lonit auf eine Weise schön, die er sich nie hätte vorstellen können. Er hatte die Absicht gehabt, sie zu benutzen, um zu einer schnellen und für sie schmerzhaften Befriedigung zu kommen, doch ihre unerwartete Leidenschaft hatte ihn zu einer Erfüllung getrieben, die er nie für möglich gehalten hätte. Er vergaß alles und lebte nur im Augenblick, verlängerte ihre Vereinigung, zog sich zurück und drang lustvoll wieder ein. Seine mühsame Beherrschung wurde erst gebrochen, als das Mädchen aufschrie und sein Höhepunkt mit einem letzten tiefen Stoß kam, der sie aufschluchzen ließ.

In der Dunkelheit kehrte Aar ihnen den Rücken zu und legte sich etwas näher an das nur noch leicht glühende Feuer. Umak schlief ruhig. Benommen und zitternd vor Erschöpfung lagen Torka und Lonit beieinander. Ihre Körper waren noch vereint, und mit langsamen Bewegungen genossen sie die letzten Wellen der Lust, bis sie schließlich in einen tiefen Schlaf fielen, der erst unterbrochen wurde, als der Schmerzensschrei des Wesens die Nacht zerriß.

5

Die ersten Sonnenstrahlen ergossen sich über die östliche Ebene, als Torka sich anzog, seine Waffen nahm und sich an den Aufstieg machte. Umak war schneller fertig, weil er in seinen Kleidern geschlafen hatte. Der alte Mann hatte nichts zu Torka oder Lonit gesagt, als er bemerkte, daß sie die Schlafstelle geteilt hatten. Die Schreie des Wesens waren zu eindringlich gewesen. Er hatte seinen leichtesten Speer gewählt, den Gürtel umgeschnallt und war allein nach draußen gegangen, um nachzusehen, was es mit dem Heulen auf der Klippe über der Höhle auf sich hatte. Er kletterte die Felswand hinauf, und Torka folgte ihm. Beide balancierten ihre Speere auf den Schultern und hielten sie mit dem Kinn fest, wenn nötig. Obwohl es ein schwieriger Aufstieg war, schien Umak an diesem Morgen in bester Verfassung. Trotz seines kranken Beines bewegte er sich flink und geschickt.

Der Berg stand jetzt im vollen Licht der Morgensonne. Über ihnen schrie das Geschöpf wie ein geprügeltes Kind. Es hing kopfüber an der Felswand; eins seiner kurzen haarigen Beine hatte sich in einer von Torkas Schlingen verfangen. Sie konnten das Tier jetzt sehen und riechen. Sein Kopf war unter langem, dunklem Haar verborgen, so daß sie das Gesicht nicht erkennen konnten. Es schlug wie wild mit den dünnen Ärmchen um sich, wodurch der kleine Körper hin und her gewirbelt wurde.

Umak hielt an und sah zu seinem Enkel hinunter. »Das ist kein Windgeist«, mußte er zugeben.

Sie hatten noch nie etwas Ähnliches gesehen. Für ein Wiesel war es zu groß und für eine Bergkatze oder einen Bären zu klein. Dann verstummten die Schreie und gingen in ein keuchendes Stöhnen über, als das Wesen versuchte, nach seinem gefangenen Bein zu greifen, sich hochzuziehen und zu befreien. Wenn es dem Wesen gelang, würde es in den Tod stürzen, aber es würde ohnehin sterben.

Umak nahm den Speer in die rechte Hand. Er fixierte sein Ziel, lehnte sich so weit wie möglich zurück und schleuderte dann das Geschoß mit aller Kraft. Doch durch seine ungünstige Position flog der Speer zu tief. Er verfehlte den Körper und fuhr statt dessen in das freie Bein.

Der Schrei des Tieres ließ die beiden Jäger zusammenzucken, als wären sie selbst getroffen worden.

Unten auf dem Vorsprung legte Aar den Kopf zur Seite. Lonit, die immer noch etwas verträumt den Ereignissen der letzten Nacht nachhing und sich gerade anzog, erstarrte mitten in der Bewegung. Sie horchte ungläubig, nicht sicher, ob ihre Ohren ihr einen üblen Streich gespielt hatten.

Auch die Jäger standen wie gebannt. Der kleine Körper über ihnen drehte sich immer noch. Aber das Tier schrie nicht mehr, sondern jammerte in kurzen, abgehackten Lauten, die nur ein Wesen auf der ganzen Welt hervorbringen konnte. Es waren eindeutig menschliche Worte! Dies war weder ein Tier noch ein Windgeist, es war ein Kind.

Innerhalb eines Augenblicks hatte sich ihre gesamte Weltsicht durch ein kleines, winselndes, unbeschreiblich verdrecktes Kind verändert.

Sie kletterten die Wand ganz hinauf bis zur Klippe, von der das Kind gefallen war, und zogen es am Seil hoch. Es wehrte sich und zappelte wie ein Fisch an der Leine. Als Torka es packen wollte, kreischte es und schlug nach ihm. Torka versuchte, seinen Gestank nicht einzuatmen, und packte es am Genick. Er hob es auf die Klippe und stellte es auf die Füße. Sofort trat das Kind mit dem gesunden Bein nach ihm. Doch auf dem verwundeten Bein konnte es nicht stehen, so daß es hinfiel. Dadurch zerbrach der Speer, der noch im Schenkel steckte, und wurde tiefer in das Muskelfleisch getrieben. Der Schmerz war so fürchterlich, daß es nicht aufschrie, sondern stöhnend zusammensackte, als wäre es von einem Felsblock erschlagen worden. Bewußtlos lag es zu Füßen der Jäger, ein zerlumpter Haufen aus stinkenden, zerfledderten Fellen und langen, ungepflegten Haaren.

Torka und Umak starrten sich verblüfft an und fragten sich, ob sie beide unter der gleichen Wahnvorstellung litten. Was dort vor ihnen lag, konnte einfach kein Kind sein, denn sie waren doch ganz allein auf der Welt. Der Stamm war tot und mit ihm alle Kinder. Dennoch offenbarte schon eine flüchtige Untersuchung, daß dieses Wesen ein abgemagerter, völlig menschlicher kleiner Junge von etwa neun Jahren war. Als sie die verfilzten Haarsträhnen zur Seite schoben, zuckten sie beide vor Schreck zurück. Das dreck- und tränenverschmierte Gesicht sah Kipu so ähnlich, daß sie den Atem anhielten. Mit zitternden Fingern fuhr Torka die vertrauten Gesichtszüge entlang. »Vater meines Vaters, wie kann das sein?«

Zum ersten Mal in seinem Leben war Umak so sprachlos, daß er nicht einmal schnauben konnte.

Torka schloß die Augen und zog seine Hand zurück. Der Anblick des Kindes hatte seine alten Qualen zurückgebracht – die Erinnerung an den kleinen geliebten Jungen, der für immer verloren war.

Umak beugte sich neben Torka über den Jungen. Er untersuchte die Speerwunde. Selbst in der Bewußtlosigkeit murmelte das Kind noch vor Schmerzen. Der alte Mann war verwirrt. Er hatte den Speer geworfen, aber wie hätte er wissen können, daß dieses kleine, übelriechende Wesen kein Tier war?

Als Umak seinen zerbrochenen Speer herauszog, schoß warmes, rotes Blut aus der Wunde. Umak tauchte seinen Finger hinein, um sich zu vergewissern.

»Geister bluten nicht«, stellte er fest, stand auf und hob den Jungen auf seine Schulter, als wäre er eine erlegte Antilope. »Komm! Torka und Umak müssen zur Höhle zurückkehren. Die Wunden dieses Jungen müssen behandelt werden.«

Torka folgte ihm verwirrt. Während des Abstiegs wurde ihm allmählich die Bedeutung ihres Fundes klar. Der Junge ließ plötzlich alles in einem neuen Licht erscheinen. Sie waren nicht allein auf der Welt; irgendwo dort draußen gab es noch einen anderen Stamm. Es lebten noch andere Menschen, Jäger, die er vielleicht überzeugen konnte, mit ihm auf die Jagd nach dem Zerstörer zu gehen. Notfalls konnte er auch allein gehen, denn der Stamm würde sich um Umak und Lonit kümmern.

Torka war nun frei, die Bestie zu verfolgen – wenn es sein mußte, bis ans Ende der Welt. Torka mußte es tun, das war er Nap und Alinak, Egatsop und Kipu und allen anderen schuldig.

Der Junge saß nackt an der Höhlenwand. Sein Bein tat weh. Er fieberte, aber er wollte die Zweige nicht kauen, die der alte Mann ihm aufdrängte. Er wollte auch nicht die neuen Sachen anziehen, die das Mädchen mit den seltsamen Augen ihm hingelegt hatte. Der große, gutaussehende Jäger kniete vor ihm und stellte wieder Fragen. Der Junge tat so, als würde er nichts verstehen, obwohl die Worte des Mannes denen, die sein eigener Stamm benutzte, so ähnlich waren, daß er die meisten erkannte.

»Warum bist du hier ganz allein auf dem Berg? Wo ist dein Stamm?«

Der Junge behielt seinen mürrischen Gesichtsausdruck

bei, um nicht zu verraten, daß er den Jäger verstanden hatte. Dieser Mann hatte doch sicher schon erlebt, daß Kinder ausgesetzt wurden! Es sollte ihn eigentlich nicht überraschen, daß sie manchmal überlebten.

Der alte Mann starrte ihn unentwegt an. Er erwiderte seinen Blick, wandte ihn aber sofort wieder ab. Unter den Augen des Alten fühlte er sich auf eine seltsame Weise unsichtbar.

»Dieser Kleine wurde ausgesetzt, damit seine Seele vom Wind davongetragen wird«, sagte der Alte.

Der Junge sah den alten Mann vorsichtig an. Er stand neben dem jungen Jäger und hatte seine Arme über der Brust verschränkt. Der Junge erkannte, daß er ein Zauberer war und hatte Angst vor ihm. Er trug ein Halsband aus Wolfstatzen und einen Medizinbeutel am Gürtel. Der wilde Hund folgte ihm gewöhnlich wie ein Schatten, doch jetzt lag er am anderen Ende der Höhle und starrte ihn mit blauen Augen in der schwarzen Maske seines Gesichts ebenso unverwandt an wie der alte Mann. Der Junge schluckte. Der Alte hatte den Hund in seiner Macht.

»Der Junge ist kräftig«, sagte der Jäger. »Er ist schon über das Alter des Namensgebens hinaus. Der Stamm hätte niemals einen solchen Jungen aufgegeben!«

»Den Stamm gibt es nicht mehr. Wenn noch andere Menschen auf der Welt leben, wer weiß, was sie tun?«

»Wo sind deine Leute?« bedrängte ihn der Jäger.

Der Junge hielt seine Zunge im Zaum. *Meine Leute werden zurückkommen,* dachte er. *Sie werden mich holen. Supnah hat es versprochen. Er hat geschworen, daß sie ihre Kinder zurückholen werden, wenn sie den Winter überleben. Mein Vater lügt nicht! Wenn er noch lebt, wird er kommen, um Karana zurückzuholen. Und er wird diese Leute und den Hund töten. Sie werden mit dem Leben für das bezahlen, was sie seinem einzigen Sohn angetan haben! Also wird Karana schweigen. Wenn Supnah kommt, werden diese Menschen vor Überraschung aufheulen. Dann wird Karana sprechen. Dann wird Karana lachen. Dann werden diese Leute sterben!*

Er starrte den jungen Jäger und den alten Mann böse an und fühlte sich wieder mutig. Er hätte auch dem Mädchen mit den seltsamen Augen einen bösen Blick zugeworfen, wenn sie sich nicht gerade über das Kochfeuer gebeugt hätte. Sie hatten ihn gefangen, und als er in der Welt der Träume war, hatten sie sein Bein angesengt und die Wunde genäht, die sie ihm zugefügt hatten. Dann hatten sie ihn mit Asche und Wasser abgeschrubbt, ihm seine Kleidung und seine Würde genommen.

Es waren die letzten Kleider, die seine Mutter für ihn gemacht hatte. Sie waren aus den Fellen aller möglichen jagdbaren Tiere zusammengenäht, und er sollte sie auf seiner ersten Jagd tragen. Sie waren so gut verarbeitet, daß die Nähte kaum zu erkennen waren. Stolz war er mit seinem Vater losgezogen, stolz auf die neuen Kleider, sein neues Messer und den Speer, der eigens für ihn gefertigt worden war. Es war eine gute Jagd gewesen. Doch dann waren die lichten Zeiten zu Ende. Die dunklen Zeiten waren angebrochen, und seine Mutter war gestorben. Die Babys waren ausgesetzt worden, und die Alten waren in den endlosen Stürmen davongewandert, damit die jüngeren Männer und Frauen genügend zu essen hatten.

Der Stamm war auf der Suche nach Wild weitergezogen. Doch es gab kein Wild mehr. Die Frauen wurden schwächer und die überlebenden Kinder mager und krank. Die Jäger sangen Lieder, um die Sonne zurückzubringen. Aber die Sonne kam nicht zurück.

Sie waren immer wieder weitergezogen. In jedem Lager gab es nur Hunger und Tod. Dann, im drohenden Schatten des Berges, hatte Navahk, der Zauberer des Stammes, mit dem Häuptling Supnah gesprochen. Obwohl er noch jung war, hatte Supnah anschließend wie ein alter Mann ausgesehen. Als Navahk an Karana vorbeigegangen war, hatte er ihm einen Blick zugeworfen, als wäre er nicht mehr wert als eine Fliegenmade, die im Schnabel eines hungrigen Vogels zappelte. Bevor er weggegangen war, hatte der Junge noch ein Lächeln auf seinem Gesicht gesehen.

Dann war Supnah zu ihm gekommen. »Der Zauberer hat in der Ferne viel Wild gesehen. Doch es ist ein weiter und schwerer Weg bis dorthin. Wir werden losziehen und jagen. Karana wird hier mit den anderen kranken Kindern warten. Karana wird auf die Kleinen aufpassen, bis Supnah zurückkommt.«

Doch Supnah war nicht zurückgekommen. Obwohl Karana sein Bestes gegeben hatte, wurden die Kinder immer schwächer; eins nach dem anderen wurde vom Seelenfänger geholt. Schließlich war Karana als einziger übrig und hatte nur noch seinen Speer, sein Messer und seine schöne warme Kleidung. Er horchte auf den unerbittlich stöhnenden Wind und erinnerte sich an das Lächeln von Navahk. Da wußte er, daß der Zauberer gewollt hatte, daß es so kam, und er fragte sich, wodurch er den Haß des Schamanen auf sich gezogen hatte.

Im zitternden blauen Schein des Nordlichts hatte er den Adler von seinem Horst hoch oben an der Felswand ausfliegen und zurückkehren sehen. Obwohl der Hunger ihn geschwächt hatte, erkannte Karana, daß er dem Seelenfänger ein Schnippchen schlagen konnte, wenn er es schaffte, den Adler vom Himmel zu holen. Dann würde Navahk es in der Ferne spüren und aufhören zu lächeln.

Nicht nur dieser Gedanke hatte ihm Beine gemacht, sondern auch die Riesenwölfe, die gekommen waren, um sich die Kinder von Supnahs Stamm zu holen. Er war so lange gerannt, bis er den Berg erreicht hatte. Dort hatte er mit letzter Kraft seinen Speer geschleudert. Er konnte es kaum glauben, aber er hatte ihn dem Adler mitten durch die Brust getrieben. Als der Vogel abstürzte, war der Junge sofort über ihn hergefallen. Während er aß, dachte er ständig an Navahks Lächeln und wünschte sich, er hätte den Zauberer auf diese Weise erledigt.

Viele Tage lang hatte er sicher und warm in der Höhle des Adlers geschlafen, bis ein gewaltiger Kondor ihn entdeckte. Als er sich auf ihn hinabstürzte, rettete ihn sein Speer. Vor Schreck stach er nur einmal zu, nahm dann die Waffe in beide Hände und schlug damit wie wild auf den Vogel ein. In einer blutigen, kreischenden Federwolke flüchtete der Kondor. Dann stand der Junge zitternd mit dem zerbrochenen Speer in den Händen da und erkannte, daß er sich einen kleineren, weniger auffälligen Unterschlupf suchen mußte.

Er folgte einem Murmeltier hinauf bis zu den kleinen Höhlen, tötete es und ernährte sich mehrere Tage davon. Dann trieb ihn der Hunger wieder den Berg hinunter, doch wo es Wild gab, gab es auch Raubtiere. Eine große Säbelzahnkatze hätte ihn fast erwischt, und er wurde beinahe von einem jungen Kurzschnauzenbär überwältigt. Doch sein starker Überlebenswille ließ nicht nach, und er stellte Fallen auf, in denen er viele Wiesel fing, und rieb sich ihre stinkenden Fettdrüsen in die Kleidung und die Haare. Es tat ihm leid, die schönen Sachen seiner Mutter zu ruinieren, aber jetzt stank er so fürchterlich, daß er von allen Tieren in Ruhe gelassen wurde. Er war überzeugt, daß seine Mutter ihm nicht böse sein würde.

So lebte er alleine auf dem Berg, ging in der Ebene auf die Jagd, wenn der Hunger es notwendig machte, und zog sich dann wieder in die sichere Höhle zurück. Geduldig wartete er auf die Rückkehr seines Vaters und träumte von dem Augenblick, wo er mit stolzer Verachtung vor Navahk stehen würde. Stundenlang beobachtete er die weite Ebene, aber Supnah und sein Stamm kamen nicht zurück. Statt dessen waren diese Leute mit ihrem Hund gekommen.

Er war enttäuscht von sich, daß sie ihn gefangen hatten. Er konnte alle ihre Fallen unschädlich machen – bis auf eine. Er hatte die Fremden zu Recht gefürchtet. Zumindest ihr Zauberer mußte eine große furchterregende Macht besitzen, wenn er ein Tier dazu zwingen konnte, mit ihnen zusammenzuleben, als wäre es ein Mitglied ihres Stammes. Er war unwiderstehlich vom Duft des gebratenen Fleisches angezogen worden und hätte sich ihnen schon viel eher angeschlossen, wenn das Tier nicht so angsteinflößend geknurrt hätte.

Jetzt kam das Mädchen zu ihm und bot ihm gebratenes Fleisch an. Er konnte dem Geruch kaum widerstehen.

Aber er hielt sich zurück und verzog nur das Gesicht. Sie schlug die Augen nieder, seufzte, stellte das frische, gebräunte Fleisch neben ihm ab und ging wieder weg. Er rührte es nicht an, es konnte immerhin vergiftet sein.

»Es ist gutes Fleisch! Iß es. Du bist ein Junge und kein Wild, das man mit schlechtem Fleisch anlockt!« sagte der Alte.

Die Augen des Jungen weiteten sich vor Schreck. Der Alte war tatsächlich ein Zauberer! Er hatte seine Gedanken gelesen. Vor Angst krampften sich seine Gedärme zusammen, so daß sein Hunger sich verflüchtigte. Warum waren diese Fremden so freundlich zu ihm? Sie gehörten nicht zu seinem Stamm. Vielleicht wollten sie ihn an den wilden Hund verfüttern. Doch dann hätten sie nicht seine Wunden versorgt und genäht.

Ihm kam ein neuer Gedanke, der ihn krank machte. Vielleicht waren sie jene, vor denen alle Menschen sich fürchteten, nämlich Mitglieder des Geisterstammes. In der Zeit des Lichts kamen sie aus dem Nichts und verschwanden wieder darin, nachdem sie Mädchen und Jungen mitgenommen hatten. Sie ließen nur verbrannte

Lager, Tote und Sterbende zurück, als einzigen Beweis, daß sie überhaupt existierten.

Er konnte ein Zittern nicht mehr unterdrücken, als er erkannte, daß diese Höhle der Ort sein mußte, wohin sie sich zurückzogen, um ihre Geistertänze zu tanzen. Hier versammelten sie sich nach ihren Raubzügen, mit ihrer tätowierten Haut und den riesigen Tellerlippen, die sie mit geschnitzten Knochen verstärkt hatten und damit jeden erschreckten, der sie jemals gesehen und diese Begegnung überlebt hatte.

»Wo ist dein Stamm?« wollte der Jäger erneut wissen. Er sprach langsam und eindringlich. »Wenn deine Leute dich ausgesetzt haben, in welche Richtung sind sie dann weitergezogen? Kannst du diesem Mann überhaupt nichts sagen? Kannst du nicht einmal ein Wort von dem verstehen, was dieser Mann sagt?«

Der Junge legte die Arme um den Brustkorb und klemmte die Hände unter die Ellenbogen, um sein Zittern zu unterdrücken. Dieser junge Mann hatte keine Tätowierungen und auch keine Tellerlippe. Warum sorgte er sich um einen kleinen Jungen, der von seinem Stamm ausgestoßen worden war? Vielleicht gehörte er doch zum Geisterstamm und wartete hier in ihrer Bergfestung auf seine Gefährten, die tätowiert waren und so große Tellerlippen hatten, daß sie beim Gehen darüber stolperten. Sie wollten den Jungen dazu bringen, ihnen zu verraten, wohin Supnahs Stamm gegangen war, um ihnen zu folgen und sie alle zu töten.

Dieser Gedanke war so entsetzlich, daß der Junge seine Angst verlor und nur noch wütend war. »Karana wird dem Geistermann nichts verraten! Karana hat keine Angst! Der Vater dieses Jungen ist der Berg und seine Mutter der Nebel. Karana ist allein. Er hat keinen Stamm!«

Das Mädchen an der Feuerstelle blickte überrascht auf,

als sie ihn schreien hörte, und der Hund spitzte die Ohren.

Torka sah den Jungen abschätzend durch zusammengekniffene Lider an. Dann stupste er vorsichtig mit dem Finger auf den verbundenen Schenkel des Kindes. Als der Junge vor Schmerz keuchte, nickte er. »Karana ist nicht aus Stein und Nebel. Bald wird er Torka sagen, wohin sein Stamm gegangen ist.«

Karana zischte und fletschte die Zähne wie ein Luchs, der in die Enge getrieben wurde. Er ärgerte sich, daß er nicht den Mund gehalten hatte. Jetzt wußten sie, daß er sie verstehen und sprechen konnte. Jetzt würden sie ihm immer wieder Fragen stellen. Aber er würde ihnen nichts verraten. Wenn sein Bein wieder gesund war, würde er weglaufen, seinen Vater suchen und den Stamm herführen, damit sie die Fremden töteten. Wenn sie wenigstens häßlich und nicht so freundlich zu ihm wären, würde es ihm leichter fallen, sie zu hassen und vor ihnen auf der Hut zu sein. Wenn das Mädchen nicht so gut kochen könnte, würde der Geruch von gebratenem Fleisch seinen Bauch nicht gegen seinen Willen knurren lassen. Wo blieb Supnah? Warum war er nicht wie versprochen zurückgekommen? Karana wollte nicht daran denken, daß sein Vater vielleicht den Winter nicht überlebt hatte. Supnah würde auf jeden Fall zurückkommen, und zwar schon bald. Karana fiel es schwer, mutig zu sein.

Der Blick des Alten traf ihn. Es war, als ob die Flügel eines unsichtbaren Vogels ihn gestreift hätten.

Der alte Mann brummte. »Sei nicht so störrisch, kleiner Jäger! Wir sind keine Geister. Wir sind alles, was von unserem Stamm noch übrig ist. Du gehörst jetzt zu unserem Stamm.«

6

Während Torka und Umak mit Aar in der Tundra auf die Jagd gegangen waren, schlief der Junge auf dem Felsvorsprung in der Sonne, und Lonit brach zwischen zwei Steinen Markknochen auf.

Es war ein wunderschöner Morgen, aber sie bemerkte nichts davon. Sie dachte nur an das helle Licht, das in ihr gebrannt hatte, als sie und Torka ›Feuer fingen‹. Es war schöner als jeder arktische Morgen und wärmer als die Mittagssonne eines endlosen Sommertages gewesen. Sie hatte ganz ihm gehört und vor Glück gezittert, weil sie wußte, daß es auf der ganzen Welt keine andere Frau für ihn gab.

Sie war so glücklich gewesen, daß sie dem Mammut gedankt hatte, das Leben all jener zerstört zu haben, die ihr in die Quere kommen könnten. Erschöpft hatte sie in Torkas Armen gelegen und war eingeschlafen, zu glücklich, um sich wegen ihrer Freude schuldig zu fühlen. Alle, die grausam zu ihr gewesen waren, lebten nicht mehr. Jetzt war sie mit den einzigen beiden Menschen zusammen, die jemals freundlich zu ihr gewesen waren. Gemeinsam würden sie einen neuen Stamm gründen.

Ihr Glück dauerte bis zu jenem Augenblick, wo das Tier geschrien hatte und sie erkannte, daß es kein Tier war. Als Umak mit dem Jungen in den Armen zurückgekommen war und sie sein Gesicht gesehen hatte, war sie vor Schreck fast ohnmächtig geworden. Es war Torkas kleiner Sohn, der von den Toten zurückgekehrt war, um sie daran zu erinnern, wie egoistisch sie sich verhalten hatte. Ihr Herz blutete plötzlich für die Kinder, die unter den Füßen des Mammuts gestorben waren. Wie konnte sie nur glauben, daß Torka sie aus Liebe genommen hatte? Er hatte sie nur benutzt, um sich zu befriedigen, weil keine andere Frau in der Nähe war.

Sie seufzte. Torka würde bald wieder eine andere Frau haben. Der Junge war der Beweis, daß es noch andere Menschen gab und sie nicht die einzige Frau auf der Welt war. Als Torka die zerlumpte Kleidung von der Klippe warf, hatte Lonit bemerkt, wie gut sie verarbeitet und wie schön sie einmal gewesen war. Seine Mutter hatte sie mit Liebe und Sorgfalt genäht, und Karana hing sehr daran, denn er hatte wütend geschrien, als Torka sie ihm wegnahm.

Lonit versuchte sich seine Mutter vorzustellen. Zweifellos war sie genauso hübsch wie ihr Kind. Es mußte ihr das Herz gebrochen haben, als sie das Kind aufgeben sollte. Aber warum hatte sie ihn ausgesetzt? Er war schon weit über das Alter hinaus, in dem Kinder in Lonits Stamm noch ausgesetzt wurden. Er war kräftig und konnte bereits jagen, sonst hätte er nie allein überlebt. Vielleicht war er auch nur in einem Sturm verlorengegangen und wurde jetzt von seinen Leuten gesucht. Doch Lonit wollte lieber davon ausgehen, daß sie in der langen Zeit der Winterdunkelheit verhungert waren.

Die Sonne schien warm auf den Felsvorsprung, so daß das fettige Mark einen reichen Duft verströmte. Eine Fliege schwirrte um den Markknochen, und bald wurde eine zweite angelockt. Lonit verscheuchte sie geistesabwesend, als sie ernüchtert feststellte, daß sie sich wünschte, der Stamm des Jungen wäre tot. Sie wollte mit Torka als ihrem Mann und Umak als dem geduldigen, liebevollen Vater, den sie nie gehabt hatte, allein sein. Doch das Verhalten des Jungen ließ nur einen Schluß zu. Vor Schmerzen stöhnend kroch er an die Kante des Felsvorsprungs und blickte hinaus auf die Tundra. Da wußte Lonit, daß es nur eine Frage der Zeit war, bis seine Leute zurückkamen.

Doch es waren bereits viele Tage vergangen, seit sie ihn von der Felswand heruntergeholt hatten. Schon bald würde es nachts nicht mehr dunkel werden, aber Karanas Stamm hatte sich noch nicht gezeigt. Das Bein des Jungen heilte nur langsam; es war immer noch so entzündet und voller Schmerzen, daß er es kaum bewegen konnte. Doch Umak hatte gesagt, daß das ein Zeichen der Heilung sei, weil die Knochensplitter, die die Entzündung verursachten, durch das Fleisch nach außen wanderten. Außerdem sonderte die Wunde nicht mehr eine dicke grünliche, sondern eine klare Flüssigkeit ab.

Wenn Torka nicht darauf bestanden hätte, daß Karana seine Nächte im Warmen verbrachte, hätte er sich nicht von seinen Fellen dort an der Felskante gerührt, außer um sich zu erleichtern. Inzwischen war Karanas Appetit zurückgekehrt, obwohl er immer noch nicht in ihrer Gegenwart essen wollte. Er knurrte Lonit jedesmal an, wenn sie ihm Fleisch brachte. Als Aar sich einmal vorwagte, um eine stehengelassene Mahlzeit zu stehlen, schlug der Junge ihn auf die Nase. Hartnäckig und geduldig wartete der Hund in der Nähe des Kindes. Als niemand außer dem Hund zusah, schlang Karana das Essen hinunter. Heimlich beobachtete Lonit, wie der Junge sich immer mehr für den Hund interessierte. Aus seiner anfänglichen Angst wurde allmählich Neugier. Von dem wilden Tier fasziniert, begann er dem Hund Knochen zuzuwerfen. Damit lockte er das Tier von Tag zu Tag näher heran, bis Aar eines Tages ein Stück Fleisch aus seiner Hand fraß.

Von diesem Tag an blieb der Hund, wenn er nicht mit Umak auf Jagd war, in der Nähe des Jungen. Nachts schlief er an Karanas Seite, und tagsüber lag er neben ihm auf dem Felsvorsprung, wo der Junge auf die Tundra hinausblickte und auf die Rückkehr seines Stammes wartete.

Torka war ebenfalls davon überzeugt, daß sie zurückkommen würden. Er schien wie neugeboren, und seine düstere Stimmung war verflogen. Er kümmerte sich nicht mehr um Lonit, sondern nur noch um seine Speere. Lonit glaubte, daß er sich nur deshalb so eifrig beschäftigte, um seine männlichen Bedürfnisse im Zaum zu halten. Wenn Karanas Stamm eintraf, würde er eine der Frauen wählen, die ihn in der Nacht wärmte. Wenn es dunkel wurde, errichtete er ein Leuchtfeuer auf dem Felsvorsprung, das er mit aufgespannten Fellen vor dem Wind schützte.

»Wenn Karanas Leute dort draußen sind, werden sie Torkas Feuer sehen. Sie werden bald kommen.«

Der Junge hatte sie erschrocken angesehen, als ob er Angst hätte, von dem Licht könnten die Geister angelockt werden. Doch mit der Zeit wurde er etwas zugänglicher. Torka und Umak ignorierten seine Feindseligkeit und sprachen mit ihm. Torka zeigte ihm, wie der Stamm Waffen aus Stein und Knochen herstellte, und Umak erzählte ihm Geschichten. Obwohl er versuchte, es sich nicht anmerken zu lassen, waren seine Angst und sein Haß offensichtlich so gut wie verschwunden.

Lonit, die kaum von ihrem eigenen Stamm akzeptiert worden war, fürchtete sich vor der Begegnung mit einem fremden Stamm. Sie sprach mit Umak darüber, der ähnliche Sorgen hatte. Allein mit Torka und Lonit war er wieder ein Jäger, weil seine Kraft gebraucht wurde. Innerhalb eines großen Stammes würde er erneut ein alter Mann sein, der nur noch auf den Tod warten konnte.

Sie hatten in der letzten Nacht neben dem Feuer zusammengesessen, während Torka und der Junge schliefen und nur das Rauschen der Schmelzwasserbäche und gelegentliche Ächzen des Berges zu hören waren.

Dann war Umak offensichtlich mit einer Sache ins Reine gekommen, die ihn schon seit längerem beschäftigte.

»Der Stamm war nicht der einzige Stamm«, sagte er. »Wir sind nicht allein, es gibt auch noch andere Menschen. Umak sagte, daß die Menschen der Tundra wie die großen Karibuherden sind. Einst gab es nur einen Bullen und eine Kuh, dann eine Herde mit vielen Kälbern. Aus den Kälbern wurden viele Bullen und viele Kühe. Rivalenkämpfe wurden ausgefochten, und Blut floß. Die jüngeren Bullen verließen die Herde. Kühe folgten ihnen, um eine neue Herde zu gründen. So geschah es viele Male, und bald gab es viele Herden, die ihren eigenen Weg gingen und vergaßen, daß es auch noch andere Herden gab, bis sich keine Kuh und kein Bulle mehr an die Anfänge erinnern konnte.«

»Diese Frau ist sehr glücklich hier auf dem Berg. Es genügt ihr, daß nur Umak und Torka zu ihrer Herde gehören.«

»Umak geht es genauso. Aber niemand kann den Wind aufhalten. Er wird uns dorthin wehen, wo es ihm gefällt. Was auch immer geschieht, wir müssen stark sein.«

Fliegen umschwirrten ihre Hand, landeten auf dem Handrücken und machten sich über die Markreste zwischen ihren Fingern her. Angewidert verscheuchte sie sie und stand auf, um sich die Hände an der Schürze abzuwischen, die sie sich aus Fellresten zusammengenäht hatte.

Dann sah sie die zwei Gestalten, die sich der Höhle näherten, während Aar neben ihnen her sprang. Sie hatten ein Riesenfaultier erlegt, das sie abwechselnd trugen. Sein dichter Pelz würde eine schöne Schlafunterlage abgeben, und aus den großen Klauen konnte man ausgezeichnete Werkzeuge zum Ausgraben von Wurzeln herstellen. Doch ihre Freude darüber war nur kurz. Der warme Frühlingswind kam ihr plötzlich kalt und feindselig vor, als sie sich an Umaks Worte erinnerte.

7

Die Tage wurden immer länger. Unten am Berg wuchs grünes Gras, und draußen in der Tundra erblühten Blumen in allen Formen und Farben. In den hohen Bergschluchten waren die Hartriegelsträucher mit weißen, vierblättrigen Sternen überzogen, während die Weidenkätzchen sich in goldene Büschel winziger Blüten verwandelten und die Zwergpreiselbeeren blühten und allmählich Früchte ansetzten.

Fliegen und Mücken bildeten schwarze Schleier über Seen und Teichen, und überall waren Vögel. Falken und Fischadler ließen sich vom Aufwind tragen und folgten dem Lauf von Flüssen, in denen Lachse ihre Wanderung begonnen hatten. Gänse stritten sich mit Enten, Schwänen und Strandläufern um die besten Nistplätze in den Feuchtgebieten. Kraniche und Reiher mit ihren Schlangenhälsen stelzten durch die Riedgrassümpfe, während Seetaucher den Grund der unzähligen Bäche nach Larven und Schalentieren absuchten.

Füchse, Hasen, Schneehühner und Eulen verloren die letzten Reste ihrer Winterfärbung und waren jetzt braun, rot, grau oder gesprenkelt. Auf der Geröllebene am Fuß des Berges hielt eine Herde kleiner, kurzmähniger Pferde, um zu trinken, nahm die Witterung von Menschen auf und zog hastig weiter. Nicht weit entfernt in einem Gebüsch am Rand der Tundra fiel ein geschwächtes Yak einem hungrigen Bären zum Opfer. Ein Rudel Löwen döste neben einer kleinen Herde Moschusochsen im langen Gras an der Südseite des Berges.

In der tiefen, fichtenbestandenen Schlucht unter der Höhle folgte Umak einer Hufspur, bis er zwischen ein paar verkümmerten Birken sein Opfer entdeckte und den Elch mit einem gezielten Speerwurf zu Fall brachte.

Der Siegesschrei des alten Mannes hallte von den Bergwänden wider und ließ das Eis auf dem Berggipfel vibrieren. Tief im Gletscher verbreiterte sich ein Riß, und ein Stück der Eismasse rutschte ein kleines Stück nach unten. Doch der ganze Gletscher ächzte, und weitere Spalten öffneten sich an seiner Oberfläche.

Der alte Mann hatte sich in den vergangenen Wochen an die Bewegungen und Geräusche des Eises gewöhnt, so daß er sie auch jetzt nicht weiter beachtete. Hoch über ihm glitt eine riesige Eisfläche langsam über den felsigen Untergrund. Eine Herde großer weißer Schafe, die auf einer Bergwiese gegrast hatte, sprang auf und flüchtete die Felswand hinunter. Ein Kondor, der im klaren blauen Himmel seine Kreise drehte, warf seinen Schatten auf einen gewaltigen Gletscherspalt, der vor einem Augenblick noch nicht dagewesen war.

Dann polterte eine kleine Lawine aus Steinen und Eisstücken in das Ende der Schlucht und rollte noch ein ganzes Stück weiter, bis sie nicht weit von Umak entfernt zur Ruhe kam. Der alte Mann hatte schon oft einen solchen Steinschlag erlebt, seit sie am Berg ihr Lager aufgeschlagen hatten.

Torka kam ihm mit den Speeren in der Hand entgegen. Umak jubelte triumphierend, weil er Torka zuvorgekommen war. Aar schnüffelte bereits am Kadaver und leckte das Blut aus der Wunde. Umak hob die Arme und schüttelte sie zum Zeichen des Sieges. Zusammen mit den vielen Antilopen, dem Faultier und dem Geflügel, das Lonit erlegt hate, besaßen sie nun mehr als genug Fleisch, um sie für den Rest des Sommers und weit über den Winter hinaus zu ernähren. Sie brauchten nun nicht mehr auf die Jagd zu gehen, sondern konnten sich der Muße widmen, während Lonit sich an die Arbeiten machte, die in Zeiten des Überflusses für die Frauen anfielen.

Als Torka neben ihn trat, um seine Beute zu loben,

sprach Umak ihn daraufhin an. »Lonit ist die einzige Frau, und wir haben viel Fleisch. Es könnte sein, daß hier an diesem neuen Ort die Geister nichts dagegen haben, wenn diese beiden Männer der einzigen Frau auf der Welt helfen.«

»Lonit ist nicht die einzige Frau auf der Welt!«

»Wenn Umak andere Frauen sieht, dann wird er es glauben. In der Zwischenzeit gibt es viel Fleisch zu zerlegen und viele Felle zu bearbeiten – zu viele für die einzige Frau auf der Welt.«

Torka versuchte sich seinen Ärger nicht anmerken zu lassen. Umak hatte von Lonit nicht mehr als Fast-Frau gesprochen, seit er an jenem Morgen gesehen hatte, daß Torka und das Mädchen unter demselben Fell geschlafen hatten. Torka mochte nicht an diese Nacht erinnert werden. Er ging Lonit, soweit es möglich war, aus dem Weg, weil er immer daran denken mußte, daß er niemals eine solche Zärtlichkeit mit Egatsop geteilt hatte. Dabei war er einmal stolz darauf gewesen, daß die schönste Frau des Stammes ihm gehört hatte.

Nach den Maßstäben des Stammes war Lonit keinesfalls hübsch, doch wenn er ihre schlanke Gestalt über die Trockenrahmen gebeugt sah, entdeckte er Schönheit in jeder ihrer Bewegungen. Außerdem hätte Egatsop sich niemals mit solcher Hingabe und Aufopferung um das kranke Kind oder den alten Mann gekümmert. Er hatte beobachtet, wie Lonit heimlich Umaks Fleisch zerstampfte, bevor sie es briet, um die schwachen Zähne des alten Mannes zu schonen. Es war ungerecht, ein solches Mädchen zu verachten.

Er hatte erkannt, daß er sie völlig falsch eingeschätzt hatte. Sie bedeutete ihm viel, doch er konnte sich diese Gefühle nicht erlauben, weil sie ihn davon abhalten würden, Rache am Zerstörer zu nehmen. Karana erinnerte ihn ständig an seinen eigenen Jungen, und er würde nicht eher Ruhe finden, bis er seinen Speer in das Auge des Welterschütterers getrieben hatte.

»Umak wird Lonit helfen. Die einzige Frau der Welt wird sich über jedes Paar Hände freuen, das ihr bei der Bearbeitung der Felle und der Zubereitung des Fleisches hilft.«

Torka betrachtete seinen Großvater, der vor Leben sprühte und fast wieder jung aussah. Trotz seiner Altersschwäche war er immer noch ein guter Jäger, und mit seinen Fähigkeiten als Herr der Geister war Umak ein Gewinn für jeden Stamm.

Torka sprach das Lob aus. »Wenn Karanas Leute kommen«, fügte er hinzu, »sollten wir unser Fleisch mit ihnen teilen. Sie werden uns willkommen heißen. Und die Hände vieler Frauen werden Lonit bei der Arbeit helfen.«

»*Wenn* Karanas Leute kommen!«

»Sie werden kommen. Sie würden niemals einen Sohn wie Karana im Stich lassen. Torka sagt, daß er in den Stürmen der Winterdunkelheit verlorenging. Die Jäger sind bereits auf der Suche nach ihm.«

Die letzte Zeit der langen Dunkelheit war länger und dunkler als jemals zuvor gewesen. Umak hat noch nie solche Stürme oder eine solche Kälte erlebt. »Wenn der Junge verlorengegangen ist, werden seine Leute denken, er sei tot. Sie werden nicht nach ihm suchen.«

»Wenn Karana Torkas Sohn wäre, würde er solange nach ihm suchen, bis er seine Knochen gefunden hätte, um ihnen die letzte Ehre zu erweisen. Erst dann würde Torka glauben, daß er in die Geisterwelt eingegangen ist.«

Umak schnaubte. »Torka hätte seinen Sohn niemals verloren, nicht einmal im schlimmsten Sturm. Nur ein Dämon konnte das Leben aus Kipus Herz reißen. Karana ist ausgesetzt worden, und seine Leute werden nicht mehr kommen!«

Torka stand ungeduldig auf. Er wußte, daß Umak Angst davor hatte, sich einem neuen Stamm anzuschließen. »Du wirst mit Karanas Leuten gut zurechtkommen, Vater meines Vaters. Du bist Umak, der Herr der Geister. Du wirst stark sein und wieder auf die Jagd gehen. Du wirst ein gutes Leben und neue Frauen haben. Du brauchst keine Angst zu haben!«

Der alte Mann verzog entrüstet das Gesicht. »Umak macht sich keine Sorgen um sich selbst! Torka hat Umak und Lonit an einen guten Ort geführt. Wir haben ein sicheres Lager und viel Fleisch. Wir brauchen keinen anderen Stamm, um zu überleben. Wir können für immer hierbleiben!«

Torka ließ sich von der Leidenschaft des alten Mannes anstecken. »Für immer ist so lange, wie Torka braucht, um den Zerstörer zu finden und zu töten!«

»Ha! Also ist es genau, wie Umak gesagt hat! Torka wartet nur auf Karanas Stamm, damit er Umak, Lonit und Karana verlassen und zu dem großen Mammut sagen kann: ›Torka ist aus einem fernen Land gekommen, um Rache für seinen Stamm zu nehmen! Und wenn Torka dabei stirbt, macht es nichts, denn Umak, Lonit und Karana sind in Sicherheit bei einem anderen Stamm!‹«

Torka starrte seinen Großvater an. Er schaffte es immer wieder, ihn zu verblüffen. Jedesmal, wenn er sich damit abgefunden hatte, daß er ein nutzloser alter Mann mit schwachen Zähnen und steifem Rücken war, überraschte er ihn mit einer schmerzlichen Einsicht. Vor ihm stand kein alter Mann, sondern ein zorniger Jäger, ein mutiger Bärentöter, ein Mann von unermeßlicher Weisheit.

»Dann begleite mich!« drängte Torka. »Wenn Karanas Leute kommen, können wir gemeinsam losziehen, den Zerstörer töten und zurückkehren, um von der Jagd zu erzählen.«

»Donnerstimme ist weit weg, und das ist gut so. Gib die bitteren Erinnerungen an den Zerstörer auf, Torka! Vergiß, was gewesen ist, und schau dir an, wie gut das Leben jetzt ist! Und höre, was der Herr der Geister sieht: Wenn die Zeit der langen Dunkelheit vorbei ist und der Hungermond aufgeht, wird Lonit neues Leben hervorbringen, und der Stamm wird wiedergeboren werden. Wird Torka dann sagen, daß sein Leben keine Rolle spielt, und die Frau und das Kind ihrem Schicksal überlassen? Torka muß tun, was er tun muß, aber Umak wird bei Lonit bleiben. Für diesen alten Mann bedeutet ihr Leben mehr als der Tod eines Mammuts!«

8

Die Sonne stand hoch am Himmel, und die Welt stand auf dem Kopf. Die Nordlichter schienen am Tag, und der Wind verwandelte sie in Regenbogen, die wie Flüsse über den Himmel flossen.

Torka fragte sich, warum nur er diese Wunder bemerkte. Er wollte sich nicht über Umaks Offenbarung freuen, aber je mehr er darüber nachdachte, desto wunderbarer wurde alles für ihn. Vielleicht war es, weil sie alle dem Tod so nahe gewesen waren. Auf eine gewisse Weise waren ihre Seelen vom Wind davongetragen worden. Doch die Geister hatten sie zurückgewiesen, und sie waren in einer neuen Welt wiedergeboren worden. Und wie zur Bestätigung wuchs jetzt neues Leben in Lonit heran, so sicher wie der Sommer kam.

Vielleicht hatte Umak recht. Der Zerstörer war weit weg in einem Teil der Welt, den sie hinter sich gelassen hatten. Das Leben auf dem Berg war gut. Zum ersten Mal erkannte Torka, daß der Stamm nicht sterben würde, solange sie zusammenhielten. Vielleicht sollte Torka tatsächlich die Vergangenheit vergessen und an Lonit und das Kind denken – zumindest, bis Karanas Stamm zurückkam. Jetzt konnte er sich mit anderen Dingen befassen und das Wunder des Lebens genießen.

Lonit verstand nicht, warum die Männer sich so merkwürdig benahmen. Sie hielt das Lager für sie in Ordnung und tat diese Frauenarbeit gerne, aber sie wollten ihr unbedingt helfen. Beim Anblick der Männer, die Felle abschabten und Sehnen reinigten und flochten, fühlte sie sich erniedrigt. Waren sie etwa nicht mit ihrer Arbeit zufrieden? Beschämt hatte sie sich mit besonderer Sorgfalt und Energie an die Arbeit gemacht, doch da schimpften sie mit ihr, sie solle sich ausruhen und nicht so hart arbeiten.

Sie war verwirrt. Es war die Aufgabe der Frauen zu arbeiten und die der Männer zu jagen. Und warum sollte sie sich so oft ausruhen? Seit Umak den Elch erlegt hatte, behandelten sie sie, als bedurfte nicht Karana, sondern sie besonderer Pflege. Die Männer sahen sie immer wieder so merkwürdig an, als erwarteten sie, daß sie etwas Bestimmtes sagte oder als ob sie krank wäre.

Dabei fühlte sie sich ausgezeichnet und hatte selten einen so großen Appetit gehabt. Nur ihre Brüste waren recht empfindlich, und sie erwartete besorgt ihre nächste Monatsblutung. Was würden ihre Männer dazu sagen? Würden sie sie nur in den hintersten Winkel der Höhle verbannen, oder mußte sie die ganze Zeit lang am Fuß des Berges ausharren? Obwohl sie letztlich froh darüber war, wunderte sie sich dennoch, daß die Monatsblutung so lange auf sich warten ließ.

Lonit wußte nicht mehr, als daß die Blutung mit einer

geheimnisvollen Regelmäßigkeit kam, die irgend etwas mit den Mondphasen zu tun hatte. Doch der Mond hatte seit dem letzten Mal bereits zweimal zu- und wieder abgenommen. Sie wünschte sich, die Männer würden sie nicht so merkwürdig behandeln, doch Torka war so freundlich zu ihr, daß sie es kaum fassen konnte. Aus ihr unerfindlichen Gründen schien er seinen Haß auf sie vergessen zu haben.

Die Sonne blieb immer länger am Himmel. Dann, eines Tages, ging sie gar nicht mehr unter. Statt dessen verharrte sie dicht über dem Horizont, wanderte wie ein glühendes Stück Kohle den blauen Nordhimmel entlang und begann im Osten wieder langsam aufzusteigen. Ein neuer Tag war angebrochen, ohne daß die Sonne den Himmel verlassen hätte.

Und Karanas Stamm war immer noch nicht zurückgekehrt.

Lonit sah, daß der Junge tief in Gedanken versunken war. Er hatte sein Essen kaum angerührt. »Lonit wird Eier für Karana sammeln«, sagte sie zu ihm.

Der Junge blickte sie finster an, doch Lonit lächelte. Obwohl er sein Schweigen und seine Feindseligkeit noch nicht abgelegt hatte, war Lonit die leichte Veränderung seines Verhaltens während der letzten Wochen nicht entgangen. Sie wußte, daß frische Eier, ob roh oder in der Asche der Feuerstelle gekocht, sein Lieblingsessen waren. Sein Bein war schon recht gut verheilt, obwohl es noch Monate dauern würde, bis er es wieder wie früher benutzen konnte. Aus seiner Angst vor dem Herrn der Geister war allmählich Ehrfurcht geworden, seit Umak ihm stundenlang Geschichten erzählt oder ihm Knochenwerfen beigebracht hatte. Um nicht zurückzustehen, hatte auch Torka sich die Zeit genommen, aus einem langen Elchknochen einen Speer für ihn zu schnitzen.

»Bald wird Karana mit Umak und Torka auf die Jagd gehen!«

Der Junge hatte nicht geantwortet, sondern den Speer wortlos genommen, ihn in der Hand gewogen und damit ein unsichtbares Ziel anvisiert. Dann hatte er zum ersten Mal gelächelt.

Lonit beobachtete, wie Karana allmählich die Lücke ausfüllte, die Kipu im Leben der Männer hinterlassen hatte. Doch ganz gleich, wie sehr sich Umak und Torka um ihn kümmerten, der Junge sehnte sich immer noch nach seinem Stamm. Trotz seiner Tapferkeit war er doch nur ein kleiner Junge. Manchmal, wenn die Männer schliefen oder auf der Jagd waren, hörte Lonit ihn leise mit dem Hund reden. In Aar hatte Karana einen Freund gefunden, dem er all seine geheimen Hoffnungen und Ängste anvertrauen konnte, vielleicht weil er selbst noch fast ein Welpe war. Der Hund wich jetzt kaum noch von seiner Seite. Sie schliefen sogar Rücken an Rücken. Und wenn Karana manchmal im Schlaf wimmerte, leckte der Hund sein Gesicht und winselte mitfühlend. Dann legte Karana ihm seinen dünnen Arm um den Nacken und kuschelte sich an ihn, und der Hund ließ es geschehen.

Der Tag war heiß und windig. Torka hatte Lonit angeboten, sie bei der Eiersuche zu begleiten. Zusammen stiegen sie den Berg hinunter und Lonit staunte, wie sehr er um ihre Sicherheit besorgt war. Er trug ihre Sammelnetze über der Schulter und ging voran, wobei er ihr immer wieder beim Abstieg half.

An den Berghängen hatten sie bereits genug Eier gesammelt. Zu den wenigen Dingen, die ihre Mutter ihr beigebracht hatte, gehörte, daß man niemals alles von einer Sache nehmen durfte. So hatte es der Stamm schon immer gehalten. Ein paar Eier hier, ein paar Pflanzen dort, gelegentlich eine Gans oder ein anderes Tier, damit auch im nächsten Jahr noch genug für die Jäger und Sammler da war.

Sie gingen hinaus auf die Tundra und wagten sich tief in den Sumpf hinein, wo die Gänse gerade in der Mauser waren. In dieser Zeit waren sie an den Boden gebunden und mit der Aufzucht ihrer Jungen beschäftigt, bis ihnen neue Flugfedern gewachsen waren und sie kurz vor Anbruch der Winterdunkelheit in Richtung der aufgehenden Sonne davonziehen würden.

Torka blieb stehen. Das Gras rauschte im heftigen Wind. Wasser spritzte auf, als die aufgeschreckten Vögel kreischend flüchteten. Doch die meisten kamen nicht richtig hoch, sondern flatterten durch das Riedgras und landeten auf nicht sehr elegante Weise in einem weiter entfernten Teil des Sumpfes.

Torka lachte. Das hatte er seit langem nicht getan. Er hatte sich verändert, seit sie durch die Tundra gezogen waren. Er war nicht mehr so mager, und die Sonne hatte sein Gesicht gebräunt. Lonit liebte ihn so sehr, daß sie kaum atmen konnte.

»Sieh!« sagte Torka und hob die Arme. »Der Wind hat die Fliegen und die Stechmücken fortgeweht. Wir sollten uns diese Gelegenheit nicht entgehen lassen. Wer weiß, ob es in diesem Sommer noch einmal einen so schönen Tag gibt!«

Er wartete nicht auf ihre Antwort, sondern legte seine Speere und das Eiernetz zu Boden, zog sich aus und sprang in den kalten Teich. Er jauchzte begeistert und suhlte sich planschend wie ein Kind im Wasser.

»Komm!« rief er.

Es war ein Befehl, dem sie nicht widersprechen durfte.

Es tat gut, den Sommerkittel auszuziehen, denn er war über ihren Brüsten eng geworden. Schließlich hatten sie in letzter Zeit viel zu essen gehabt, obwohl sie sich wunderte, daß nur ihre Brüste Fett ansetzten, während ihr übriger Körper so schlank wie immer geblieben war.

Als sie ins unerwartet kalte Wasser stieg, blieb ihr der Atem weg. Sie hoffte, daß Torka ihren Körper nicht allzu abstoßend fand.

Als sie auf ihn zu watete, wurde Torka plötzlich still. Der sorglose, jungenhafte Ausdruck verschwand von seinem Gesicht. Zunächst dachte sie, daß ihr Anblick ihn abgestoßen hatte, doch als er aufstand und zu ihr kam, sah sie, daß sie den Mann in ihm geweckt hatte.

Er ließ zuerst seine Blicke und dann seine Hände über ihren Körper gleiten. Als er ihre Brüste berührte, schnappte sie nach Luft und zitterte, als ob ein kalter Windhauch sie gestreift hätte. Doch ihr war nicht kalt, sondern heiß. Sanft legte er seine Hand auf ihren straffen Bauch. Ein Lächeln umspielte seine Mundwinkel, als er nickte.

»Lonit ist wunderschön!« sagte er und nahm sie zärtlich in die Arme. »Lonit ist Torkas Frau. Und dieses Baby . . . wird ein schönes und starkes Kind werden.«

»Baby?«

Er schwieg und nahm sie auf die Arme. Er trug sie aus dem Wasser und legte sie behutsam ins Gras. Dann liebte er sie mit außergewöhnlicher Zärtlichkeit. Unter dem goldenen Auge der Mitternachtssonne wußte Lonit plötzlich, daß es Liebe war, und als sie schließlich vereint, erschöpft und erfüllt nebeneinander lagen, verstand sie, warum ihre Monatsblutung ausgeblieben war. Ohne daß es ihr eine andere Frau erklärt hatte, wußte sie, wie es gekommen war, daß sie Torkas Kind trug.

9

Von diesem Tag an schliefen sie immer zusammen. Die Tage flogen dahin wie goldene Fische, die durch die Maschen eines Netzes schlüpften, das sie nicht halten konnte.

Und Karanas Stamm war immer noch nicht zurückgekehrt.

Der Junge machte seine ersten Gehversuche mit einer Krücke, die Umak aus einem Karibugeweih angefertigt hatte. Seine Wunde bereitete ihm immer noch Schmerzen, und er humpelte sehr, doch jeden Tag hielt er an der Felskante Wache und wartete geduldig auf seine Leute, während Umak und Torka unten in der Tundra auf die Jagd gingen.

In den Schluchten reiften die ersten Beeren. Die Jäger begleiteten Lonit, als sie zum Pflücken ausging, und hielten Wache, während sie nach eßbaren Knollen grub. Weil sie so sehr drängte, gingen sie mit ihr zu den Seen und Teichen, wo sie ihr Geschick mit der Steinschleuder bei der Jagd auf Gänse und andere Wasservögel bewundern konnten. Obwohl man ihr die Schwangerschaft bereits ansah, was sie immer noch so schlank und beweglich wie ein junges Reh.

Der alte Mann schnaubte. »Je länger Umak die einzige Frau auf der Welt betrachtet, desto weniger häßlich erscheint sie ihm.«

»Lonit ist nicht häßlich«, nahm Torka sie in Schutz. Er protestierte nicht mehr, daß sein Großvater sie als einzige Frau auf der Welt bezeichnete. Es war die einzige Frau, die es für Torka gab. Er dachte nur noch selten an Egatsop. Seine Wut über den grausamen Tod war verschwunden; es war nur noch eine traurige und liebevolle Erinnerung. Sie war tot, er selbst hatte ihr die letzte Ehre erwiesen. Lonit war jetzt seine Frau. Er wußte, daß er niemals ein solches Verlangen und eine solche Liebe für eine andere Frau als Lonit verspüren würde.

Die Jungvögel machten ihre ersten Flugversuche, und die Jungen der Füchse, Wölfe und Löwen lernten zu jagen. Bisons und Moschusochsen, Pferde und Kamele, Antilopen und Yaks zogen in großen Herden am Fuß des Berges über die Steppe nach Osten. Bald würden die ersten Zugvögel aufbrechen. Karana sah hinaus in eine Welt, die vom ersten Herbstfrost rötlich gefärbt war.

Wo waren seine Leute? Warum kamen sie nicht?

Lonit saß auf der anderen Seite der Höhle in der Sonne. Der Junge hörte sie bei der Arbeit summen. Sie nähte neue Stiefel für sie alle. Ihre Stimme war beruhigend, aber der Junge wollte nicht beruhigt werden.

Aar war Umak und Torka in die Tundra gefolgt. Der alte Mann hatte Bärenspuren in der Schlucht entdeckt. Die beiden Jäger wollten eine Fallgrube anlegen, denn ein so großes Tier in ihrem Jagdgebiet war ihnen zu gefährlich. Außerdem war frisches Bärenfleisch eine Delikatesse, und sein Fett würde lange in Lonits Öllampe brennen. Aus seinem dicken Pelz konnten sie warme Wintergamaschen und Westen herstellen.

Aber Karana dachte nicht an den Bären, den Umak und Torka bald töten würden. Er dachte an seinen Stamm. War sein Vater tot? War Karana vielleicht der einzige des Stammes, der den grausamen letzten Winter überlebt hatte? Oder hatte der alte Herr der Geister recht, und seine Leute hatten ihn einfach ausgesetzt?

An diese Möglichkeit wollte er nicht denken. Supnah würde ihn niemals im Stich lassen. Doch er erinnerte sich wieder daran, wie gequält sein Vater ausgesehen hatte, als Navahk mit ihm gesprochen hatte. Er mußte auch daran denken, wie der Zauberer ihn angelächelt hatte und wünschte sich, Navahk hätte den Tod gefunden. Er verstand nicht, wie sein Vater den Rat eines solchen Zauberers annehmen konnte. Vielleicht weil sie Brüder waren? Oder weil Karanas Mutter vor langer Zeit Navahk verschmäht und Supnah vorgezogen hatte und sein Vater sich ihm deshalb verpflichtet fühlte?

Vielleicht würde Karana niemals die Antworten auf diese Fragen erfahren. Supnah, Navahk und die anderen waren weit weg. Karana lebte allein unter Fremden, und es fiel ihm immer schwerer, seine Feindseligkeit beizubehalten. Es war ihm jetzt klar, daß der alte Herr der Geister ihn damals an der Felswand nicht absichtlich verletzt hatte. Dennoch nahm er ihm übel, daß er nicht an die Rückkehr seines Stammes glaubte.

Er sah sich in der Höhle um, die einen ordentlichen Eindruck machte und gut mit Vorräten bestückt war. Er mußte zugeben, daß das Leben mit Umak, Torka, Lonit und dem Hund gut war, so gut, daß er manchmal hoffte, seine Leute würden nicht zurückkommen.

Aber er wußte, sie würden kommen. Wenn er sich etwas anderes wünschte, war er ein untreuer Sohn. Er biß die Zähne zusammen und blickte finster drein. Karana würde auf seinen Stamm warten. Bald würden sie kommen.

Der Hund warnte sie. Sie waren damit beschäftigt, die Fallgrube auszuheben und Fichtenstämme anzuspitzen, auf denen sich der Bär, wie sie hofften, selbst aufspießen würde. Um ganz sicher zu gehen, hatten sie Köder in der Schlucht ausgelegt, und zwar getötete Murmeltiere, die sie mit messerscharfen, aufgeweichten und gebogenen Knochensplittern präpariert hatten. Wenn der Bär die Murmeltiere fraß, wurden die Knochensplitter durch seine Verdauungssäfte wieder gerade und durchbohrten seine Eingeweide. Ein Bär, der durch Schmerzen und innere Blutungen geschwächt war, konnte von zwei Männern aufgespürt und erlegt werden. Es würde immer noch eine gefährliche Jagd sein, aber wenn der Bär nicht in die Falle tappte, war es ihre einzige Chance. Keiner der beiden Jäger mochte diese Methode besonders, aber sie wußten, daß es kaum ein so gefährliches und unberechenbares Tier wie einen Bären gab – mit Ausnahme eines wütenden Mammuts.

Ihr Hauptproblem hatte darin bestanden, Aar von den tödlichen Murmeltierködern fernzuhalten. Sie hatten Steine nach ihm geworfen, bis der Hund beleidigt zur Höhle zurückgelaufen war. Dort war er auf den Bären getroffen und hatte die Jäger auf ihn aufmerksam gemacht.

Für einen Augenblick blieb der große Kurzschnauzenbär wie erstarrt im Gebüsch am Ende der Schlucht stehen. Er stand auf allen vieren und war über sechs Fuß groß; aufrecht wäre er mehr als doppelt so hoch. Er hatte eine eingedrückte Schnauze und einen breiten Unterkiefer. Unter dem zotteligen Fell bewegten sich dicke Fettschichten, und seine kleinen gelben Augen fixierten die Jäger. Er schüttelte seinen riesigen Kopf, riß das geifernde Maul auf und zeigte ihnen seine Zähne.

Dann senkte er den Kopf und griff ohne Warnung an. Doch Aars plötzlicher Gegenangriff von der Seite verwirrte das Tier. Es blieb stehen und versuchte, nach dem wütend bellenden Hund zu schlagen. Dadurch bekam Torka die Gelegenheit, einen Speer zu werfen. Er drang tief in die Schulter des Bären ein, blieb aber im Fett stecken, ohne großen Schaden oder Schmerzen zu verursachen. Der Bär richtete sich knurrend auf und schüttelte sich. Er ließ sich wieder auf alle viere fallen und stürmte direkt auf Umak zu.

Ohne mit der Wimper zu zucken, wartete der alte

Mann mit dem Speer in der einen und dem Messer in der anderen Hand. Torka schrie seinem Großvater zu, wegzurennen, doch Umak wich nicht von der Stelle, bis er den Atem des Bären riechen konnten und eine große Tatze nach seinem Kopf langte.

In dem Augenblick, als sich die Blicke von Mensch und Tier trafen, sprang Umak vor und trieb seinen Speer durch die linke Augenhöhle des Bären in dessen Gehirn. Das Tier stürzte wie eine Welle aus braunem Fell über den alten Mann und begrub ihn unter sich.

Torka stand mit angehaltenem Atem daneben, bis er den Namen seines Großvaters schrie. Als Aar auf den Bären sprang und wütend mit den Zähnen an ihm zerrte, rannte auch Torka los und bearbeitete das Tier mit seiner Keule aus dem Walknochen. Tränen rannen ihm über das Gesicht. Der große Bär war tot, aber von Umak sah Torka nur die Beine, die unter der gewaltigen Masse aus blutigem Fell hervorragten.

Dann begannen sich die Beine zu bewegen, und eine schwache, wütende Stimme drang unter dem Kadaver hervor. »Torka kann diesen Bär später häuten! Auch wenn Umak ein Herr der Geister ist, wird das, was er getötet hat, nicht einfach aufstehen und weggehen. Hol diesen alten Mann hier raus!«

Es war wieder Nacht über der Tundra geworden. Unter dem sternenübersäten Himmel hielt der kleine Stamm ein Festmahl ab. Umak hatte den Kampf nicht unversehrt überstanden. Der Bär hatte ihn beinahe skalpiert, aber es sah schlimmer aus, als es war. Als Lonit die Wunde nähte, saß Umak stolz da. Er erinnerte sich, wie er bei den Wölfen versagt hatte und dachte lächelnd: *Dies ist eine gute Wunde. Sie hat diesem alten Mann seinen Stolz zurückgegeben.*

Sie teilten das Fleisch des Bären mit Aar. Karana saß neben Umak, während Lonit sich um das Feuer kümmerte. Zum zweiten Mal, seit der Junge bei ihnen lebte, sprach er.

»Karana ist froh, daß alter Mann lebt.«

Umak schnaubte. »Dieser alte Mann ist nicht so einfach zu töten!« antwortete er. »Und Umak ist froh, daß Junge sich entschlossen hat, seinen Mund nicht nur zum Essen und Grimassenschneiden zu benutzen.« Er knuffte ihn freundlich gegen die Wange. Der Junge lächelte, als Umak das Halsband mit den Bärenklauen anlegte, das Lonit für ihn gefertigt hatte. Der alte Mann hatte seine Wunde mit einer Salbe aus zerstampften Weidenblättern und Urin bestrichen. Obwohl er müde war und Schmerzen hatte, fühlte Umak sich stärker und zufriedener als je zuvor im Leben. Im hohen Alter hatte er mit einem Bären gekämpft und ihn getötet – einen Bären, der sogar noch größer als der war, den er in seiner Jugend erlegt hatte.

»Dies ist nicht der erste Bär, den Umak getötet hat«, erzählte er dem Jungen. »Nein. Vor langer Zeit, als dieser alte Mann ein Junge kaum größer als Karana war, sagten die Bärengeister zu ihren Kleinen: ›Werdet groß, stark und klug! Umak ist bald ein Mann, und er ist ebenfalls groß, stark und klug!‹«

Dann erzählte er seine Geschichte. Im roten Schein des flackernden Feuers saßen sie zusammen in der dunklen Höhle und waren von seinen Worten gefesselt. Der junge Umak lebte wieder auf und ging in der wilden Tundra auf die Jagd, bis der alte Mann erschöpft vom Blutverlust und dem anstrengenden Tag einschlief.

Karana sah ihn bewundernd an, seufzte, legte den Kopf auf das Knie des alten Mannes und träumte von seinen eigenen Jagdzügen. Aar schlief neben dem Jungen, und Lonit lag auf der neuen Matratze aus dem Fell des Riesenfaultieres.

Ein ebenfalls müder Torka sah sie verliebt an. Sein Blick wanderte zum alten Mann und dem Jungen. Er erinnerte sich an die vielen Nächte seiner eigenen Kindheit, wo er genauso neben Umak geschlafen hatte. Es war schon sehr lange her, doch er konnte sich noch genau an alles erinnern, und es machte ihn traurig. Umak war bleich vom Blutverlust und sah schwach und verbraucht aus. Die Jugend, die der Herr der Geister durch den Zauber seiner Geschichten heraufbeschworen hatte, war für immer verloren.

Unruhig stand Torka auf und ging zum Höhleneingang. Er mußte plötzlich daran denken, daß er und Umak den Kampf mit dem Bären vermutlich nicht überlebt hätten, wenn der Hund sie nicht gewarnt hätte.

Der kühle Herbstwind streifte sein Gesicht. Die Welt breitete sich in gestaltloser Schwärze vor ihm aus. Die kalt glühenden Sterne zeigten an, wo die Erde aufhörte und der Himmel begann.

Wo waren Karanas Leute? Waren sie irgendwo dort draußen in der Tundra, und blickten sie vielleicht in diesem Moment auf den Berg und wunderten sich über den Feuerschein oben an seiner Ostseite?

Oder war es, wie Torka von Anfang an vermutet hatte? Waren sie allein auf der Welt? Er war glücklich mit Umak, Lonit und dem Jungen in ihrem ungewöhnlichen Lager auf dem Berg. Aber ohne die Verstärkung eines anderen Stammes wären sie dazu verdammt, in ständiger Todesgefahr zu leben. Umak war ein ausgezeichneter Jäger, aber er würde nicht für immer jagen. Wie lange konnten Lonit und ihr Baby überleben, wenn Torka verletzt oder getötet wurde und sie nur von einem wilden Hund und einem kranken Jungen vor den Gefahren beschützt würden, die sie jeden Tag aufs neue bedrohten?

Nicht lange, dachte er.

Und während Umak, Karana und der Hund tief und

zufrieden schliefen, saß Torka in seine Schlaffelle gehüllt auf dem Felsvorsprung und hielt nach Feuern Ausschau, welche auf die Lager anderer Stämme hindeuteten. Dann schlief auch er ein, doch seine Träume handelten von Wölfen, rauschenden Wasserwänden, der frostigen Einöde der Tundra und Mammuts mit blutroten Augen und berghohen Schultern. Er sah sich wieder als Kondor, der wie ein Blitz auf das Mammut hinunterstürzte und es mit einem Donnerschlag tötete.

Dann schreckte er aus dem Schlaf hoch.

Der Donner war echt gewesen. Er sah die flüchtigen Blitze am fernen Horizont und hörte es erneut donnern. Für einen Augenblick war er sich nicht sicher, ob er im Donnern ein anderes Geräusch gehört hatte, mit einem höheren, schärferen Klang – das Trompeten eines Mammuts.

Er horchte. Doch da war nur das Geräusch des fernen Sturms. Über ihm bewegte sich die Eismasse auf dem Berggipfel, doch Torka achtete nicht weiter darauf. Er schloß die Augen und schlief wieder ein. Und diesmal hatte er keine Träume.

Als die Sonne über den Bergen im Osten aufging, ihr Licht über die zerklüfteten Eisgipfel ergoß und Torkas Lider berührte, erwachte der Jäger. Als er sich schützend den Handrücken vor die Augen hielt, war er sicher, daß er träumte. Es war windstill. Die Stille war so tief, daß sie in den Ohren schmerzte, und das Morgenlicht so grell, daß es ihm die Sicht nahm. Die weite Ebene lag in einem schimmernden goldenen Licht, in dem sich etwas bewegte wie ein Schwarm Fische unter der Oberfläche eines glitzernden Sees. Und allmählich wurden in der Stille Geräusche hörbar.

In der Höhle schliefen Umak, Karana und Lonit tief

und fest. Der Hund stand auf und trat an Torkas Seite. Mit eingezogenem Schwanz, zurückgelegten Ohren und aufgerichtetem Kopf stand Aar an der Felskante und beobachtete die Tundra. Jetzt war Torka davon überzeugt, daß er träumte, denn der Hund war ihm noch nie freiwillig so nahe gekommen. Sie gingen zwar zusammen auf die Jagd und lebten gemeinsam in der Höhle, hatten sich gegenseitig aber nie recht getraut. Aar hatte nicht vergessen, daß Torka ihn einmal an die Leine legen wollte, und Torka wollte nie vergessen, daß Aar trotz allem ein wildes Tier war.

Jetzt knurrte der Hund und starrte so angestrengt auf die Ebene hinaus, daß er Torka überhaupt nicht mehr beachtete.

Allmählich wurde das Licht weniger grell, und die Geräusche waren deutlicher zu hören. Torka blinzelte ungläubig mit den Augen, aber es schien, daß er nicht träumte. Aus der nördlichen Tundrasteppe näherten sich Menschen dem Berg.

TEIL 4

WELTERSCHÜTTERER

1

Es war nicht Karanas Stamm. Der Junge stand auf seine Krücke gestützt an der Felskante und starrte voller Enttäuschung auf die Fremden hinab. Sein einziger Trost war, daß sie nicht wie der Geisterstamm aussahen. Es war ein kleiner, heruntergekommener Haufen von knapp dreißig erschöpften Menschen. Ihre Kleidung war einfach, aber sie hatten weder Tellerlippen noch bemalte Gesichter, obwohl sie so verdreckt waren, daß sie fast schwarz aussahen.

Sie hielten am Fuß des hohen Berges und schienen sich über den ungewohnten Anblick eines wilden Hundes in Gegenwart von Menschen zu beunruhigen.

Aar stand bellend und knurrend dicht an der Felskante, als hätte er sich zum Sprecher seines Menschenrudels bestimmt. Als Lonit den Jungen fragte, ob dies sein

Stamm sei, fauchte er sie entrüstet an und schüttelte angewidert den Kopf.

»Kanaras Stamm sieht nicht so aus!«

Seine Reaktion bestärkte Lonits ungutes Gefühl. Sie mochte die Neuankömmlinge nicht, aber jetzt wußte sie, daß es nicht an ihr lag. Zuerst waren Lonits alte Befürchtungen bestätigt und ihr Traum von einem Leben an Torkas Seite zerstört worden, doch während der Stamm näher kam, verflüchtigte sich ihre Angst. Selbst aus der Entfernung konnte sie erkennen, daß die Kleidung der Fremden zerlumpt war, nicht nur, weil sie abgetragen war, sondern weil die Frauen sich offensichtlich keinerlei Mühe gegeben hatten, sie sorgfältig zu verarbeiten. Die Frauen gingen in einer eigenen Gruppe und waren unter der Last riesiger, unförmiger Gepäckstücke gebeugt. Ihre Röcke waren abgetragen und besaßen nicht einmal Säume oder sonstige Verzierungen. Auch die Männer trugen ausgefranste Kleidung. Außer ihren Waffen hatten sie keinerlei Gepäck. Ein paar kleine, gedrungene Kinder hatten sich um einen Jäger geschart, der ein Bisonfell trug und sein schwarzes Haar zu einem steifen Büschel zusammengeknotet hatte, das sich im Wind überhaupt nicht bewegte. Er hob beide Arme, in denen er jeweils einen Speer trug, und rief etwas mit hoher Stimme, die freundliche Absichten verriet.

»Wär iss aaf Bärg? Galeena kumm! Kumm as Frönd!«

Trotz seiner Schädelverletzung versuchte Umak, gegenüber den Neuankömmlingen einen Eindruck von Stärke und Überheblichkeit zu bewahren. Stolz trug er sein Halsband aus Wolfstatzen und Bärenklauen und seinen Speer. Er mochte die Leute ebenfalls nicht und konnte nicht ein einziges Wort der Sprache verstehen, die der Häuptling gesprochen hatte. Karana blickte ihn an und wartete darauf, daß er mit der unermeßlichen Weisheit eines Herrn der Geister antwortete. Doch Umak schwieg und gab sich

Mühe, respekteinflößend auszusehen. Mit zusammengekniffenen Augen schien er in eine andere Welt zu blicken, die nur einem Herrn der Geister zugänglich war.

»Hond Stahm, Galeena kumm as Frönd! Hond Stahm iss Män orr iss Göst?«

Torka runzelte die Stirn und versuchte zu verstehen, was der Häuptling gesagt hatte. Karana trat neben Umak und versuchte, Eindruck bei ihm zu schinden. »Karana versteht, was Mann redet«, sagte der Junge. »Mann fragt, wer auf dem Berg ist. Mann sagt, sein Name Galeena. Galeena sagt, er will zu uns kommen. Er bittet, nicht zu töten. Er sagt, er Freund. Er nennt uns Hundestamm. Er fragt, ob Hundestamm Menschen sind oder Geister.«

Umak war ebenso beeindruckt wie Torka und Lonit. Torka nickte anerkennend.

»Es ist gut, daß Karana die Worte des anderen Stammes versteht«, sagte er.

Umak schnaubte. Torka und Lonit wußten, was Karana noch nicht entdeckt hatte, daß nämlich die Weisheit ihres Herrn der Geister nicht unbegrenzt war.

Der Junge freute sich über Torkas Lob und ahmte Umaks überhebliche Haltung nach. »Eines Tages Karana wird Herr der Geister sein und alle Dinge wissen! Aber Galeena spricht dieselben Worte wie Torka. Viele Stämme sprechen dieselben Worte. Aber Stämme sagen Worte anders.«

Umak lächelte. Also hatte er recht gehabt, als er Lonit erzählte, daß die Menschen wie die großen Karibuherden waren! Am Anfang waren sie alle ein Stamm gewesen. Jetzt waren es viele, und die Worte ihrer Sprache änderten sich langsam, während sie sich weiter und weiter vom Ursprung entfernten.

Jetzt begann Umak zu verstehen. »Hond Stahm... Hundestamm. Galeena kumm as Frönd... Galeena kommt als Freund. Hm! Es ist gut, daß dieser Herr der Geister mit Galeena und seinem Stamm sprechen kann.«

Also hob er seinen Speer und sprach mit ihnen. »Galeena kumm als Frönd! Umak ist Herr der Geister! Er sagt zu Galeena: Kommt! Seid willkommen! Der Hundestamm hat viel Fleisch, das sie mit ihm teilen können!«

Es war ein Fehler. Der alte Mann erkannte es in dem Augenblick, als Galeena mit einem halben Dutzend Jäger auf den Felsvorsprung kam. Schon vorher konnten sie den widerlichen Gestank der Fremden riechen. Es war nicht nur der Gestank von Dreck, ungewaschenen Körpern und Kleidern, sondern auch von etwas Bedrohlichem. Aar hatte seine Nackenhaare gesträubt und knurrte, so daß Karana das Tier festhalten mußte, damit es sich nicht auf sie stürzte.

Umak mußte nicht auf die Reaktion von Bruder Hund warten, um die Gefahr zu spüren. Er bereute es, die Fremden eingeladen zu haben, ohne sich zuerst mit Torka zu besprechen. Wenn etwas schiefging, lag die Schuld eindeutig bei Umak. Doch er fragte sich, was schon geschehen konnte. Immerhin waren es Menschen. Wenn sie sich erst einmal gewaschen und ihre Kleider gelüftet hatten, würden sie sich kaum von den Menschen des Stammes unterscheiden. Doch warum hielten sie ihre Waffen so fest umklammert? Und warum hatten sie ihre Frauen und Kinder nicht mitgebracht? Umak schnaubte leise und versuchte sich einzureden, daß sie nur Angst vor ihnen und dem Herrn der Geister hatten, der einen wilden Hund in seiner Gewalt hatte, so daß sogar der Kleinste von ihnen mit dem Tier wie mit einem Bruder umgehen konnte. Es war ein gutes Gefühl zu spüren, daß diese Männer seine Macht fürchteten.

Torka betrachtete die Fremden mißtrauisch. Seine Hand klammerte sich um den Griff seiner Keule aus Walknochen. Er wußte nicht, warum er sie genommen hatte. Doch als die Jäger mit dem Aufstieg begannen, hatte er das Bedürfnis gehabt, nicht ohne ein Zeichen der

Stärke dazustehen. Menschen erhoben ihre Waffen gegen Wild und Raubtiere, aber nicht gegen andere Jäger! Menschen töteten keine Menschen! Doch als er in Galeenas kleine schwarze Augen sah, entdeckte er darin eine bedrohliche Habgier, und er war froh, daß er eine Waffe in der Hand hielt.

Galeena sprach höflich.

Torka antwortete ebenso höflich.

Galeena grinste, wie auch seine sechs speerbewaffneten Begleiter.

Dann starrte Galeena Lonit auf eine Weise an, daß Torka seine Wut kaum noch im Zaum halten konnte. Seine Finger krampften sich um die Keule. »Diese Frau ist Torkas Frau«, sagte er in einem Tonfall, der keinen Zweifel ließ.

Lonit errötete. Sie senkte den Blick und trat schutzsuchend hinter Torka. Sie mochte die Fremden nicht. Ihre Blicke und ihr Lächeln hatten etwas Furchterregendes. Aber diese Fremden hatten Torka dazu veranlaßt, etwas zu sagen, was sie nie von ihm erwartet hätte. Ein anderer Stamm war in ihre Welt eingedrungen, und Torka hatte sie nicht im Stich gelassen. Lonit war überwältigt.

Galeena trat einen Schritt vor, und Aar hätte sich beinahe von Karana losgerissen. Der Mann erstarrte, und seine Jäger richteten ihre Speere auf den Hund. Karana hatte plötzlich furchtbare Angst, aber er wich nicht von der Stelle und hielt Aar fest umklammert. Er wußte, daß seine kleinen Arme den Hund nicht halten konnten, wenn er angreifen würde. »Ruhig, Bruder!« versuchte er den Hund zu beschwichtigen. »Solange der Herr der Geister nichts sagt, sind diese übelriechenden Fremden bei uns willkommen.«

Galeena blickte Torka an und erkannte dessen Entschlossenheit, sich gegen jede Bedrohung seines Stammes zu verteidigen. Aber es war ein sehr kleiner Stamm – ein

Jäger, ein alter Mann, eine junge Frau, ein Kind und ein Hund. Es war eine merkwürdige Gesellschaft, vor der man sich jedoch in acht nehmen mußte, weil Galeena nicht sicher sein konnte, daß sie vielleicht doch mehr waren, als sie zu sein schienen. »Hond Stahm iss Göst Stahm?« fragte er sie geradeheraus.

Während Torka noch die Worte zu verstehen suchte, erkannte Umak sofort ihre Bedeutung und antwortete stolz. »Umak ist Herr der Geister!« Doch Galeenas Haltung drückte nur Unverständnis aus, und der alte Mann wiederholte seine Worte im Dialekt des Fremden. »Umak Här von Göst! Umaks Stamm... Stahm... nennt ihr den Hundestamm. Wir haben Macht über Göst... Geister!« Es konnte nicht schaden, ihre Stellung ein wenig hervorzuheben. Schließlich waren ihnen die Berggeister wohlgesonnen gewesen; sie hatten ihr Lager beschützt und ihnen bei der Jagd beigestanden. Mit Genugtuung registrierte Umak den verunsicherten Ausdruck und die unverhohlene Ehrfurcht auf den Gesichtern der Fremden, als sie Bruder Hund ansahen. Es war ein erhabenes Gefühl, so herablassend mit den Fremden zu sprechen, als wären sie dumme Kinder, denen er zum ersten Mal etwas von der Weisheit des Stammes verriet.

Galeena kniff verschmitzt die Augen zusammen. Ihm war Umaks herablassender Tonfall nicht entgangen, aber auch nicht die frische Kopfwunde des alten Mannes. *Er mag vielleicht die Geister dieses Ortes und des wilden Hundes beherrschen,* dachte er, *aber es gibt ein Tier, das ihm diese Wunde zugefügt hat. Also kann seine Zauberkraft so groß nicht sein. Dieser Herr der Geister ist sterblich, wie auch die anderen.* Er nickte und entblößte grinsend seine braunen, löchrigen Zähne, als ob er stolz darauf wäre. Mit einer Handbewegung umfaßte er die geräumige Höhle und das ordentlich aufgeräumte Lager.

»Diss ghud Lahr!« sagte er und ließ den Blick gierig

über die vielen Felle, das Fleisch auf den Trockengestellen, den Fisch, das Geflügel und die Säcke mit getrockneten Beeren und Wurzeln schweifen. Galeena hatte rasch die Unterschiede im Dialekt der beiden Stämme begriffen und wollte nun dem Herrn der Geister zeigen, daß er seine Sprachfähigkeiten unterschätzt hatte. »Galeenas Stamm hat Führ gesehn von diss Lahr aus weit Fern. Wir kumm. Jetzt wir lahr in diss Lahr. Iss sicher vor Groß Göst in diss hohe Ort, wir teilen mit Hönd Män.«

Die Erde schien unter Torkas Füßen zu erbeben, und er fragte ungläubig nach. »Großer Geist?«

»Ihr nicht kennt Große Geist? Große Geist mach Welt beben! Große Geist tötet viele von Galeenas Stamm. In weit Fern viele sterben. Galeenas Stamm sehn viele Stamm, wo Tundra auf Wald trifft. Dort viel Ficht. Viel Mammut wo Stormtal beginnt. Schlecht Ort. Nur Eis auf Berge. Hoch wie Himmel. Machen Ton wie Frauen weinen. Wind niemals aufhört. Weht immer.«

»Und der Große Geist?«

Galeena brummte, weil er sich nicht von Torkas Ungeduld hetzen lassen wollte. Er mußte sich konzentrieren, damit der Hundestamm seine Worte verstand. »Wir dort machen Lager, wo Stormtal beginnt. Wir jagen Mammut. Wir viele Stamm. Wir haben viel Fleisch. Wir essen gut. Dann Große Geist kommt, in Gestalt von Tier in Fell ... sieht aus wie Mammut ... aber zu viel groß für Mammut. Es tötet. Viele fliehen. Aber rote Augen sehen alles, und Große Geist folgt. Mit Stoßzähnen tötet Männer, mit Füße tötet Frau und Kinde. Dann es geht. Männer kommen aus Versteck und folgen Große Geist, zu töten. Regen kommt. Nach viele Storm keine Spuren. Aber Galeena und sein Stamm sagen, diss ghud. Wir kumm aus weit Fern. Wir suchen hoch Lahr, fern von Große Geist. Galeena sagte, Große Geist zieht durch fern Tundra und sucht Mensch zu töten. Mensch nicht kann töten Groß Geist. Iss wie Berg, lebt ewig!« Er machte eine Pause, um zu sehen, wie seine Worte auf die Zuhörer gewirkt hatten. »Du, Torka, du kenn Große Geist?«

»Torka kennt den Großen Geist.«

»Torka in weit Fern getroffen? Vielleicht Große Geist auch töten viele Torkas Stamm?«

»So ist es.«

»Darum Torkas Stamm so klein! Seh klein! Torka bringt zu hoch Lahr, damit sicher! Diss guhd! Diss Lahr seh guhd Lahr! Groß für viel Stamm. Galeenas Stamm, wir kumm! Wir bleib! Wir mach ein Stamm mit Hundestamm! Alt Mann Herr der Geister, er sprich Geister für all! Galeenas Stamm nicht hat Herr der Geister. Mammut töten. Jetzt guht Zhaid für all zusamm! Viele Männer, sicher Jagd! Viel leben einfach! Iss ghud!«

2

Es war nicht gut, denn Galeena fragte nicht, sondern nahm das Lager einfach in Besitz. Er legte seine Waffen nieder, und sein Stamm folgte ihm friedlich auf den Felsvorsprung. Sie verlangten nichts von den bisherigen Bewohnern der Höhle. Da sie in der Überzahl waren, nahmen sie sich einfach das Recht, sich dort niederzulassen, wo sie es für richtig hielten. Als Lonit die Frauen in den Teil der Höhle bringen wollte, der ihren Bedürfnissen angemessen war, schoben sie sie einfach zur Seite und hörten nicht auf ihre Proteste. Plötzlich war ihr ordentliches Lager nur noch ein einziges Durcheinander, als die Frauen ihre Vorräte durchwühlten und sich den Mund mit Beeren und Fett vollstopften. Lonit wartete verzweifelt, daß Torka oder Umak ihr zu Hilfe kamen, aber die Männer hatten ganz ähnliche Probleme.

Es gab keinen Zweifel, daß Galeena die Macht übernommen hatte. Er brüllte seinen mürrischen Jägern Befehle zu und versetzte den wenigen Jungen, die die einzigen Kinder des Stammes waren, Fußtritte. Einer von ihnen warf einen kurzen, schlecht gearbeiteten Speer nach Aar. Er verfehlte den Hund, doch Karana stürzte sich sofort auf den Jungen und warf ihn zu Boden. Umak trennte die beiden. Karana war so wütend, daß er den Schmerz in seinem Bein vergessen hatte. Er wußte nur, daß Aar plötzlich verschwunden war.

»Bruder Hund wird zurückkommen«, versuchte Umak ihn zu beruhigen.

»Hierher? Das hier ist nicht mehr Torkas Höhle! Das ist jetzt Galeenas Dreckloch!« schimpfte das Kind.

Der Junge hatte recht. Galeenas Männer hockten auf dem Boden und vertilgten Lonits sorgsam eingemachtes Fleisch. Die Reste ließen sie einfach fallen. Ebenso verfuhren sie, wenn sie das Bedürfnis verspürten, ihren Darm oder ihre Blase zu entleeren.

»Dort drüben ... dafür ist das Riedgras da! Und die Reste kommen nach draußen! Wenn ihr so weitermacht, riecht die Höhle bald wie ein Schweinepfuhl!« versuchte Torka sich Respekt zu verschaffen. Doch dann gab er es auf. Galeenas Stamm machte bereits den Eindruck, als hätten sie sich tagelang im Kot gesuhlt. Und ihre Überzahl verurteilte jeden Versuch Torkas, sich Gehör zu verschaffen, von vornherein zum Scheitern.

Skeptisch beobachtete Torka ihr Treiben. Es war ein dreckiger, erbärmlicher Stamm. Wenn er es gewagt hätte, ihrem Einfall in die Höhle Widerstand entgegenzusetzen, hätten sie sich zweifellos gewaltsam Eintritt verschafft, selbst wenn sie ihn dazu den Berg hätten hinunterwerfen müssen. Doch mit der Zeit und gutem Essen müßten sich ihre Manieren eigentlich bessern. Auch sie hatten unter dem tödlichen Schatten des Zerstörers gelitten. Und trotz seines Ekels und seiner Wut auf die Eindringlinge gab es kein sachliches Argument gegen Galeenas Absicht, ihre Kräfte zu vereinen und die Höhle zum Wohl aller zu teilen. Für beide Seiten würde sich einiges verändern. Jetzt, wo die anderen Frauen ihr helfen konnten, wäre Lonits Arbeitslast nicht mehr so groß, und sie hätte die Unterstützung ihres Geschlechts bei der Geburt des Kindes. Karana würde gleichaltrige Freunde finden. Umak könnte wieder Herr der Geister sein und würde dafür von einem ganzen Stamm geehrt werden. Und auch Torka konnte wieder mit anderen Männern auf die Jagd gehen, womit die Gefahren erheblich verringert würden.

Galeena hatte vermutlich recht, was den Großen Geist betraf. Seine Ansichten erinnerten an Umaks Bedenken. Das Mammut war ein Geist, den niemand töten konnte, der nicht selbst in die Geisterwelt eingehen wollte. Lonit kam zu Torka und hielt ihre Besitztümer an sich geklammert. Verglichen mit den Frauen aus Galeenas Stamm war sie die schönste Frau der ganzen Welt. Er war stolz darauf, daß er in ihrem Bauch den Keim für neues Leben gelegt hatte. Er mußte an ihre vielen Liebesspiele denken und an das Kind, das am Ende des Winters zur Welt kommen würde. Er stellte sich Lonits Lächeln vor, wenn sie das Kind an ihren festen, runden Brüsten stillte, die er selbst so gern liebkoste.

Er lächelte und zog sie an sich. Alle Gedanken an das große Mammut verflüchtigten sich. Das Leben war gut. Mit Lonit an seiner Seite war Torka nicht mehr bereit, sein Leben leichtfertig aufs Spiel zu setzen.

3

Galeenas Leute aßen, als ob es nie wieder etwas zu essen geben würde. Sie stopften sich voll, bis sie zu platzen drohten, aber selbst dann hörten sie nicht auf. Lonit beklagte sich bei Torka, daß bald all ihre Wintervorräte aufgebraucht sein würden.

Galeena hatte sie gehört. »Frau keine Sorge! Morgen Männer jagen, beide Stamm zusammen. Dann wir haben viel zu essen, wenn lang Winterzeit kommt.«

Die Sonne stand hoch am Himmel. Erschöpft von ihrem langen Marsch zum Berg lagen seine Leute auf ihren dreckigen Schlaffellen oder denen, die sie sich aus Lonits Vorräten genommen hatten, und kratzen sich ihre von Ungeziefer verseuchten Körper. Einige schliefen, andere knabberten auf Knochen herum, schlangen Fleisch und Fett in sich hinein, rülpsten, furzten oder kopulierten in aller Öffentlichkeit. Gelegentlich standen sie auf, um sich zu erbrechen oder den Darm zu erleichtern, wankten dann zu ihren Schlaffellen zurück, um weiterzuschlafen oder zu essen.

Noch nie hatte Torka Menschen erlebt, die sich so widerwärtig und rüpelhaft verhielten. Er fragte sich, warum die Jungen niemanden hatten, der sich um sie kümmerte. Sie konnten unmöglich alle Waisen sein, dafür gab es zu viele Frauen in Galeenas Stamm. Es gab keine jungen Mädchen, keine Säuglinge und keine Alten, sondern nur Männer und Frauen im besten Alter und eine Horde randalierender Jungen, die nach etwas Eßbarem stöberten und jeden schikanierten, besonders aber zwei ältere Frauen, die allein an einem vernachlässigten Feuer saßen. Sie waren offensichtlich Witwen, denn sie mußten genauso erbittert um jeden Bissen kämpfen wie die Jungen. Eine von ihnen prügelte gerade mit dem Schenkelknochen einer Antilope auf den Jungen ein, während die andere wehmütig zu Umak hinüberstarrte, doch der alte Mann schenkte ihr keine Beachtung. Galeena kümmerte sich nicht um die tobenden Jungen, dazu war er viel zu sehr mit seinen zwei kichernden Frauen unter den Schlaffellen beschäftigt. Torka wußte, daß er erst wieder mit dem Mann reden konnte, wenn er satt und befriedigt war.

Torka wurde übel von dem Gestank und bestand darauf, daß sein kleiner Stamm umzog. Sie holten ihre Feuersteine, Schlaffelle und was Galeena ihnen sonst noch übriggelassen hatte aus der Höhle und richteten sich so weit weg neu ein, wie es möglich war. Sie saßen jetzt fast im Freien unter dem Felsvorsprung. Wenn der Wind stärker wurde, müßten sie sich einen Wetterschutz bauen, um sich selbst und das Feuer trocken und geschützt zu halten. Aber zumindest war die Luft hier atembar. Niemand schien von ihrem Umzug Notiz genommen zu haben.

Als Torka und Umak sich gesetzt hatten und Lonit sich um die neue Feuerstelle kümmerte, machte Karana ein unglückliches Gesicht. »Karana mag diese übelriechenden Leute nicht. Torka sollte seinen Speer nehmen und sie verjagen!«

»Torka ist nur einer, und sie sind viele. Karana darf nicht vergessen, daß sie einen weiten Weg hatten. Sie haben viel durchgemacht und sind hungrig und müde. Mit der Zeit, wenn sie sich ausgeruht haben, werden sie sich ändern. Sie können einfach nicht die ganze Zeit so leben! Karana wird es sehen. Bis es soweit ist, sollte Karana daran denken, daß es noch gar nicht so lange her ist, daß er selbst übel gerochen hat.«

Der Junge errötete wütend. »Nur um die Tiere mit den großen Zähnen davon abzuhalten, mich zu fressen!«

»Vielleicht hat sich das auch Galeenas Stamm gedacht«, gab Torka zu bedenken.

So wie Umak und Lonit ihn anstarrten, wußte Karana,

daß es nicht sein Recht war, so offen zu sprechen, aber das kümmerte ihn nicht. Er mußte Torka davon überzeugen, seine Meinung zu ändern. Er senkte die Stimme und sprach im Tonfall eines Verschwörers. »Galeenas Leute sind böse Leute! Vielleicht sind sie der Geisterstamm und fressen uns, wenn das Fleisch alle ist! Wenn Torka sie nicht verjagen kann, muß der Herr der Geister dafür sorgen, daß sie verschwinden! Dann kommt Bruder Hund zurück, und dies wird wieder ein gutes Lager sein!«

Torka runzelte die Stirn. »Galeenas Leute sind keine Geister, Karana. Wenn Umak sie verschwinden lassen würde, wären wir wieder ganz allein... in großer Gefahr... und Karana könnte nicht mehr mit anderen Kindern zusammensein, nur mit einem Hund, der nicht verstehen, sprechen oder antworten kann.«

Umak wollte schon protestieren, doch Karana kam ihm wütend zuvor.

»Karana redet nicht mit den Jungen, die seinen Bruder töten wollten! Und Aar kann verstehen! Und Karana sagt, daß einer seiner Hundeknödel mehr wert ist als alle Jungen aus Galeens Stamm zusammen!« Mit diesen Worten humpelte er davon bis zum äußersten Rand der Felskante und stützte sich auf seine Krücke. Sie hatten keine Ahnung, wie sehr er Bruder Hund vermißte.

Langsam glitt die Sonne hinter den Berg, und es wurde dunkel in der Höhle. Galeenas Leute schliefen. Ein kühler Wind trieb Karana zurück an Lonits Feuer. Keiner von ihnen machte eine Bemerkung über seinen Gefühlsausbruch. Mißmußtig saß er da und überlegte, wie er sich entschuldigen konnte. Aber es stimmte alles, was er gesagt hatte. Er konnte seine Meinung nicht ändern; deshalb mußte er Torka dazu bringen, seine zu ändern.

Der Mond ging auf, und ein wilder Hund heulte. Aus dem unbekannten Land im Osten antwortete ein zweiter. Bald waren weitere zu hören.

Karana lauschte angespannt.

Umak nickte nachdenklich und versuchte sich nicht von der Frau irritieren zu lassen, die ihn schon wieder anstarrte. Sie war als einzige noch wach. Wie lange hatte sie ihn schon angestarrt? Wie lange war es schon her, daß eine Frau ihn so angesehen hatte? Sie war nicht mehr jung, aber auch noch nicht sehr alt. Unter ihren verlotterten Kleidern und der Dreckschicht mochte sie noch ganz menschlich aussehen. Es war eine interessante Aussicht. »Vielleicht wird Bruder Hund nicht mehr lange allein sein und schon bald seine Jagdbeute mit einer Hündin teilen«, sagte er, aber in Wirklichkeit sprach er gar nicht über den Hund.

Lonit blickte Torka an und seufzte, als sie die einsamen Stimmen der Tiere in der Ferne hörte. »Vielleicht wird Aar bald andere von seiner Art finden. Das wäre gut für ihn.« Torka hatte nie so schön ausgesehen wie jetzt im silbernen Mondlicht. *Lonit hat endlich ihren Platz an Torkas Seite gefunden,* dachte sie. *Selbst in diesem Lager mit diesen übelriechenden Leuten ist sie glücklich.*

Karana fühlte sich einsam. Der alte Herr der Geister starrte mit einem merkwürdigen Blick vor sich hin. Torka und Lonit schienen nichts anderes mehr zu sehen als die Spiegelung des Mondlichts in ihren Augen. Seit langer Zeit dachte er wieder an seinen Stamm. Als er versuchte, sich das Gesicht seines Vaters vorzustellen, sah er gar nicht Supnah, sondern eine Mischung aus Torka und Umak. Der Junge schämte sich.

Karana ist ein undankbarer Sohn, der seinen Vater und seinen Stamm schon vergessen hat.

Wolken schoben sich immer wieder vor den Mond,

und in der Höhle wurde es zunehmend dunkler. Karana hüllte sich in seine Schlaffelle. Auch Umak zog neben ihm das Fell des großen Bären fester um die Schultern. Es war noch nicht ganz fertig, doch wenn der alte Mann nicht darauf aufpaßte, würden Galeena oder einer seiner Leute es wahrscheinlich stehlen. Karana beobachtete, wie der alte Mann im Sitzen einschlief und dabei wie in Trance nickte, als würde er nicht schlafen, sondern magische Zwiesprache mit den Geistern des Berges halten. Karana beneidete ihn um seine Macht. Er wünschte sich, er wäre ein Herr der Geister und könnte mit einem Gedanken Galeenas Leute verschwinden lassen.

Er hörte den Wind um den Berg heulen. Irgendwo über der Höhle polterten ein paar Steine herunter und klatschten in einen der vielen Sturzbäche, die sich bis zum ersten Herbstfrost aus dem Gipfeleis ergießen würden. Die Hunde heulten immer noch. Es klang so einsam und verzweifelt. Er fragte sich, ob Aar einer von ihnen war und ob er jemals zurückkommen würde.

»Schlaf jetzt!« sagte Torka. »Morgen werden wir auf die Jagd gehen. Torka wird gutes Fleisch heimbringen, und Karanas Messer wird naß vom Blut der Beute sein.«

Karana versuchte zu schlafen, aber er lag noch lange wach und lauschte auf die Geräusche der Nacht. Erst als die Hunde nicht mehr heulten und der Mond schon tief am westlichen Himmel stand, schlief er ein.

Draußen in der Tundra hockte ein blauäugiges Tier mit schwarzer Gesichtsmaske allein auf einem Hügel und starrte zum Berg hinauf. Gegen Morgen legte es sich schlafen und winselte leise in seinen Träumen.

In der Dunkelheit am Ende der Höhle weinte eine Frau leise in den Armen eines narbengesichtigen jungen Jägers. Keiner von beiden hatte an den ausschweifenden Gelagen teilgenommen, denn ein tiefer Kummer hatte sie jeden Hunger vergessen lassen.

»Hast du die ganze Nacht wachgelegen, Iana?«

»Mit dem Schlaf kommen die Träume, Manaak, die Träume vom Großen Geist . . .«

»Der Große Geist ist weit weg. Er kann uns nicht auf diesen Berg folgen. Galeena hat uns gut geführt, wie er es versprochen hat. Wir werden wahrlich ein neues Leben anfangen!« Seine Worte waren eine bittere Mischung aus Trost und Sarkasmus.

»Der Große Geist ist hier!« sagte sie seufzend und legte eine Hand auf ihre Brust. »Zusammen mit Ripa, unserer Tochter, und allen anderen, die gestorben sind. Warum hat er selbst die Kleinen getötet, Manaak? Warum ist er so zornig?«

»Er ist ein Geist. Ein großer Geist. Er tut, was er will.«

Sie schauderte. Ihre Hand bewegte sich zu seinem Gesicht und berührte seine frischen Narben. »Aber was kann ihn aufhalten? Kein Mensch kann ihn töten, Manaak! Kein Mensch! Galeena hat es geschworen.«

»Ich werde den großen Geist töten!« versprach Manaak.

»Du darfst nicht so sprechen! Wenn du Galeena noch einmal herausforderst, wird er die anderen dazu bringen, etwas Schlimmeres zu tun, als dein Gesicht zu zerschneiden!« Manaak antwortete nicht. Er hielt sie fest an sich gedrückt und spürte, wie sich ihr ungeborenes Kind bewegte. Draußen sah er die Sterne langsam verblassen. Er hörte das Rauschen der Wasserfälle. Es war ein beruhigendes Geräusch, aber ihn beruhigte es nicht. »Hast du den Kleinen gesehen, Iana? Den Humpelnden, den sie Karana nennen?«

»Ja, ich . . .«

Ihre Stimme stockte. Seine Trauer verwandelte sich in Wut. »Wir hätten ihn tragen können. *Ich* hätte ihn tragen können. Antu war noch klein, und obwohl er verletzt war, hätte er durchkommen können. Ich wollte ihn tragen. Ich . . .« Seine Stimme brach.

Ihre Finger fuhren zärtlich über seine Lippen. »Galeena ist der Häuptling. Es war seine Entscheidung. Du hast dich gegen ihn aufgelehnt, schon zum zweiten Mal, und er hat dir das Gesicht zerschnitten. Wie du selbst gesagt hast: Galeena hat uns gut geführt, in ein neues Leben, wo wir vor dem Großen Geist sicher sind.«

»Und wo wir keine Kinder haben.«

»Es war zum Wohl des Stammes. So hat es Galeena gesagt.«

»Der Hundestamm hat seine Kinder nicht ausgesetzt. Der alte Mann geht noch auf die Jagd. Galeena hätte ihn schon vor vielen Wintern aus dem Stamm verstoßen. Trotzdem ist er noch sehr stark. Dieser Torka sagt, daß der alte Mann den Bären getötet hat, dessen Fell er jetzt trägt.«

»Der Hundestamm lebt anders als wir«, tröstete ihn Iana. »Auch sie sind dem Großen Geist begegnet, aber sieh nur, wie wenige sie noch sind! Ihr Anführer, dieser Torka, sieht stark und mutig aus, aber er hat sein Lager ohne Gegenwehr Galeena überlassen, also muß er schwach sein. Du siehst, Galeena hat es richtig gemacht. Er hat uns gut geführt. Er . . .« Wieder konnte sie nicht weitersprechen, weil ihre Trauer sie zu überwältigen drohte.

Manaak spürte, wie sie in seinen Armen erschlaffte. Er wiegte sie, als wäre sie ein Kind. Er dachte an Ripa, ihre kleine Tochter, die unter den Füßen des Mammuts gestorben war, und an Antu, ihren Sohn, den sie zurücklassen mußten, als Galeena den Stamm in den Sturm geführt hatte. Seine Jäger sollten sich nicht den anderen Stämmen anschließen können, deren Häuptlinge einstimmig beschlossen hatten, das große Mammut zu verfolgen und zu töten. Später waren zwei Überlebende zu ihnen gestoßen und hatten erzählt, wie die anderen Jäger gestorben waren. Obwohl ihre Speere das Mammut verletzt hatten, war das Tier weitergezogen. Es war unsterblich, wie Galeena schon immer behauptet hatte. Selbstgefällig hatte er zugesehen, wie seine Jäger nickten und seine Entscheidung bestätigten, sich nicht an der Jagd zu beteiligen. Nur Manaak war anderer Meinung gewesen. Obwohl viele Männer gestorben waren, hatten sie es immerhin versucht und waren nicht wie ängstliche Hunde davongerannt.

»Schlaf!« flüsterte er leise seiner Frau zu, und dann spürte er, wie sie sich in seinen Armen entspannte.

Doch Manaak fand keinen Schlaf. Er saß mit dem Rücken gegen die Bergwand gelehnt und beobachtete, wie die Sonne über den steilen, vergletscherten Bergen im Osten aufging.

Tief im Berg stöhnte und ächzte etwas. Es war ein furchterregendes Geräusch, wie von einem großen Lebewesen, das im Berg gefangen war und auszubrechen versuchte. Als es vorbei war, fragte Manaak sich, ob ihm seine Phantasie einen Streich gespielt hatte.

Am Eingang der Höhle erhob sich der Mann, der sich Torka nannte, und ging hinaus in die Morgensonne. Er zog seinen Kittel und seine Hosen aus und verschwand. Als er schließlich zurückkam, glänzte sein Körper vor Feuchtigkeit, und sein Haar war tropfnaß. Manaak wunderte sich, daß Torka sich offenbar freiwillig unter einen der eiskalten Wasserfälle gestellt hatte. Er fragte sich, warum ein Mann etwas so Seltsames tun sollte, kam dann aber zu dem Schluß, daß es irgendein religiöses Ritual des Hundestammes sein mußte.

Torka stand im Licht der aufgehenden Sonne und ließ sich vom Wind trocknen. Manaak sah seinen kräftigen Körper mit den frischen Narben. War das Mammut dafür verantwortlich? War auch er dem Großen Geist so nahe gekommen, daß er in seine roten Augen sehen und seinen üblen Atem riechen konnte?

Vorsichtig löste Manaak sich von seiner Frau. Dann stand er leise auf und ging auf Zehenspitzen zu Torka hinüber, um niemanden zu wecken. Doch bevor er in seine Nähe kam, fuhr Torka bereits herum und beobachtete ihn wachsam. Als Manaak neben ihn trat, kniff er angewidert die Nase zusammen.

Torka war größer und stärker als er, stellte Manaak fest, als sie nebeneinander standen. Iana hatte ihn falsch eingeschätzt; er fand kein Zeichen von Schwäche an dem fremden Jäger. »Galeena sucht Sicherheit für seinen Stamm in Torkas Höhle«, zischte Manaak herausfordernd. »Galeena versteckt sich vor der Gefahr wie eine Frau, die von ihrem Stamm ausgestoßen werden soll. Wonach sucht Torka?«

»Torka hat gefunden, wonach er gesucht hat. Sicherheit für meine Leute in einem neuen Stamm.«

»Und wovor hat Torka Angst?«

Die Frage ließ Torka erschaudern, und er sah die Antwort in den Augen des anderen Mannes.

Manaak nickte. Er lächelte, aber ohne Fröhlichkeit. Sein Lächeln war nur eine verzerrte Bestätigung seines eigenen Hasses. »Torka hat den Großen Geist gesehen ... er hat seine Kinder sterben sehen ... und er hat in das rote Auge der Bestie geschaut, die nach Galeenas Worten unsterblich ist.«

»Das Mammut hat geblutet. Es kann sterben!« Manaaks Lächeln wurde zu einem Grinsen. Er drehte sich langsam um und deutete in die Tundra hinaus. »Es ist irgendwo dort draußen. Ob Tier oder Geist, es ist dort. Und es sucht nach Menschen, die es töten kann, nach Kindern, die es zertrampeln kann, nach Stämmen, die keine Sicherheit in einem hohen Lager wie diesem gefunden haben.«

Torkas Blick verdüsterte sich. »Dann ist Galeena weise. Er sucht Sicherheit für seinen Stamm, genau wie Torka. Gemeinsam werden unsere beiden Stämme leben und jagen . . . in Sicherheit.«

Manaak verzog angewidert das Gesicht. »Es gibt für niemanden Sicherheit, solange der Große Geist auf dieser Welt ist!«

Torka winkte wütend ab. »Der Große Geist ist weit weg. Er befindet sich in einer anderen Welt.«

Manaak schüttelte den Kopf. »Der Große Geist wird eines Tages deine und meine Kinder heimsuchen – wenn wir ihn nicht töten.«

»Wir?«

»Torka und Manaak!«

Plötzlich spürte Torka wieder das wilde Verlangen, den Zerstörer zu töten. Er atmete tief ein und versuchte, seinen Haß zu zügeln und mit ruhiger, besonnener Stimme zu sprechen. »Zwei Männer können den Zerstörer nicht töten. Selbst wenn sie ihren Speeren die Macht eines Blitzes verleihen könnten, wären sie doch nicht genug.«

Manaak nickte und entspannte sich ein wenig. Er lächelte wieder, aber diesmal war es echt. »Zwei Männer könnten viele Männer mitreißen. Und gemeinsam mit vielen Jägern könnten sie es schaffen!«

»Galeena hat gesagt, daß er das große Mammut nicht jagen will.«

Manaak zuckte mit den Schultern. Das Sonnenlicht drang in die Höhle ein, und die Leute seines Stammes wachten auf. Auch der Häuptling erhob sich zerzaust und schwankend von seinen Schlaffellen. »Vielleicht ist Galeena nicht für immer Häuptling«, gab Manaak zu bedenken, drehte sich um und ließ Torka mit seinen Gedanken allein.

4

Mit einem lauten Krachen stießen die Schädel der beiden brünftigen Moschusbullen zusammen.

Torka sprang auf und hatte seine Speere in der Hand, bevor Karana ihm zurufen konnte, daß er die Herde im Weidengebüsch am Fuß des Berges entdeckt hatte. Im nächsten Augenblick stand er neben ihm an der Felskante.

»Sieh!« rief Karana mit ausgestrecktem Zeigefinger. »Viele Moschusochsen!«

Torka winkte Galeenas Leuten zu. »Kommt! Wir werden auf die Jagd gehen! Gemeinsam!«

Keiner von ihnen rührte sich. Sie warteten auf ein Zeichen ihres Anführers.

Doch Galeena gähnte nur. Er lag auf der Seite und hatte den Kopf auf den Unterarm gestützt. Seine beiden Frauen saßen splitternackt im Schneidersitz neben ihm. »Kein Hunger. Wir jagen morgen«, verkündete er und zupfte an der Brustwarze seiner jüngeren Frau, als wäre es eine Beere, die er pflücken wollte.

Die Frau kicherte und schüttelte sich.

Torka ärgerte sich, denn Galeena hatte versprochen, auf die Jagd zu gehen. »Komm!« versuchte Torka ihn zu überzeugen. »Sieh doch selbst! Ein Mann kann sich nicht tagelang mit seinen Frauen vergnügen. Steh auf, bevor du genauso einen weichen Bauch wie deine Frauen bekommst! Dort unten am Berg sind Moschusochsen. Sie warten nur darauf, gejagt zu werden!«

Langsam setzte Galeena sich auf. Dann drehte er mit seinen Fingern an der Brustwarze, bis die Frau aufschrie. Er schubste sie unsanft zurück und lächelte, als er Torkas enttäuschtes Gesicht sah. Es machte ihm Spaß, diesen Mann zu ärgern, denn er mochte seine Art nicht, sich immer wieder wie ein Stammesoberhaupt aufzuspielen. Galeena gähnte noch einmal mit besonderer Ausgiebigkeit. Als er fertig war, sagte er: »Keine Jagd heute. Der Tag geht schon fast seinem Ende zu.«

Torka wurde ungeduldig. »Genauso wie das Fleisch, das Torkas Stamm während der langen Dunkelheit als Nahrung dienen sollte.«

Ein Raunen ging durch Galeenas Stamm. Ihre Blicke wanderten von Torka zurück zu ihrem Häuptling, und sie erwarteten eine Erwiderung auf diese Unverfrorenheit.

Die Antwort kam mit einem frechen Grinsen. »Wenn das Fleisch zu Ende ist, gehen wir auf die Jagd.«

Noch nie hatte Torka etwas so Verrücktes gehört. Wollte er tatsächlich auf seinem Hintern sitzen bleiben, während draußen eine Herde Moschusochsen graste, nur weil es noch genug zu essen gab? Das war eine Beleidigung der Geister der Beutetiere. Er sprach seine Meinung laut aus.

An ihrer Feuerstelle zuckte Lonit zusammen und unterbrach ihre Arbeit an den neuen Winterhandschuhen für Karana. Neben ihr erhob sich Umak. Sie wußte, daß er Torka beistehen wollte, aber das schwere Bärenfell behinderte ihn. Er trug es als Umhang, und mit dem großen Schädel des Bären auf seinem Kopf wirkte er wie ein Riese. Doch sie konnte nur entgeistert Torka ansehen. Ein Gesetz ihres Stammes besagte, daß sich niemand absondern durfte. Jeder mußte sich den anderen anpassen, nur so konnte die Gemeinschaft überleben. Torka hatte sich schon früher gegen solche Beschränkungen aufgelehnt und tat es nun offenbar wieder. Besorgt beobachtete sie, wie die Entgeisterung der Männer aus Galeenas Stamm sich in Zorn verwandelte. Torka hatte offen die Entscheidungsgewalt ihres Häuptlings in die Frage gestellt. Damit hatte er gleichzeitig den ganzen Stamm angegriffen, denn sie alle hatten Galeena zu ihrem Anführer gewählt.

Mehrere Jäger standen auf und hoben warnend ihre Speere gegen Torka. Die Jungen flüchteten sich hinter Galeena, während seine Frauen ihn böse anstarrten. Im Hintergrund der Höhle stand Manaak auf und sah Torka erwartungsvoll an.

Es war weniger die Drohung der erhobenen Speere, sondern Manaaks zurechtweisender Blick, der Torkas Wut zügelte. Er wußte nicht, welchen Groll der narbengesichtige Mann gegen Galeena hegte, aber es war Manaaks Groll und nicht Torkas. Galeena mochte nur ein aufgeblähter Dummkopf sein, aber seine Leute waren ihm gefolgt, und er hatte sie tatsächlich in ein sicheres Lager gebracht. Ob es ihm gefiel oder nicht, Torka mußte Galeena zugute halten, daß er ihn ohne weiteres in seinen Stamm aufgenommen hatte.

Er tadelte sich selbst für seine Unüberlegtheit. Es war falsch gewesen, Galeena herauszufordern. Wenn der Mann nicht jagen wollte, mußte Torka seine Entscheidung verstehen und akzeptieren. Immerhin würden die Moschusochsen nicht weiterziehen, denn gewöhnlich blieben die Tiere an einem Ort, wo es gutes Futter gab. Die Bullen würden noch eine ganze Weile ihre Rivalenkämpfe im herbstgelben Weidengebüsch ausfechten, und die Kälber des letzten Frühlings würden zusehen, wie die Kühe von den Bullen besprungen wurden.

Torka hielt seinen Speer fest umklammert. Es war nicht die Art des Stammes, auf die Jagd zu verzichten, wenn die Vorräte knapp wurden und Wild in der Nähe war, aber offenbar war es die Art des anderen Stammes. Er erinnerte sich an Umaks Worte: *In einem neuen Leben müssen Menschen neue Wege suchen.* Dasselbe galt für das Leben in einem neuen Stamm.

Er seufzte bedauernd. Ihm war nach Töten zumute, aber er konnte sich zurückhalten. »Torka wird morgen auf die Jagd gehen«, beugte er sich dem Willen des Häuptlings.

Galeena grinste Torka selbstgefällig an, als hätte er gerade eine Delikatesse, von der er niemandem etwas abgegeben hatte. »Torka jagt, wenn Galeena es sagt. Torka jagt nicht, wenn Galeena es nicht sagt. Oder Torka geht, nimmt seine Leute und verläßt Galeenas Lager!«

»*Galeenas* Lager?« Torka erstickte fast vor Wut, als er die Unverschämtheit des Mannes wiederholte.

Das boshafte Glitzern in seinen Augen war eindeutig. Seine Leute bemerkten es, und wieder ging ein Raunen durch den Stamm. Sie nickten zufrieden und grinsten.

Torka kniff die Augen zusammen. Seine Bereitschaft zum Einlenken wurde durch die Erkenntnis ins Wanken gebracht, daß Galeenas Verweigerung der Jagd nichts mit Erschöpfung oder Faulheit zu tun hatte. Es ging ihm nur darum, Torka in seine Schranken zu weisen und ihn vor seinen eigenen Leuten zu erniedrigen. Wenn Torka nichts dagegen unternahm, hatte Galeena es geschafft. Torka war sich bewußt, daß Karana ihn erwartungsvoll ansah und Lonit ihren Blick abgewandt hatte, um seine Schande nicht ansehen zu müssen. Auch Umak würde ihn beobachten. Wenn er jetzt nachgab, konnte er nie wieder von irgend jemandem Respekt erwarten, am wenigsten von sich selbst. Doch im Interesse seines kleinen Stammes und seines ungeborenen Kindes mußte er sehr vorsichtig mit seinem Stolz umgehen.

Also nahm er die Haltung an, die er von Umak kannte, hob das Kinn, zog die Mundwinkel nach unten, ließ sein Gesicht zu einer steinernen Maske erstarren und schnaubte. »Galeena hat gesagt, daß seine Leute und Torkas Leute ein Stamm sein werden. Wenn sie viele sind, können sie ein leichtes Leben haben und sicher auf die Jagd gehen. Torka zweifelt die Weisheit Galeenas nicht an. Torka sagt, daß in der Zeit der langen Dunkelheit, wenn die Sonne sich unter dem westlichen Rand der Welt versteckt, die Weisheit Galeenas für sich selbst sprechen wird.«

Galeenas Leute starrten ihren Häuptling verwirrt an. Sie wußten offenbar nicht, ob Torkas Worte respektvoll oder sarkastisch gemeint waren.

Galeena machte ein mißmutiges Gesicht. Er war sich selbst nicht sicher. Neben ihm starrte Ai, seine jüngere Frau, Torka mit einem Interesse an, wie es sich keine Frau ohne die Erlaubnis ihres Mannes je anmerken lassen sollte. Galeena schlug sie so heftig mit dem Handrücken ins Gesicht, daß ihr Nasenbein brach. Mit ihren kleinen Händen hielt sie sich die blutige Nase. Als sie losheulte, schlug er sie noch einmal.

Angewidert drehte Torka sich um und setzte sich an seine eigene Feuerstelle. Im Hintergrund der Höhle stand Manaak und beobachtete Galeena, der wie ein verschüchtertes, in die Enge getriebenes Tier wirkte und lächelte.

Der Tag ging zu Ende, eine Nacht verging, und ein neuer Tag begann.

Im Morgengrauen erhob sich Umak, rückte dicht an Torka heran und nickte mit dem Kopf in Galeenas Richtung. »Dieser Mann dort ist böse. Er hat ein kleines, von zuviel Stolz verdorbenes Herz. Gleichzeitig ist er dumm. Doch Torka darf Galeena nicht noch einmal herausfordern. Torka muß sich zurückhalten und zusehen, wie der Herr der Geister den Geist Galeenas unter seine Macht zwingen wird.«

Mit diesen Worten hüllte er sich in sein Bärenfell, legte seine Halsbänder um und setzte den Kopf des Bären auf. Er ließ sich nicht anmerken, ob das Gewicht des großen Schädels seinen Kopfverletzungen Schmerz bereitete. Mit kalter Asche zeichnete er sich zwei schwarze Linien auf die Wangen, so daß er wirkte, als sei er selbst den Mächten der Erde und des Himmels überlegen.

Er stand auf und breitete die Arme aus. Mit einem lauten Gesang schritt er auf die Kante des Felsvorsprungs zu. Dort beschwor er den Sonnenaufgang in unverständlichen Worten. Als er sich schließlich umdrehte, um sich denen zuzuwenden, die er geweckt hatte, stand die Sonne in seinem Rücken. Er strahlte wie ein Adler im vollen Licht der Mittagssonne und hatte etwas Übermenschliches. Als er den Kopf zurückwarf und heulte, antwortete ihm Bruder Hund aus der Ferne.

Sein Publikum starrte ihn gebannt und ehrfurchtsvoll an.

Mit einem schrillen Schrei warf er die Arme hoch und nickte, so daß sich der Schädel des großen Bären aus eigenem Antrieb zu bewegen schien. Eine der beiden älteren Frauen fiel vor Angst in Ohnmacht, und die Jungen waren stumm vor Ehrfurcht. Selbst Torka war beeindruckt. Dann begann der alte Mann zu tanzen. Aber es war nicht Umak, sondern der große Bär selbst, der atmete und sich bewegte. Als der Mann sprach, sprach er mit der Stimme des großen Bären, und Galeena riß die Augen so weit auf, daß sie ihm fast aus den Höhlen sprangen.

»An diesem Tag erwarten die Geister des Wildes die Geister der Jäger!« brüllte der große Bär. »Heute ist ein guter Tag für die Jagd!«

Und so war es.

Selbst wenn es in Strömen geregnet hätte oder ein Schneesturm über die Tundra gefegt wäre, hätte es nach dieser Vorstellung niemand gewagt, dem Herrn der Geister zu widersprechen. Die Jäger nahmen ihre Speere und gingen hinaus – alle Männer und Jungen außer Umak und Karana, die ihren Aufbruch zusammen mit den Frauen von der Felskante aus beobachteten.

»Bald werden wir uns ihnen anschließen«, tröstete der alte Mann den kleinen Jungen. »Wenn wir wieder gesund und stark sind, werden wir ihnen vorauseilen und ihnen zeigen, wie man jagt. Und alle werden diesen alten Mann und diesen kleinen Jungen beneiden.«

Karana sah zu dem alten Mann auf, der irgendwo unter dem riesigen Bärenschädel im Fell verborgen war. Der Junge konnte sein Kinn, seine schwarzen Nasenlöcher und ein paar Haarsträhnen erkennen. »Wird Bruder Hund uns begleiten, Herr der Geister?«

Umak mußte zugeben, daß er den Hund genauso sehr vermißte wie der Junge. Doch in den letzten Nächten hatte er zusammen mit anderen wilden Hunden geheult. »Wir haben einen neuen Stamm gefunden. Genauso hat Aar andere seiner Art gefunden. Unser Bruder braucht jetzt nicht mehr zusammen mit seinem Menschenrudel zu jagen.«

»Aber wir sind Brüder!« protestierte der Junge. »Wie können wir wissen, daß er mit den anderen Hunden glücklich ist? Karana ist nicht glücklich bei diesen übelriechenden Leuten! Karana ist . . .« Er sprach nicht weiter, denn er war immer lauter geworden, und die Frauen aus Galeenas Stamm starrten ihn bereits vorwurfsvoll an.

Er wartete, daß Umak etwas sagte, aber der alte Mann hatte plötzlich alle Sorgen um einen wilden Hund vergessen. Die zwei älteren Frauen näherten sich ihm, um ihm Fleischstücke auf breiten Beckenknochen zu bringen, und sahen ihn wieder so seltsam an. Und sie waren völlig nackt.

Torka mußte sich zurückhalten, um nicht vor Begeisterung laut zu jubeln. Es war ein guter Tag für die Jagd, wie Umak es versprochen hatte. Der Himmel war klar, die

Sonne warm, und ein leichter Wind verschaffte ihnen Kühlung und vertrieb die beißenden Insekten.

Obwohl er es zuerst nicht wahrhaben wollte, mußte Torka zugeben, daß Galeena sein Metier verstand. Er führte seine Männer gut, genauso wie Torka es von Umak und den anderen Jägern seines Stammes gelernt hatte.

Sie gingen nicht direkt auf die Herde Moschusochsen zu, sondern schlichen in kleinen Gruppen herum, um sich erst hinter der Herde wieder zu treffen.

Dann bildeten sie eine langgezogene Linie. Der Wind wehte ihren Geruch jetzt von der Herde weg, während sie den starken Gestank der Tiere in der Nase hatten, der ihren Jagdtrieb erregte.

Galeena hob seinen Arm, zum Zeichen, daß die Männer an den Enden der Linie vorrücken sollten. Langsam bildeten sie so einen Ring, der die Herde umschloß und ihr nur einen Fluchtweg ließ, der sie in die Schlucht führen würde, wo Umak den Elch erlegt hatte.

Es dauerte eine Weile, bis die Tiere merkten, daß sie umzingelt waren. Dann entdeckte der erste Bulle die Jäger im Gebüsch und erstarrte in der Bewegung. Die Jäger sprangen auf und hielten ihre Speere bereit. Galeena rief das Angriffssignal, das alle Männer und Jungen begeistert aufnahmen.

»Ah-jah! Hai!«

Dann stürmten die Jäger los. Die Moschusochsen wandten sich zur Flucht, bis sie merkten, daß sie in der Schlucht gefangen waren. Sie drehten sich um und bildeten am Fuß des Berges einen Verteidigungsring, mit dem sie sich auch gegen Wölfe und Löwen schützten. Ein Kreis aus hörnerbewehrten Kühen und Bullen schloß die Kälber ein und schützte sie vor den zweibeinigen Fleischfressern, die heulend wie eine Meute wilder Hunde auf sie losstürmten.

Doch sie waren viel gefährlicher als Hunde. Sie ließen

sich nicht von den Hörnern einschüchtern und blieben in sicherem Abstand. Sie wußten, daß die Moschusochsen ihren Verteidigungsring nicht aufbrechen und angreifen würden. Sie würden eher sterben, als ihre Kälber im Stich zu lassen.

So konnten Galeenas Männer und Jungen die Tiere leicht mit den Speeren aus der Ferne töten. Torka machte mit, bis er sich wunderte, warum das Töten kein Ende nahm. Über drei Viertel der Herde war erlegt, und nur noch zwei alte Bullen und ein paar alte Kühe und Kälber waren übrig. Die toten Tiere würden ihnen so viel Fleisch verschaffen, daß die Frauen Mühe haben würden, alles zu verarbeiten. Trotzdem ging die Jagd weiter, und Galeenas Jäger wagten sich immer wieder vor, um ihre Speere einzusammeln und sie von neuem zu benutzen.

Torka war entsetzt. Wenn sie kein Tier am Leben ließen, würden sie die Geister der Herde für immer töten. Er konnte nicht glauben, daß Galeena zuließ, daß seine Jäger gegen eines der strengsten Tabus des Stammes verstießen. Es mußten immer ein paar Tiere übrigbleiben. Es hieß, wenn das letzte Kalb starb, würde auch das letzte Kind in der Zeit der langen Dunkelheit sterben, weil die Herde nicht zu denen zurückkehren würde, die sich nicht um ihr Fortbestehen kümmerten.

Der narbengesichtige Manaak kam an seine Seite. »Warum jagt Torka nicht? Hat er vor ein paar alten Ochsen genausoviel Angst wie vor dem Großen Geist?«

Er war wieder verschwunden, bevor Torka antworten konnte, aber seine Worte hatten ihm einen Stich versetzt. Trotzdem hätte er nicht mehr getötet, wenn Manaak den letzten der alten Bullen nicht zum Angriff gereizt hätte.

Es war das größte Tier der Herde. Es war an der Schulter über fünf Fuß hoch, und sein zotteliges Haar hing ihm bis zu den Fesseln hinunter. Sein fünfzehnhundert Pfund schwerer Körper war über und über mit dicken Muskeln bepackt, nur eine kleine Stelle über den Augen bestand aus Horn.

Galeena hatte mit seinem Speer die Schulter des riesigen Tieres getroffen, so daß es bereits vom Blutverlust geschwächt war. Manaak warf seinen letzten Speer, der sich knapp neben Galeenas Speer in das Tier bohrte. Der Bulle schwankte, ging aber nicht in die Knie, sondern fixierte seine Gegner mit kleinen Augen. Hinter ihm blökte eins der wenigen überlebenden Kälber, und neben ihm lag der andere Bulle in den letzten Zügen.

»Ich werde ihn zur Strecke bringen!« rief Manaak.

»Nur, wenn du eher an deinen Speer kommst als ich!« antwortete Galeena auf die Herausforderung.

Torka beobachtete, wie die beiden sich dem Bullen näherten und von den anderen angestachelt wurden. Währenddessen näherten sich die Jungen dem Tier von hinten und stachen auf seine Hinterläufe ein, bis eine wütende Kuh sie zum Rückzug trieb.

Das dicke Fell an der Schulter des Bullen war blutig. Vor seinem Maul bildete sich rosa Schaum, der auf schwere innere Verletzungen hindeutete. Dann fuhr er herum, gerade in dem Augenblick, als der Junge, der Aar aus der Höhle vertrieben hatte, stolperte und zu Boden stürzte.

Obwohl der Bulle kurz vor dem Tod stand, wurde er noch einmal vom Zorn gepackt und griff an. Mehrere Speere flogen, doch alle verfehlten ihn. Es war Torkas längerer und leichterer Speer, der sich tief in die weiche Stelle seines Schädels bohrte. Torka hatte günstig gestanden, und seine Geschicklichkeit und die gute Verarbeitung seiner Waffe hatten ihr übriges getan. Der Speer brachte den Bullen aus dem Gleichgewicht; das Tier stürzte zu Boden und verfehlte den Jungen um Haaresbreite. Auf dem Felsvorsprung, wo die Zurückgebliebenen die Jagd beobachtet hatten, brüllte Umak voller Stolz auf, und die Frauen schrien vor Begeisterung und Erleichterung. Die Jäger kamen zu Torka und sprachen ihm ihr Lob aus. Noch nie hatten sie einen so guten Wurf gesehen.

Nur Galeena sagte nichts. Verärgert zischte er durch seine Zahnlücken. Obwohl der Junge Ninip war, sein einziger Sohn, verspürte er Torka gegenüber keine Dankbarkeit. Der Junge war leichtsinnig gewesen und hatte seinem Vater Schande gemacht. Daß Torka ihm das Leben gerettet hatte, vergrößerte seine Schande nur noch. Und jeder Mann, jeder Junge und jede Frau seines Stammes war Zeuge seiner Erniedrigung gewesen. Das würde er Torka niemals vergeben, und eines Tages würde er es ihm heimzahlen.

5

Die Frauen kamen vom Felsvorsprung herunter, um mit dem Schlachten zu beginnen. Umak begleitete sie in seinem Bärenkostüm. Mit herrischer und verächtlicher Haltung schritt er zwischen den toten Tieren hindurch wie ein großer Reiher durch einen Sumpf.

Er schnaubte. »Es ist ein guter Tag für die Jagd, wie es der Herr der Geister gesagt hat.« Sie sollten nicht vergessen, wer ihnen das Jagdglück vorausgesagt hatte. Er sah scheinbar unbewegt zu, wie die Jäger ihre Beute häuteten. Sein Gesicht verriet nichts von seinem Entsetzen über das mutwillige Massaker an der gesamten Herde. Was geschehen war, ließ sich nicht mehr ändern. Heute abend würde er den Geistern der Moschusochsen Rauchopfer und Ehrengesänge darbieten, um sie zu besänftigen. Vielleicht würden sie damit zufrieden sein, andernfalls würden sie es bald spüren. Inzwischen konnte er Galeenas Stamm und besonders die beiden älteren Frauen mit dem Opferritual beeindrucken.

Lonit war überrascht, daß die Jäger aus Galeenas Stamm sich nicht mit dem Häuten ihrer Beute begnügten. Sie drängten ihre Frauen zur Seite und schlitzten jedem Tier die Kehle auf, schnitten die Zunge heraus und verschlangen sie auf der Stelle.

Torka brachte die Zunge seines Bullen dem alten Mann.

»Für den Herrn der Geister, dessen Macht uns soviel Fleisch beschert hat!«

Umak brummte zufrieden. Galeenas Leute sahen verblüfft zu, wie der junge Mann dem alten Ehre erwies. Umak nahm Torkas Gabe an, als gäbe es nicht den geringsten Zweifel, daß sie ihm zustand. Er hielt die Zunge hoch und dankte dem Geist des Tieres. Nachdem er ein kleines Stück, das offenbar für Karana gedacht war, abgeschnitten hatte, zerteilte er die Zunge mit seinem Messer und gab Torka eine Hälfte ab.

Lonit war froh, daß die beiden sie nicht in der Gruppe der Frauen entdeckten, um sie einzuladen, an dem Mahl teilzunehmen. Das hätte nur zu weiteren Feindseligkeiten geführt, da es offenbar nicht das Recht der Frauen war, einen Anteil von dieser Delikatesse zu bekommen.

Das erkannte sie auch in den kleinen, gierigen Augen des Häuptlings, der Torka wie ein Tier anstarrte, das er sich als Jagdbeute ausgesucht hatte. Er saß auf der Hinterbacke des toten Bullen, den Torka erlegt hatte, als wäre es seine Beute und nicht Torkas. Er wurde ihr immer unsympathischer, und allmählich bekam sie Angst vor ihm.

Der Wind hatte nachgelassen, so daß der Blutgeruch

nicht fortgeweht, sondern immer stärker wurde. Als die Jäger genug vom Zungenfleisch hatten, warfen sie den Jungen die Überreste zu, die sich gierig um jeden Fetzen prügelten. Die Jäger wandten sich unterdessen anderen Leckerbissen zu, stachen den Moschusochsen die Augäpfel aus und schlürften gierig die schwarze Flüssigkeit.

Lonit lief das Wasser im Mund zusammen, als sie sich wehmütig an die Zeit erinnerte, wo Torka und Umak diese Delikatessen mit ihr geteilt hatten. Sie war froh, daß die Frauen nun an die Arbeit gerufen wurden.

Sie brachen die Schädel auf, um an das Hirn zu gelangen, das zum Gerben der Häute gebraucht wurde. Die Kadaver wurden zerteilt und die Sehnen vom Fleisch getrennt und aufgehoben. Feuer wurden entzündet und das Fleisch geräuchert und gebraten. Die Jäger urinierten bereits auf die abgezogenen Häute, die später zusammengebündelt und am Feuer warmgehalten wurden. In ein oder zwei Tagen würden sie weich genug sein, so daß das lange Fell der Moschusochsen problemlos abgeschabt werden konnte. Dann würden die Frauen die Felle ausbreiten, die letzten Fleischreste entfernen und sie über die Trockenrahmen spannen.

Als Lonit zusammen mit drei anderen Frauen den fetten Buckel eines großen Bullen in blutige Filets schnitt, bediente sie sich großzügig von dem Fleisch. Es schmeckte köstlich, doch es hatte einen bitteren Beigeschmack, denn sie mußte an das unnötige Massaker an den Moschusochsen denken. Sie konnte nicht vergessen, wie die kleinen Kälber nach ihren Müttern riefen und die tapferen Bullen sich lieber in Todesgefahr begaben, als ihre Herde im Stich zu lassen.

Das Fleisch schmeckte ihr plötzlich nicht mehr, und sie versuchte, an etwas anderes zu denken. Neben ihr arbeitete schweigend die Frau mit den traurigen Augen, die sich Iana nannte. Ihr gegenüber lachten, aßen und plapperten die beiden älteren Frauen, die sich als Oklahnoo und Naknaktup vorgestellt hatten. Sie verspotteten die Dummheit der Ochsen, und Lonit ärgerte sich über ihre Worte. Sie fragte sich, warum Menschen, die doch so viel klüger und anpassungsfähiger als Tiere waren, nur selten so aufopfernd und selbstlos wie die mutigen, dummen Ochsen sein konnten. Sie teilte den Frauen ihre Gedanken mit, und schon im nächsten Augenblick tat es ihr leid.

»Bah!« machte Naknaktup, die jüngere der beiden Frauen. »Mochusochsen sind nicht mutig, sondern dumm! Wenn sie weggerannt wären, wären sie jetzt nicht alle tot!«

Oklahnoo grunzte zustimmend. Sie war doppelt so dick wie Naknaktup und mehrere Jahre älter. Nach ihren Gesichtszügen und Stimmen zu urteilen, waren die beiden Schwestern. Sie sah Lonit abschätzig an, als hätte sie Zweifel an ihrer geistigen Gesundheit. »Es ist gut, daß die Moschusochsen nicht wie Menschen denken! Wenn sie wegrennen und nur die Schwachen und Jungen zurücklassen, erbeuten wir nur wenig Fleisch. Aber weil die Ochsen dumm sind und bei den Alten und Schwachen bleiben, können wir alle töten! Will Torkas Frau sagen, daß das nicht gut ist?«

Die Frau hatte eine Frage gestellt, und von Lonit wurde erwartet, daß sie eine Antwort darauf gab. »Es ist nicht gut, denn es sind keine Kühe und Bullen mehr übrig, um neue Kälber zu machen. Die Herde ist für immer vernichtet. Nie wieder können Jäger sie jagen und ihren Geistern für das Fleisch danken.«

Oklahnoo zuckte mit den Schultern. »Was macht das schon? Jetzt haben wir genug zu essen! Dies ist nicht die einzige Herde Moschusochsen auf der Welt! Wir werden andere finden und töten. Für immer!«

»Eh jah!« fügte Naknaktup hinzu.

Die Frau mit den traurigen Augen sah von ihrer Arbeit

auf und schlug vor, daß sie weitermachten. »Es gibt noch viel Fleisch zu schlachten. Die Sonne bleibt nicht am Himmel stehen, während die Frauen reden.«

Oklahnoo lächelte und zeigte dabei ihre abgenutzten, pelzigen Zähne. Sie nahm ihr Fleischmesser wieder auf, einen großen runden, grob behauenen Stein, der wie angegossen in ihrer Hand lag und dort, wo er herausragte, scharf wie eine Rasierklinge war. Damit zerteilte sie das Schulterfleisch des Ochsen. Sie erzählte begeistert, wie sie einem noch lebenden Kalb das Blut ausgesaugt hatte. Die Jäger hatten ihm die Kehle aufgeschlitzt und die Zunge herausgeschnitten, aber noch nicht die Halsschlagader durchtrennt. Mit einem glucksenden Würgen und zuckenden Gliedmaßen demonstrierte sie, wie das Kalb sich gewehrt hatte, als sie darüber hergefallen war.

Lonit fühlte sich plötzlich übel. Dies waren die zwei Schwestern, die Umak Fleisch und alles, wonach er verlangte, angeboten hatten. Er hatte nur das Fleisch genommen, sie aber interessiert begutachtet. Lonit konnte es nicht verstehen; sie fand die beiden widerlich. Ihr verfilztes Haar sah aus, als wäre es noch nie in die Nähe eines Kamms gekommen.

Die beiden rügten sie erneut wegen ihrer Sorge um das Schicksal der Moschusochsen, aber diesmal antwortete Lonit nicht. Sie wußte, daß zwischen ihnen offenbar keine Verständigung möglich war. Dachten sie denn nicht daran, daß auch sie eines Tages auf die Hilfe anderer angewiesen sein mochten? Würden sie auch noch so lauthals lachen, wenn ihr Stamm sie in den Tod schickte, weil sie zu schwach waren, um sich selbst zu versorgen?

Lonit ließ ihren Blick über die Schlachtszene wandern. Jeweils drei oder vier Frauen arbeiteten an einem Ochsen. Die Männer und Jungen lungerten in der Nähe herum und ruhten sich von der anstrengenden Jagd aus. Nicht zum ersten Mal stellte sie fest, daß es in diesem Stamm keine Babys oder Alten gab. Sie mußte nicht nach dem Grund fragen, denn die Kleinen und Schwachen waren in schweren Zeiten immer entbehrlich. Und Galeenas Stamm hatte schwere Zeiten durchgemacht.

Dann entdeckte sie Torka, neben dem Umak Mark aus einem Knochen schabte. Er sah nicht wie ein Mann aus, sondern wie ein Bär. Sie mußte amüsiert lächeln, als sie sah, wie der Markschaber, den sie selbst für ihn gemacht hatte, immer wieder im verborgenen Gesicht unter dem Bärenschädel verschwand. Es war kaum zu glauben, daß dieser starke und kluge Herr der Geister ein alter Mann war, der vor wenigen Monden von seinem Stamm in den Tod geschickt worden war.

Doch Umak hatte überlebt, und der Stamm war tot. Lonit und Torka waren nur dank der Weisheit und der Sorge dieses alten Mannes am Leben. Sie hatten den Stürmen, der Kälte und den Raubtieren getrotzt, bis sie Sicherheit in einem neuen Stamm gefunden hatten. Bald würde Lonit Torkas Baby zur Welt bringen und den Stamm wiedererstehen lassen, und das alles nur wegen dieses alten Mannes.

Es gab zumindest ein Leben, das ihr etwas bedeutete. Sein Leben für ein anderes aufs Spiel zu setzen, war keine Dummheit.

Wie zur Bestätigung regte sich das Kind in ihrem Leib. Es war noch winzig, aber schon kräftig und bewegte sich in ihr wie ein kleiner Fisch in einem Teich. Gewöhnlich freute sie sich darüber, wenn es sich regte, aber jetzt versetzte es sie in eine düstere Stimmung. Dieses Baby würde in der Zeit der langen Dunkelheit zur Welt kommen, hatte Umak gesagt. Doch würde Galeenas Stamm einem Kind, das im Hungermond geboren war, erlauben, am Leben zu bleiben? Würden die beiden alten Frauen genauso wie über die Moschusochsen auch über sie lachen, wenn sie das Kleine den Windgeistern übergeben mußte? Würde Torka es zulassen?

Plötzlich flimmerte es ihr vor den Augen. Ohne ein Wort der Erklärung stand sie auf und entfernte sich ein Stück von dem Schlachtplatz. Der Wind wehte ihr ins Gesicht, aber er war zu warm, um ihr Erleichterung zu verschaffen. Sie war kreidebleich und hatte Tränen in den Augen, als Iana neben sie trat.

Die Frau hatte ein hageres Gesicht, das vermutlich sehr schön war, doch wegen der Dreckschicht war das schwer zu beurteilen. Sie trug ein fleckiges, zerlumptes Kleid, das sich straff über ihren hochschwangeren Bauch spannte. »Torkas Frau hat ein Baby im Bauch?« fragte sie mit sanfter, mitfühlender Stimme.

Lonit nickte.

Die Frau mit den traurigen Augen lächelte. »Iana hat es sich schon gedacht. Ist es dein erstes Baby?«

»Ja, mein erstes.«

Sie nickte. »Das ist gut. Das erste Baby ist das beste. Es wird schwer sein, aber es ist das beste. Iana wird dir helfen. Lonit muß keine Angst haben. Iana hat schon mehrere Baby gehabt. Zwei Babys. Und sie wird dir helfen, noch viele zu haben.«

Lonit runzelte die Stirn. War das der Grund, warum Ianas Augen so traurig waren? Sie mußte ihre Kinder beim Angriff des Zerstörers verloren haben, wenn sie nicht schon vorher während der Dunkelheit ausgesetzt worden waren. Lonit schauderte. Sie wollte nicht darüber nachdenken.

»Lonit muß nicht traurig sein«, sagte Iana und zeigte mit ihrer blutigen Hand auf die toten Moschusochsen. »Nicht ihretwegen. Es ist besser für sie, tot zu sein, als um ihre verlorenen Kälber zu trauern. Iana sagt, es ist besser, wenn alle tot sind, als wenn einige übrigbleiben, um sich zu erinnern.«

Lonit schüttelte den Kopf. Sie hatte verstanden, daß Iana nicht die Moschusochsen gemeint hatte. »Nein, es ist nicht besser zu sterben. Das ist nie besser. Und diese Frau wird niemals ihre Kinder aufgeben!«

Selbst durch die Schmutzschicht war zu sehen, daß Iana erbleichte. Sie riß die Augen auf und schien einen Augenblick nicht sicher, ob sie Lonit richtig verstanden hatte. Doch dann senkte sie den Kopf und seufzte. »Du darfst nicht so sprechen«, flüsterte sie. »Lonit muß tun, was Galeena sagt. So ist es im Stamm.«

»Lonit ist Torkas Frau! Galeena wohnt in Torkas Höhle! Galeena ißt Torkas Fleisch! Wenn Torka spricht, antwortet Lonit! Nur Torka und nicht Galeena!«

Iana schüttelte langsam den Kopf und sah sie fast wehmütig an. »Torka ist ein starker Mann. Aber Galeena ist der Häuptling dieses Stammes. Hör gut zu, was Iana dir jetzt sagt: Torka muß tun, was Galeena sagt – oder Galeenas Jäger werden Torka töten! Dann wird Lonit traurig sein. Dann wird sie sagen, es ist besser zu sterben, als sich zu erinnern.«

6

Sie arbeiteten, bis die Sonne unterging, doch sie wurden nicht fertig. Wölfe kamen, und Hunde und Füchse folgten ihnen. Sie versteckten sich in den Schatten der hereinbrechenden Nacht, aber sie waren da.

Umak wartete darauf, daß Aar in das Licht der Feuerstellen trat. Aber der alte Mann wußte, daß Bruder Hund sich nicht zeigen würde, es sei denn, er verließ Galeenas Stamm. Aber das konnte und wollte er nicht.

Bei Sonnenuntergang tanzte er für die Geister und zog

sich nackt aus, um in einem der vielen eiskalten Teiche zu baden. Als er ein regelrechtes Ritual daraus machte, verstand Torka, welche Absicht Umak damit verfolgte. Torka mußte sich ein Lachen verkneifen, als Umak die Jäger aufforderte, es ihm gleichzutun, und sie sich ebenfalls auszogen, um im Wasser durch den Zauber des alten Mannes gereinigt zu werden.

Es grenzte tatsächlich an Zauber, so schmutzige Leute dazu zu bringen, etwas zu tun, das sie nie zuvor getan hatten, um angeblich von den Geistern der Tiere neue Kraft zu gewinnen. Zumindest hatte Umak ihnen versichert, daß dies der Zweck des Badeopfers sei. Und er sorgte dafür, daß sie ausgiebig mit dem Wasser in Berührung kamen, vor allem die beiden älteren Frauen.

Vom Felsvorsprung aus beobachtete Karana, wie die Nacht hereinbrach und die Feuer der Jäger auf der Ebene wie kleine Sonnen aufflammten. Er sah auch, wie die Raubtiere sich um den Schlachtplatz versammelten. Er suchte nach Aar, konnte ihn aber in der Dunkelheit nicht entdecken. Der einsame Junge seufzte und wünschte sich, er hätte an der Jagd teilnehmen können. Morgen würden Umak und Torka ihm sicherlich Zungenfleisch bringen, und Lonit hätte ihm ein paar Höckerfilets aufgehoben, um sie ganz nach seinem Geschmack zu rösten.

Doch jetzt hockte er allein in der Dunkelheit. Er hielt seinen Speer in der Hand und versuchte sich an Umaks Gesänge zu erinnern. Vorsichtig stimmte er einen an und hoffte, die Silben und den Rhythmus richtig zu treffen. Von Zeit zu Zeit hob er den Speer als Angebot an die Geister. Wenn er ihn hoch genug hielt und laut genug sang, würden sie ihn vielleicht hören und ihm seinen Wunsch erfüllen, Galeena und seinen elenden Stamm verschwinden zu lassen. Aber nichts geschah.

Stunden vergingen. Er wußte, daß die Jäger unten in der Ebene nun einen Kreis bildeten, um abwechselnd die Beute zu bewachen. Die vielen Raubtiere warteten nur darauf, sich ihren Anteil zu holen, aber sie würden nur wenig Erfolg haben. Galeena war viel zu gefräßig, um ihnen kampflos etwas abzugeben.

Die Nacht wurde immer dunkler, bis die Sterne verschwanden, als der Himmel sich bewölkte.

Karana seufzte. Er fragte sich, ob seine Gesänge die Wolken gerufen hatten. Vielleicht hatte er statt eines Zaubers, der Leute verschwinden ließ, einen Wetterzauber beschworen. Das wäre zumindest besser als gar nichts. Er rieb sein schmerzendes Bein. Das Wetter würde tatsächlich umschlagen. Er hoffte, daß es über Galeenas Schlachtplatz in Strömen goß. Dann würden seine Leute wissen, was für einen unfähigen Mann sie sich als Anführer ausgesucht hatten.

Aber die Wolken brachten keinen Regen. Sie waren nur der kalte, erstarrte Atem des Berges. Sie rochen eher nach Winter als nach frühem Herbst. Karana hüllte sich in seine Schlaffelle und legte sich hin.

Als er aufwachte, lag Aar neben ihm. Karana war überzeugt, daß er träumte, aber das getrocknete Blut an Aars Schulter und der frische Schorf auf seiner Schnauze ließen keinen Zweifel, ebenso wie die warme, rauhe Zunge, die Karana über das Gesicht leckte.

»Bruder Hund!« rief der Junge und schlang die Arme um den Hals des freudig winselnden Tieres. Er drückte Aar, als wäre er tatsächlich sein leiblicher Bruder.

Karana berührte vorsichtig Aars Wunden. »Also bist du doch nicht von deinesgleichen aufgenommen worden. Genausowenig wie ich. Wurde das Hunderudel auch von einem Galeena angeführt? Karana hat einen Stamm gefunden, der von einem Hund angeführt wird. Du hast dich richtig entschieden, als du vor Galeena geflüchtet bist. Er ist böse, genauso böse wie der Hund, der dir das angetan hat, mein Bruder.«

Sie kuschelten sich aneinander, fanden aber vor Aufregung und Freude keinen Schlaf. Tief im Berg setzte wieder das vertraute Ächzen und Stöhnen ein, um unvermittelt zu verstummen. Karana lauschte. Es war plötzlich unnatürlich still, bis er überrascht feststellte, daß das Rauschen der Wasserfälle ebenfalls aufgehört hatte. Offenbar waren sie gefroren.

»Bald wird es Winter«, flüsterte er dem Hund zu.

Aar hatte den Kopf gehoben und war von der Stille ebenso irritiert wie der Junge.

»Karana kann sich nicht vorstellen, einen ganzen Winter zusammen mit Galeena und seinen Leuten hier zu verbringen. Karana übt schon den Zauber, der sie verschwinden lassen wird.«

Der Hund winselte und leckte das Gesicht des Jungen, als hätte er die Worte verstanden und wollte ihm sagen, daß er damit keinen Erfolg haben würde.

Karana seufzte. Sein Verstand sagte ihm, daß er es mit Zauber niemals schaffen konnte. »Wenn Torka Galeena nicht vertreibt, wird Karana diesen Ort verlassen. Karana und Aar werden zusammen ein Stamm sein. Das wäre keine schlechte Sache.«

Er dachte über die Worte nach, die er gerade gesagt hatte. *Das wäre keine schlechte Sache, aber es wäre eine unmögliche Sache.*

Es sei denn, sein Bein wurde endlich wieder gesund.

Er schloß die Augen. Er würde versuchen, sein Bein durch Zauber zu heilen. Das konnte nicht so schwer sein; immerhin hatte er doch schon die Wolken herbeigezaubert.

Dann schlief er ein und träumte von der endlosen, wilden Tundra, über die Winterstürme fegten, von Kindern, die unter dem kalten Schimmer des Polarlichts starben, und von einem kleinen Jungen, der dem Flug eines Adlers bis zum Berg der Macht folgte, wo er viel zu lange allein und wie ein Tier gelebt hatte.

Als er aus dem Schlaf hochfuhr, ging die Sonne gerade über den schneeglitzernden Bergen im Osten auf. Bruder Hund war fort. Und zum ersten Mal, seit er in Torkas Falle getreten war, tat sein Bein überhaupt nicht mehr weh.

7

Er beobachtete, wie die Sonne aufging und die Himmelsgeister einen gewaltigen Regenbogen für die Sonne errichteten. Karana lächelte. Dann zogen wieder Wolken auf, der Regenbogen verblaßte, und die Luft wurde wärmer. Karana wußte, daß es regnen würde. Er wünschte sich, Bruder Hund wäre noch da. Als die ersten Regentropfen fielen, war dies für ihn der schönste Morgen, den es je gegeben hatte. Diese Regentropfen waren etwas Besonderes, denn Karana hatte sie gemacht.

Sein Bein schmerzte wieder, aber nicht so schlimm, daß er an seinem Zauber zweifelte. Es fühlte sich eigentlich schon viel besser an, so daß er aufstand und seine Krücke aus Karibugeweih über die Felskante warf.

Von jetzt an würde er nur noch den Speer bei sich haben, den Torka ihm gemacht hatte. Bald konnte er wieder auf die Jagd gehen. Und bald würde er auch Galeenas Stamm vertreiben, wenn Umak es nicht tun wollte. Er würde Umaks Tänze, Bewegungen und jeden Tonfall seiner Gesänge solange studieren und sich einprägen, bis er selbst ein Herr der Geister war. Er würde Galeena und seine Leute in Lemminge verwandeln, die ihrem dreckigen

Häuptling über die Felskante in den Tod folgen würden. Und dann würde auch Aar zurückkommen. Und wenn sein Stamm zurückkam, würde er sie mit Bruder Hund an seiner Seite begrüßen. Umak würde in seinem Bärenfell vortreten und eine Hand auf Karanas Schulter legen. Wenn sie gemeinsam vor Navahk standen, würde Umak sagen: »Hier ist Karana, der Junge, der den Regen bringt und dessen Macht im Schatten dieses Herrn der Geister herangewachsen ist.« Und Navahk würde nicht mehr lächeln, denn in Gegenwart von Umak und Karana wäre seine Macht nicht mehr groß.

Diese Aussicht war berauschend, aber nur für einen Augenblick. Schwarze Gewitterwolken zogen am Horizont auf, und ein Blitz zuckte. Donner erschütterte die Welt und die Zuversicht des Jungen. Unten liefen Jäger, Frauen und Kinder aufgeregt durcheinander. Während Umak die Arme beschwörend zum Himmel erhob, sorgte Galeena dafür, daß das Fleisch in Felle gepackt wurde. Die Menschen verließen den Schlachtplatz und machten sich auf den Weg zurück in die schützende Höhle. Wenn der Sturm mit voller Gewalt über sie hereinbrach, würde der Rückweg gefährlich werden.

Karana hatte einen Kloß im Hals, als er Torka und Lonit entdeckte. Er machte sich plötzlich Sorgen, daß sie beim Aufstieg stolpern und sich und das Baby verletzen könnte, denn mit jedem Regentropfen wurde der Weg glatter und tückischer.

Plötzlich hatte Karana entsetzliche Angst, denn er hatte diesen Regen heraufbeschworen. Die Leute sollten Galeena dafür verantwortlich machen, weil er die Himmelsgeister mit dem Massaker an den Moschusochsen erzürnt hatte. Doch niemand von ihnen hatte Hemmungen gehabt, daran teilzunehmen. Vermutlich würden sie nicht Galeena, sondern Umak dafür verantwortlich machen, daß er den Sturm nicht vorhergesehen oder verhindert hatte.

Karana fühlte sich elend. Er mußte dafür sorgen, daß der Sturm vorbeizog. Aber wie? Er hatte nicht die leiseste Ahnung, was er zu den Regengeistern gesagt hatte. Er hatte doch nur Umaks Gesänge nachgeahmt, die nicht aus Worten, sondern nur aus Sprachfetzen bestanden, die nur für einen Herrn der Geister einen Sinn ergaben.

Es regnete jetzt in dicken, kalten Tropfen. Er streckte die Arme aus und sammelte das klare Regenwasser in der hohlen Hand. Karana erkannte, wie verantwortungslos er mit dieser großen Macht umgegangen war. Wenn man Umak die Schuld an dem Sturm geben sollte, mußte er vortreten und sich ohne Rücksicht auf die Folgen vor allen dazu bekennen. Verzweifelt riß er die Arme hoch und warf die Regentropfen, die er aufgefangen hatte, in die Luft.

»Geht wieder zurück in den Himmel! Sagt den Luftgeistern, daß Karana euch aus Versehen gerufen hat! Sagt ihnen, daß es Karana leid tut!«

In diesem Augenblick zuckte ein Blitz so nahe an der Bergwand herunter, daß Karana ihn riechen konnte und seine Haut kribbelte. Als im nächsten Moment der Donner folgte, machte er erschrocken einen Satz zurück. Er war überzeugt, daß die Himmelsgeister gekommen waren, um den unverfrorenen Jungen zu bestrafen, der es gewagt hatte, Umak die Zaubergesänge zu stehlen, um selbst ein Herr der Geister zu werden.

Er war Herr über gar nichts mehr. Er war nur noch Karana, ein kleiner Junge, der die Macht der Geister niemals wieder als etwas Selbstverständliches betrachten würde. Doch plötzlich drehte sich der Wind abrupt und trieb die Gewitterwolken in eine andere Richtung. Der Regen hörte auf.

Und Karana wußte, daß er das bewirkt hatte.

Sie kamen in die Höhle zurück und freuten sich, daß Umak den Sturm abgewendet hatte. Sie sprachen von seinen unglaublichen Beschwörungen und dem wunderbaren Tanz, den er für die Jäger getanzt hatte. Karana stand stumm daneben, als sie ohne Förmlichkeiten Fleisch, Felle und Hörner auf den Boden fallen ließen. Es war gut, daß nur der Sturm Zeuge seiner Begegnung mit den Himmelsgeistern gewesen war. Er konnte sich nicht erinnern, Umak jemals glücklicher gesehen zu haben. Er schien um Jahre verjüngt, als er sich in der abgöttischen Bewunderung der beiden älteren Frauen sonnte. Die zwei Schwestern kämpften geradezu um seine Gunst. Karana mußte zugeben, daß sie nach ihrem Bad gar nicht mehr so häßlich aussahen. Er freute sich für Umak und hatte nicht die Absicht, irgend jemandem zu verraten, daß er für das Kommen und Gehen des Unwetters verantwortlich war.

Er fühlte sich sehr müde. Es war ihm, als hätte der Blitz ihm einen Teil seiner Seele entrissen. Er döste an Lonits Feuerstelle, während die Männer und Jungen mehrmals zum Schlachtplatz zurückgingen. Der Junge, den die anderen Ninip nannten, machte eine bissige Bemerkung über Karanas Nutzlosigkeit. Torka nahm ihn in Schutz, doch Karana tat so, als hätte er es gar nicht gehört. Bald würde sein Bein wieder stark und beweglich sein. Dann würde er Ninip zeigen, wer nutzloser war, der Junge, der den Regen bringt, oder der Junge, der vor dem Bullen auf die Nase fällt.

Im Halbschlaf hörte Karana die Frauen davon sprechen, wie klug Galeena war, weil er dieses hochgelegene, trockene Lager entdeckt hatte. Wenn ihr Häuptling nicht so einfallsreich gewesen wäre, hätten sie weiterhin auf der offenen Tundra lagern müssen und wären jedem Sturm auf Gedeih und Verderb ausgeliefert gewesen. Dank Galeena konnten sie jetzt vor Wind und Wetter geschützt ihre Felle bearbeiten und das Fleisch zubereiten. Karana war zu müde, sie daran zu erinnern, daß er die Höhle als erster gefunden hatte. Und wenn sie Torkas Feuer nicht gesehen hätten, wäre Galeena niemals auf die Idee gekommen, seine Leute auf den Berg zu führen. Galeena war ein Mann ohne große Phantasie, und mutig war er nur, wenn er seine bewaffneten Jäger hinter sich wußte.

Karana drehte sich um und schloß die Augen. Er begann bereits zu träumen, daß Aar neben ihm war, daß er mit Torka im Schatten eines großen Bären, der in Wirklichkeit Umak war, auf die Jagd ging, während Lonit ihnen mit einem Baby auf dem Rücken und der Steinschleuder in der Hand folgte. Es war ein schöner Traum. Karana genoß ihn im angenehmen Bewußtsein, daß Galeena und sein Stamm überhaupt nicht darin vorkamen.

8

Es war fast dunkel, als Galeena endlich verkündete, daß nun genug vom Schlachtplatz heraufgebracht worden sei. Obwohl sie noch nicht alle Kadaver ausgeschlachtet hatten, protestierte niemand, denn sie hatten sich die besten Stücke gesichert. Außerdem waren alle erschöpft, und der Sturm, der am Morgen abgewehrt werden konnte, kehrte zurück.

Den Höhepunkt der Regengüsse verschliefen sie. Am nächsten Morgen war das Gewitter in Schneeregen übergegangen. Torka stand auf, um den Wetterschutz wieder zu befestigen, der seine kleine Familie warm und trocken halten sollte. Als er Karana und Lonit in ihren Schlaffellen betrachtete, kehrte ein quälender Gedanke zurück, der ihn seit gestern verfolgte.

Sie hatten so viele Moschusochsen getötet, daß sie unmöglich alle zerlegen und ihr Fleisch nutzen konnten. Bei Einbruch der Dunkelheit hatten sie auf weitere Ausflüge zum Schlachtplatz verzichten müssen, und jetzt machte das Wetter den Abstieg zu gefährlich. Das viele Fleisch würde nun viele Raubtiere anlocken, so daß jeder, der die Höhle zum Jagen, Fischen oder Beerensammeln verließ, in großer Gefahr sein würde.

Torka hatte Galeena seine Befürchtungen mitgeteilt, doch der Häuptling hatte nur mit den Schultern gezuckt. Sie mußten eben vorsichtig sein und die Raubtiere töten, wenn sie zu einem Problem wurden, hatte er gesagt. Torka hätte gerne mit Umak darüber gesprochen, doch der alte Mann hatte die Nacht am Feuer der beiden Schwestern verbracht. Jetzt saß er im Schneidersitz vor dem Steinkreis und nähte konzentriert an seinem Bärenfell. In seinem Schoß lagen die Flügelfedern des Kondors, den sie vor so langer Zeit erlegt hatten. Torka hatte keine Ahnung, was Umak damit vorhatte. Die beiden Frauen umschwirrten ihn wie Fliegen. Er scheuchte sie fort und vertiefte sich wieder so angestrengt in seine Arbeit, daß er nicht hörte, als sein Enkel ihn rief.

Doch dann trat Galeena neben Torka. »Es ist gut, daß wir in dieses trockene Lager gekommen sind, nicht wahr?« Mürrisch blickte er in das schlechte Wetter hinaus. »Macht Torka sich immer noch Sorgen, daß wir das Fleisch zurückgelassen haben? Galeena sagt, es ist genug. Wenn die Tiere kommen und von Galeenas Jagdbeute fressen, ist es gut für sie – und für uns. Die fetten Tiere sind langsam und nicht gefährlich. Torka macht sich zu viele Sorgen.«

Torka blickte Galeena abschätzend an, bevor er sprach. »Galeena hat gut von Torkas Jagdbeute gegessen. Galeena wird fett. Aber auf der Jagd ist Galeena nicht langsam. Er ist eine Gefahr für die Tiere, die von dem Fleisch fressen, das er verschwendet hat.«

Der Häuptling dachte über Torkas Worte nach. Er hatte Gutes und Schlechtes gesagt. In seinen Worten waren Komplimente und Beleidigungen vermischt wie reife Beeren, die in ranziges Fett gerührt wurden, um den Gestank zu überdecken. Niemand hatte jemals so zu ihm gesprochen – außer Manaak, und der hatte dafür bezahlt. Er dachte daran, wie Torka ihn beschämt hatte, als er das Leben seines Sohnes rettete. Er schwor sich noch einmal, daß auch Torka dafür bezahlen würde. Grinsend klopfte er ihm vertraulich auf die Schulter. »Torka glaubt immer, daß er es besser weiß, wie?« sagte er mit falscher Freundlichkeit.

Torka zog eine Augenbraue hoch. »Für viele Menschen ist es schwer, neue Wege zu gehen. Ist Galeena nicht auch dieser Meinung?«

Galeena war sich bewußt, daß einige seiner Jäger, seine Frauen und sein Sohn ihn beobachteten. Ihm war nicht entgangen, daß Torka seine Fangfrage geschickt umgedreht hatte. Aber so einfach würde er sich nicht überrumpeln lassen. »Galeena hat keine Angst, neue Wege zu gehen«, sagte er mit einem verächtlichen Schnaufen, »wenn er es für sinnvoll hält.«

Damit schlenderte er zur Felskante, aber nur so weit, daß er nicht im Regen stand. Er zog seine Jacke hoch, entknotete den Strick, der seine ausgebeulten Hosen zusammenhielt, und holte einen riesigen, blaugeäderten Penis hervor. Dann erleichterte er sich. »Alle mal hersehen!« rief er. »Galeena pißt jetzt auf eine neue Weise! Auf Torkas Weise! Nicht in der Höhle, sondern über die Felskante!«

Wie er erwartet hatte, wehte der Wind seinen Urinstrahl zurück. Er lachte und drehte sich zur Höhle um. »Ihr habt alle gesehen, was passiert, wenn Galeena auf Torkas Weise pißt! Torka hat mit einem Speerwurf einen Bullen erlegt und das Leben eines wertlosen Jungen gerettet. Aber Torka sollte lieber erst einmal lernen, sich nicht selbst anzupissen, bevor er Galeena etwas von neuen Wegen erzählt!«

Die Jäger und die Frauen brüllten vor Lachen. Umak starrte bestürzt vor sich hin. Und der kleine Ninip wurde vor Scham tiefrot.

Torka wußte, daß er die Sache damit auf sich beruhen lassen sollte, aber diese Beleidigung war zuviel für ihn gewesen. »Richtig!« sagte er. »Aber Galeena sollte wissen, daß es in Torkas Stamm eine Redensart gibt: Ein Mann, der gegen den Wind pißt, hält sein Gehirn in der Hand.«

Für einen Augenblick war Galeena sprachlos. »Torkas Stamm ist tot!« erinnerte er ihn gehässig und ließ in seinem Tonfall eine kaum verhüllte Warnung mitschwingen.

»Nicht der ganze Stamm!« erwiderte Torka und musterte seinen Gegner. Er fragte sich, ob Galeena jemals etwas anderes als sein Gegner sein würde.

In dieser Nacht tanzten sie. Nachdem sie einen ganzen Tag lang Häute ausgebreitet, Fleisch auf Trockenrahmen gehängt und Sehnen bearbeitet hatten, hatten sie das Bedürfnis, eine so reiche Beute zu feiern. Auch die hohen, verschwenderischen Feuer tanzten, für die sie Lonits letzte Vorräte an sorgsam getrockneten Soden und Flechten verbrauchten. Als sie protestierte, weil sie bei dem schlechten Wetter kaum auf die Suche nach neuem Brennstoff gehen konnten, brachte Naknaktup sie zum Schweigen. Oklahnoo erinnerte sie daran, daß es immer noch Herbst war. Iana sagte, daß es bis zum Winter noch lange hin war. Ai versicherte ihr, daß sie noch genug Zeit dazu haben würden. Morgen. Oder übermorgen. Oder vielleicht am Tag danach.

Rauch erfüllte die Höhle und schwärzte die Felsendecke. Ihre Augen und Nasen brannten, doch Galeenas Leuten schien es nichts auszumachen. Sie klatschten in die Hände und stampften mit den Füßen. Sie dankten den Geistern, daß sie sie an diesen sicheren Ort geführt hatten. Sie dankten den Moschusochsen, daß sie so dumm gewesen waren, sich alle von Galeenas Jägern töten zu lassen. Sie dankten sich gegenseitig für alles und nichts. Sie bildeten eine Reihe, dann einen Kreis, der sich abwechselnd öffnete und schloß. Die Tänzer sangen. In Schlangenlinien zogen sie um die Feuerstellen herum.

»Kommt, Leute von Torkas Stamm! Galeena sagt, ihr sollt auch tanzen!« teilte Ai ihnen mit. Ihr rundes Gesicht leuchtete im Feuerschein. Es glänzte fettig und war rußgeschwärzt. Ihre Nase war von Galeenas Prügeln noch geschwollen, aber ansonsten sah ihr Gesicht zwischen dem schulterlangen, schwarzen Haar sehr hübsch aus.

Torka mußte ihr Lächeln erwidern, als sie ihn an der Hand nahm.

»Komm!« drängte sie und führte ihn in den Kreis der Tänzer.

Er zögerte nur einen Augenblick, doch dann sah er, daß auch Lonit ihnen folgte. Sie wollte nach seiner freien Hand greifen, doch dann schloß sich der Kreis. Er wunderte sich noch, warum sie so enttäuscht aussah, dann war er schon mitten in der Menge der Tänzer. Jeder bewegte sich nach seinem eigenen Rhythmus und sang sein eigenes Lied.

Jemand griff nach ihrer Hand und hätte sie fast von den Beinen gerissen. Lonit keuchte und fand sich plötzlich in Galeenas Armen wieder. Während er tanzte, drückte er sie so fest an sich, daß sie kaum atmen konnte. Sie hatte nicht gewußt, daß er so kräftig war. Seine rechte Hand hatte er an ihre Taille gelegt und zwang sie damit, seinen

Bewegungen zu folgen, während seine freie Hand sie auf eine Weise berührte, wie es kein Mann außer ihrem Vater je gewagt hatte. Er fuhr unter ihren Kittel, packte sie und tat ihr weh. Sie versuchte sich von ihm zu lösen, aber er riß ihr Handgelenk hoch. Er grinste sie mit seinen Wolfsaugen lüstern im Feuerschein an. Galeenas Zungenspitze schob sich zwischen seine Schneidezähne – eine eindeutige Geste. Sie war froh über das Halbdunkel, denn so konnte er nicht sehen, daß sie errötete. Er beugte sich an ihr Ohr und machte ihr flüsternd einen schamlosen Vorschlag. Er sagte ihr, daß sie nie vergessen sollte, wer der Häuptling war, wenn sie Torkas Baby zur Welt brachte und wollte, daß das Kind am Leben blieb.

Dann ließ er sie so heftig los, daß sie zur Seite taumelte und beinahe gestürzt wäre. Als sie das Gleichgewicht wiederfand, war Galeena nicht mehr zu sehen. Sie suchte nach Torka, aber um sie herum waren nur Tänzer, die sie mit sich rissen.

In der Höhle war es so warm, daß sie kaum atmen konnte. Der flackernde Schein des Feuers gab der Szene etwas Unglaubliches. Sie glaubte, Umak mit den Schwestern tanzen zu sehen . . . oder war es der große Bär? Die Jungen hüpften wild herum und versuchten, die Erwachsenen nachzuahmen. Sie fragte sich verwirrt, ob sie phantasiert hatte. Hatte Galeena ihr wirklich gedroht? Warum sollte er so etwas tun?

Die Tänzer rissen sie mit sich, bis sie erleichtert ihre eigene Feuerstelle entdeckte, an der Karana mit ernstem Gesicht hockte. Sie befreite sich aus dem Kreis der Tänzer und setzte sich dankbar auf das Faultierfell. Als Karana sie fragte, ob alles in Ordnung wäre, nickte sie.

Doch als sie sah, wie Ai Torka anblickte, war sie sich nicht mehr sicher.

Die Nacht verging nur langsam wie ein schlechter Traum. Das einzig Erfreuliche für Lonit war, daß Torka nicht bei Ai blieb. Schon nach wenigen Augenblicken ließ er die Frau des Häuptlings allein und setzte sich zu Lonit ans Feuer. Ai warf ihm einen wütenden Blick hinterher, ebenso wie Galeena. Als Lonit wissen wollte, womit er die beiden gekränkt hatte, seufzte er nur verärgert und zog sie unter das Schlaffell.

»Alles und nichts«, wich er aus und wollte zu diesem Thema nichts mehr sagen.

Sie schliefen, bis die Nacht fast vorüber war. Als Lonit aufwachte und ruhig in Torkas Armen lag, fragte sie sich, ob sie vielleicht aus Furcht Galeenas Worte mißverstanden hatte. Sie konnte sich nicht vorstellen, warum der Mann sie bedrohen oder gar begehren sollte. Sie hörte ihn, wie er sich gerade bei einer seiner Frauen befriedigte. Vermutlich bei der hübschen, dachte sie und erinnerte sich daran, wie die Frau Torka angesehen hatte. Sie wollte nichts mehr von der wilden, keuchenden Paarung hören und vergrub ihren Kopf in Torkas Arm.

In der Ferne heulte ein wilder Hund. Lonit fragte sich, ob es Aar war und hoffte, daß das Tier ein besseres Rudel gefunden hatte als das, von dem er vertrieben worden war. Mit diesem Gedanken schlief sie ein und bemerkte nicht mehr, daß Karana aufstand, seinen Speer nahm und hinaus in das Licht der aufgehenden Sonne trat.

Karana horchte auf Aars Heulen und das Ächzen des Eises hoch über der Höhle. Er hatte das Geräusch schon tausendmal gehört, doch jetzt, an diesem kalten klaren Morgen, kam es ihm vor, als hörte er es zum ersten Mal. Und diesmal sprach es aus seinem Innern mit deutlichen Worten zu ihm.

Geh! Geh jetzt! Der Junge, der den Regen bringt, ist auf dem Berg der Macht nicht länger willkommen.

Die innere Stimme erschrak ihn genauso sehr wie Umaks Hand, die er plötzlich auf seiner Schulter spürte.

»Karana ist früh aufgestanden, um die Sonne zu begrüßen«, stellte der alte Mann fest.

Der Junge starrte ihn entgeistert an. Er spürte, daß in den oberflächlich freundlichen Worten ein Tadel mitschwang. Es war die Aufgabe des Herrn der Geister, die Sonne zu begrüßen.

Doch es war der Junge, der jetzt die Macht der Sonne spürte, die ihn wie ein Blitzstrahl durchzuckte.

Verunsichert sah Umak die weit aufgerissenen Augen und den merkwürdigen Gesichtsausdruck des Jungen.

»Der Berg sagt, wir müssen diesen Ort verlassen«, sagte der Junge mit zitternder Stimme. »Wir müssen nach Osten in Richtung der aufgehenden Sonne gehen! Hör doch! Bruder Hund ruft, und er sagt dasselbe wie der Berg. Er warnt uns. Wir müssen diesen Ort verlassen, oder wir werden für ewig hierbleiben!«

»Karana darf nicht so reden! Nur weil Umak es abgelehnt hat, Galeenas Leute durch Zauber verschwinden zu lassen, will Karana jetzt, daß wir unsere Sachen packen und ihnen das beste Lager überlassen, das wir je hatten!«

»Es ist ein schlechtes Lager.«

Umak schnaubte. »Es hat das Leben eines kleinen Jungen gerettet! Es hat Umak, Lonit und Torka ermöglicht, in Sicherheit zu leben! Karana wird die Geister dieses Ortes verärgern, wenn er so undankbar spricht!«

»Die Geister dieses Ortes sprechen durch Karanas Mund!«

Umak sah ihn entsetzt an. »Umak ist der Herr der Geister! Karana ist nur ein kleiner Junge!«

Karana schluckte. Umak war sehr böse. Der Junge nickte, weil er ihn nicht weiter verärgern wollte. Er beschloß, nichts mehr zu sagen. Umak hatte recht. Es war anmaßend zu behaupten, daß die Geister ihm irgend etwas zu sagen hatten. Wenn sie die Menschen warnen wollten, würden sie es Umak wissen lassen.

9

In den folgenden Tagen und Nächten horchte Karana immer wieder, ob die Berggeister ihre Warnung wiederholen würden. Doch nach einer Weile war er froh, daß sie schwiegen. Sein Bein war noch nicht stark genug für eine weite Reise in ein unbekanntes Land, und er würde ohnehin lieber zusammen mit Torka, Lonit und Umak gehen. Doch niemand würde glauben, daß die Geister des großen Berges durch einen so kleinen Mund gesprochen haben könnten.

In mancherlei Hinsicht wurde das Leben auf dem Berg jetzt besser. Die Herbstnächte wurden immer länger, und die Tage glänzten im blassen Licht der Polarsonne. Mensch und Tier wurde unruhig, weil sie spürten, wie die lange Dunkelzeit näherrückte. Selbst Galeenas Stamm drängte es, mit der Sonne aufzustehen, zu jagen, zu sammeln und sich auf die dunklen, mageren Tage vorzubereiten.

Der Himmel war weiß von Zehntausenden von Schneegänsen, die nach Süden und Osten zogen. Sie stritten sich mit Lonit und den anderen Frauen um die letzten Beeren und Wurzeln des Jahres. Während die Gänse sich auf dem Herbstboden der Tundra mästeten, kamen die Frauen vom Berg herunter, um Fallen aufzustellen, und Lonit machte es großen Spaß, mit der Steinschleuder auf die Jagd zu gehen, die Galeenas Leuten völlig unbekannt war. Torka war stolz, daß Lonit offen von den Jägern für ihre Geschicklichkeit mit diesem seltsamen Gerät bewundert wurde. Fasziniert sahen sie zu, wie es schwirrend über die Teiche und Sümpfe flog, und sogar der mürrische Ninip schrie erstaunt auf, als die Stricke sich um die Beine und den Hals eines Vogels wickelten. Als Freundschaftsangebot wollte Lonit den Frauen zeigen, wie man die Waffe benutzte, aber sie hatten keine große Lust, neue Dinge auszuprobieren. Ai rümpfte ihre flache, immer noch etwas krumme Nase und sagte, daß es einfacher wäre, Fallen zu stellen, als ihre Zeit damit zu vergeuden, eine so komplizierte Wurftechnik zu üben.

Die schwelende Feindschaft zwischen Torka und Galeena dämpfte sich allmählich zu einer widerwilligen Duldung. Sie konnten sich immer noch nicht ausstehen, aber Torka hatte sich als guter Jäger erwiesen, und aus Rücksicht auf seinen Stamm hatte er den Häuptling nicht wieder herausgefordert. Da Galeena sich jetzt endlich um den Stamm und seine Zukunft kümmerte, sah Torka keinen Grund mehr, ihn noch einmal zu reizen. Aus demselben Grund ging ihm jetzt auch seine jüngere Frau aus dem Weg. Es war offensichtlich, daß sie nicht gut auf Galeena zu sprechen war, seit er ihr die Nase gebrochen hatte. Aus Trotz hatte sie sich seitdem viel um Torka gekümmert, doch er versuchte ihr nach Möglichkeit aus dem Weg zu gehen. Jetzt war sie ihm böse, was Galeena befriedigte und Lonit sehr glücklich machte.

Die Nischen der Höhle waren wieder mit Vorräten für den Winter angefüllt. Überall hing Fleisch, Fisch und Geflügel auf den Trockenrahmen, und die Frauen verarbeiteten Felle, Knochen und Hörner. Umak schien sich an Naknaktups und Oklahnoos nun viel sauberer Feuerstelle wohl zu fühlen und sah nur Gutes für diejenigen voraus, die sich in den letzten Tagen des Lichts auf den unvermeidlichen Hungermond vorbereiteten. Seit die beiden Schwestern sich um ihn kümmerten, hatte er keine Zeit für

Karana mehr. Jedesmal scheuchte er den Jungen fort und sagte ihm, er solle sich mit Gleichaltrigen zusammentun. Karana war tief verletzt, doch der alte Mann bemerkte es nicht. Er war genug mit den Frauen und seinen Weissagungen beschäftigt und sonnte sich selbstbewußt in dem Gefühl, seine große Bedeutung als Herr der Geister in Galeenas Stamm und seine Männlichkeit wiedergefunden zu haben. Jeden Morgen begrüßte er die Sonne und sprach dabei von sich selbst als dem Mann, der allein den großen Bären getötet hat. Jeden Abend bat er die Sonne wieder zurückzukehren. Als die Sonne am nächsten Morgen wirklich wieder aufging, waren alle beeindruckt – ganz besonders Umak. Weil sie seiner Macht vertrauten, hatten Galeenas Jäger viel mehr Erfolg bei der Jagd. Aus demselben Grund badeten die Frauen nun öfter und hielten das Lager sauber, wenn Umak in vorgetäuschter Trance damit drohte, daß ansonsten die Windgeister kommen würden. Torka machte keinen Hehl daraus, daß er stolz auf ihn war, und Lonit brachte ihm wie ebenso die anderen Frauen des Stammes freudestrahlend die besten Fleischportionen von ihrer Feuerstelle. Als der Mann, der den Jägern das Wild vor die Speere rief, brauchte Umak nicht für sich selbst oder seine Frauen zu jagen.

Zum ersten Mal seit seiner Jugend war Umak wieder mit seinem Leben zufrieden. Das einzige, was ihn gelegentlich störte, waren Karanas wachsame Augen. Es war unmöglich, seinen Gesichtsausdruck zu deuten, selbst für einen Herrn der Geister. So gab sich Umak damit zufrieden, daß der Junge schon wieder ohne Krücke laufen konnte. Bald würde Torka ihn mit auf die Gänsejagd nehmen. Der alte Mann war stolz, daß er es geschafft hatte, die bösen Geister von seinem Bein fernzuhalten.

Auch Torka freute sich über ihn.

»Umak ist in seinem neuen Leben offenbar sehr glücklich!«

Der alte Mann schnaubte. »Es ist nicht die Art des Stammes, immer am selben Ort zu leben. Doch der Mann, der allein den großen Bär getötet hat, sagt, daß dieser Berg der Berg der Macht ist. Er gibt diesem Herrn der Geister große Kraft und Weisheit. Und seinen Bewohnern geht es gut.«

Torka mußte ihm zustimmen. Er wünschte sich zwar manchmal, wieder allein mit Lonit, Umak, Karana und dem wilden Hund zu leben, aber vieles war seit der Ankunft Galeenas einfacher geworden. Seit langer Zeit führte er wieder ein Leben ohne Schattenseiten.

Doch eines Nachts träumte er wieder von der tosenden Wasserwand. Sie tauchte am Horizont auf und raste nach Osten auf den Berg zu. Sie verschlang alles, was in ihrem Weg lag, außer einem unbezwingbaren Geschöpf.

Es war groß und lautlos, furchterregend und auf erschreckende Weise vertraut. Es war weder Tier noch Geist. Seine schweren Säulenbeine stampften durch das Wasser; die blutigen Stoßzähne rissen die Wolken auf, aus denen es kopflose, zerquetschte Körper regnete. Sie klammerten sich an sein zotteliges Fell, ritten auf seinem riesigen Rücken und grinsten den Träumer gesichtslos an.

Alinak, Nap, Egatsop, Kipu – der ganze Stamm war versammelt, um ihm zu sagen, daß er nicht vor ihnen weglaufen konnte. Sie würden ihm solange folgen, bis er wieder einer von ihnen geworden sei, und diesmal für immer.

Er zuckte im Schlaf und versuchte, den Traum abzuschütteln, aber er wurde noch schlimmer. Die Bestie erreichte die Bergwand und hob ihren Rüssel, damit die Körper der Toten zur Höhle hinaufklettern konnten.

Nebelschwaden trieben über die schlafenden Gestalten von Umak, Lonit und Karana. Torka wußte, wer die Geister waren, doch in den blutig zerquetschten Formen konnte er keine Spur seiner geliebten Frau und seines noch mehr geliebten Sohnes entdecken. Sie hatten keine Gesichter, und dennoch grinsten sie ihn an, bevor sie sich über die Schlafenden legten, um ihnen die Seelen auszusaugen.

Das Tier rammte seine Stoßzähne in die Felswand. Die Welt erbebte, als Donnerstimme seinen Triumph über den Mann hinaustrompetete, der es gewagt hatte, gegen ihn aufzustehen.

Torka!

Es rief seinen Namen, als sein endlos langer Rüssel Torkas Brust umklammerte, seine Rippen zerquetschte und ihn aus der Höhle hob. Draußen schleuderte die Bestie ihn zu den Wolken hinauf. Ein Blitz fuhr neben ihm mit ohrenbetäubendem Donner durch den Nebel. Er packte den Blitz, der zu einer Verlängerung seines Speerarms wurde und ihn in eine lebende Waffe verwandelte. Seine Muskeln und Sehnen wurden von der Kraft des Blitzes zusammengehalten und verliehen ihm eine gewaltige Macht. Dann stürzte er mit der Geschwindigkeit eines angreifenden Adlers hinunter.

Er fuhr dem Zerstörer durch sein rotes, haßerfülltes Auge. Er tauchte in dieses Meer aus Haß ein, das ihn zu ersticken drohte und die Kraft des Blitzes aufzehrte. Schließlich lag er kalt und leblos im Herzen des großen, toten Geistes, der nie wieder todbringend durch die Welt ziehen würde.

»Torka!«

Manaaks eindringliches Flüstern riß ihn aus seinem Traum. Er starrte benommen und mit klopfendem Herzen zu dem Jäger mit dem Narbengesicht auf. Die erste Dämmerung durchdrang bereits die Dunkelheit. Er spürte Lonits Wärme an seinem Rücken, aber er fror und war Manaak dankbar, daß er ihn geweckt hatte.

»Komm! Hör zu! Torka muß sich das anhören!«

Vorsichtig erhob er sich, um Lonit nicht zu wecken, zog seine Jacke an und folgte Manaak auf den Felsvorsprung hinaus. Die Welt war blau vor Kälte, und die Wasserfälle waren zu Eis erstarrt. Ein sanfter Wind wehte und versprach den baldigen Sonnenaufgang.

Aus den fernen Schluchten des vergletscherten Gebirges im Osten kam ein Laut, der Torkas Traum Substanz verlieh.

»Mammut . . .«, keuchte Manaak, als wäre dieses Wort die Antwort auf ein seit langem gesungenes Dankgebet.

Torka lauschte, bis der Laut sich wiederholte und er erleichtert lächelte. »Viele Mammuts! Eine Herde, noch einige Tage von hier entfernt. Eine Herde bedeutet Weibchen und Jungen.« Er fühlte sich besser, als sein Alptraum sich verflüchtigte. Manaak sah enttäuscht aus, doch Torka achtete nicht darauf. »Der Große Geist, der Welterschütterer, der Zerstörer, den Manaak töten wollte, ist allein. Er hat keine Herde.«

Manaaks Augen verengten sich. »Der Große Geist war nicht allein, als er über das Lager der Mammutjäger am Eingang zum Tal der Stürme herfiel. Die Mammuts schrien, als sie in den Fallgruben starben. Dann kam der Große Geist. Wie der Schatten eines frühen Winters, wie ein Sturm brach er über uns herein. Als er ging, war er allein. Aber es heißt, daß der Große Geist den Herden folgt. Er beobachtet die Alten, die Schwachen und die Kleinen, die die Herde zum Sterben verlassen. Er tötet alle, die von ihrem Fleisch essen wollen. Er zermalmt alle unter seinen Füßen, die ihren Knochen keine Ruhe lassen. Er lebt nur dafür, alle zu töten, die Mammuts jagen.«

»Dann wird er nicht zu uns kommen, denn wir sind Menschen, die andere Beute jagen.«

Manaak schüttelte den Kopf. »Es heißt, daß der Große Geist alles weiß und nie etwas vergißt. Und genauso wie Manaak kennt er keine Vergebung. Der Große Geist ist irgendwo dort draußen. Vielleicht sterben jetzt gerade Menschen in ihrem Lager. Eines Tages wird er auch zu uns kommen, und wir müssen uns ihm stellen. Galeena mag sich damit zufriedengeben, sich im Bauch dieses Berges zu verstecken, doch solange der Große Geist lebt, wird Manaak in der Nacht auf das Trompeten von Mammuts lauschen und Torka in seinen Träumen zucken.«

Torka war beunruhigt, aber unter dem Wild, das am Berg vorbeizog, zeigten sich keine Mammuts, und sie hörten nichts mehr von der Herde in den Bergen.

Vögel beherrschten immer noch tagsüber den Himmel und zogen sich nachts lärmend in die frostigen Sümpfe zurück. Die Tiere der Tundra wechselten jetzt ihr Sommerkleid gegen die schneeweiße Winterfärbung. Pikas und andere Nagetiere legten eifrig aus den letzten grünen Trieben des Jahres ihre Vorräte an. In ihrem Bau würden sie trocknen und ihnen über die Zeit helfen, wenn die Oberfläche der Tundra unter undurchdringlichem Eis und Schnee lag.

Für die Männer des Stammes war die Jagd jetzt nicht mehr so dringend. Die Jungen durften gelegentlich ihre eigenen Streifzüge unternehmen, solange sie in Rufweite eines Erwachsenen blieben. Karanas Bein ging es schon viel besser, doch als er seinen Speer nahm und den anderen folgen wollte, äffte Ninip sein Humpeln nach, und Torka erlaubte ihm nicht, die Felsen hinunterzuklettern. »Wenn dein Bein wieder kräftiger ist, kannst du gehen. Jetzt noch nicht!«

Karana gehorchte schweigend, sah den anderen jedoch enttäuscht nach und ließ sich auch nicht aufmuntern, als Lonit ihm seine Lieblingspastete, eine Mischung aus gestampftem Fett, geronnenem Blut und süßen Preiselbeeren brachte.

Die Tage vergingen, und Torka nickte anerkennend, wenn Karana sein Bein trainierte, bis er Muskelkater bekam. Doch der Junge humpelte immer noch sehr stark, so daß Torka ihm nicht erlaubte, die Höhle zu verlassen.

»Du bist zu langsam und unsicher. Auf der Jagd wirst du dich selbst und andere in Gefahr bringen.«

»Dann laß mich alleine jagen! Ich werde euch beweisen, was ich kann!«

Der Junge sah seinem toten Sohn so ähnlich, daß Torka den Blick abwenden mußte. »Bald«, sagte er und versuchte, seine Erinnerungen zu verdrängen, doch es gelang ihm nicht. »Die Zeit vergeht schnell, kleiner Jäger. Manchmal kommt es mir vor, als wäre es nur einen Monat her, daß ich selbst als kleiner Junge im Schatten meines Vaters ging und mich beweisen wollte. Irgendwann war ich ein Mann, und mein eigener Sohn ging in meinem Schatten. Und jetzt sind mein Vater, mein Sohn und die meisten meines Stammes in der Geisterwelt, und Torka geht mit Karana, aber sie gehen beide im Schatten der Weisheit Umaks, unseres Herrn der Geister. Ich werde ihn bitten, den Geistern zu singen, sie mögen Karanas Heilung beschleunigen. Aber Karana darf nicht vergessen, wieviel Umak schon von den Geistern erbeten hat, um einem kleinen Jungen zu helfen.«

»Der Herr der Geister hat jetzt seine Frauen und einen neuen Stamm. Er kümmert sich nicht mehr um den kleinen Jungen.«

Torka schüttelte den Kopf. »Karana hat sein Leben Umaks Zauberkraft zu verdanken. Karana geht es jetzt schon viel besser, weil der alte Mann ihn nicht sterben lassen wollte. Wir haben ein gutes Leben, kleiner Jäger, also sei geduldig. Sei zufrieden mit den Tagen, so wie sie sind. Sei froh, daß Torka bis zum Hungermond für dich jagt und Lonit für dich kocht, während Umak eine Feuerstelle mit jenen teilt, die ihm an diesem sicheren Ort seine Jugend zurückgegeben haben.«

»Der Herr der Geister hat uns vergessen«, schmollte der Junge.

Torka lächelte. »Nein, kleiner Jäger. Er hat nur auch einmal an sich selbst gedacht und genießt es, wieder ein Mann unter Männern zu sein.«

10

Es war immer noch Herbst, aber kleine harte Schneeflocken und ein pfeifender Wind hatten bereits die Blätter von den Weiden gerissen und die Welt mit einem blendenden Weiß überzuckert.

Der Stamm blieb in der Höhle und aß und schlief. Als Lonit sich wieder einmal über die Nahrungsverschwendung beschwerte, lachten die Frauen sie aus. Sie hatten eine feste Hackordnung und machten ihr klar, daß sie darin den letzten Platz einnahm. Doch meistens waren sie mit Freundschaft und geselligem Tratsch genauso freigiebig wie mit Kritik und guten Ratschlägen. Überrascht war Lonit, daß die Frauen sie trotz gelegentlicher Bemerkungen über ihr Aussehen nicht abstoßend fanden. Als Ai etwas gegen Lonits ungewöhnliches Augenlid sagte, nahm Naknaktup sie in Schutz.

»Ai sollte lieber aufpassen, daß Galeena ihr nicht eines Tages ihre Augen so verschandelt wie ihre Nase! Diese Frau hat schon lange gelebt und viele Menschen mit Augen wie Lonit gesehen. Manche Stämme, die weit weg wohnen, finden solche Augen sogar hübscher. Wenn ein Mann wie Torka Lonit zu seiner Frau nimmt, heißt das vielleicht, daß sie besser als wir aussieht. Zumindest besser als Ai, seit sie von Galeena bestraft wurde, weil sie Lonits Mann schöne Augen gemacht hat!«

Alle Frauen lachten, außer Ai und Iana, die nie lachte. Lonit war viel zu erstaunt, um mitzulachen. War es möglich, daß es wirklich ganze Stämme gab, die Augen wie sie hatten? Oder wollte Naknaktup nur freundlich zu ihr sein? Nein, unter diesen Frauen hatte das Wort freundlich keine Bedeutung. Lonit hockte mit ihnen im Kreis um ein großes Moschusochsenfell. Alle hatten die Arbeit unterbrochen – Ai, um Lonit mit offener Feindseligkeit anzustarren, und die anderen, um sich vor Lachen zu schütteln.

Lonit wünschte sich, sie würden aufhören. Ais Mund verzog sich verbittert, was bei den anderen nur noch mehr Heiterkeit auslöste. Lonit starrte in ihre breiten, gleichmäßig runden und flachen Gesichter. Seit Umak sie dazu gebracht hatte, sich gelegentlich zu waschen, waren ihre Gesichtszüge sichtbar geworden. Sie sahen sich so ähnlich, als wären sie alle Schwestern. Selbst die unscheinbarsten Frauen besaßen die Hautfalte über dem Lid. Wie sehr Lonit sie um ihre Augen und ihre hübschen runden Gesichter beneidete! Doch sie war Torkas Frau, und sie wußte, daß alle sie darum beneideten.

Ai war aufgesprungen und wischte sich ihre kurzen, dicken Finger an ihrem Rock ab. »Lacht nur! Macht ruhig weiter! Aber bald wird Ai lauter lachen! Lonit und ihr Mann halten sich für etwas Besseres als wir! Sie sondern sich ab und rümpfen die Nase über unser Essen und unsere Bräuche! Lonits Bauch wird langsam groß und rund wie ein Sommervollmond. Bald wird Ai bei Lonits Mann liegen! Und wenn Lonits Baby kommt, wird Galeena es nicht am Leben lassen. Niemals! Diese Frau wird dafür sorgen, daß es so geschieht!«

»Schlaf jetzt! Mach dir keine Sorgen, kleines Antilopenauge. Glaub mir, Galeenas Frau kann nicht einfach bestimmen, was ihr oder ein anderer Mann tun soll.«

Lonit hatte lange gezögert, mit Torka über ihre Ängste zu sprechen, bevor sie ihn vorsichtig geweckt hatte.

»Schlaf jetzt!« drängte er. »Torka hat keine Angst vor den Drohungen einer eifersüchtigen Frau.«

»Eifersüchtig? Warum sollte Ai eifersüchtig sein? Sie ist Galeenas Frau . . . und sie ist hübsch.«

»Lonit ist hübsch.«

Sie lächelte matt und versuchte, ihm zu glauben. »Lonit wird bald so sein, wie Ai sagt . . . so rund und groß wie ein Sommervollmond.«

Er umarmte sie und legte eine Hand auf ihren Bauch. »Der Sommervollmond ist der schönste!«

Sie schlang ihre Arme um seinen Hals und drückte sich und das Kind eng an ihn. Sie liebte ihn so sehr, daß sie für einen Augenblick keine Worte fand. Aber sie hatte ihm noch etwas zu sagen. »Lonit hat gehört, wie Karana zu Umak sagte, daß dies ein schlechtes Lager sei, daß wir diesen Ort verlassen müssen und der Berg der Macht durch Karanas Mund gesprochen hat, um uns zu warnen.«

»Karana ist ein kleiner Junge. Würden die Geister des Berges nicht eher durch Umak sprechen?«

»Umak ist alt. Vielleicht . . .«

»Umak ist der Herr der Geister. Wenn die Geister etwas mitzuteilen haben, werden sie es ihn wissen lassen. Und er fühlt sich in diesem Lager wohl. Hier hat er seine Männlichkeit wiedergefunden. Also hör nicht auf das Geplapper einer dummen Frau oder eines noch dümmeren Kindes. Bald wird Torkas Frau den Sommervollmond zur Welt bringen. Wenn die Zeit der langen Dunkelheit kommt, sind wir hier in der Höhle sicher. Sie gehörte uns, bevor Galeena sie übernommen hat. Dank Umaks Zauberkraft haben sich seine Leute schon geändert ... zumindest ein bißchen. Mit der Zeit werden wir besser mit ihnen auskommen.« Er unterdrückte ein Gähnen. »Lonit wird es erleben. Bald wird es wieder ein gutes Lager sein.«

Sie wollte ihm widersprechen und ihm erzählen, wie der Häuptling ihr gedroht hatte, aber Torka war wieder eingeschlafen, und auch ihr wurden die Lider schwer. Sie beruhigte sich, denn immerhin hatte Galeena keinen weiteren Vorstoß gemacht. Die Nacht der tanzenden Feuer war nur noch ein ferner, fast vergessener Alptraum. Wenn sie in Torkas Armen lag und das Kind unter ihrem Herzen spürte, erschien ihr das ganze Leben wie ein Traum. Mit diesem Gedanken schlief sie lächelnd ein.

Es war die Zeit zum Geschichtenerzählen. Umak sprach zuerst. Als seine Stimme ihn im Stich ließ und es offensichtlich wurde, daß das Wetter sie nicht so bald aus der Höhle lassen würde, löste Galeena ihn ab. Während Umaks verwickelte und lehrreiche Geschichten vom ewigen Kampf zwischen Mensch und Tier und der Einheit mit den Kräften der Schöpfung handelten, erzählte Galeena einfach und phantasielos von kühnen Abenteuern in fernen Ländern. In Umaks Geschichten waren Mensch und Tier immer den Kräften des Himmels und der Erde unterworfen, in Galeenas Erzählungen ging es nur um ihn selbst und seinen Stamm. Man hatte den Eindruck, selbst die Sonne, der Mond und Sterne drehten sich um Galeena. Er sprach von fernen Jagdgründen, wo er und seine Männer so viel Beute machten, bis alles Wild verschwunden war. Dann hielten sie viele Tage lang ein Festmahl, bis ihre Vorräte aufgebraucht waren und sie in die Jagdgründe eines anderen Stammes weiterziehen mußten. Er sprach noch einmal vom Tal der Stürme, einem wildreichen, aber schmalen und windgepeitschten Grasland zwischen riesigen Bergen aus purem Eis. Die Berge ächzten und stöhnten wie Frauen in den Wehen, und manchmal stürzten gewaltige Lawinen herab und begruben Menschen und Tiere unter sich.

Zum ersten Mal bekam seine Erzählung einen anderen Tonfall. Das Tal der Stürme erinnerte Galeena widerwillig daran, daß der mächtige Held seiner eigenen Geschichten auch nur ein sterblicher Mensch war.

»Wie viele starben im Tal der Stürme, wo die Berge wie Menschen wandern?« Seine Frage war ein Teil der Erzählung.

»Viele starben im Tal der Stürme, wo die Berge wie Menschen wandern!« antworteten seine Jäger einstimmig, und die Frauen stimmten eine Totenklage an. Die Jungen hörten mit weit aufgerissenen Augen zu, obwohl sie die Geschichte schon so oft gehört hatten, daß einige stumm Galeenas Worte mitsprechen konnten.

»Starben sie durch stürzende Berge?« fragte Galeena.

»Sie starben nicht durch stürzende Berge!«

»Dann sagt uns, wodurch sie starben!«

»Sie starben durch den Zorn des Großen Geistes!«

»Ah-yah! Und wer ist der weiseste aller Häuptlinge? Wer schützt den Stamm vor den stürzenden Bergen? Wer bringt den Stamm vor dem Großen Geist in Sicherheit, wenn er wie ein Sturm heranbraust?«

»Galeena!«

»Und wer sagt dem Stamm, daß er nie wieder den Großen Geist jagen soll? Wer rettet das Leben seines Stammes, während andere dem Großen Geist folgen und sterben?«

»Galeena! Ai-yah-hay! Ga-lee-na!«

Er sonnte sich in ihrer offenen Bewunderung, bis er sah, daß Manaak als einziger unter seinen Jägern stumm und sichtlich unbeeindruckt blieb. Sogar Torka schien von seiner Erzählung gefesselt zu sein. Er saß mit Lonit und Karana an seiner Feuerstelle, und alle drei waren Galeena zugewandt, als er sich jetzt in Pose warf und die Brust herausstreckte.

»Wo liegt das Tal der Stürme?« fragte Torka.

»In Richtung der aufgehenden Sonne«, antwortete Manaak.

Galeena schnaufte ungläubig. »Was bist du für ein Jäger, daß du das Tal der Stürme nicht kennst?«

»Ein Jäger aus dem Westen«, antwortete Torka unbeeindruckt. »Torka kennt nicht, was er nie gesehen hat.«

Galeena schnaufte noch einmal. »Was für Leute leben im Westen, daß sie nicht wissen, daß viele Mammuts im Osten umherziehen?«

»Leute, die den Karibuherden folgen und sich wenig um die Wege der Mammuts kümmern«, sagte Torka. »Wir essen nur in der schlimmsten Zeit des Hungermondes Mammutfleisch, weil es zu zäh ist und zu sehr nach dem bitteren Saft der Bäume schmeckt, von denen das Mammut sich ernährt. Selbst der Geruch seines Fleisches ist uns unangenehm.«

»Ha!« entfuhr es Galeena. »Die Stämme kommen aus allen Himmelsrichtungen, um sich in einem großen Lager zu versammeln. Sie töten viele Mammuts. Zähes Fleisch macht zähe Menschen!«

Und stinkendes Fleisch macht stinkende Menschen, dachte Karana angewidert. Doch dann kam ihm plötzlich ein Gedanke, und er fragte sich, warum er nicht schon eher darauf gekommen war. »In diesem großen Lager, wo sich viele Stämme versammeln . . . ist Galeena dort vielleicht dem Stamm von Supnah begegnet? Er führt viele Männer und Frauen an. Er schätzt Mammutfleisch nicht sehr, aber in Hungerzeiten . . .«

Galeena gefiel die Unterbrechung durch das Kind nicht. »Was kümmert dich dieser Supnah?«

Karana sagte es ihm, und Galeena grunzte. Dann erzählte er dem Jungen, daß er tatsächlich einmal ein Feuer mit einem Mann namens Supnah geteilt hatte.

»Ein großer Stamm. Keine Säuglinge, wenige Frauen. Und ein Zauberer. Ich glaube, er hieß Navahk.«

Karana bekam runde Augen. »Das ist sein Name! Navahk!«

Dann erzählte Galeena, daß er Supnahs Stamm getroffen hatte, als sie noch auf dem Weg zum großen Lager waren. Gemeinsam hatten sie ein paar Karibus gejagt. Dann hatte Galeena Supnah eingeladen, ihn zur Versammlung der Mammutjäger am Eingang zum Tal der Stürme zu begleiten. Doch Supnah war mit dem Gelände nicht vertraut und hatte deutlich gemacht, daß er eine Abneigung gegen Mammutfleisch hatte.

»Das letzte Mal hat Galeena ihn an diesem Feuer gesehen. Das ist nun schon sehr lange her. Supnah sagte, daß er an diesem Platz bleiben wollte, um Karibus zu jagen, und ihnen später folgen würde.«

»Aber er hat versprochen, zurückzukommen, um mich und die anderen Kinder . . .«

»Er hat nichts von einem Sohn oder Kindern erzählt. Nachdem der Große Geist viele im Lager der Mammutjäger getötet hatte, führte Galeena seinen Stamm nach Westen und suchte nach diesem Supnah. Er dachte, daß zwei Stämme besser als einer sind. Aber Supnah war schon fort. Er ist den Karibus gefolgt. Und der Große Geist ist Supnah gefolgt. Galeena hat seine Spuren gesehen. Also sollte Karana Supnah besser vergessen, wie alle Jäger der Tundra, die sich nicht auf einem hohen Berg vor dem Großen Geist in Sicherheit gebracht haben!«

In Karanas Kopf schwirrte es. Alle starrten ihn an, aber er kümmerte sich nicht darum. »Du hast die Spuren gesehen und bist Supnah nicht gefolgt, um ihn zu warnen?«

Ein Raunen ging durch Galeenas Stamm. Die Frage des Jungen hatte wie eine Anklage geklungen.

»Dem Großen Geist folgen?« Galeena schüttelte den Kopf. »Warum sollte ein Mann das tun? Galeena ist noch nicht bereit, seine Seele vom Wind davontragen zu lassen! Jäger jagen Wild und keine Geister! Warum sorgt Karana sich überhaupt um jemanden, der ihn zum Sterben ausgesetzt hat?«

»Weil ich nicht gestorben bin! Weil er mein Vater ist! Weil sein Stamm mein Stamm ist! Weil ich weiß, daß er zurückgekommen wäre, wenn er die Möglichkeit gehabt hätte! Und weil Karana im Gegensatz zu Galeena keine Angst vor dem Großen Geist hat!«

Im selben Augenblick wurde ihm klar, daß er sich zuviel herausgenommen hatte. Lonit hielt vor Schreck den Atem an, und Umak schnaubte verhalten.

Torka verwies ihn wütend in seine Schranken. »Karana weiß nicht, was Angst ist, bevor er nicht wie dieser Mann und Galeenas Stamm dem Großen Geist gegenübergestanden hat! Viele starke und mutige Männer sind bei dem Versuch gestorben, das große Mammut zu töten, das viele Namen hat. Dieser kleine Junge hat einen viel zu großen Mund! Bevor er nicht ein Mann ist, der das Gewicht seiner Verantwortung tragen kann, will Torka nie wieder hören, daß er die Älteren herausfordert oder kritisiert. Denn ihre Weisheit ist groß, während Karana überhaupt keine Weisheit besitzt!«

Beschämt nahm Karana den Tadel hin, aber er bemerkte noch, wie Galeena und seine Jäger sich beruhigten. Sie alle lobten Torkas Worte. Die Frauen nickten, und die Jungen schlossen sich Ninips Hohngelächter an. Karana ließ den Kopf hängen. Umak erklärte, daß Karana ein Junge wäre, der schnell lernte und diesen Fehler nicht noch einmal machen würde. Karana fühlte sich elend und im Stich gelassen.

Um die Situation zu entschärfen, begann Umak eine Geschichte zu erzählen. Seine zwei Frauen drängten die anderen, das Fleisch herumzureichen. Wieder einmal begannen Galeenas Leute mit einem endlosen Festmahl.

Lonit bot Karana ein Schneehuhnei an, doch der Junge winkte ab. Er hatte keinen Appetit. Weit draußen in der Tundra heulte ein wilder Hund. Oder war es ein Wolf? Karana wußte es nicht.

Unruhig stand er auf und ging zum Eingang der Höhle. Umaks Sprechgesang benebelte seinen Kopf. Der Berg der Macht besaß große Zauberkraft, dachte er, denn selbst so mutige und ehrenhafte Jäger wie Torka und Umak ließen sich davon verwirren, so daß sie Weisheit in den Ausschweifungen und der Feigheit Galeenas sahen.

Dieser Junge wird nicht an diesem Ort bleiben. Es ist ein schlechtes Lager. Bruder Hund hat es verlassen, und Karana wird auch gehen. Er wird seinem Stamm nach Osten folgen. Und Karana wird keine Angst haben, auch wenn Torka *es nicht glaubt.*

Doch als er den steilen Weg sah, auf dem er die Höhle verlassen mußte, hatte er doch Angst. Vor seiner Verletzung war er oft den Berg hinauf und hinuntergeklettert, bei jedem Wetter, so daß er jeden Fußtritt und Handgriff kannte. Doch es war ein gefährlicher Abstieg.

Es hatte aufgehört zu schneien. Die Luft war kalt, und der Wind schien eine Atempause zu machen. Es würde bald wieder schneien, aber jetzt kam die Sonne hervor. Sie blickte ihn wie ein trübes gelbes Auge an, und Karana mußte plötzlich an Navahk denken, wie er ihn mit einem haßerfüllten Lächeln beobachtete.

Durch den Wetterwechsel wurde Karanas Bein steif und schmerzte wieder. Er wußte, daß Torka recht hatte. Wenn er jetzt allein den Abstieg wagte, konnte er an der eisglatten Wand leicht in den Tod stürzen. Navahk würde es wissen, und das Auge der Sonne würde vergnügt strahlen, während der Zauberer viele Meilen entfernt lächelte.

Er erinnerte sich an das Seil mit der Schlinge, das Torka und Umak angebracht hatten, um den Elch zur Höhle hinaufzuziehen. Es war seitdem oft benutzt worden und schon etwas fadenscheinig.

Karana wird vorsichtig sein, schwor sich der Junge. *Heute nacht, wenn alle schlafen, wird Karana gehen. Niemand wird ihn vermissen. Dies ist nicht mehr seine Höhle oder sein Berg. Torkas Stamm ist nicht mehr sein Stamm. Sie gehören jetzt zu Galeenas Stamm.*

Der Tag schien kein Ende nehmen zu wollen. Es schneite jetzt ununterbrochen, und Galeenas Stamm hatte bald keine Lust mehr, zu essen und Geschichten zu hören. Sie tranken ein übelriechendes Getränk, das die Frauen zubereitet und in Behälter aus Harnblasen abgefüllt hatten. Während Torka Speerspitzen bearbeitete und Lonit nähte, zeigten Galeenas Leute keine große Lust, sich mit sinnvoller Arbeit zu beschäftigen. Sie dösten, und wenn sie erwachten, sprachen sie schleppend. Nach einer Weile lachten sie nur noch. Dann änderte sich die Stimmung. Die Jäger kopulierten so heftig und schnell mit ihren Frauen, daß sie anschließend gereizt und streitsüchtig waren. Die Jungen durften nicht einmal an dem Getränk nippen und waren bald so gelangweilt, daß sie sich brutal zankten. Dann verletzte Ninip einen Jungen mit einem Stein, und Umak mußte die Kopfhaut des kreischenden Kindes nähen.

Karana saß ganz allein in seinen Schlaffellen in der Nähe des Höhleneingangs und beobachtete, wie der Schnee leise und sauber fiel. In seinen Gedanken hatte er die Höhle und das Treiben darin bereits verlassen. Als Lonit ihn überreden wollte, doch wieder ins Warme zu kommen, hörte er ihr gar nicht zu. Wenn Torka auch nur mit der leisesten Entschuldigung gekommen wäre, hätte er seinen Entschluß vielleicht noch einmal überdacht. So aber sagte er sich, daß er sich an die Kälte gewöhnen mußte, wenn er mit Bruder Hund auf die Suche nach Supnahs Stamm gehen wollte.

An Galeenas Feuerstelle flüsterte Ai ihrem Mann aufhetzende Worte ins Ohr. Obwohl sie nach den Prügeln ungewöhnlich lange geschmollt hatte, war er mit ihrem Verhalten in den letzten Tagen zufrieden gewesen. Er seufzte und nickte, während er sich ihre Schmeicheleien anhörte. Als sie sich schließlich öffnete und sich seinem ungeduldigen Drängen hingab, war er wirklich davon überzeugt, daß er in jeder Beziehung der beste Mann war.

Doch dann flüsterte Weelup, seine zweite Frau, die Worte, die Ai ihr aufgetragen hatte, selbst unter der Gefahr, daß sie beim nächsten Abstieg von der Höhle ins Stolpern gebracht wurde. »Manche sagen, daß Torka besser ist.«

Schon als Weelup noch sprach, duckte sie sich. Wie sie erwartet hatte, traf Galeenas heftiger Schlag sie im Rücken. Er war sichtlich geschrumpft, als seine Paarung mit Ai so unvermittelt gestört wurde. »Welche Frau sagt das?« fragte er mit mordlüsternem Blick.

»Keine Frau«, beruhigte Ai ihn. »Torka denkt, er ist in jeder Beziehung der Beste. Immer wieder fordert er Galeena heraus. Torka ißt nicht, was wir gekocht haben, er trinkt nicht aus unseren Schläuchen und beleidigt unsere Männer, indem er nur bei seiner eigenen Frau liegt.«

Galeena wußte, daß bisher auch noch kein Mann Torka seine Frau angeboten hatte. Es stand außerdem nur dem Häuptling zu, als erster eine solche Geste zu machen, und Galeena hatte absichtlich darauf verzichtet. Normalerweise wurde es als Beleidigung betrachtet, wenn einem ein solcher Gefallen nicht getan wurde, doch Torka schien sich nichts daraus zu machen. Der junge Mann war offenbar mehr als zufrieden mit seiner eigenen, seltsam aussehenden Frau. Galeena war froh darüber, weil er keine Lust hatte, eine seiner Frauen mit einem Mann zu teilen, auf den er eifersüchtig war.

Ai strich mit ihren kleinen, warmen Händen über seine Brust und hob den Kopf, um seine Haut zu küssen und zu lecken. »Galeena braucht sich nicht um das zu kümmern, was Torka sagt oder die anderen Männer und Frauen denken. Die Alten sagen, daß Galeena vor langer Zeit der beste Mann von allen war, auf der großen Versammlung am Eingang zum Tal der Stürme, wo sie gejagt und den Plaku getanzt haben.«

»Die Alten? Vor langer Zeit? . . . Galeena ist immer noch der beste Mann! Wenn die Frauen in diesem Lager den Plaku tanzen, könnte Torka nicht mit Galeenas Manneskraft mithalten!«

Ai lächelte und drückte ihr Gesicht an seine Brust, um nicht laut loszulachen. »Das muß Galeena dieser Frau nicht sagen! Ai ist Galeenas Frau, sie will keinen anderen Mann! Ai weiß, daß Galeena der beste von allen ist!«

»Und Ai wird es auch erleben!« Er schubste sie weg und sprang auf, um seinen Leuten zu verkünden, daß sie sich sofort für einen Plaku bereitmachen sollten.

Es wurde plötzlich still.

Galeenas Leute starrten ihn ungläubig an.

»Plaku! Plaku! Macht euch bereit! Macht euch bereit!« befahl er, und auf den Gesichtern der Männer zeigte sich bald ein lüsternes Grinsen, während die Frauen sich die

Hand vor den Mund hielten, um ihr Kichern zu unterdrücken.

Ninip keifte los und rief die Jungen zusammen. Iana nahm Lonit an der Hand und zog sie von Torka weg zu ihrer eigenen Feuerstelle.

»Plaku ist nichts für Frauen, die ein Baby im Bauch haben«, konnte sie noch erklären, bevor Naknaktup sich zu ihnen gesellte.

Die alte Frau brüstete sich damit, daß Umak in der Tat ein großer und mächtiger Herr der Geister sei, denn sie hätte nie gedacht, daß sie in ihrem Alter noch einmal schwanger werden könnte.

Lonit freute sich so sehr – nicht für Naknaktup, sondern für Umak – daß sie vergaß, warum man sie von Torka weggezerrt hatte. Das Kind würde Umak wieder neue Lebenskraft geben, nicht nur um sich damit zu brüsten, sondern um seine Gabe an jemanden weiterzugeben, den er mit seinen eigenen Lenden gezeugt hatte.

»Ihr werdet sehen! Alle Frauen werden Umak haben wollen! Sie werden den Plaku für meinen Mann tanzen, und diese Frau wird stolz sein!«

»Was ist ein Plaku?« wollte Lonit endlich wissen.

»Es ist ein Tanz, der im großen Lager der Mammutjäger in der Nähe des Tals der Stürme getanzt wird. Plaku ... ist der Tanz, bei dem die Frauen die Wahl haben. Die Freuden werden geteilt, zwischen den verschiedenen Stämmen, zwischen der Frau eines Mannes und dem Mann einer anderen Frau«, erklärte Iana.

Lonit blickte sie verwirrt an. Diese Sache gefiel ihr überhaupt nicht. »Wer teilt? Wer wählt?«

»Alle teilen, aber es ist die einzige Gelegenheit, bei der auch Frauen einen Mann wählen dürfen – oder viele Männer. Jeden, bei dem sie gerne liegen möchten. Jeden außer ihrem eigenen Mann.«

»Aber nicht meinen Mann!« protestierte Lonit.

Naknaktup lachte. »Jeden Mann, meine Kleine. Torka, Umak, Galeena ... Je mehr Frauen einen Mann wollen, desto stolzer ist seine Frau!« Sie klatschte begeistert in die Hände. »Diese Frau hat schon lange gelebt, viele Dinge gesehen und viele Plakus getanzt. Vor langer Zeit hat Naknaktup erlebt, wie Galeena, noch bevor er Häuptling war, alle Frauen auf der Versammlung gehabt hat!«

»Das ist nicht möglich!«

»Galeena war damals jünger«, gab Naknaktup mit einem Augenzwinkern zu. »Es war auch keine so große Versammlung mit nicht sehr vielen Frauen, und der Plaku hat lange gedauert. Aber Lonit soll wissen, daß Galeena einen großen, hungrigen Knochen hat. Das war ein Grund, warum die Jäger ihn zum Häuptling gemacht haben. Jeder Mann mit einem so großen Knochen ...«

»Manaak hat einmal drei Frauen hintereinander genommen«, wurde sie von Iana unterbrochen, die offenbar kein Lob über Galeena hören wollte. »Als er fertig war, waren alle drei Frauen zufrieden und glücklich, nicht trocken und wund wie nach Galeenas Stößen! Aber das macht nichts. Alle Frauen wollen Galeena, und keine Frau außer Iana will Manaak, seit er die Narben im Gesicht hat.«

Lonit war verzweifelt; dann aber sah sie die Traurigkeit in Ianas Augen und wollte sie trösten. »In unserem Stamm ist ein Mann mit Narben einer, der von den anderen beneidet wird. Manaak ist stark und hat ein schönes Gesicht. Seine Narben verraten, daß Iana ihren Mann nicht mit anderen teilen muß. Lonit will Torka nicht mit anderen Frauen teilen!«

Sie sah so verzweifelt aus, daß Naknaktup sie mütterlich umarmte. »Hör zu, meine Kleine! Manaak hat Narben, weil Galeena sie ihm zugefügt hat. Sie zeigen, daß er ein Außenseiter ist, ein Mann, der sterben wird, wenn er Galeena noch einmal herausfordert.«

Iana legte Lonit beruhigend eine Hand auf die Schulter. »Du wirst deinen Mann teilen, Lonit«, sagte sie mit sanfter, aber trauriger Stimme. »Der Plaku ist ein Tanz unseres Stammes. Du und Torka, ihr gehört jetzt zu unserem Stamm. Wenn Torka von einer Frau erwählt wird und sie zurückweist, ist er nicht zu beneiden. Die Jäger werden zornig sein. Sie werden Torka festhalten, während Galeena sein Gesicht zerschneidet, oder ihn vielleicht sogar verstoßen. Dann wird Lonit Galeenas Frau. Und Galeena wird Lonit solange treten, bis das Baby tot ist. Dann wird Lonit an seiner Feuerstelle leben und seine Schlaffelle mit Ai und Weelup teilen, bis Galeena genug von ihr hat. Dann wird er sie Torka hinterherschicken und sie den wilden Tieren überlassen.«

Die Männer errichteten ein großes rauchendes Feuer aus Knochen und Essensresten in der Mitte der Höhle. Sie holten ihre Schlaffelle und ordneten sie im Kreis um das Feuer an, so daß in der Mitte noch genug Platz für die tanzenden Frauen blieb. Nachdem die Männer sich auf die Felle gehockt hatten, tauschten sie anzügliche Bemerkungen über die Tänzerinnen aus und schlossen Wetten ab, wessen Männlichkeit von wem geprüft werden würde. Als Torka keine Anstalten machte, sich ihnen anzuschließen, riefen sie ihn und erinnerten ihn daran, daß er nun zu ihrem Stamm gehörte. Kein Mann durfte sich vor dem Plaku drücken, und normalerweise hatte auch niemand mit einem Funken Verstand die Absicht, das zu tun.

Sie lachten über Torka. Einer vermutete, daß Torka vielleicht gar kein richtiger Mann war. Solange er nicht bei einer seiner Frauen gelegen hatte, gab es keinen Beweis, daß er überhaupt ein Mann war, obwohl er sich auf der Jagd bewährt hatte und seine Frau offenbar das beste Zeichen war, daß sein Knochen funktionierte.

Torka schoß vor Verlegenheit das Blut ins Gesicht. Er wußte, daß Lonit ihn verzweifelt ansah, aber er konnte den Blick nicht erwidern. Er hätte Galeenas Jägern am liebsten zugerufen, daß kein Mann aus Torkas Stamm seine Männlichkeit bei der Frau eines anderen Mannes unter Beweis stellen mußte. Aber sie hatten recht, er gehörte jetzt zu ihrem Stamm. Sein Stamm war tot, und Umaks weise Worte hatten sich wieder einmal bestätigt: *In einem neuen Leben müssen Menschen neue Wege suchen.*

Selbst wenn sie ihnen nicht gefallen, fügte er in Gedanken hinzu und trat zögernd in den Kreis. Er setzte sich neben Manaak und war für einen Moment durch Karanas strafenden Blick irritiert. Dann war der Junge verschwunden, offenbar um an ihrer Feuerstelle zu schmollen.

Galeena forderte Umak auf, ebenfalls mitzumachen. Der alte Mann schnaubte nur und trat dann in seinem Bärenfell heran. Bei jedem Schritt schlugen die Pfoten und Krallen an seinem Halsband leise zusammen. In den letzten Tagen hatte er seine Näharbeit vollendet, und als er nun seine Arme hob, sah es aus, als hätte er Flügel statt Arme. Er blieb einen Augenblick so stehen, und wie erwartet ging ein ehrfürchtiges Raunen durch den Stamm. Zufrieden setzte er sich mit gekreuzten Beinen, verschränkte die Arme vor der Brust und starrte unbeeindruckt in die Flammen.

Doch nur ein Felsen konnte während eines Plakus lange unbeeindruckt bleiben. Als Vorspiel zum Tanz teilten die Frauen das dicke, übelriechende Getränk aus, das Torka bisher immer abgelehnt hatte. Es war eine widerliche Mischung aus Blut, gegorenem Beerensaft, Moosen, Pilzen und Weidenrinde, die zerstampft und dann von den Frauen zu einer breiigen Masse zerkaut worden war.

Jetzt mußte er trinken, wenn er den Stamm nicht beleidigen wollte. Würgend zwang er sich zu einem Schluck. Die Männer nickten, und die Frauen zogen kichernd weiter.

Es dauerte nicht lange, bis er verstand, warum sie es tranken. Es war nicht wegen des Geschmacks, denn es schmeckte noch scheußlicher, als er es sich vorgestellt hatte. Jetzt wußte er auch, warum Galeena und seine Leute so oft träge waren. Schon nach einem Schluck fühlte er eine wohlige Wärme und zwinkerte benommen mit den Augen. In seinen Schultern kribbelte es, und seine Fußsohlen juckten. Plötzlich nahm er Licht und Formen ganz anders wahr. Die Höhle, das Feuer, die Männer und die Frauen, die gemächlich mit dem Getränk herumgingen, erschienen ihm schöner als die erste Dämmerung nach einer langen Dunkelzeit. Er fühlte sich größer und stärker, aber gleichzeitig leicht wie ein kleiner Junge, den seine Mutter fest auf ihren Rücken geschnürt durch die Tundra trug.

Aber er war kein Kind, sondern ein Mann, als er zusah, wie die Frauen sich langsam auszogen. Sie ölten sich sorgfältig mit Fett ein und rieben sich duftende Wermutblätter auf ihre Brüste, Bäuche und die weichen Innenseiten ihrer Schenkel. Dann nahmen sie sich an den Händen, kehrten den Männern den Rücken zu und umkreisten langsam das Feuer. Sie hoben die Arme und stimmten einen Gesang an. Allmählich wurden ihre Schritte schneller, und Torka sah das Feuer zwischen ihren Schenkeln aufflammen, wenn sie an ihm vorbeigingen.

Alles bewegte sich und pulsierte in einem langsamen Rhythmus, der allmählich schneller wurde, bis die Tänzerinnen sich umdrehten. Das Feuer war jetzt hinter ihnen und in den Männern, die sie beobachteten. Ihre Körper glänzten. Sie zeigten ihre Brüste, Bäuche und die weichen pelzigen Dreiecke, hinter denen sich noch weichere und feuchtere Regionen verbargen. Sie streckten ihre Hüften nach vorn und erlaubten ihnen seltene Einblicke.

Ihre Bewegungen wurden wieder langsamer, als die Frauen sich einen Mann aussuchten und mit gebeugten Knien und gespreizten Beinen vor ihm tanzten. Sie kreisten mit den Hüften, hoben die Arme und ließen ihre Brüste zucken, so daß die runden zarten Brustwarzen hart und braun wurden.

Das Feuer war heruntergebrannt, und es wurde dunkler. Ai tanzte vor Torka und entfachte ein Feuer in seinen Lenden. Sie bewegte ihre kurzen starken Gliedmaßen, verlagerte ihr Gewicht von den Zehen auf die Fersen und streckte ihren Brustkorb wie eine satte Löwin, die sich in einen Baum krallte.

Die Jäger waren jetzt aufgesprungen und rissen sich die Kleider vom Leib. Torka machte keine Ausnahme.

Der Tanz ging weiter.

Es gab eine peinliche Unterbrechung, als einer der jüngeren Jäger mit einem beschämten Stöhnen in die Knie ging, weil er sich bereits verausgabt hatte. Die Frauen, die ihn erwählt hatten, würden enttäuscht sein, und Torka hatte für einen Moment Mitleid mit ihm. Es würde lange dauern, bis seine Frau und die anderen Jäger seine Schande vergessen hatten.

Dann sah Torka wieder Ai an und entdeckte in ihren Gesichtszügen die Wildheit und Gnadenlosigkeit eines Polarsturms. In diesem Augenblick wußte Torka, daß Ai Galeena zu diesem Plaku gedrängt hatte, damit sie von Torka verlangen konnte, was er und ihr Mann ihr versagt hatten. Sie war eine selbstsüchtige Intrigantin, die für die Schande des jungen Jägers und viele angstvolle Stunden für Lonit verantwortlich war. Er verabscheute sie, aber dadurch wurde sein Verlangen nicht abgekühlt, sondern nur um so stärker entfacht.

Überall um das Feuer herum hatten sich die Frauen

ihren Partner ausgesucht. Torka sah und hörte nichts von ihren wilden Paarungen.

Ai grinste ihn an und stellte sich zur Schau. Sie berührte sich selbst, wie nur ein Mann eine Frau berühren sollte. Sie starrte auf den aufgerichteten Teil seines Körpers, nach dem es sie so lange verlangt hatte. Speichel sammelte sich in ihren Mundwinkeln. Sie fuhr sich mit der Zunge über die Lippen und kam zu ihm, um ihre Drohung an Lonit wahrzumachen.

Obwohl er sie haßte, wollte er sie und hätte sie auch dann genommen, wenn es keine Beleidigung Galeenas gewesen wäre, sie zurückzuweisen. Aber er wollte sie zu seinen Bedingungen, nicht zu ihren.

Er hatte das plötzliche Verlangen, ihr das Genick zu brechen und sich an ihrem leblosen Körper zu erleichtern, so daß sie keine Befriedigung im Höhepunkt oder im Bewußtsein fand, Lonit erniedrigt zu haben.

Lonit! Ihr Name erfüllte sein Herz, als er Ai in den Achselhöhlen packte und sie hochhob. Sie wand sich in seinem schmerzhaften Griff, als ihr klar wurde, daß sie die Kontrolle über die Situation verloren hatte.

Er drückte sie zu Boden, warf sich auf sie und biß sie in die Schulter wie ein wildes Steppenpferd. Er drang so heftig in sie ein, daß sie vor Schmerz aufschrie. Er war größer und härter als je zuvor. Zu groß für sie, aber nicht für Lonit. Die Erkenntnis verschaffte ihm eine ungeahnte Befriedigung, denn es bedeutete, daß Galeenas sagenhaftes Organ überschätzt wurde. Er stieß tief in sie hinein, bis sein Höhepunkt kam. Anschließend blieb er noch lange in ihr und hielt sie fest, obwohl sie sich verzweifelt zu befreien versuchte.

»Ist es das, was du wolltest, Ai?« flüsterte er neben ihrem Ohr und nahm sie noch einmal mit aller Heftigkeit.

Danach blieb er mit seinem ganzen Gewicht auf ihr

liegen. Sie versuchte verzweifelt, ihn wegzuschieben, keuchte seinen Namen und bat ihn, sie freizulassen.

Doch er rührte sich nicht von der Stelle und tat so, als ob er eingeschlafen wäre. Er hörte, wie die anderen Jäger zu ihren Feuerstellen zurückwankten oder befriedigt schnaufend liegenblieben, wo sie waren. Er schnarchte in ihr Ohr, während sie sich keuchend unter ihm wand. Doch er hielt sie so lange fest, bis er müde wurde. Sie wimmerte leise, als sie es endlich schaffte, sich aus seiner Umklammerung zu befreien, und auf Zehenspitzen zu Galeenas Feuerstelle zurückging.

Torka verschränkte die Arme unter dem Kopf und schlief lächelnd ein, weil er jetzt sicher war, daß Ai nie wieder bei ihm liegen wollte.

Er schlief unruhig und träumte gleichzeitig von Egatsop, Kipu, dem Großen Geist, Ai und Lonit, die leise weinend ein Kind an ihrer Brust hielt.

Er wollte im Schlaf nach ihr tasten, aber sie war nicht da. Dann erinnerte er sich im Traum schuldbewußt an seine Paarung mit Galeenas Frau und an seine Zurechtweisung Karanas. Es hatte ihm Vergnügen bereitet, die Frau zu erniedrigen, aber der kleine Junge hatte es nicht verdient. Er bedeutete ihm mehr, als er je für möglich gehalten hätte.

Der Traum verflüchtigte sich, und er öffnete die Augen. Es war dunkel. Karana hätte nicht so unverschämt zum Häuptling sprechen dürfen. Galeena hätte ihn dafür zur Strafe aus der Höhle verbannen können. Doch dann wäre es zum offenen Streit zwischen ihm und Galeena gekommen. Er durfte Karana nicht erlauben, sie in eine solche Gefahr zu bringen. Es war doch nur aus Sorge um ihre eigene Sicherheit, daß er Galeenas schmierige Art ertrug oder der hinterhältigen Ai nicht den Rücken zugekehrt hatte. Er wäre Karana auch dann über den Mund gefahren, wenn es sein eigener Sohn gewesen wäre.

Er liebte ihn wie seinen eigenen Sohn. Wenn Lonit einen Jungen zur Welt brachte, wäre Karana sein Bruder, und Torka würde sie beide als seine Söhne bezeichnen. Aber wie konnte der Junge das wissen, wenn Torka es ihm nie gesagt hatte? Er mußte sich nur an Karanas verletzten Gesichtsausdruck und die Verzweiflung in Lonits Augen vor dem Plaku erinnern, um zu wissen, daß keiner von ihnen verstehen konnte, was er für sie empfand und was sein Verhalten bestimmte. Es war nicht die Art des Stammes, viele Worte über solche Gedanken und Empfindungen zu verlieren.

In einem neuen Leben müssen Menschen neue Wege suchen.

Umak hatte recht. Torka würde sofort zu ihnen gehen. Er würde Lonit fest in die Arme nehmen und ihr sagen, daß Ai ihm überhaupt nichts bedeutete. Dann würde er Karana in die Augen sehen, damit der Junge wußte, daß er aus tiefstem Herzen sprach, und ihn seinen Sohn nennen.

Im Dämmerlicht der Höhle stieg er über die schlafenden Körper der Plakutänzer. Wie erwartet hatte Galeena die meisten Frauen um sich geschart. Alle Frauen, die sich mit dem Häuptling gepaart hatten, würden dadurch an Ansehen gewinnen. Ai schlief allein, während ihr Mann und die Frauen ein Schlangennest aus unentwirrbaren Armen und Beinen bildeten.

Der Anblick widerte ihn an. *Wenn die lange Dunkelzeit vorbei ist, wenn Lonit sich von der Geburt erholt und Galeena sich nicht geändert hat, wird Torka diesen Ort verlassen. Es gibt auch noch andere Stämme, die kaum schlimmer sein dürften als dieser.*

Er kam an einem Berg aus Pelzen vorbei. Zwei nackte Frauen lagen unter Umaks Flügeln, und der Kopf des großen Bären schien ihn anzulächeln. Torka erwiderte das

Lächeln, weil der alte Mann sich wahrlich als Herr der Geister erwiesen hatte.

Sein Lächeln verschwand, als er seine Feuerstelle erreichte. Vor dem Wetterschutz lag Lonit unter den Schlaffellen, aber Karana war verschwunden, ebenso wie seine Sachen und der Speer, den Torka für ihn gemacht hatte.

11

Karana war schon seit Stunden verschwunden, und die ganze Zeit über war ständig Schnee gefallen, der seine Spuren bedeckt hatte. Es wehte ein kalter Wind, und die Felsen waren eisglatt.

Galeena entschied, daß jede Suche sinnlos wäre, und seine Jäger stimmten ihm zu. Obwohl Umak sichtlich besorgt war, mußte er nach einem Blick auf die Felswand dem Häuptling recht geben. Doch Torka wollte Karana folgen.

Er zog sich warm an und ließ sich dann vorsichtig das Seil hinunter. Obwohl es für einen erwachsenen Mann viel gefährlicher war, nahm Torka aus Sorge um Karana keine Rücksicht auf seine eigene Sicherheit.

Er wandte sich nach Osten, weil Karana sicherlich dort nach seinem Stamm suchen würde, wo Galeena ihn getroffen hatte. Der Weg führte über wildes, unbekanntes Land zu den Bergen und ins Tal der Stürme. Dort, wo der Große Geist sein Unwesen trieb und auch das Leben eines einsamen kleinen Jungen nicht schonen würde.

Immer wieder rief er Karanas Namen. Der Wind wehte ihm seine Stimme zusammen mit nadelfeinem Schnee zurück ins Gesicht, der ihm die Sicht raubte, so daß er bald die Orientierung verloren hatte.

Als es langsam dunkel wurde, mußte er plötzlich an Lonit und das ungeborene Kind denken. Falls er sterben sollte, wären sie Galeena auf Gedeih und Verderb ausgeliefert. Torka war verzweifelt, denn er durfte sie nicht im Stich lassen, und wenn er umkehrte, überließ er den Jungen dem sicheren Tod.

Traurig machte er sich schließlich auf den Rückweg. Als er wieder an den Fuß des Berges kam, wartete Manaak dort bereits auf ihn.

»Morgen«, sagte der Jäger mit den Narben im Gesicht. »Morgen wird dieser Mann mit dir hinausgehen. Vielleicht werden zwei das finden, was einer nicht konnte.«

Das war eine schwache, aber berechtigte Hoffnung. »Morgen«, stimmte Torka zu und wußte, daß er in Manaak einen Freund gefunden hatte.

In der Dunkelheit stiegen sie gemeinsam am Seil die Felswand hoch und halfen sich gegenseitig. Manaak hatte von der Felskante aus Asche gestreut, so daß der Aufstieg nicht mehr ganz so rutschig war. Trotzdem wären sie beide mehrere Male fast abgestürzt. Als sie sich schließlich mit Umaks Hilfe, der das Seil gehalten hatte, über die Felskante zogen, applaudierten Galeenas Jäger ihrem gewagten Aufstieg, machten aber auch bissige Bemerkungen über ihre Dummheit.

»Es ist nicht gut, wenn ein Jäger sein Leben für ein Kind aufs Spiel setzt«, regte Galeena sich auf. »Der humpelnde Kleine will seine Seele dem Sturm überlassen. Er ist mager, aber die Wölfe und Löwen werden trotzdem ihre Freude an ihm haben. Er war von Anfang an zu kaum etwas anderem nütze. Torka muß ihn vergessen.«

Torka schlug seine Kapuze zurück und klopfte sich den Schnee von den Schultern. Mit müden Augen blickte er Galeena an, der seit dem erfolgreichen Plaku offenbar noch großspuriger geworden war. Er war ein harter Mann ohne Mitleid, dem seine Leute vor allem deshalb ergeben waren, weil er es ihnen ermöglichte, ein träges Leben zu führen. Keiner von ihnen würde zögern, Torka einen Speer durch die Brust zu treiben, wenn Galeena es verlangte, daher zwang Torka sich trotz dieser Herzlosigkeit zur Ruhe.

»In Torkas Stamm lehnt man es ab, die Toten aufzugeben, bevor sie wirklich tot sind. Der humpelnde Kleine hat viele Monde ganz allein in der Tundra überlebt. Durch seinen Mut hat er diesen Berg und diese Höhle gefunden. In seiner warmen Kleidung wird er sich mit dem Rücken zum Sturm wie ein Fuchs einrollen. Er wird überleben, und Torka wird ihn finden. Torka wird Galeena nicht bitten, das Leben seiner Krieger aufs Spiel zu setzen.«

Am nächsten Tag hatte sich der Sturm zu einem Blizzard ausgewachsen, der die Welt zu erschüttern schien. Obwohl Manaak bereit zum Aufbruch war, wurde Torka durch einen Blick in die besorgten Gesichter Lonits und Ianas überzeugt, daß er an diesem Tag nicht hinausgehen durfte. Um wenigstens nicht völlig untätig zu sein, entzündete er ein Signalfeuer und hockte sich daneben.

Ninip kam vorbeigeschlendert. »Der humpelnde Kleine ist tot! Nicht einmal die Tiere, die an seinen Knochen nagen, können Torkas Feuer in diesem Sturm sehen!«

Torka schlug nach ihm, verfehlte ihn jedoch. Der Junge hatte sich in Sicherheit gebracht und lachte streitlustig. Torka beachtete ihn nicht weiter und kümmerte sich um das Feuer. Er wollte die Hoffnung nicht aufgeben, daß Karana noch lebte. Das Feuer würde ihm sagen, daß es Menschen auf dem Berg gab, die ihn vermißten.

Stunden vergingen, und der Sturm tobte mit unverminderter Kraft. Umak stimmte endlose Bittgesänge an, in denen er die Geister des Windes und Wetters anflehte, diesen Teil der Welt zu meiden, damit ein kleiner Junge den Weg zurück nach Hause fand. Doch die Geister schienen ihm diesmal offenbar kein Gehör schenken zu wollen.

Der Sturm wurde schlimmer. Torka starrte hinaus in das Schneetreiben und dachte an Galeenas Erzählungen über das Tal der Stürme und die endlosen Tierherden, die über das Land zogen. Wohin gingen sie, wenn die lange Zeit der Dunkelheit sie verschluckt zu haben schien? Was trieb sie dazu an, die Tundra schon vor dem ersten Frost zu verlassen? Zogen sie zu einer fernen Ebene, die hinter dem Tal der Stürme lag, wo die Sonne sich versteckte und die Herden mit ihrem Licht wärmte, während Torkas Welt in Kälte und Dunkelheit lag?

Folgte Karana den Herden in Richtung Osten auf der Suche nach seinem Stamm? Würde er seinen Vater finden, der aus Liebe nicht zugeben konnte, daß er ihn ausgesetzt hatte? Blickte er vielleicht in diesem Augenblick zum Berg zurück, voller Haß auf Torka, der ihn vor Galeenas Stamm beschämt hatte? Oder war er tot, eine winzige erfrorene Gestalt, die für immer in den Himmel starrte, oder von Raubtieren gefressen, wie Galeena behauptet hatte?

Der Gedanke war unerträglich. Erschöpft von der langen Wache blickte er auf und fuhr zusammen. Galeena war neben ihn getreten und schüttelte den Kopf.

»Torka muß den mageren Kleinen vergessen. Dieses Feuer ist eine Verschwendung. Der humpelnde Kleine hat ganz allein eine mutige und vernünftige Entscheidung getroffen. Er wollte kein Mitleid und keine Tränen. Nun, wo er tot ist, muß Torka zugeben, daß es gut so ist.«

Torkas Augen waren so kalt wie der Sturm. »Wenn Torka mit seinen eigenen Händen die Knochen Karanas so angeordnet hat, daß er für immer in den Himmel blickt, dann wird er zugeben, daß er tot ist. Doch selbst dann wird Torka ihn nicht vergessen, denn Karana war wie ein Sohn für ihn. Und niemals wird Torka zugeben, daß der Tod eines Kindes gut ist!«

Der Sturm tobte die ganze Nacht. Während ihr Mann schlief, hielt Lonit das Feuer in Gang. Als er wieder aufstand, brachte sie ihm schweigend etwas zu essen und setzte sich in ihren Schlaffellen an seine Seite. Kurz vor der Dämmerung fiel sie in einen unruhigen Schlaf. Sie träumte von wilden Hunden, die über eine weiße Welt rannten. Das Land, die Berge und der Himmel waren weiß wie Knochen. Erschrocken fuhr sie aus dem Schlaf hoch.

Torka war fort. Wie Karana hatte er sich in aller Stille aufgemacht. Seine dicke Winterkleidung war ebenfalls verschwunden, und er hatte genug Proviant für eine lange Reise aus ihren Vorräten mitgenommen.

»Er ist schon vor längerer Zeit aufgebrochen«, sagte Iana, die gekommen war, um Lonit zu trösten.

»Warum hast du mich nicht geweckt? Warum ist ihm niemand nachgegangen?«

»Zuviel Schnee und zuviel Wind«, erklärte Manaak. »Wenn er diesem Mann gesagt hätte, daß er auf die Suche geht, hätte Manaak ihn begleitet. Zusammen wären wir . . .«

». . . genauso wie der humpelnde Kleine bald in der Geisterwelt gelandet!« unterbrach Galeena ihn. Er trat zu Lonit an die Feuerstelle und legte ihr eine schwere Hand auf die Schulter. Dabei sah er sie mit einem anzüglichen Grinsen an. »Vergiß Torka! Kein Mann aus diesem Stamm wird ihm in diesen Sturm hinaus folgen. Torka kommt nicht mehr zurück, aber Lonit muß sich keine Sorgen machen. Galeena kümmert sich gut um seine Frauen!«

Lonit befreite sich aus seinem Griff und wich vor ihm zurück. »Torka wird zurückkommen!«

»Der Schnee hat seine Spuren verwischt«, mischte Ninip sich ein, der sich über Lonits Kummer zu freuen schien. »Niemand könnte ihn in diesem Sturm wiederfinden. Niemand würde sein Leben für einen Jäger riskieren, der so dumm ist, sein eigenes Leben für einen Krüppel zu riskieren!«

»Karana ist kein Krüppel!« Lonit hätte den Jungen am liebsten verprügelt. »Und Torka ist nicht dumm! Würde dein Vater nicht nach dir suchen, wenn du in einem Sturm verlorengehst?«

Das Gesicht des Jungen wurde plötzlich knallrot, und er schnappte nach Luft.

»Für den Jungen, der vor dem Bullen auf die Nase fällt, würde dieser Mann sein Leben nicht einmal beim schönsten Wetter riskieren!« antwortete Galeena, worauf sich der Stamm vor Lachen schüttelte.

Noch einen weiteren Tag heulte der Sturm und schneite das Land ein, bis es so weiß wie in Lonits Traum war.

Dann, scheinbar von einem Augenblick zum andern, war der Sturm vorbei, und der Himmel klarte auf. Eine kalte Sonne schien über der weißen, stillen Tundra.

Umak stand in seinem Bärenfell auf dem Felsvorsprung und fühlte sich wieder wie ein alter Mann. Der Sturm hatte fast eine Woche lang getobt, und die ganze Zeit hatte Umak gegen ihn angekämpft.

Dabei hatte er eine so beeindruckende Vorstellung aus seinem Zauber gemacht, daß er selber davon begeistert war. Galeenas Leute wären nicht überrascht gewesen, wenn er wie ein wundersamer Bärenvogel hinaus in den Sturm geflogen wäre, ihn besiegt hätte und mit Karana und Torka in den krallenbewehrten Füßen zurückgekehrt wäre.

Erst als Torka die Felswand herabgestiegen war, hatte Umak die Wahrheit erkannt. Er wollte mit ihm gehen und die Suche nach Karana anführen, doch er hatte sich nicht von der Stelle gerührt. Er wußte, daß ein alter Mann mit einem steifen Bein niemals die eisglatte Felswand überwinden konnte. Also hatte er sich niedergekniet und war froh, daß das Bärenfell ihn so groß erscheinen ließ, obwohl er sich klein und erbärmlich fühlte.

Allmählich waren den Mitgliedern des Stammes Zweifel an Umak gekommen. Oklahnoo hatte ihn mißtrauisch beobachtet. Ihre Schwester war freundlicher oder zumindest um den Vater ihres Babys besorgt und hatte ihm weiterhin Essen gebracht.

»Umak ist der Herr der Geister!« versuchte sie ihm Mut zu machen. »Umaks Macht ist groß! Es dauert diesmal nur etwas länger. Es ist ein schwieriger Zauber!«

Er war ihr dankbar für den Zuspruch. Es half ihm, die bissigen Bemerkungen der anderen Frauen zu vergessen, die er mitgehört hatte. Sie hatten nicht sehr laut gesprochen, für den Fall, daß er doch noch Erfolg haben sollte, aber es nagte an seinem Selbstbewußtsein. Außerdem fühlte er sich schuldig, weil er sich nicht mehr um den kleinen Jungen gekümmert hatte. Und nun begab Torka sich in Gefahr, weil die Kräfte des Herrn der Geister versagt hatten.

»Bitte, Herr der Geister, du darfst nicht mit deinen Gesängen aufhören!« bedrängte ihn Lonit. »Die Geister des Berges, des Windes und des Sturmes werden auf deine Worte hören! Sie haben immer auf Umak gehört!«

Das Vertrauen des Mädchens rührte ihn, aber sie konnte ihm sein Selbstvertrauen nicht zurückgeben. Er fühlte sich alt und erschöpft.

»Dieser Herr der Geister ist müde«, gestand er ihr. Lonit setzte sich neben ihn. »Torka wird auch müde sein. Ebenso wie Karana.« Sie seufzte und legte ihren Kopf wie ein kleines Kind an seine Schulter. Schweigend sahen sie hinaus in die weite Landschaft, die im kalten Sonnenlicht glänzte.

»Die Geister werden die Gesänge erhören«, flüsterte sie schließlich mit tränenerstickter Stimme. »Wenn Torka nicht zurückkehrt, holt Galeena diese Frau an seine Feuerstelle. Er wird sie treten, bis das Baby tot ist. Dann ist auch Torka wirklich tot, für immer, und Galeena hat sein Ziel erreicht.«

Für einen Augenblick war Umak über ihre Worte so entsetzt, daß er nicht wußte, was er sagen sollte. Schließlich brachte er stammelnd hervor: »Warum sollte Galeena Torkas Baby töten? Es ist nicht Hungerzeit!«

»Das ist seine Art, hat Ai gesagt.«

Der alte Mann schnaubte. »Nicht, solange Umak Herr der Geister ist!« Er stand auf, rückte das schwere Bärenfell zurecht und stimmte wieder seine Gesänge an.

Lonit brachte ihm etwas zu essen, aber er rührte nichts an. Er nippte nur ein wenig von dem Wasser, um seine Kehle anzufeuchten, damit ihm seine Stimme nicht versagte.

Gegen Abend polterten ein paar Steine von oben herab auf den freien Felsvorsprung links von ihm. Es waren große Eis- und Schneestücke mit eingeschlossenem Geröll darunter, die sich aus dem Gipfeleis gelöst haben mußten. Umak hatte schon viele solcher Steinschläge erlebt, aber diesmal schien es etwas anderes zu sein. Sonst war nie soviel Eis und Schnee darunter, aber vielleicht lag es auch nur am schwachen Licht. Außerdem mußte er sich jetzt um wichtigere Dinge kümmern.

Es schien, daß die Geister sein Flehen endlich erhört hatten, denn in der Ebene sah er die Gestalten von Torka und Karana, die sich dem Berg näherten.

Erschöpft von dem Gewaltmarsch schliefen Torka und Karana einen Tag und eine Nacht lang. Neben Lonits Feuerstelle hatte der Junge sich in Torkas Armbeuge gekuschelt. Am frühen Morgen des zweiten Tages wachte Karana auf und beobachtete Lonit bei den Frühstücksvorbereitungen.

»Er hat nach mir gesucht . . .« flüsterte er. »Er hat mir gesagt, er sei den Spuren der wilden Hunde in den Sturm gefolgt. Er hat sein Leben riskiert . . . für einen kleinen Jungen!«

Sie schüttelte den Kopf. »Natürlich!« sagte sie in entrüstetem Tonfall, aber nicht ohne ein Augenzwinkern. »Was hast du denn erwartet? Er ist Torka! Und Torka würde niemals ein Stammesmitglied im Stich lassen!«

12

Die letzten Zugvögel, die den Sturm überlebt hatten, waren fort. Die großen Herden waren in Richtung der untergehenden Sonne verschwunden. In den letzten Tagen des Lichts wurde das Wild knapp, doch Galeenas Leute machten sich keine Sorgen. Die Jäger brachten immer noch Beute in die Höhle. Obwohl ihre Vorräte bereits zur Neige gingen, verzehrten sie die frische Beute auf der Stelle und ließen kaum etwas für die lange, magere Dunkelheit übrig.

Die Frauen hatten jetzt jeden Arbeitseifer verloren. Die meisten von ihnen waren schwanger, und Lonit beobachtete sie mit zunehmender Sorge. Sie wurden fett und träge wie Bären, die sich auf den Winterschlaf vorbereiteten. Lonit rümpfte die Nase über die fauligen Gerüche, die aus ihren Wintervorräten drangen. Im warmen, windgeschützten Innern der Höhle setzten die ungenügend getrockneten Beeren Mehltau an, und grüner Schimmel wucherte auf dem Fleisch. Als Lonit Iana ihre Sorgen mitteilen wollte, wußte Manaaks Frau zunächst gar nicht, wovon sie sprach. Dann erklärte sie ihr, daß die Beeren durch den Mehltau einen besonderen Geschmack bekamen und daß es kaum etwas Köstlicheres gab als das Fleisch mit zartem Grünschimmel.

»Aber der Schimmel ist schon viel zu dicht für diese Jahreszeit«, fügte sie hinzu. »Er wird das Fleisch gefressen haben, bevor wir selbst dazu kommen. Und die Beeren werden bald nur noch kleine pelzige Klumpen sein, die man nicht mehr essen kann.«

»Man kann alles essen!« sagte Oklahnoo, die ihr Gespräch mitgehört hatte, und die anderen Frauen stimmten ihr zu.

Lonit schüttelte den Kopf. »Wenn Galeenas Frauen nicht sorgfältiger sind, werden wir bald nur noch Leder zu kauen haben, lange bevor die Sonne am Ende der Dunkelheit zurückkehrt!«

»Die Schwangerschaft hat Lonit zu einer nörgelnden alten Frau gemacht«, sagte Naknaktup.

»Nörgelnde Frauen, ob alt oder nicht, sind in Galeenas Stamm nicht willkommen!« fügte Weelup hinzu.

»Torkas Frau ist genauso wie ihr Mann«, höhnte Ai. »Immer denkt sie, daß sie es besser weiß! Aber wo sind die Menschen, von denen sie gelernt hat? Ihre Seelen wandern durch die Geisterwelt, während Galeenas Stamm in diesem Lager stark und fett wird!«

Wieder stimmten alle zu. Dann kamen sie auf Torka zu sprechen. Obwohl er eigentlich nicht schlecht aussah, sagten sie, sei er immer viel zu beschäftigt. Er ging auf die Jagd, bearbeitete seine Waffen und unterrichtete den Kleinen, obwohl das reine Zeitverschwendung war. Weelup hatte gehört, daß einige Männer sich sogar bei Galeena beschwert hatten, weil es sie schon müde machte, Torka nur zuzuschauen. Schließlich ärgerte der Häuptling sich immer noch darüber, daß Torka nicht auf ihn gehört hatte und sich auf die Suche nach einem nutzlosen Kind gemacht hatte.

»Karana ist nicht mehr nutzlos«, ereiferte sich Lonit. »Er humpelt zwar noch ein wenig, aber er klettert die Felswand genausogut wie jeder Mann herunter, und sogar besser als die meisten anderen Jungen. Manchmal vergleicht ihn diese Frau mit einem jungen Widder, wenn er mit sicherem Tritt von Fels zu Fels springt.«

»Vielleicht könnten wir ihn im Winter essen!« schlug Ai vor.

Die anderen lachten – außer Iana. Sie sah seit einigen Tagen blaß und schwach aus. Die Frauen waren überzeugt, daß ihr Baby jeden Augenblick kommen konnte.

Lonit sprach nur selten im Zorn, aber jetzt fauchte sie Ai wütend an. »In der Hungerzeit wird diese Frau eher dich auf einem Spieß sehen, bevor sie zuläßt, daß Karana etwas angetan wird!«

Die anderen Frauen murmelten erschrocken.

Ai grinste überheblich. »Es wird keine Hungerzeit geben. Galeena sagt, daß dieser Stamm nie wieder im Winter hungern wird. Galeena hat beobachtet, daß der Berg die Kraft des Windes bricht. Auf der einen Seite ist nach einem Sturm viel Schnee und auf der anderen wenig. Wenn die großen Herden der untergehenden Sonne folgen, bleiben einige Tiere zurück. Während der Dunkelzeit mästen sie sich für die Speere unserer Jäger, so daß dieser Stamm immer genug zu essen haben wird. Diese Frau sagt, daß sich nur die dumme Lonit Sorgen über Fleischverschwendung macht. Galeena sagt, wenn es aufgebraucht ist, werden wir neues finden, und in diesem Lager werden wir nie wieder hungrig sein. Und Ai sagt zu Torkas Frau: Wenn sie mir noch einmal droht, werdet ihr alle vom Hundestamm es bereuen!«

Lonit starrte sie entgeistert an, nicht wegen der Drohung, sondern wegen Ais Respektlosigkeit vor den unvorhersehbaren und allmächtigen Kräften der Schöpfung.

»Nimm dich in acht, Frau Galeenas!« warnte Lonit sie. »Die Geister werden zornig über jene, die zuviel von ihnen erwarten!« Plötzlich war die ganze Welt für Lonit voller Schatten, die nichts mit den kürzer werdenden Tagen zu tun hatten. Ganz gleich, was Galeena sagen oder Ai ihm nachplappern mochte, der Hungermond würde aufgehen. Und wenn er hoch am großen, finsteren Himmel stand, konnte es sein, daß er nicht eher wieder unterging, bis alle Menschen, die auf dem Berg lebten, tot waren, als Strafe für die Überheblichkeit ihres Häuptlings und seiner Frau.

Am südwestlichen Horizont stieg eine vulkanische Rauchwolke von einem der eisbedeckten Gipfel auf. Aber es war Nacht, und so bemerkte es niemand.

Unter Torkas Schlaffellen wankte der Berg kaum spürbar. Torka seufzte nur und zog Lonit ein Stück näher an sich heran. Als das Grollen des Ausbruchs seine Ohren erreichte, war es durch die große Entfernung kaum mehr als ein sanfter Windstoß. Doch hoch oben im Gletscher, der den Gipfel ihres Berges umklammert hielt, ließ die Erschütterung einen gewaltigen Spalt entstehen, der nun ein Stück weiter aufriß.

Unten in der Tundra flüchteten kleine Tiere aus ihren unterirdischen Höhlen und Verstecken. Vögel flatterten erschreckt auf und kreisten vor dem Vollmond. Wölfe und Hunde heulten, Herdentiere irrten unruhig umher, und weit entfernt trompetete eine Mammutherde ihre

Angst in die Nacht hinaus. In einem weiten Grasland, das die Eismassen zweier Kontinente voneinander trennte, antwortete ihnen ein helles Trompeten, das niemand vergessen konnte, der es je gehört hatte.

Es war dieses Geräusch, das die Menschen auf dem Berg weckte. Sofort waren alle auf den Beinen und horchten voller Schrecken.

Ein paar Eisklumpen fielen von oben herab. Dann war es wieder still. Die Menschen sahen hinaus in die Welt im blauen Mondlicht. Naknaktup drückte sich eng an Umak und fragte den Herrn der Geister, was dort draußen in der Nacht vor sich ging.

Windgeister, dachte Lonit, denn in der Stille war nur noch das leise Flüstern des Windes zu hören.

Umak spürte den Wind im Gesicht. Es war ein kalter Winterwind, der seine Knochen schmerzen ließ. Sein Atem bildete Dampfschwaden, der ihm die Sicht auf die Vögel verschleierte, die wie fallende Blätter langsam wieder zur Erde zurückkehrten.

Die Stille wurde immer bedrückender. Dann erinnerte Umak sich an Karanas Warnung: *Wir müssen diesen Ort verlassen. Es ist ein schlechtes Lager. Wir müssen gehen, oder wir werden für ewig hierbleiben.*

Doch er wußte, wenn sie die Sicherheit des Berges verließen und in die wilde, unbekannte Tundra hinauszogen, würde es den sicheren Tod bedeuten – zumindest für einen alten Mann und eine alte schwangere Frau. Umak wollte seine Seele nicht so bald noch einmal dem Wind überlassen.

»Der Große Geist ist dort draußen in der Nacht«, rissen Manaaks düstere Worte den alten Mann aus seinen Gedanken. »Er ist es, der den Berg erschüttert, so daß die Tiere voller Angst aufschreien. Er ist uns gefolgt, wie Manaak es immer wieder gesagt hat. Jetzt müssen wir es jagen! Jetzt müssen wir es töten, bevor es uns alle tötet!«

Die Frauen begannen zu jammern, und die Jäger starrten sich an. Galeena aber war wütend.

»Dieser Mann hört keine Geister!« sagte der Häuptling wild gestikulierend. »Was es auch war, es ist jetzt vorbei. Galeena kann es nicht mehr hören, wenn Manaak ständig vom Großen Geist redet. Wenn er ihn irgendwann sieht, kann er ihn meinetwegen jagen – aber allein. Galeena hat ein sicheres Lager für seinen Stamm gefunden. Was immer dort draußen sein mag, es kann uns nichts anhaben.«

»Niemand weiß, was die Geister tun werden«, sagte Umak. Galeena funkelte ihn wütend an. »Dieser Geist wandelt in der Haut eines Mammuts. Mammuts klettern nicht auf Berge. Und Galeena jagt keine Mammuts, solange sie nicht fest in einem Sumpf stecken!«

»Das wäre nicht das Problem«, warf Torka ein. »Wenn alle Männer zusammenarbeiten, könnten wir es aufspüren und in eine Fallgrube locken, die wir vorher gegraben haben.«

Torkas Begeisterung löste bei den anderen Jägern Unruhe aus. Nur Manaak ließ sich davon anstecken.

»Das ist eine gute Idee. Die Menschen der Tundra werden bis in alle Zeiten für die Männer Lobgesänge anstimmen, die den Großen Geist töteten!«

»Geister kann man nicht töten«, sagte Umak und hob warnend die Hand. »Man bringt ihnen Lobgesänge, um ihren Zorn zu beschwichtigen. Dann wird der Schatten der Geister auf einen anderen Teil der Welt fallen.«

»Damit dort andere Menschen sterben?« fragte Torka scharf. Er hatte hinter Umaks Worten eine ungewohnte Gleichgültigkeit gespürt. Karana hatte recht, Umak hatte sich tatsächlich verändert, seit er der Herr der Geister von Galeenas Stamm geworden war.

»Galeena ist es egal, was mit anderen Menschen geschieht«, sagte der Häuptling. Als alle seine Jäger erleichtert aufatmeten, setzte er sein breites Grinsen auf und schlug Umak vertraulich auf die Schulter. »Kluge Menschen hören auf ihren Herrn der Geister und werden die Gesänge anstimmen, damit der Große Geist fortbleibt und einen anderen Teil der Welt heimsucht.«

»Stimmt so viele Gesänge an, wie ihr wollt«, sagte Torka erbittert. »Dieser Mann hat seinen Speer in das Blut des Großen Geistes getaucht. Wenn er unsere Welt heimsucht, werden Gesänge nicht ausreichen, um ihn zu vertreiben.«

Galeena warf ihm einen bösen Blick zu. »Torka weiß immer alles besser! Er ist nicht der einzige Mann, der jemals dem Großen Geist gegenüberstand. Wenn Torka und Manaak den Großen Geist jagen wollen, sollen sie Speere machen! Viele Speere! Starke und scharfe Speere! Wenn der Große Geist kommt, sollt ihr ihn töten -- wenn ihr könnt! Aber jetzt sagt Galeena: Horcht hinaus in die Nacht! Es ist still. Der Große Geist ist weit weg. Wenn ihr ihm folgen wollt, dann geht! Galeena wird euch nicht aufhalten. Doch dieser Mann und seine Jäger jagen Fleisch und keine Geister. Wir werden hierbleiben, und zwar für immer.«

Der Vulkan hatte sich beruhigt, und Galeenas Stamm legte sich wieder schlafen. Die Nacht über war es still bis auf das Flüstern des Windes und das dumpfe Stöhnen des Gipfelgletschers. Gegen Morgen kam Manaak an Torkas Feuerstelle.

»Dieser Mann geht jetzt auf die Jagd nach dem Großen Geist«, flüsterte er und stieß Torka mit seinem Handrücken an. »Geht er allein, oder kommt Torka mit ihm?«

Torka rieb sich den Schlaf aus den Augen. Dann sah er, daß Manaak für Reise und Jagd gekleidet und ausgerüstet war. Seine Speere steckten in der Rückentrage; über eine

Schulter hatte er Fallstricke gelegt, über die andere den Beutel mit Ersatzspeerspitzen und Steinwerkzeugen. Torka stützte sich auf einen Ellbogen und antwortete leise, damit er Lonit und Karana neben ihm nicht weckte. »Anders als Manaak fühlt Torka sich nicht allein auf der Welt. Torka könnte dieses Lager nicht verlassen, ohne zurückzublicken. Torka würde dieses Wagnis nur eingehen, wenn er eine Chance gegen den Großen Geist hätte, aber er wird diese Frau nicht alleinlassen, weil Galeena ihn angestachelt hat, in den Tod zu gehen.«

Manaak zischte wütend, denn Torka hatte das Problem auf den Punkt gebracht. Er dachte an seine Frau und seufzte verzweifelt. »Der Große Geist ist dort draußen. Eines Tages müssen wir uns ihm stellen, wenn wir unsere Frauen retten wollen.«

»Eines Tages, aber nicht heute. Wer wird für unsere Frauen im Hungermond auf die Jagd gehen, wenn wir nicht zurückkehren? Sie sind beide hochschwanger. Ihretwegen müssen wir bleiben. Torka hat viel darüber nachgedacht. Wir werden tun, was Galeena vorgeschlagen hat. Wir werden viele starke und scharfe Speere machen, genug für jeden Mann des Stammes. Wenn der Große Geist kommt, werden wir bereit sein. Dieser Mann hält nicht viel von Galeena, aber der Häuptling hat recht, wenn er sagt, daß Mammuts nicht auf Berge klettern können. Laufe dem Tod nicht in die Arme, mein Freund! Wir wissen nicht, ob wir wirklich die Stimme des Großen Geistes gehört haben. Sei froh, daß er weit fort ist, und denke daran, daß wir bereit sein werden, wenn er tatsächlich kommt!«

Manaak ließ sich zwar nicht so leicht von einer einmal gefaßten Meinung abbringen, doch Torkas Worte hörten sich sehr vernünftig an. Mißmutig und noch nicht ganz beschwichtigt kehrte Manaak zu seiner Feuerstelle zurück.

Torka konnte nicht gleich wieder einschlafen; statt dessen stellte er sich vor, wie die Männer des Stammes in einer Reihe an der Felskante standen und einen Speer nach dem anderen zum Mammut hinunterschleuderten. Sie würden ein Blutbad anrichten, bis das Tier entweder floh oder starb.

Es schien so einfach . . . viel zu einfach. Er horchte auf den Wind – und ein anderes Geräusch. Irgend etwas bewegte sich tief im Innern des Berges. Es war ein vertrautes Geräusch, aber er zweifelte plötzlich, ob es schon immer so gleichmäßig gewesen war.

»Höre! Hör doch! Der Berg lebt. Er war einmal unser Freund, jetzt aber warnt er uns. Wir sollen gehen!«

Karanas Stimme war kaum lauter als ein Seufzen gewesen, dennoch hatte Torka sich erschrocken. Der Mond war vor Stunden untergegangen, aber im Sternenlicht konnte er Karanas besorgtes Gesicht undeutlich erkennen. »Gehen?« fragte er den Jungen. »Wo die Zeit der Dunkelheit bevorsteht? Ein Jäger, ein kleiner Junge, eine schwangere Frau und ein alter Mann? Wie lang würden wir überleben?«

»Umak ist der Herr der Geister! Sein Zauber wird uns stark machen!«

Umak ist in diesem Lager zufrieden. Er wird es nicht verlassen wollen.«

»Dann müssen wir ohne ihn gehen!«

»Niemals! Torka würde dich niemals im Stich lassen, kleiner Jäger. Aber verlangst du von ihm, daß er den Vater seines Vaters, der ihm, Lonit und Karana das Leben gerettet hat, im Stich läßt!«

Der Junge kaute einen Augenblick auf der Unterlippe, bevor er antwortete. »Der Herr der Geister kümmert sich nur noch um sich selbst. Aber Manaak und seine Frau würden uns begleiten. Wir wären dann wieder ein Stamm. Karana mag vielleicht klein sein, aber er ist ein

Jäger! Und Torka ist der beste Jäger überhaupt! Torka hat Karana im großen Sturm gefunden. Das können nur die besten Spurenleser!«

»Viel bessere Spurenleser waren hinter dir her – ein Rudel Hunde. Aus ihren Spuren war zu lesen, daß sie einer Beute auf der Fährte waren. Dieser Mann hat sich gedacht, daß nur du diese Beute sein konntest. Karana hatte Glück, daß sie durch irgend etwas abgelenkt wurden, so daß Torka dich als erster fand.«

»Wenn Bruder Hund bei ihnen war, wäre Karana nichts geschehen.«

»Denkst du immer noch an ihn! Vergiß ihn! Aar hat längst ein eigenes Rudel gefunden. Und wenn es dieses Rudel war, das dich verfolgt hat, sei sicher, daß Aar nicht einen Augenblick gezögert hätte, mit den anderen über ihre Beute herzufallen. Menschen und Tiere können keine Brüder sein, Karana!«

Der Junge schnaubte. »Torkas Leute leben in Galeenas Stamm.«

Torka lachte, weil Karana Umaks Schnauben so gut nachgeahmt hatte, und schüttelte den Kopf. »Im Augenblick geht es nicht anders. Aber mit Ausnahme von Manaak gibt es keinen unter ihnen, den Torka Bruder nennen würde.«

13

Der Berg war still. Die Dämmerung wich einem kalten, klaren Tag. Die Tiere der Tundra grasten und jagten. Von Mammuts war nichts mehr zu hören, und die Unruhe der letzten Nacht schien nur noch wie ein fast vergessener Traum. Die Menschen zögerten, die Höhle zu verlassen, konnten aber nicht sagen warum. Umak stimmte Gesänge zur Versöhnung der Geister an. Als hätte er sie damit gerufen, kreiste ein großer Kondor am Himmel, und eine kleine Gruppe zartgliedriger Antilopen kam aus dem Weidengebüsch und graste am Fuß des Berges. Nun hatten Galeenas Jäger die vergangene Nacht endgültig vergessen und stiegen vom Berg herab. Torka mußte voller Ekel zusehen, wie sie die gesamte Antilopenherde abschlachteten.

Es war fast dunkel, als sie zur Höhle zurückkehrten. Wie üblich verbrachten sie die Nacht mit einem Festmahl, als ob es kein Morgen geben würde. Vollgefressen verschliefen sie den nächsten Tag und waren zwei weitere Tage lang nicht aus ihrer Trägheit aufzurütteln.

Angespornt durch die Aussicht auf erneute Muße und den köstlichen Geschmack frischen Lammfleisches verließen sie die Höhle, um eine Herde Schafe in der schmalen Schlucht aufzuspüren, wo Umak den Elch und den großen Bär getötet hatte. Doch die Schafe waren flink und flüchteten leichtfüßig die Wände der Schlucht hinauf. Galeenas Männern machte die Jagd Spaß, und sie verfolgten die Tiere über die hohen Felsen, obwohl sie als Jäger der offenen Tundra mit diesem Gelände nicht vertraut waren. Galeena führte sie immer höher hinauf, während die Jungen durch das düstere Fichtengestrüpp tobten und Schneehühner und Hasen aufscheuchten.

Torka beobachtete sie kopfschüttelnd. Er fragte sich, ob sie ausgesprochen mutig oder einfach nur dumm waren. Vielleicht traf auf Galeenas Stamm beides zu. Er bedeutete Karana, in der Nähe zu bleiben und seine Waffen bereitzuhalten, denn in einem solchen Gestrüpp hatte sich der große Bär versteckt.

Obwohl er leicht humpelte, hielt der Junge mit Torka Schritt. Die anderen Jungen verspotteten ihn wegen seines steifen Beines, doch Karana ging gar nicht darauf ein.

Er machte alles mit und beschwerte sich nie. Das Bein mußte ihn von Zeit zu Zeit sehr schmerzen, aber er sprach nie darüber. Nur wenn er gelegentlich die Mundwinkel verzog, war zu ahnen, welche Anstrengung es ihn kostete.

Als sie an einen Ausläufer des Berggletschers kamen, ging es nur über Eis weiter. Die Schafe fanden mit ihren kleinen, scharfen Hufen genug Halt und rannten über Schnee und Eis um ihr Leben. Galeena warf seine Speere und traf ein erwachsenes Mutterschaf durch den Hals. Manaaks Speer blieb in der Hüfte eines Bocks stecken. Weitere Tiere schleppten sich verletzt weiter, während ihr Blöken durch das Geheul von Galeenas Jägern übertönt wurde.

Torka ermutigte Karana, sich an der Jagd zu beteiligen, und im nächsten Augenblick war der Junge verschwunden. Plötzlich blieb Torka abrupt stehen, rührte sich nicht von der Stelle. Für einen Moment war er irritiert.

Er war sich plötzlich sicher, daß der Gletscher früher noch nicht hier gewesen war. Er ließ den Blick über die steile, schmutzige Eismasse wandern, die sich vor ihm ausbreitete. Mehrere abgeknickte Fichten waren halb unter Geröll und Eisstücken begraben, über die die Männer und Jungen kletterten, um an ihre Beute zu gelangen. Als Umak hier den Elch erlegt hatte, waren diese Bäume noch unversehrt gewesen. Er erkannte, daß dies nicht der Gletscher selbst war, sondern Geröll, das sich seit ihrer Ankunft auf dem Berg vom Gletscher gelöst und sich hier angesammelt hatte.

Manaak kam mit dem erlegten Bock über der Schulter zurück. Er war neugierig, warum Torka sich nicht an der Jagd beteiligt hatte. Als Torka ihm den Grund nannte, zuckte Manaak mit den Achseln und sagte ihm, daß es nichts Besonderes sei. »Die alten Männer in fernen Lagern sagen, daß die Geister des Eises stärker werden.

Sie fallen vom Himmel, bedecken die Erde und bleiben auf den Bergen liegen. Diese Eismassen werden im Winter größer, und im Sommer schmelzen sie im Schatten dieser Schlucht nicht vollständig. In der nächsten Dunkelzeit wächst das Eis weiter, bis es irgendwann die Schlucht ausfüllt und sich mit dem Gipfelgletscher verbindet. Es wird sich immer weiter ausbreiten und alles unter sich begraben. Dieser Mann ist weit gereist und hat schon viele Fährten verfolgt. In den fernen Bergen verschwinden ganze Pässe unter dem wandernden Eis. Oft müssen sich die Tiere neue Wege suchen, um durch die Berge ins Grasland zu gelangen.«

Jetzt verstand Torka wenigstens, warum sein Stamm vergeblich an der gewohnten Wanderroute auf die Rückkehr der Karibus gewartet hatte. »Von wo kommen die Herden, Manaak? Bist du je dort gewesen, im Land der aufgehenden Sonne?«

»Kein Mensch ist je dort gewesen. Die Herden kommen direkt aus der aufgehenden Sonne, aus dem Land hinter dem Rand der Welt, wohin kein Mensch ihnen folgen kann.«

»Ich möchte wissen . . .«, begann Torka, doch dann wurde er plötzlich von einem gellenden Schrei unterbrochen. Es folgten das schmerzerfüllte Wimmern eines Kindes und die aufgeregten Rufe von Männern.

Die löwengroße Katze hatte vom Kadaver des Kamels gefressen, das sie vor einigen Nächten erledigt hatte. Es war eine alte Katze mit einem Wirbelsäulenschaden und Gelenkentzündung in den Hüften. Sie hatte kurze Beine, die weniger zum Laufen auf der offenen Tundra geeignet waren, sondern eher zum Springen. Im Alter war sie ein gefährliches und unberechenbares Raubtier geworden. Als Ninip und die anderen Jungen sie aus ihrem Versteck aufscheuchten, wollte die Raubkatze sich mit einem schnellen Sprung über die Eislawine in Sicherheit bringen, doch ihre Hüfte schmerzte so sehr, daß sie es sich anders überlegte. Sie zuckte mit dem kurzen Schwanz, drehte sich um und fauchte die Jungen an, wobei sie zwei Fangzähne entblößte, die ihr eines fernen Tages den Namen Säbelzahntiger einbringen sollten.

Die Katze lauerte darauf, sich auf ein unvorsichtiges Opfer zu stürzen, das zufällig in ihre Nähe kam. Mit einem gewaltigen Satz sprang sie auf die Jungen zu, die ihr mit Rufen, Füßestampfen und den wenigen übrigen Speeren drohen wollten. Ihr Unterkiefer schien aus dem Gelenk zu springen, als sie ihr Maul mit den Fangzähnen aufriß, die halb so lang wie der Unterarm eines Mannes waren.

Ihr Ziel war Ninip gewesen. Der aber wich gerade noch rechtzeitig aus und schubste einen anderen Jungen vor, dem die Katze ihre Zähne in den Brustkorb schlug. Dabei stieß sie mit einem Zahn gegen einen Stein unter dem Rücken ihres Opfers. Die Katze heulte vor Schmerz auf und schlug immer wieder mit ihren Zähnen zu, während ihre Krallen den Unterleib des Kindes zerfetzten.

Der Junge war noch nicht tot. Er konnte keinen Laut von sich geben, doch seine Gliedmaßen zuckten, während die Katze ihn lebend fraß.

Karana warf einen Speer. Die anderen Jungen waren geflohen, und Galeenas Männer schauten nur zu, doch Karana hatte keine Zeit, sich darüber zu wundern. In der Aufregung hatte er sein Ziel beim ersten Wurf verfehlt, aber er hatte noch einen zweiten Speer, seinen besten, den Torka für ihn gemacht hatte. Als seine kleine Hand sich um den Schaft klammerte, beobachtete er aus dem Augenwinkel, wie Ninip ihn zornig anfunkelte.

Vorsichtig ging Karana näher heran und hielt seinen Speer wurfbereit. Er bemerkte, daß auch Torka mit dem

Walknochen in der rechten Hand und Manaak mit einem Speer zu Hilfe kamen. Dann holte er tief Luft und zielte. Er wollte die Katze erlegen, damit er nicht mehr der humpelnde Kleine, sondern der Tigertöter genannt wurde. Dann wäre Torka stolz auf ihn, und Ninip würde ihn nie wieder verspotten.

Ninip wußte sofort, was Karana vorhatte. Wie konnte der humpelnde Kleine es nur wagen, sich der Raubkatze zu stellen, als wäre er der mutigste Junge der Welt? Er würde nie das Hohngelächter seiner Kameraden oder die Verachtung seines Vaters verwinden können, wenn er sich jetzt vor Angst nicht rührte, während der schwache Karana das Tier zu töten versuchte. Galeena trug ihm immer noch nach, daß er vor dem Moschusochsen gestolpert war, und er würde Ninip auf ewig verachten, wenn Karana jetzt Erfolg hatte.

Er stürmte plötzlich los und riß Karana den Speer aus der Hand, als der kleinere Junge ihn gerade werfen wollte. Durch einen hefigen Schlag mit dem Ellbogen warf er Karana zu Boden. Ninip jubelte triumphierend. Der Speer war leicht und lag viel besser in der Hand als die schweren Waffen seines eigenen Stammes. Er suchte eine günstige Wurfposition, aber er hatte die Katze auf sich aufmerksam gemacht.

Sie bewegte sich so schnell und unerwartet, daß Ninip keine Gelegenheit hatte zu reagieren. Mit einem großen Satz war sie über ihm und warf ihn zu Boden. Er fiel auf die Seite, wodurch er seinen Speer nicht mehr benutzen konnte, da er mit seinem Körpergewicht auf dem Wurfarm lag. Instinktiv hatte er sich zusammengerollt, um seine lebenswichtigen Organe zu schützen. Er schrie seinem Vater zu, er solle die Katze töten, bevor sie ihn in Stücke riß.

Hoch über der Schlucht kreiste der gewaltige Kondor und verdunkelte die Sonne. Der Schatten irritierte die Katze, die für einen Augenblick aufsah. In dieser kurzen Zeitspanne erkannte Ninip, daß sein Vater und die anderen Jäger sich nicht von der Stelle rührten. Keiner von ihnen machte sich die Mühe, auch nur den Speer zu heben. Sie würden alle seelenruhig zusehen, wie er starb.

Eine halbe Ewigkeit schien zu vergehen, bis zwei Speere von Torka und Manaak in den Körper der Katze fuhren. Das Tier sprang fauchend auf und schlug wild um sich.

Ninip rührte sich nicht. Er war sich nicht sicher, ob seine Arme und Beine noch mit seinem Körper verbunden waren oder ob er überhaupt noch lebte. Dann sah er, wie Torka vorsichtig zwischen ihn und die Katze trat und sie mit einem drohenden Knurren herausforderte. Er hielt seine seltsame, messerscharfe Keule in der Hand. Ninip war verwirrt. Warum setzte Torka sein Leben für jemanden aufs Spiel, der ihm überhaupt nichts bedeuten konnte?

Torka bückte sich und hielt das schmale Ende der Waffe mit beiden Händen. Er reizte die Katze so lange, bis sie ihn angriff. Er sprang geschickt zur Seite und drehte sich um. Dabei durchtrennte die scharfe Schneide seiner Waffe ihre ausgestreckten Pfoten. Als die Katze landete, konnte sie sich nicht mehr abstützen und rollte kopfüber weiter. Torka sprang hinterher und zerschmetterte ihr mit drei kräftigen Schlägen den Schädel.

Genauso wie der Junge, den sie zuerst angegriffen hatte, starb die Säbelzahnkatze einen langsamen, qualvollen Tod.

Wenn es nach Galeena gegangen wäre, hätten sie Ninip neben der Leiche des anderen Jungen zum Sterben zurückgelassen. Der Häuptling war wütend, daß Torka die Katze getötet hatte.

»Schon wieder hat Torka sein Leben für ein nutzloses Kind riskiert! Hat Torka etwa erwartet, daß die anderen sich in dieselbe Gefahr begeben? Nein! Ein Stamm braucht Männer, Jäger, und keine dummen Jungen!«

Die anderen Jäger sagten dasselbe. Sie waren verbittert über Torkas mutige Leistung. Es gefiel ihnen nicht, daß sie nun vielleicht daran gemessen würden.

Torka starrte Galeena fassungslos an. »Ninip ist dein Sohn!«

»Bah! Was ist ein Sohn? Dieser Mann hat schon viele Söhne gehabt und wird in Zukunft wieder welche haben!«

Torka konnte eine solche Herzlosigkeit nicht verstehen. »Die Geister haben es gut mit Galeena gemeint. Die Katze hat sich einen Zahn gebrochen, als sie über den anderen Jungen herfiel. Sie hatte große Schmerzen, deshalb hat sie Ninip nicht zerfleischt. Er hat ein paar schlimme Kratzer und Schürfwunden abbekommen, aber mit etwas Pflege wird er bald wieder gesund sein.«

»Du hast ihn gerettet, dann muß du ihn auch pflegen! Dieser dumme Junge ist nicht mehr Galeenas Sohn!«

14

Die Teiche waren nun bis zum Grund gefroren und würden erst im Frühling wieder tauen. Das Tageslicht war kaum mehr als ein kurzer bläulicher Schimmer. Während ein kalter, trockener Nordostwind blies, setzten Ianas Wehen ein, ohne daß das Kind kam. Manaak wurde unruhig. Umak versuchte, Iana mit Gesängen zu helfen, konnte aber nichts ausrichten. Hinter Umaks Rücken flüsterte Ai ihrem Mann zu, daß der Zauber des Herrn der Geister ziemlich wirkungslos war. Der alte Mann schnaubte und sagte, daß das Kind nicht eher kommen würde, bis seine Seele dazu bereit sei. Oklahnoo blickte ihn skeptisch an, während Naknaktup sie daran erinnerte, daß Ninip nur wegen der heilenden Kräfte ihres Mannes noch am Leben war.

Torka mischte sich nicht in den Streit ein. Ninip ging es schon besser, aber er kam nur langsam wieder zu Kräften. Und er hatte sich sehr verändert. Seine Streitlust und Überheblichkeit waren verschwunden. Er hatte blaue Flecken und schmerzende Entzündungen, wo er genäht worden war, und saß teilnahmslos an Torkas Feuerstelle. Obwohl Torka den Jungen früher wegen seines Verhaltens gegenüber Karana gehaßt hatte, machte er sich jetzt Sorgen um ihn. Er nahm nur Essen an, wenn man es ihm aufdrängte, und er sprach nur, wenn man ihn anredete. Doch selbst dann bestanden seine Antworten nur aus Grunzen und Murren. Seine ehemaligen Kameraden wollten nichts mehr von ihm wissen, es sei denn, sie konnten ihn verspotten. Seine klaren, flinken Augen waren leer geworden. Er schien den Lebenswillen verloren zu haben.

Karana paßte es nicht, daß Ninip einen neuen Platz an Torkas Feuerstelle gefunden hatte. Aber im stillen freute er sich darüber, daß die anderen Jungen sich von ihrem ehemaligen Anführer abgewandt hatten. Es war ihm eine tiefe Genugtuung, daß er nicht mehr die einzige Zielscheibe ihres Hohns und ihrer derben Streiche war.

Seit Torka die Katze getötet hatte, lastete ein merkwürdiges Unbehagen auf ihm. Manchmal, wenn er an seinen Waffen arbeitete und sein Blick Ninip traf, fragte er sich, ob er richtig gehandelt hatte. Der Häuptling hatte sich nicht einmal für seinen eigenen Sohn in Gefahr begeben, weil er auch an die anderen denken mußte. Außerdem war Ninip tatsächlich dumm und ungeschickt. Nie würde ein guter Jäger aus ihm werden. In Torkas Stamm galt es als ernsthafte Beleidigung der Geister des Wildes, wenn man Fleisch an nutzlose Mitglieder des Stammes verschwendete. In der langen Dunkelzeit könnte ihr aller Leben von der Nahrung abhängen, die er jetzt Ninip aufdrängte.

Torka unterbrach seine Arbeit. Er lehnte mit dem Rücken gegen die Felswand und saß auf einem Kissen, das Lonit aus Fellstücken zusammengenäht und mit Gras ausgestopft hatte. Er hatte beschädigte Speerspitzen mit seinem feuergehärteten Geweihhammer repariert. Trotz des Lederschutzes, der seine linke Hand vor Verletzungen bewahrte, schmerzte seine Hand. Erst jetzt bemerkte er, wie viele Speerspitzen er schon bearbeitet und ordentlich neben seinen Werkzeugen aufgereiht hatte.

Er fragte sich wieder einmal, wohin die großen Herden während der langen Dunkelzeit verschwanden. Konnten Menschen ihnen folgen? Doch er gab den Gedanken wieder auf. Obwohl Galeena ein selbstgefälliger, streitsüchtiger Häuptling war, gab der Stamm ihnen allen Sicherheit. Draußen auf der offenen Tundra, wo der Zerstörer sein Unwesen trieb, warteten nur Gefahr und Tod auf sie.

Die folgenden Tage waren außergewöhnlich kalt. Die Luft über dem Gletscher des Berges vermischte sich mit dem schneidenden, trockenen Nordwind.

Lonit verbrachte die meiste Zeit bei Iana. Nach den ersten Wehen hatten die anderen Frauen sie in die hinterste Ecke der Höhle verbannt, damit sie von den Schmerzgeistern nicht angesteckt wurden. Einige hatten davon gesprochen, sie sollte die Zeit bis zur Geburt in einer Erdhütte am Fuß des Berges verbringen. Doch viele der Frauen waren selber schwanger. Obwohl der Brauch vorschrieb, daß Frauen während der Geburt vom Stamm getrennt werden mußten, war es ein Unterschied, ob der Mann eine Geburtshütte am Rand des Lagers errichtete oder ob man sich allein in der Tundra befand, während der Rest des Stammes weit weg und in Sicherheit war. Umak sagte, daß in einem neuen Leben sowohl die Männer als auch die Frauen neue Wege suchen mußten. Alle waren erleichtert darüber, und Iana durfte in der Höhle bleiben, während Manaak in der Tundra Riedgras und Soden sammelte, um seiner Frau ein weiches Lager zu bereiten. Bei seiner Rückkehr berichtete er, daß das Land bald hart wie Stein gefroren sein würde.

Lonit verstand nicht, warum die anderen Frauen Iana mieden. Nur Naknaktup kam gelegentlich vorbei, um ihren Bauch zu befühlen. Als die Wehen wieder einsetzten, machten die Männer und Frauen einen großen Bogen um Iana.

Lonit nahm Ianas kalte Hand und hielt sie zwischen ihren warmen Handflächen. »Lonit bleibt bei dir und wird dir helfen. Lonit will für Iana Frauengesänge singen, aber Iana muß ihr sagen, wie sie gehen. Die Frauen aus Lonits Stamm waren in der Geisterwelt, bevor sie es ihr beibringen konnten.«

»Gesänge? In Ianas Stamm gibt es keine Lieder dafür.« Sie hielt den Atem an und biß die Zähne zusammen, bis der Schmerzanfall vorbei war.

Lonit ließ ihre Hand los und strich ihr über die Augenbrauen. »In Torkas Stamm gab es viele Lieder! Schöne und traurige. Lieder für jeden Anlaß. Umak singt gerade den Geburtsgesang für dich. Er hat große Macht.«

»Das Kind im Leib dieser Frau scheint ihn nicht zu hören.«

»Weil die Frauen nicht ihre eigenen Lieder singen. Lonit hat sie gehört, als sie noch ein kleines Mädchen war. Die Geburtshütte war immer so weit weg, daß sie die Worte nicht verstanden hat, aber es ging etwa so.« Sie summte leise und versuchte, die richtige Melodie und den dazugehörigen Rhythmus zu treffen. In der Höhle unterbrach jeder seine Beschäftigung, um ihr zu lauschen. Iana seufzte und war für eine Weile beruhigt. Doch dann kam die nächste Wehe. Sie schrie auf und packte Lonits Hand so fest, daß die junge Frau sie fast vor Schmerz zurückgezogen hätte. »Laß diese Frau allein, Lonit«, sagte Iana mit erschöpfter Stimme. »Du kannst diesem Kind, das sich viel Zeit läßt, nicht helfen. Geburt ist wie Tod. Beides muß man allein durchstehen.«

Doch Lonit wich nicht von ihrer Seite und sang stundenlang, bis ihr die Stimme versagte. Im ewigen Zwielicht der Höhle wußte sie nicht mehr, ob es Tag oder Nacht war. Bald begannen Galeenas Leute, etwas über böse Geister zu murmeln. Weelup und Ai beschwerten sich, daß sie nicht schlafen konnten. Der verzweifelte Manaak verärgerte die anderen Männer, als er zu seiner Frau ging und sie in den Arm nahm. Lonit sah seinen Kummer und ging zu Torka, um in dessen Armen Trost zu suchen.

Ais unaufhörliches Gejammer ließ Galeena schließlich zur Tat schreiten. Selbst als er seinen Speer nahm, wußten Torka, Umak und Lonit noch nicht, was er vorhatte. Doch Karana war es sofort klar, und Galeenas Leute spendeten ihm Beifall.

Der Häuptling baute sich vor Manaak und Iana auf und sagte dem Mann, er solle zur Seite treten. »Diese Frau macht zuviel Lärm! Das geht zu weit!«

Manaak starrte auf Galeenas Speer und rührte sich nicht. Aus Liebe zu Iana hatte er seinen Plan aufgegeben, das große Mammut zu verfolgen, damit er sie bei der Geburt beschützen konnte. Als sie ihren kleinen Jungen zurücklassen mußten, hatte er sich nicht gegen den Häuptling aufgelehnt, jetzt aber würde er das Leben seiner Frau und seines noch ungeborenen Kindes verteidigen.

Galeena erkannte die Entschlossenheit in Manaaks Augen. Der Mann hatte immer nur Ärger gemacht. Es wäre besser, dem ein Ende zu bereiten, und er hob den Speer.

Doch Manaak war jünger und schneller und warf sich auf den Häuptling, der mit einem überraschten Keuchen zu Boden ging. Aber Galeenas Wut verlieh ihm neue Kraft, so daß er sich aus Manaaks Umklammerung befreien konnte.

Dann standen sie sich gegenüber und funkelten sich wütend an. Galeena gab seinen Männern über die Schulter den Befehl, Manaaks Frau zu töten, während er sich um ihren Mann kümmerte.

Ohne nachzudenken war Torka auf den Beinen und hatte seine Walknochenkeule gepackt. Lonit sprang wie ein aufgescheuchtes Reh auf und warf sich schützend über Iana, bevor Torka sie zurückhalten konnte.

»Galeena sollte lieber Tiere jagen als Frauen mit Kindern im Leib!« rief sie und blickte mit Feuer in den großen runden Augen zum Häuptling auf. Die Frauen kreischten entsetzt über ihre Kühnheit. Die Männer griffen zu ihren Speeren und starrten sie drohend an.

Als Galeena seine bewaffneten Jäger hinter sich wußte, zeigte er Lonit zufrieden grinsend seine Zahnlücken. »Vor langer Zeit hat dieser Mann Torkas Frau gewarnt, nie zu vergessen, wer der Häuptling dieses Stammes ist. Vielleicht wird sie es jetzt lernen. Wenn Lonit Galeena nicht aus dem Weg geht, wird mehr als ein Baby seinen ersten Atemzug nicht erleben.«

»Und Galeena wird überhaupt keinen Atemzug mehr tun, wenn er Torkas Frau noch einmal droht!« sagte Torka. Plötzlich war Umak an seiner Seite. Er hielt seinen Speer in beiden Händen und sah furchteinflößend in seinem Bärenfell aus. Neben ihm stand tapfer der kleine Karana und wog den Speer in der Hand, den er wieder aus dem Kadaver des Säbelzahntigers gezogen hatte. Auch Manaak gesellte sich mit wutfunkelndem Blick zu ihnen.

»Dies war Torkas Lager, bevor Galeena es übernommen hat!« fuhr Karana ihn an. »Torka ist hier der rechtmäßige Häuptling!«

Galeenas Haarschopf zuckte, als er die Augenbrauen hochzog. Er lachte. »Dieser Mann sieht zwei Jäger, einen kleinen Jungen und einen Herrn der Geister, der seine Macht verloren hat! Was rechtmäßig ist, interessiert mich nicht. Dieses Lager gehört dem, der die Macht darüber hat.«

Seine Männer sahen sich an, grinsten boshaft und schüttelten ihre Speere. Ihre Frauen ermutigten sie mit einem kurzen Geheul.

»Tötet sie!« zischte Ai gierig. »Sie haben Galeena schon viel zu oft herausgefordert. Es ist nicht gut, daß sie noch am Leben sind. Es wäre besser, wenn sie sterben. Ihr Fleisch kann uns in der dunklen Winterzeit nützlich sein.«

Galeena nickte zustimmend. Ais Worte erinnerten ihn an die Katze, die den Jungen zerfetzt und Ninip um ein Haar gefressen hatte. Wenn seine Mutter wie Ai gewesen wäre, hätte er sie niemals in die Winterdunkelheit hinausgeschickt, nachdem sie den Jungen abgestillt hatte. Ai hingegen belebte seinen Geist und bewirkte, daß er sich wieder jung und mutig fühlte. Dennoch verunsicherten ihn die entschlossenen Blicke seiner Gegner. Er und seine Jäger waren in der Überzahl, aber sie hatten scharfe Speere, und er hatte gesehen, was Torka mit seiner Keule anrichten konnte.

Galeena legte den Kopf auf die Seite und lauschte auf das Heulen des Windes und der wilden Hunde. Er verspürte das Verlangen, Torka und Manaak zu töten und zuzusehen, wie ihre Überreste von seinen Frauen über dem Feuer geröstet wurden. Aber bei einem Kampf hatte Galeena lieber den Vorteil auf seiner Seite. Wenn er Torkas Frau tötete, würde er mit größter Wahrscheinlichkeit ebenfalls sterben, was kein angenehmer Gedanke war.

Also setzte er ein freundliches Lächeln auf und breitete großzügig die Arme aus. »Männer sollten sich nicht wegen Frauen streiten! Torka, Manaak und der alte Mann, dessen Zauberkraft so schwach wie seine Knochen ist, sollen ihre Frauen und den humpelnden Kleinen nehmen und gehen! Sofort! So ist es das Beste!«

Obwohl die Bedeutung seiner Worte offenkundig war, brauchten seine Jäger und ihre Frauen einen Moment, bis ihnen klar wurde, daß er Torka und seine Leute zum sicheren Tod verurteilt hatte. Sein Speer war nach wie vor auf Lonit gerichtet, und die Waffen seiner Jäger ließen keine Zweifel daran, daß Torka und die anderen einen Kampf nicht lebend überstehen würden. Galeena lachte, und seine Männer stimmten ein.

»Sind Torka und Manaak jetzt zufrieden? Galeena ist ein vernünftiger Häuptling! Er hält die Leute nicht in seinem Stamm, wenn sie es nicht wollen! Also nehmt eure Frauen und geht! Nehmt euren alten Mann, der keine Zauberkraft mehr hat, und den humpelnden Kleinen, und geht hinaus in die Stürme der langen Dunkelzeit! Galeena ist es egal, was ihr macht oder wohin ihr geht! Galeena wird in diesem hohen, sicheren Lager bleiben, und zwar für immer!«

Sie konnten sich gegen Galeena auflehnen und in der Höhle sterben oder sich auf die offene Tundra wagen, was ihnen zumindest eine gewisse Überlebenschance ließ.

Manaak stieg als erster die Felswand hinunter, um das

Führungsseil zu halten, wenn zuerst Iana und dann Lonit in der Schlaufe heruntergelassen werden sollten. Umak folgte, nachdem er einen angemessenen Fluch über Galeena verhängt hatte. Der Häuptling und sein Stamm lachten ihn aus. Ai kreischte ihn wie eine wütende Gans an und riet ihm, mit seinem Zauber und seinen Flüchen sparsam umzugehen, denn er würde sie zweifellos brauchen, wenn seine Seele vom Wind der langen Dunkelzeit davongetragen wurde.

Umak knurrte sie an und rückte sein Bärenfell zurecht. Er wollte die Felswand wie ein Mann und nicht wie eine schwangere Frau hinabsteigen. Im letzten Augenblick bestürmte Naknaktup ihn wimmernd, sie begleiten zu dürfen, und ließ nicht locker, obwohl sie ängstlich jammerte, als man sie von der Felskante abseilte.

Schließlich stand nur noch Torka vor dem Eingang der Höhle und bat Galeena, ein paar Sachen mitnehmen zu dürfen. »Ich bitte dich nur um Dinge, die mir gehörten, bevor du in dieses Lager kamst, ein paar Felle, die Rippenknochen für den Schlitten, die . . .«

»Die Toten haben in diesem Lager keine Rechte. Ihr geht mit dem, was ihr auf eurer Haut tragt. Dieser Mann gibt dir dein Leben. Alles andere beansprucht Galeena für sich.«

Während die Speere der Männer auf ihn gerichtet waren, begann Torka den Abstieg. Als er noch einmal nach oben sah, hatte Galeena sich über die Felskante gebeugt und grinste ihn an. Ai lachte hysterisch, griff sich ein Fleischmesser und begann, das Seil durchzusägen.

»Halt!« Ninip war von Torkas Feuerstelle aufgesprungen, wo er bis jetzt regungslos gehockt hatte. Stumm hatte er beobachtet, wie sein Vater den Mann erniedrigte, der ihm das Leben gerettet hatte. Ninip fragte sich, warum er jemals Achtung und Zuneigung für Galeena empfunden hatte. Obwohl sein ganzer Körper schmerzte, hielt er sich aufrecht, als er Ai zuschrie, sie solle die Hände vom Seil nehmen.

Alle anderen ermunterten Ai, weiterzumachen. Sie blickte zu Galeena hoch und wartete auf seine Entscheidung. Er nickte ihr zu, und mit einem zufriedenen Lächeln machte sie sich wieder an die Arbeit.

Doch dann stürzte sich plötzlich Ninip auf sie und schlug ihr das Messer aus der Hand. »Torka wird sterben, wenn sie nicht aufhört! rief der Junge.

»Genau!« brüllte Galeena zurück.

Torka war auf halber Strecke angelangt, als er ihren Streit hörte. Er ruckte am Seil, damit es ins Schwingen geriet. Die Felswand war mit Eis überzogen, aber er schaffte es, sich an einem Vorsprung festzuhalten, und befreite sich aus der Schlaufe. Doch dann verlor er den Halt und rutschte etwa zwanzig Fuß tief die Felswand hinab, bis er den Sturz abbremsen konnte.

Ninip blickte hinunter und atmete erleichtert auf. »Torka hat diesem Jungen das Leben gerettet. Ninip wird Torka folgen! Dieser Junge gehört nicht mehr zu Galeena!«

Das war das letzte, was sie von Ninip hörten. Galeena stieß mit aller Kraft zu. Der Speer fuhr ihm in den Rücken und durchdrang sein Herz. Auf Galeenas Befehl hin schleuderten auch die anderen Jäger ihre Speere auf Ninip, bis er von der Felskante stürzte.

Die Dunkelheit hüllte sie wie eine schützende Decke ein, als sie die Speere aus Ninips Körper zogen. Manaak nahm die Waffen stumm an sich, und Umak sagte, daß sie den Unterschied zwischen Leben und Tod in ihrem neuen Leben bedeuteten, dem sie sich nun stellen mußten. Über ihnen warfen Galeena und seine Leute unter lautem Gejohle Steine auf sie hinunter. Einer der Jäger nahm Torkas Keule, drohte ihnen damit und machte sich an den Abstieg. Doch Ais Messer hatte gute Arbeit geleistet, denn das Seil riß, kaum daß er den Abstieg begonnen hatte. Der Mann fiel wie ein Stein die Felswand hinunter.

Torka nahm sich seine Keule zurück und ließ den stöhnenden Mann liegen. Dann hob er Ninips Leiche auf und führte seinen Stamm der Ausgestoßenen vom Berg fort. Solange es dunkel war, würden Galeena und seine Männer ihnen nicht folgen. Sie würden sich nicht in Gefahr begeben, nicht einmal, um den Jäger heraufzuholen, damit er sicher vor Raubtieren in den Armen seiner Frau sterben konnte. Sie würden in ihrer Höhle bleiben.

Die Raubtiere ließen nicht lange auf sich warten. Es waren Riesenwölfe. Der Mann schrie gellend und flehte Galeena um Hilfe an. Doch weder Galeena noch die Wölfe kümmerten sich um sein Geschrei. Für Torka bedeutete es, daß sein kleiner Stamm vor den Raubtieren sicher war, solange sie sich mit dem gestürzten Jäger beschäftigten.

Sie begruben Ninip in der Ebene am Fuß des Berges. Sie hoben eine flache Grube aus und kleideten sie mit immergrünen Fichtenzweigen aus. Sie legten ihn mit angezogenen Armen und Beinen in das winzige, übelriechende Grab, und Umak stimmte einen Dankgesang an. Er lobte den Jungen für seinen Mut, daß seine Seele den rechten Weg wiedergefunden hatte und daß er ihnen allen durch das Opfer seines Todes und das Geschenk der Waffen eine Überlebenschance gegeben hatte.

Naknaktup erinnerte sich schluchzend an seine Mutter, die gleich nach der Entwöhnung hatte sterben müssen, und Lonit dachte mitfühlend an seine harte Kindheit ohne jede Liebe. Karana war betrübt, weil er und Ninip in all der Zeit, die sie zusammengelebt hatten, kaum einen freundlichen Blick ausgetauscht hatten. Vielleicht wären sie eines Tages gute Freunde geworden.

Dann errichteten sie einen Steinhaufen über dem Grab, um die Raubtiere abzuhalten. Keiner von ihnen hatte je einen Menschen begraben. Gewöhnlich wurden die Knochen so angeordnet, daß die Toten für immer in den Himmel blickten, doch irgendwie schien das nicht mehr richtig zu sein. In der Tundra war der Boden zu hart für ein Grab, doch hier im Schatten des Berges war es etwas anderes.

Torka nahm einen der Speere. Mit seinem Messer, das er immer am Gürtel trug, kratzte er das Eigentumszeichen aus und gravierte seins hinein. Darüber brachte er die doppelten Linien an, mit denen Ninip seine Speere markiert hatte. Dann zerbrach er den Speer in zwei Hälften und steckte sie in das Grab.

»Damit die Geister des Berges wissen, daß dieser Junge zu Torka gehört. Und damit Galeena es weiß. Ninip wird auch in der Geisterwelt nicht mehr zu Galeenas Stamm gehören wollen. Ninip gehört jetzt für immer zu Torkas Stamm!«

Dann zogen sie weiter. Manaak trug Iana auf den Armen. Durch den Schock der letzten Stunden hatten ihre Wehen aufgehört, doch im blauen Licht des neuen Tages, der nicht mehr heller werden würde, begannen sie von neuem. Die Fruchtblase platzte, und mit dem Wasser wurde das Kind herausgespült, so unvermittelt, daß Umak keine Zeit mehr für einen Geburtsgesang hatte. Statt dessen stimmte er einen Dankgesang an, während Manaak vor Erleichterung fast ohnmächtig wurde. Karana sagte, daß das Baby einmal zu einem weisen Mann heranwachsen würde, weil es sich geweigert hatte, als Mitglied von Galeenas Stamm geboren zu werden.

Sie machten nur so lange Rast, bis die Frauen sich um Iana gekümmert hatten.

»Wir müssen uns weit von diesem Ort entfernen«, sagte Manaak. »Galeena wird keine Gnade mit uns haben, sondern uns folgen, sobald er kann. Wie ein Rudel Wölfe werden seine Jäger über uns herfallen, wenn wir schlafen. Wir müssen weiter fort!«

Einen Tag und eine scheinbar endlose Nacht lang zogen sie nach Osten und machten nur kurze Pausen. Manaak trug Iana, bis sie darauf bestand, alleine weitergehen zu können. Sie schaffte es, obwohl es ihr schwerfiel. Als Umak ihr anbot, aus seinem Bärenfell eine Trage zu machen, lehnte sie ab.

»Deine Macht lebt darin, Herr der Geister«, sagte sie und drückte ihr Baby an sich. »Sie braucht Zeit, bis sie wirkt, aber es ist ein starker und wunderbarer Zauber, der mir diesen Sohn gegeben hat.«

Zwei Tage später stießen sie auf den Kadaver eines großen Bisons. Es war nicht mehr festzustellen, ob das alte, kranke Tier verendet oder von Wölfen getötet worden war. Nur der Bauch, die Kehle und eine Seite waren gefressen worden und somit noch genügend Fleisch für sie übrig. Sie vertrieben die kleineren Aasfresser, die offenbar gerade eingetroffen waren. Aus den Rippen errichteten sie eine kleine Erdhütte, die sie mit dem Fell des Bisons und Umaks Bärenfell bedeckten.

Iana hatte keine Einwände, im Gegenteil, sie lächelte, als sie darunterkroch, dankbar für den Windschutz.

»Wir wohnen alle unter der lebenserhaltenden Wärme von Umaks Zauber«, sagte sie.

Es begann zu schneien. Die Schneeflocken fielen sanft herab und bedeckten still das Land . . . bis ein fürchterliches Getöse die Stille zerriß. Die Erde bebte, und ihr kleiner Unterschlupf erzitterte wie in einem Sturm, obwohl es windstill war.

Erschrocken flüchteten sie aus der Erdhütte und blinzelten über eine endlose, blendend weiße Ebene, in der sich nichts bewegte, in der es keine Farbe gab, bis auf die schwarze Masse des Berges der Macht, der jetzt Galeenas Berg war. Sie starrten verblüfft und dann in ehrfürchtigem Staunen. Das gesamte obere Viertel des Berges bewegte sich. Die gewaltigen Eismassen des Gipfelgletschers zerbarsten und rutschten nach unten. Die Schichten aus Schutt und Geröll hatten unter dem Gewicht des Neuschnees nachgegeben und rissen den Gletscher mit sich.

Torka und sein kleiner Stamm beobachteten, wie die gesamte Ostseite des Berges mit der Höhle und ihren Bewohnern für immer unter den Ablagerungen, die sich im Laufe von Jahrhunderten angesammelt hatten, begraben wurden.

Karana zerrte an Umaks und dann an Torkas Hand. »Der Berg hat uns gewarnt!«

Der alte Mann schnaubte, als Torka nickte und Lonit an sich zog. »Galeena hatte recht«, sagte er leise. »Er wird tatsächlich für immer in seinem hohen, sicheren Lager bleiben.«

TEIL 5

DAS TAL DER STÜRME

1

Als es über der winterlichen Tundra kurzzeitig aufklarte, machte Torkas Stamm sich an die zum Überleben notwendigen Arbeiten. Keiner von ihnen sprach; sie konnten das Ausmaß der Katastrophe immer noch nicht fassen, die Galeenas Stamm vernichtet hatte und der sie nur um Haaresbreite entgangen waren. Sie verarbeiteten jedes Stück des Bisonkadavers; sie aßen das Fleisch, kratzten das wertvolle Mark aus den Gelenken und legten die Knochen beiseite, um später Speere daraus zu schnitzen. Sie entfernten die Sehnen aus dem Fleisch und die langen Haarbüschel vom Schwanz und der Mähne, um daraus Fangnetze und Angelschnüre zu flechten.

Als der Himmel sich wieder bedeckte, hatten sie mit den Hörnern des Bisons den gefrorenen Boden aufgebrochen und eine große runde Senke ausgehoben, über der sie ihre Erdhütte errichteten. Nachdem sie Soden darum aufgeschichtet hatten, war es eine warme Zuflucht vor der Kälte und dem Schneetreiben.

In der Ferne heulte ein wilder Hund, als würde er sich über den Sturm beklagen. Karana lauschte. »Hört! Bruder Hund hat gesehen, wie der Berg eingestürzt ist. Er trauert um uns.«

Umak horchte auf das Klagen des Hundes, während er Naknaktup in den Armen hielt, die stumm den Tod ihrer Leute betrauerte. Doch er dachte nicht an Galeenas Stamm, sondern an eine Nacht, in der ein alter Mann sich zum Sterben bereitgemacht und ein wilder Hund ihm das Leben gerettet hatte. Er schloß die Augen. Wo mochte Bruder Hund jetzt sein? Welcher selbstsüchtige Zauber hatte ihn so lange davon abgehalten, sich überhaupt nicht um das Schicksal des Hundes zu sorgen?

Wind kam auf und riß das Heulen des Hundes mit sich. Manaak und Iana waren Arm in Arm eingeschlafen, während ihr Baby zufrieden nuckelte. Auch Lonit schlief allmählich an Torkas Seite ein. Seine Hand lag auf ihrem Bauch, in dem sich ihr Baby bewegte.

Torka lauschte auf das Heulen des Windes. Er fragte sich, wie er in diese Situation geraten war. Er wollte nie Häuptling eines Stammes werden; dennoch schien eine geheimnisvolle Kraft ihn angetrieben zu haben, seit Donnerstimme in sein Leben getreten war.

Dann träumte er von fernen Ländern jenseits des Tals der Stürme, von Sonnenschein und großen Herden, die durch die Täler zogen. Der Traum war so eindringlich, daß er beim Erwachen glaubte, schon dort zu sein. Doch um ihn herum war die Welt kalt und dunkel, und draußen vor der Erdhütte tobte der Sturm.

In der Dunkelheit gab es keine Tage und Nächte mehr. Die Nahrung war knapp, doch die kleine Gruppe brauchte nicht viel zum Überleben. Wenn das Wild weniger wurde, brachen sie ihr Lager ab und zogen weiter. Sie wärmten sich am spärlichen Feuer, das sie mit kleinen Knochen und getrocknetem Dung fütterten. Unterwegs drängte Lonit sie, Steine und Kiesel zu sammeln. Sie waren selten in der Tundra, aber auf dem Berg hatte Lonit gelernt, wie wertvoll sie waren, weil sie noch lange, nachdem das Feuer erloschen war, Wärme abstrahlten.

Sie zogen über das sanft gewellte Land und ließen sich vom frostigen Wind treiben oder folgten dem Zug des Wildes. Ihre schwere Winterkleidung hatten sie zurücklassen müssen, doch bald stellten sie sich Handschuhe, Stiefel, Kapuzen und Hemden her, die aus den Fellen von Dachsen, Füchsen, Hasen und Lemmingen zusammengestückelt waren. Die Innereien ihrer Beute wurden zwischen allen Stammesmitgliedern aufgeteilt und anschließend die durchscheinenden Hüllen getrocknet, eingefettet und zu pergamentartigen Planen verarbeitet, die sie als Windschutz über der Oberkleidung trugen.

Allmählich ging es ihnen wieder besser. Lonit hatte sich selten so gut gefühlt, obwohl sie hochschwanger war. Naknaktup hatte keine Übelkeitsanfälle mehr, aber sie war immer noch nicht über den Verlust ihres Stammes hinweggekommen, besonders über Oklahnoos Tod. Iana hatte sich wieder vollständig erholt und half Lonit und Naknaktup beim Fallenstellen, Nähen, beim Zerlegen des Fleisches, bei der Fellbearbeitung und Ölherstellung. Naknaktup freute sich über Ianas Baby und über die baldige Geburt ihres eigenen Kindes.

»Diese Frau ist schon sehr alt. Sie hätte nicht geglaubt, daß sie noch einmal ein Baby haben wird. Umak ist ein großer Herr der Geister. Diese Frau ist stolz darauf, seine Frau zu sein.« Dann verschwand das Lächeln langsam von ihrem Gesicht. »Diese Frau hat schon so viele Kinder gehabt. Sie sind alle tot. Von Tieren gefressen, in den Sturm hinausgeschickt oder in der langen Dunkelheit gegessen.«

Lonit riß ungläubig die Augen auf. »Gegessen?«

»Galeena mochte keine Kinder. Er hat nur die Stärksten am Leben gelassen. In schlechten Zeiten, wenn das Wild knapp und es zu kalt zum Jagen war, hat Galeena die Kleinen getötet, Babys haben gutes Fleisch.«

Jetzt verstand Lonit, warum es in Galeenas Stamm keine Kleinkinder gegeben hatte und warum Iana so wenig Begeisterung über die bevorstehende Geburt ihres Babys gezeigt hatte. Der Zerstörer hatte nicht alle Kinder ihres Stammes getötet – für den Rest war Galeena verantwortlich.

Naknaktup war verblüfft über Lonits Erstaunen und ihren offenkundigen Ekel. »Essen Torka und sein Stamm keine Babys?«

»Nein, das tun wir nicht!« rief sie. Doch dann erinnerte sie sich an die Gerüchte im Winterlager, daß Teenak ihr Neugeborenes getötet und in der Häuptlingsfamilie als Nahrung verteilt haben sollte. Ihre Hände legten sich schützend über ihren Bauch. »In diesem neuen Land und in diesem neuen Stamm werden Torkas Leute niemals ihre Kinder essen! Niemals!«

Naknaktup und Iana sahen sich an und lächelten Lonit hoffnungsvoll zu. »So soll es sein«, sagten sie gleichzeitig.

»So wird es sein!« erwiderte sie inbrünstig.

Die beiden Frauen nicken.

»Dann wird das Leben in Torkas Stamm gut sein«, sagte Naknaktup, und das Lächeln war wieder in ihren Augen.

Und tatsächlich wurde ihr Leben besser, während sie von einem Lager zum nächsten zogen. Die Männer machten viel Beute auf der Jagd. Sie nahmen Karana mit, so daß er von ihrer Erfahrung lernen konnte. Die Frauen hatten nun Zeit, sich auch um all die kleinen Dinge zu kümmern, die nicht nur dem Überleben dienten, sondern das Leben etwas angenehmer machten.

Sie lachten und sangen den Gesang des Lebens. Umak vertrieb ihnen die Zeit mit wunderbaren Geschichten. Ianas Kind schrie und brüllte vor Lebenskraft. Es hatte die ersten Wochen überstanden, in denen man noch nicht wissen konnte, ob ein Kind wirklich eine Seele besaß. Doch jetzt war Manaaks Sohn alt und stark genug für einen Namen und die Aufnahme in den Stamm. Sie nannte ihn Ninipik – kleiner Ninip. Keiner von ihnen zweifelte daran, daß die Seele des mutigen toten Jungen in ihm wiedergeboren war.

Torka würde nie jene Stunde vergessen, als ihm die Idee kam. Er war zusammmen mit Manaak und Karana auf dem Rückweg zum Lager. Die drei hatten zwei Steppenantilopen, einen Schneehasen und vier fette Schneehühner erlegt.

Trotzdem blieben sie wie angewurzelt stehen, als sie eine große Herde Pferde entdeckten.

»Schaut euch das an . . .!« sagte Manaak langsam, und das Wasser lief ihm im Mund zusammen. »So viel köstliches Fleisch! Und so nahe, als wüßten die Tiere genau, wie weit unsere Speere fliegen.«

»Wir könnten längere Speere machen«, schlug Karana vor.

»Lange Speere wären zu leicht, um so großer Beute auf diese Entfernung etwas anhaben zu können«, erwiderte Manaak.

»Dann sollten wir längere und schwerere Speere machen!« gab Karana zurück.

Manaak lachte. »Unsere Speere sind hervorragend für die Jagd auf Pferde geeignet, kleiner Jäger. Was wir bräuchten, wären längere Arme!«

Es war dieser Satz, der sich in Torkas Gedanken festsetzte und ihn nicht wieder losließ. Er ging ihm immer wieder durch den Kopf, während des Rückwegs zum Lager, während des Essens, das Lonit zubereitet hatte; der Gedanke verfolgte ihn sogar bis in seine Träume.

Darin sah er ein junges Mädchen, das einen langen Flügelknochen eines Kondors bewunderte und sich fragte, wie ein so leichter Knochen das Gewicht eines so großen Vogels tragen konnte. Er sah sich selbst, wie er den Flügel bewegte und von seinem Aufbau und seiner Funktionsweise fasziniert war.

Und in diesem Traum erinnerte er sich an einen anderen Traum, wie er mit Kondorflügeln schwerelos über der Welt schwebte und sich in einen lebenden Speer verwandelte, der seinen eigenen Flug bestimmte.

Er fuhr aus dem Schlaf hoch. Sein rechter Arm war angewinkelt, und die Faust lag an der Schulter. Als er den Arm streckte, entwickelte sich langsam eine Idee in seinem Kopf. Er lag flach auf dem Rücken und beugte und streckte seinen Arm immer wieder. Er spürte die Arbeit der Muskeln, Knochen und Sehnen, bis ihn die Idee auf die Beine brachte und nach draußen trieb. Er stand einen Augenblick still unter dem wilden Polarhimmel. Dann nahm er einen seiner Speere, die an der Wand der Erdhütte lehnten. Er prüfte sein Gewicht und den Schwerpunkt. Der Gedanke nahm klarere Umrisse an. Torka stellte sich kerzengerade auf beiden Beinen hin. Dann drehte er sich nach rechts und lehnte sich so weit zurück, wie er konnte, bis er wie eine Spirale verdreht war und sein Gewicht nur auf dem rechten Fuß lagerte. Seine ganze Kraft war nun in der rechten Körperhälfte konzentriert, und er spürte die Spannung in seiner Wade und seinem Schenkel. Dann wirbelte er herum. Er fühlte, wie sich die Kraft entlang seines Körpers freisetzte, als er nach vorn schnellte, mit dem linken Fuß auftrat, mit dem rechten sein Gleichgewicht wiedererlangte und den Speer losließ.

In einem hohen Bogen flog er zu den Sternen hinauf und durchschnitt die kalte Luft, wie Torkas Idee seine Gedanken durchschnitten hatte. Er hielt den Atem an, als die Idee Gestalt annahm und er sie nun klar vor Augen hatte.

»Auf diese Weise fliegt er!« rief er zu den Sternen hinauf.

Umak lugte aus der Erdhütte und runzelte nachdenklich die Stirn, als er sah, wie Torka einen Speer nach dem anderen warf. Er fragte seinen Enkel, ob er die Sterne am Himmel für Beute hielt, die man jagen und essen könnte. In diesem Fall hätten böse Geister die Herrschaft über Torkas Geist übernommen.

Doch Torka hörte nicht auf Umak. Er war ganz von seiner Idee besessen, während er die Speere in den Nachthimmel schleuderte. Immer wieder erlebte er, wie seine Kraft sich sammelte und durch seinen Arm an den Speerschaft weitergegeben wurde. Es war genauso wie in seinem Traum; der Speer war tatsächlich eine Erweiterung seines Körpers. Und genauso wie beim Flügel des Kondors kam es nicht auf das Gewicht des Speerschaftes an, sondern auf die Muskelspannung, die über die Knochen des menschlichen Körpers freigesetzt wurde. Die Bewegung seines Handgelenks war für den Wurf genauso wichtig wie die Vorwärtsbewegung der Schulter- und Rückenmuskeln.

»Torka?« Manaak kam aus der Erdhütte und trat neben ihn. Er war offensichtlich besorgt über Torkas seltsames Verhalten. »Was machst du da?«

»Du hattest recht!« sagte Torka und klopfte ihm auf die Schulter.

»Wir brauchen längere Arme! Ein oder zwei weitere Gelenke mit festen Sehnen, um die Stoßkraft zu verstärken!«

Manaak starrte ihn mit offenem Mund an. »Komm zurück in die Hütte, mein Freund. Umak hat schon einen Gesang angestimmt, um die bösen Geister aus deinem Kopf zu vertreiben.«

Torka lächelte. »Der Geist in meinem Kopf ist ein guter Geist – er könnte uns eine völlig neue Jagdmethode zeigen!«

Torka hatte recht. Er verbrachte mehrere Wochen mit immer neuen Versuchen, kleinen Erfolgen, Fehlschlägen und erneuten Versuchen. Doch dann hatte er ein auf den ersten Blick harmloses Gerät entwickelt. Es war aus dem Beckenknochen des Büffels geschnitzt und so lang wie sein Unterarm. Am einen Ende besaß es einen Handgriff und am anderen einen Haken. Man hielt den Griff mit der rechten Hand, während das Ende des Speers gegen den Haken stieß, so daß die Speerspitze über die Schulter zeigte, wo man sie mit der linken Hand zwischen Daumen- und Zeigefinger hielt.

Torka hatte die erste Speerschleuder erfunden.

Mit einiger Übung wurde sie zu seinem zweiten Unterarm, mit dem er die Stoßkraft seines Wurfarms vergrößerte und so den Speer doppelt so schnell und weit werfen konnte.

Manaak, Umak und Karana wollten sofort ihre eigenen Speerschleudern, und schon bald gingen sie begeistert mit Torka auf die Jagd, während die Frauen von ferne zusahen.

»Mit Torkas Erfindung müssen die Jäger nicht so nah

an das Wild heran und können es aus sicherer Entfernung töten«, sagte Lonit stolz.

»Das ist eine gute Sache«, stimmte Naknaktup zu.

Und Iana, die keine traurigen Augen mehr hatte, lächelte und nickte. Doch sie hörte nicht die Worte ihres Mannes, als er neben Torka kniete und das Pferd begutachtete, das sie erlegt hatten.

»Sieh nur, wie tief die Speerspitze eingedrungen ist ... mitten durch die Lunge ... und das aus dieser Entfernung!« Manaak steckte seinen Finger in die Speerwunde. »Mit einer geeigneten Spitze könnte man es wagen, mit der Speerschleuder sogar ein Mammut zu jagen.«

Torka blickte ihn an und schüttelte den Kopf. »Torka hat keinen Appetit auf Mammutfleisch.«

»Das Mammut, das Manaak jagen will, will er töten, nicht essen!«

»Dann wird Manaak alleine jagen müssen«, sagte Torka.

»Wenn der Große Geist kommt, werden wir uns ihm stellen!«

Ohne Warnung schlug Torka nach ihm. Manaak fiel zur Seite und war eher überrascht als verärgert, denn seine dicke Winterkleidung hatte dem Schlag die Kraft genommen.

»Du sprichst in einer Sprache, die uns allen das Verderben bringen wird!« fauchte Torka ihn wütend an. Hier auf dem weiten, offenen Land, wo ihre Frauen bei Gefahr keinerlei Schutz in einer hohen, sicheren Höhle finden konnten, hatte Manaak den Namen des Tieres ausgesprochen, das Torka mehr als den Tod fürchtete. Er packte Manaak an der Schulter. »Wir haben ein gutes Leben! Deine Frau lächelt wieder, und wir haben genug zu essen. Dein Kind lebt, und meins wird bald geboren werden. Wir haben eine große Verantwortung. Bist du so versessen auf den Tod, Manaak? Willst du, daß ich mit dir sterbe? Wer soll in der langen Dunkelzeit für unsere Frauen jagen, wenn wir nicht mehr sind? Wie lange können sie überleben, wenn sie nur von einem alten Mann und einem kleinen Jungen beschützt werden?«

2

Für viele Tage hatten sie Pferdefleisch zu essen. Langsam ging der Winter seinem Ende zu. Es war kalt und trocken gewesen, und nur wenig Schnee war gefallen, aber jetzt, gegen Ende der langen Dunkelzeit, änderte sich das Wetter. Der Wind drehte sich und trieb dicke Wolken von den fernen Polarmeeren landeinwärts. Es schneite fast ununterbrochen, und über der geschlossenen Wolkendecke ging der Hungermond auf.

Während Torka und sein kleiner Stamm weiterzogen, wurde das Wild immer knapper. Tief am östlichen Horizont konnten sie gelegentlich den ersten Schimmer des Sonnenlichts sehen, doch die Tiere im Winterschlaf waren immer noch sicher unter tiefen Schneewehen verborgen, wo die Frauen nicht an sie herankamen. Selbst wenn Weidetiere aus Futtermangel starben, wurden sie sofort unter dem Neuschnee begraben. Wölfe und wilde Hunde heulten hungrig in der windgepeitschten Einöde, und Torkas Leute wurden mager und litten unter dem Hunger.

Sie lebten von Fett, das eigentlich als Talg für ihre Öllampen gedacht war. Lonits Schwangerschaft neigte sich ihrem Ende zu. Sie machte sich Sorgen, ob sie genug Milch haben würde. Obwohl Iana nicht darüber sprach, wußte Lonit, daß ihre Milch nicht ausreichte, weil das Baby beim Stillen quengelte. Auch Naknaktup hatte es bemerkt. Gelegentlich beobachtete Lonit, wie die beiden Frauen ihre Männer und vor allem Torka vorwurfsvoll ansahen. Seit sie Galeenas Berg verlassen hatten, betrachteten sie ihn als ihren Häuptling. Umak war für den Zauber verantwortlich, Torka für die Entscheidungen, und Manaak war der zweite Mann. Sie hatten diese Rollen wie selbstverständlich übernommen. Doch jetzt wurden die Entscheidungen immer schwieriger, so daß es nicht verwunderlich war, daß sie in Frage gestellt wurden.

»Warum sehen die Frauen mich so merkwürdig an?« fragte Torka Lonit.

»Sie warten darauf, daß du Iana und Manaak befiehlst, ihr Baby aufzugeben, damit wir alle etwas zu essen haben.«

»Dieser Mann wird niemals etwas Derartiges befehlen!«

»Galeena hätte es getan.«

»Torka ist nicht Galeena! Torka ißt nicht die Kinder seines Stammes! Die Kinder sind die Zukunft des Stammes. Nur ihretwillen kämpfen wir ums Überleben!«

Die Erdhütte war klein, so daß jeder seine lauten, zornigen Worte gehört hatte. Lonit sah Iana und Naknaktup an, weil Torka bestätigt hatte, was sie den beiden bereits gesagt hatte. Manaak brummte zustimmend. Karana sah Torka erstaunt an, denn er erinnerte sich daran, wie er sich in Gefahr begeben hatte, um ihn im Sturm zu suchen. Jetzt wußte er, daß Torka anders als alle Männer war, die er je kennengelernt hatte. Umak schnaubte vor Stolz, denn Egatsop hatte seinen Enkel falsch eingeschätzt. Torkas angeborenes Mitleid war keine Schwäche, sie war die Grundlage seiner Weisheit.

»Wir werden überleben, um neues Leben in die Welt zu setzen und das Lachen unserer Kinder zu hören! Dafür jagen und leben wir! Dafür wollen wir jetzt den Gesang des Lebens anstimmen, damit die Sonne uns in ihrem fernen Versteck hört und sich beeilt, zu ihren Kindern zurückzukehren!«

Während sie sangen, erhielten sie aus der Winterdunkelheit Antwort von wilden Hunden.

»Sie sind ganz in der Nähe«, sagte Torka.

Die Menschen verstummten und lauschten.

»Glaubst du, daß Bruder Hund dort draußen ist?« fragte Karana.

»Ganz sicher, falls er noch lebt«, antwortete Torka.

Umak schloß die Augen und konzentrierte sich auf das Heulen der Hunde. Doch er hatte keinen Erfolg, denn alle Hunde klangen gleich. Er schnaubte voller Selbstverachtung. *Umak ist der Herr der Geister. Wenn Aar in der Nähe ist, sollte dieser alte Mann es in seinen Knochen spüren!* Doch in seinen Knochen spürte er nur die Kälte und eine schmerzende Steifheit. *Umak ist doch alt,* dachte er. Dann schlug er die Augen auf und starrte trotzig in die Dunkelheit. »Dieser Mann ist nicht so hungrig, daß er seinen Bruder essen würde!«

»Karana auch nicht!«

Torka warf dem alten Mann und dem Jungen einen ernsten Blick zu. Manaak hatte bereits seinen Jagdumhang angezogen, und Iana bereitete ihre Fallen vor. Torka nickte ihnen zu und wandte sich an Umak und Karana. »Es ist nicht falsch, wenn verhungernde Menschen wilde Hunde jagen, denn sie müssen an das Wohlergehen ihrer Kinder und schwangeren Frauen denken. Wenn Umak und Karana etwas mit einem Hund namens Aar verbindet, sollen sie hierbleiben und die Frauen beschützen. Manaak und Torka werden auf die Jagd gehen und Fallen stellen. Und wenn Bruder Hund einen Platz in jenem heulenden Rudel gefunden hat, sollte er sich am besten davonmachen, denn Torka wird nicht zögern, ihn zu töten.«

Dem Geheul der Hunde folgend zogen sie unter tiefen Wolken nach Osten. Sie fanden ihre Fährte und gingen ermutigt weiter, während der Rückenwind immer stärker wurde.

Die Tundra breitete sich endlos vor ihnen aus. Feiner Schnee wurde vom Wind wie ein Nebelschleier aufgewirbelt. Sie machten Rast und aßen ein Stück Fett.

Zufrieden mit der Aussicht auf Jagdbeute trommelte Manaak sich auf die Brust. Er stand auf und hob die Speerschleuder. »Damit werden wir auf jeden Fall Beute zurückbringen!« sagte er stolz.

Torka hätte ihn für diese Überheblichkeit verflucht, wäre er nicht bereits ein Stück entfernt gewesen.

Stunden vergingen. Bald schien es ihnen, als wollten die Hunde sie in eine ganz bestimmte Richtung führen. Sie erreichten die Stelle, wo die Hunde geheult hatten, doch ihre Spur führte weiter.

»Sieht aus, als ob sie immer wieder anhalten, um uns zu rufen und uns eine Spur zu zeigen, der wir folgen sollen«, bemerkte Manaak nachdenklich.

»Es sind Hunde, keine Menschen!«

»Trotzdem bezeichnet Umak einen von ihnen als Bruder.«

Torka wollte nicht daran erinnert werden und erwiderte nichts darauf. Sie liefen weiter, bis sie auf eine Bisonspur stießen. Nun hatte es tatsächlich den Anschein, als ob die Hunde die Menschen auf ihre Spur angesetzt hätten.

»Die Geister meinen es gut mit uns!« bemerkte Manaak.

»Es scheint so«, sagte Torka und wünschte sich, Manaak würde nicht so offen über Dinge reden, die noch gar nicht geschehen waren.

Manaak bemerkte den leichten Tadel in Torkas Stimme und ärgerte sich über dessen übertriebene Vorsicht.

»Siehst du es denn nicht selbst? Überall sind Bisonspuren! Hier haben sie mit Hörnern und Hufen im Schnee gewühlt und ihre Nasen hineingesteckt, um an das Gras zu kommen! Es ist eine große Herde und uns nur zwei Tage voraus! Komm! Wir gehen zurück und sagen es den anderen. Wir werden unser Lager in ihrer Nähe aufschlagen und auf die Jagd gehen! Die Bisons werden von der Kraft unserer Speerschleudern überrascht sein. Wir werden ihr warmes Blut trinken, von ihrem Fleisch essen und unter dem kalten Gesicht des Hungermondes über den Hunger lachen!«

Torka war entsetzt über Manaaks Prahlerei und hatte Angst. Ihm war übel, als ihm klar wurde, daß Manaak dasselbe Tabu wie Nap am Tag seines Todes gebrochen hatte. Doch das Schlimmste war, daß er seine Absicht ausgesprochen hatte, über den Geist des Hungermondes zu lachen.

Torka spürte plötzlich den Wind in seinem Rücken. Er schauderte, aber nicht wegen der Kälte, sondern weil ihn eine schreckliche Vorahnung überkam.

»Komm!« sagte er. »Ich rieche Sturm in diesem Wind. Wir sind lange genug vom Lager fort gewesen.«

Umak stand im Wind, der ungehemmt über die offene, baumlose Tundra brauste und Schnee aufwirbelte, bis Himmel und Erde nicht mehr zu unterscheiden waren.

»Sie kommen!« rief er schließlich. »Die Jäger kommen endlich zurück!«

Manaak tauchte aus der Weiße auf und war von den Neuigkeiten, die er brachte, so begeistert, daß er den alten Mann umarmte. »Bisons, Herr der Geister! Die Hunde haben uns zu ihnen geführt! Eine große Herde! Wir werden den Sturm abwarten und von köstlichem Fleisch in der Winterdunkelheit träumen! Wir werden mit unserem Lager weiterziehen und dann auf die Jagd gehen!«

Er drängte den alten Mann in die Erdhütte und teilte seine Freude mit den anderen, während er den Schnee von seiner Kleidung klopfte und Iana den Hasen zuwarf, den er in der Falle gefangen hatte.

»Das ist nicht viel Fleisch«, erklärte er. »Aber wir werden es essen und die Knochen kochen. Schon bald werden wir Hüftfilets essen, und unsere Hände werden von Blut und Fett glänzen! Sag es ihnen, Torka! Erzähl ihnen von den Bisonspuren und wie groß die Herde . . .« Verwirrt sah er sich in der dunklen Hütte um. »Wo ist Torka? Er war vor mir, als ich den Hasen aus der Falle holte. Er sollte längst zurück sein!«

Ein heftiger Windstoß ließ plötzlich die Erdhütte erzittern. Lonit schrie verzweifelt auf und rannte zusammen mit Umak und Karana in den Sturm hinaus. Sie rief Torkas Namen, aber der Wind riß ihre Stimme fort und wehte sie in die falsche Richtung, so daß Torka sie nie hören würde. Niemals würde er in diesem Schneesturm den Weg zurück finden.

»Wie lange kann ein Mann ohne Nahrung und Unterschlupf in einem solchen Sturm überleben?«

Manaaks Frage fuhr Lonit durch Mark und Bein, und Umak zog sie in die Hütte zurück.

Er hörte Stimmen. Mitten in der tosenden Leere des weißen Sturms hörte Torka Menschen sprechen. Die scharfen, kehligen Ausrufe holten ihn ins Bewußtsein zurück. Er blickte auf, sah Gestalten am Rand der Schlucht, in die er gefallen war.

Er zählte ein Dutzend Männer mit dicken Pelzen und Kapuzen aus zottigem Bisonfell und Speeren in den Händen. Sie stemmten sich gegen den Wind und kamen nur langsam voran. Dann hatte das Schneetreiben sie wieder verschluckt, bis er nur noch das Brausen des Windes hörte.

Verwirrt schüttelte Torka den Kopf, um seine Benommenheit zu vertreiben. Sicherlich hatte er geträumt. Diese Gestalten konnten nicht wirklich gewesen sein. Es waren Geister, die seinen benebelten Verstand bevölkerten.

Er fragte sich, warum er in dieser Schlucht lag und wo Manaak sein mochte.

Dann erinnerte er sich, daß Manaak zurückgeblieben war, um einen Hasen zu töten, der sich in seiner Falle verfangen hatte. Es hatte heftig geschneit. Sie liefen am Abhang eines der vielen spitzen Hügel entlang, die ihnen als Landmarken für den Rückweg dienten. Obwohl manche Hügel über hundert Fuß hoch waren, konnten die Jäger sie im Schneetreiben kaum noch erkennen. Manaak rief ihm zu, daß sie hoffentlich den Weg zurück fanden, und Torka hatte geantwortet, daß sie sich beeilen mußten, weil der Sturm heftiger wurde. Manaak mußte angenommen haben, daß Torka allein weitergegangen war. Im Tosen des Windes hatte keiner von ihnen gehört, wie der Hügel zusammensackte. Torka wußte nur, daß der feste Schnee unter seinen Füßen von einem Augenblick zum andern verschwunden war und er ohne Warnung in ein Loch stürzte. Er konnte nicht wissen, daß der Hügel gar kein Hügel war oder daß die runde Ebene, durch die sie zogen, ein uralter Salzsee war. Über die Jahrtausende hinweg hatte sich hier Schutt und Geröll aus den Bergen abgelagert, bis das Wasser nur noch eine schlammige Brühe war. Im Dauerfrost bildeten sich Eisklumpen, die allmählich die Oberfläche aufwölbten. Durch den Temperaturwechsel im Laufe der Jahreszeiten bildeten sich Luftblasen im Eis. Torkas Gewicht hatte ausgereicht, um eine dieser Luftblasen zum Einsturz zu bringen.

Es war so schnell gegangen, daß er keine Zeit zum Reagieren mehr hatte und sein Kopf gegen die Wand der Schlucht schlug. Er konnte nicht sagen, wie lange er schon bewußtlos dagelegen hatte, aber der Sturm tobte inzwischen in voller Stärke. In der Schlucht war Torka einigermaßen geschützt. Er durfte sie nicht eher verlassen, bis der Wind nachließ und es nicht mehr so heftig schneite. Er zog seinen Mantel aus und legte ihn als Schutz über den schmalen Spalt. Er konnte nur hoffen, daß Manaak zum Lager zurückgefunden oder anderweitig Schutz vor den Elementen gefunden hatte. Er steckte seine Handschuhe unter die Achseln und wünschte, auch in seiner Falle hätte sich ein Hase verfangen. Das Wasser lief ihm im Munde zusammen, und er versuchte, den Gedanken zu verdrängen. Statt dessen dachte er an Öllampen und Lagerfeuer, um sich zu wärmen.

Sein Kopf begann wieder zu schmerzen. Er schloß die Augen und schlief ein, bis aus dem tosenden Schneesturm der Zerstörer in seine Träume trat. Torka konnte deutlich erkennen, wie der wandernde Berg unaufhaltsam auf das Lager seines kleinen Stammes zu marschierte.

Er schrak aus dem Schlaf hoch. Wie an jenem schrecklichen Tag vor langer Zeit signalisierten all seine Sinne Gefahr. Er horchte. Hatte er das Trompeten des großen Mammuts gehört? Nein, da war nur das Heulen des Sturmes. Er versuchte, nicht mehr daran zu denken und zu schlafen, um Körperenergie zu sparen. Über dem schmalen Spalt der Schlucht wurden die Luft kälter und der Wind stärker. Der Sturm würde noch Stunden dauern. Niemand war jetzt im Freien unterwegs.

Flüchtig dachte er an die geisterhaften Gestalten, die ihn geweckt hatten. Dann erinnerte er sich an eine Geschichte, die Karana ihm erzählt hatte.

Der Geisterstamm!

Was hatte der Junge gesagt? Sie kamen während der Lichtzeit, um Frauen und Kinder zu stehlen. Sie verschwanden spurlos und ließen nur verbrannte Lager und Tote und Sterbende zurück, als einzigem Beweis, daß sie überhaupt existierten.

Er riß sich zusammen. Er hatte nicht so viel Angst und eine so ausschweifende Phantasie wie Karana. Außerdem war dies nicht die Zeit des Lichts. Es war der schlimmste Windsturm, den Torka seit langem erlebt hatte. Niemand war bei einem solchen Sturm unterwegs.

Außer Geistern!

»Nein!« rief er laut. Obwohl der Wind das Wort fortriß, war der Klang einer menschlichen Stimme beruhigend.

Er ließ seine Gedanken treiben. Schließlich schlief er wieder ein. Eine Hand klammerte sich um den Griff seiner Keule, die andere um den einzigen Speer, der bei seinem Sturz nicht zerbrochen war.

Naknaktup erwachte. Der Sturm hatte nachgelassen. Die anderen schliefen unruhig, doch Naknaktup machte sich keine Sorgen. Wenn Umak sagte, daß der Sturm aufhören und Torka zurückkommen würde, dann würde es auch so geschehen. Seit der Herr der Geister ihr neues Leben eingepflanzt hatte, war ihr Vertrauen in ihn unumstößlich. Umak konnte wahrlich Wunder wirken! Und das Gewicht des Wunders drückte nun gegen ihre Blase. Seufzend stand sie auf, legte sich ein Schlaffell über die Schulter und ging hinaus.

Der Wind wehte nicht mehr so stark, aber es schneite immer noch, und es war auch nicht wärmer geworden. Naknaktup war froh, daß ihr Baby erst in der Lichtzeit geboren werden würde. Lächelnd stapfte sie durch den Schnee und träumte von wärmeren Tagen und ihrem süßen Kind, das sie an sich drücken und stillen würde . . .

Sie blieb wie angewurzelt stehen. Schatten bewegten

sich im Schnee. Dunkle, haarige Schatten, als ob Bisons aufrecht auf den Hinterbeinen gehen würden. Sie versuchte sie zu zählen, aber es waren zu viele. Ihre erhobenen Waffen ließen keinen Zweifel, daß sie gefährlich waren.

Sie kamen näher und grinsten die erschrockene Frau an, deren ergrautes Haar im Wind flatterte. Als Naknaktup einen halbherzigen Warnschrei ausstieß, traf sie ein Speer in die Brust und ließ sie verstummen.

Die anderen in der Erdhütte waren von ihrem Schrei sofort alarmiert. Umak und Manaak gingen davon aus, daß Naknaktup von einem Raubtier angefallen worden war, und packten ihre Speere, die sie wegen des schlechten Wetters in die Hütte geholt hatten. Sie riefen Karana zu, er solle aus dem Weg gehen. Iana hielt ihr Baby eng an sich gedrückt, und Lonit wünschte sich, sie hätte ihre Steinschleuder noch, um ihnen helfen zu können.

Weil er jünger und schneller war, stieß Manaak Umak zur Seite, damit er als erster die Erdhütte verließ. »Umak ist der Herr der Geister! Manaak ist der Jäger! Laß ihn vor!«

Der alte Mann schnaubte. »Naknaktup ist Umaks Frau!«

Doch Manaak gab nicht nach. Er wollte der erste sein, der sich dem Wolf, Bären, Löwen oder Mammut entgegenstellte. Er hoffte, daß es wirklich der Große Geist war. Sein Jagdfieber ließ ihn jede Vernunft vergessen.

Keuchend stürzte er aus der Erdhütte und hatte sich bereits darauf gefaßt gemacht, dem Großen Geist gegenüberzutreten. Doch auf den Anblick feindseliger Räuber seiner eigenen Art war er nicht vorbereitet. Einen verhängnisvollen Augenblick lang starrte er sie verblüfft an. Es war der letzte Augenblick seines Lebens. Zwei Speere fanden ihr Ziel. Einer fuhr ihm durch die Kehle, der andere in den Bauch, bis die Spitze am Rücken wieder austrat und seine Wirbelsäule durchschlug. Ungläubig erstickte er an seinem Blut, während seine Knie nachgaben und er in den Schnee fiel. Das letzte, was er hörte, war Umak, der seinen Namen rief, als er hinter ihm aus der Hütte kam.

Umak sah den Hieb nicht, der ihn zu Boden schleuderte. Er sprang aus dem Unterschlupf hervor und auf die Angreifer zu. Er hatte Manaak fallen gesehen. Er war zwar alt und nicht mehr so stark wie in seiner Jugend, aber in diesem Augenblick wußte er nur, daß seine Frau tot war – und sein ungeborenes Kind. Seine Wut machte ihn wieder jung und kräftig.

Doch das alles nützte ihm nichts gegen die Gestalt, die hinter ihm neben dem Eingang der Erdhütte stand. Der Mann ließ seinen Speerschaft herunterfahren, und Umak ging zu Boden.

Es war kein Geräusch, sondern die Stille, die Torka weckte. Der Sturm hatte sich gelegt. Torka konnte es kaum erwarten, zum Lager zurückzukehren und schüttelte den Schnee von seinem Mantel, bevor er ihn anzog. Mit dem Speer in der Hand und der Keule am Gürtel kletterte er aus dem Bodenspalt.

Im schwachen, kurzlebigen Licht des Tages war die Welt weiß. Das Land und der Himmel strahlten in einem blendenden Schein, so daß er die Augen zusammenkneifen mußte. Das Licht würde nicht lange anhalten. Er mußte sich beeilen, wollte er das Lager vor Einbruch der Dunkelheit erreichen.

Wenn der Schnee es erlaubte, lief Torka im Dauerlauf, und seine Muskeln entspannten sich allmählich, als ihm durch die Bewegung wieder wärmer wurde. Ohne große Schwierigkeiten fand er die Landmarken wieder. Ab und zu mußte er anhalten, weil der Schnee die Landschaft verändert hatte. Aber Torka war ein erfahrener Fährtenleser; in seinen Adern floß das Blut vieler Generationen von Herren der Geister, und Umak hatte ihn gut ausgebildet.

Bald erkannte er einen dünnen Rauchfaden am Horizont, wo sie ihr Lager aufgeschlagen hatten. Das Rauchsignal sollte ihm den Weg zeigen. So würde er leichter zurückfinden, obwohl er sich fragte, was sie als Brennstoff benutzten, um soviel Rauch zu erzeugen. Er lief schneller und freute sich auf die Wärme der Erdhütte und auf Lonit.

Als er die Kuppe einer leichten Bodenerhebung erreichte, vergaß er plötzlich alle diese angenehmen Vorstellungen. Ohne anzuhalten warf er einen Blick über die Schulter.

Ihre hängenden Zungen deuteten darauf hin, daß das Rudel Hunde ihm schon seit einiger Zeit gefolgt war.

Sein Instinkt riet ihm weiterzulaufen, doch die Erfahrung zwang ihn dazu, stehenzubleiben und sich ihnen zu stellen. Auf dem sanften Hügel hatte er den Vorteil der Höhe. Er konnte ihnen nicht entkommen, aber vielleicht schaffte er es, einige zu töten und den Rest in die Flucht zu schlagen. Die mageren Hunde waren keine gute Beute, aber sein kleiner Stamm stand kurz vor dem Verhungern und würde sich über alles freuen, was er ihnen brachte. Und wenn er ihm das Fell abzog und die blauen Augen aß, bevor er zum Lager zurückkehrte, würden sie niemals wissen, daß es das Fleisch von Bruder Hund war.

Er hatte Aars schwarze Gesichtsmaske sofort unter seinen braunäugigen, grauhaarigen Vettern erkannt. Er war sehr mager; die Rippen zeichneten sich unter seinem Fell ab, und er hatte Narben auf der Schnauze und an den Schultern, aber er war jetzt ein erwachsenes Tier, der zweitgrößte Hund des Rudels, mit breiten Kiefern und einem wirren, wilden Blick in den Augen.

»Bruder Hund«, knurrte Torka verächtlich. »So sehen wir uns wieder. Dieser Mann sieht, daß du wieder nach deiner Art geschlagen bist, wie er es schon immer gewußt hat.«

Aar senkte den Kopf und legte die Ohren an. Neben ihm knurrte das größte Männchen, und wie auf Kommando taten alle anderen Tiere es ihm nach.

Langsam löste Torka seine Keule, während er den Speer in der rechten Hand wurfbereit hielt. Die Hunde verstanden die Bedrohung. Einige wichen zurück, doch der Anführer trat knurrend zwei Schritte vor und blieb mit gesträubtem Fell stehen.

Torka rührte sich nicht von der Stelle und paßte auf, daß seine Haltung keine Angst verriet. »Komm!« lockte er. »Du bist der größte. Du wirst am meisten Fleisch bringen.«

Der Hund drehte leicht den Kopf, als versuchte er, die Worte des Mannes zu verstehen. Aar trat neben ihn. Seine Muskeln waren angespannt, als er sich zurückzuhalten versuchte.

»Ach, Bruder Hund, Umak würde sich gar nicht freuen, wenn er dich jetzt sehen könnte oder wenn er wüßte, wie du jetzt lebst. Komm, versuch nur, Torka anzugreifen! Dann wird Torka dafür sorgen, daß du nie wieder hungrig bist!«

Der Hunger machte die Hunde mutig. Sie sammelten sich zum Angriff, und dann stürzte das große Männchen jaulend auf Torka zu. Das Rudel folgte ihm den Hang hinauf. Torka holte mit der Keule aus, doch als er damit den Kiefer des Tieres traf, sah er erstaunt, daß der Anführer einen zweiten Gegner hatte.

Aar war ihm an die Kehle gesprungen. Wenn ihn die Keule nicht getötet hätte, hätten es Aars Zähne getan. Der große graue Hund fiel auf die Seite. Die anderen sprangen über ihn und machten Bekanntschaft mit Torkas Keule. Nicht ein einziges Mal mußte er seinen Speer benutzen. Mit Hilfe von Aar, der Bruder Mensch gegen seine eigene Art verteidigte, konnte Torka die wildesten Tiere des Rudels erlegen. Der Rest ergriff winselnd die Flucht – bis auf ein zottiges trächtiges Weibchen, das sich nicht an dem Kampf beteiligt hatte und nun genauso verwirrt Torka und den Hund anstarrte, wie Torka sich über Aars Verhalten wunderte. Zum ersten Mal glaubte Torka, daß Umak recht gehabt hatte, als er Aar als seinen Bruder bezeichnete. Torka kniete sich nieder und streckte ihm versöhnlich eine Hand hin.

»Bruder Hund«, sagte er, und diesmal meinte er es ernst. Obwohl er es nicht verstand, wußte er, daß der Hund mehr als nur ein Tier war. Der Hund hatte sich für eine merkwürdige Lebensgemeinschaft mit dem Menschen entschieden. »Wir beide sind nie Freunde gewesen«, sagte Torka, »aber von heute an sind wir Brüder.«

Torka wollte sich gerade die erlegten Hunde über die Schultern legen, als er die Spuren sah. Der Wind hatte den feinen Schnee über der gefrorenen Schicht weggeweht, in die sie eingedrückt waren. Torka betrachtete sie sofort.

Es waren die Spuren vieler Menschen. Aar schnüffelte interessiert an den Fußabdrücken, und das Weibchen tat es ihm nach. Torka lief ein kalter Schauer den Rücken hinunter. Die bepelzten und bewaffneten Männer, die er am Rand der Schlucht gesehen hatte, waren keine Einbildung gewesen. Karanas Worte kamen ihm wieder in den Sinn, als er auf das vermeintliche Signalfeuer blickte.

Der Geisterstamm ... er kommt während der Lichtzeit, um Frauen und Kinder zu stehlen ... sie verschwinden spurlos und lassen nur verbrannte Lager und Tote und

Sterbende zurück, als einziger Beweis, daß sie überhaupt existieren.

Mit Aar an der Seite und dem Weibchen im Sicherheitsabstand folgend rannte Torka zurück zum Lager. Als er sein Ziel erreichte, sah er, daß die Erdhütte nur noch ein verkohlter, stinkender Haufen war. Entsetzt blieb er stehen, während ihn die Erinnerung an ein anderes Lager quälte, das genauso ausgesehen hatte. Überall war der Tod! In ihm schrie eine Stimme: *Nein, nicht noch einmal!*

Er näherte sich der zerstörten Hütte in der Hoffnung, daß die Leichen plötzlich wieder aufstehen und über seine Sorgen lachen würden. Aber nichts dergleichen geschah. Manaak war an schweren Speerwunden gestorben. Die Waffen hatte man wieder eingesammelt, aber er lag in einer gefrorenen Pfütze Blut. Naknaktup lag auf dem Rücken und war gräßlich zugerichtet.

Hätte Torka etwas im Magen gehabt, hätte er sich übergeben. Er stützte sich auf den Speer und suchte nach Umak, Lonit und Karana. Obwohl es ein gutes Zeichen war, daß er sie nicht fand, wurde er rasend vor Zorn. Verzweifelt rief er ihre Namen, doch seine Rufe verhallten in der weiten Einöde.

Aars leises Winseln lenkte ihn ab. Der Hund hatte Umak gefunden, der halb unter Trümmern der Erdhütte begraben war. Der alte Mann war inmitten der Asche und verkohlten Felle und Knochen kaum zu erkennen. Dann drang ein leises, aber unverkennbares Schnauben an seine Ohren.

Hektisch räumte Torka den Schutt beiseite. Als er schließlich auf seinen sterbenden Großvater hinabsah, senkte er den Kopf und weinte wie ein kleines Kind, bis ein schwarzer, knochiger Finger seine Tränen berührte.

»Tränen sind das Blut der menschlichen Seele. Laß deine Seele nicht verbluten, denn aus ihr kommt deine

Kraft! Torka braucht jetzt all seine Kraft ... um Lonit und Karana und Manaaks Frau wiederzufinden ...«

»Sie leben?«

»Nicht dieser alte Mann ... hat ihnen das Leben gerettet. Sie haben sie nach Osten verschleppt ... kurz bevor der Sturm sich legte ...« Seine Stimme drohte zu ersticken, und er griff nach Torkas Arm, als er gegen die Schmerzen ankämpfte. »Torka ... muß ... jetzt ... gehen!«

Torka nahm seinen Großvater wie ein kleines krankes Kind in die Arme und drückte ihn an sich, als könne er damit den Tod fernhalten. »Wir werden gemeinsam gehen, so wie Umak einst Torka in ein neues Leben geführt hat. Genauso wird Torka Umak tragen, bis er wieder gesund ist.«

Der alte Mann schnaubte. »Das wäre ... nicht ... gut.« Seine Lungen waren im Feuer angesengt worden, so daß ihm jedes Wort Schmerzen bereitete. Doch Umak beherrschte die Geister des Schmerzes. Obwohl er um jedes Wort kämpfte, lächelte er, denn er wußte, daß er sogar jetzt, am Ende seines Lebens, ein wahrer Herr der Geister war. »Der Stamm ... lebt in dir weiter ... für immer«, flüsterte er mit rauher Stimme.

»Für immer ...«

Aar legte sich nieder und drückte seine Schnauze gegen die Hand des alten Mannes, während das Weibchen immer noch mißtrauisch war.

»Mein Bruder ... es ist wieder einmal an der Zeit für diesen alten Mann, seine Seele dem Wind zu überlassen ... Aber diesmal kann Bruder Hund mich nicht aufhalten ...«

Der Wind wehte wieder heftiger, und es wurde immer dunkler. In den fernen Bergen war plötzlich ein Geräusch zu hören, ein Trompeten. Torka horchte auf die unverkennbare Stimme des Mammuts. War es Donnerstimme, der Zerstörer? Oder der Tod selbst? Torka schäumte vor Wut auf die Bestie, die ihn letztlich in diese Lage gebracht hatte.

»Hör zu! Es bewegt sich . . . in Richtung der aufgehenden Sonne!« rief Umak begeistert. In Torkas Armen bäumte sich sein Körper noch einmal auf und sank dann in sich zusammen.

»Vater meines Vaters?« Torka versagte die Stimme.

Aar beantwortete die unausgesprochene Frage. Er hob den Kopf und heulte seine Totenklage für einen alten Mann zum Himmel hinauf, der seine Seele endlich dem Wind überlassen hatte.

3

Inmitten der eisigen Dunkelheit leuchtete ein Licht wie ein kaltes weißes Auge, daß sie über Meilen hinweg unentwegt anstarrte. Die Männer in den Bisonfellen grunzten zufrieden, als sie es sahen, und trieben ihre Gefangenen mit den Speeren an.

»Klamah! Klamah!«

»Beeilt euch!« übersetzte Karana, der sich gegen den Wind stemmte und so langsam ging, wie er konnte.

Als Iana vor ihr stürzte und Lonit ihr aufhelfen wollte, erhielt sie einen brutalen Speerhieb in den Rücken, der sie ebenfalls stürzen ließ. Karana wollte ihr zur Hilfe kommen, doch er verhedderte sich in seinen Fußfesseln, und nun lagen alle drei Gefangenen am Boden.

Ihre Entführer konnten nicht darüber lachen. Sie verloren keine überflüssigen Worte; ihre langen Speere mit den Widerhaken sprachen eine deutliche Sprache. Die beiden Frauen halfen sich gegenseitig hoch. Als Karana aufstand, schnappte er nach einem Speer und erhielt daraufhin einen so heftigen Schlag, daß er wieder im Schnee landete.

Der Junge hielt sich verkrampft den Bauch, in dem sich schmerzhaft etwas zu bewegen schien. Er fragte sich, ob der Schmerz nur von dem Hieb herrührte. Er fühlte und sah dunkle Schatten, die sich wie Wolken vor den Vollmond schoben, und plötzlich wußte er, daß Umak tot war. Die Seele des alten Mannes hatte ihn berührt. Er versuchte sie festzuhalten, aber eine Seele konnte man nicht mit den Händen greifen. Doch als ihn Fußtritte weitertrieben, spürte er, daß sie immer noch bei ihm war. Er legte den Kopf auf die Seite und wußte, daß sie für immer bei ihm bleiben und ein Teil von ihm sein würde.

Er schnaubte und zuckte nicht zusammen, als ihm brutal das stumpfe Ende eines Speeres in den kleinen Rücken gestoßen wurde.

Während ihres scheinbar endlosen Marsches war das kalte weiße Licht für die pelzgekleideten Männer ein Leuchtfeuer, an dem sie sich orientierten. Wenn es dämmerte, verschwand das Licht, und sie hielten an, um Rast zu machen. Sie hockten sich in den Schnee, aßen von ihrem Reiseproviant und legten sich schlafen. Als sie aufwachten, nahm einer der Männer Iana das Kind weg und gab es Lonit. Er sagte etwas in seiner rauhen Sprache zu den anderen, das sie zum Lachen brachte. Einige schlossen sich ihm an, und der Reihe nach fielen sie über Iana her, die es teilnahmslos mit sich geschehen ließ.

Lonit schloß die Augen und hielt das Baby eng an sich gedrückt. Sie wußte, daß es nur so lange überleben würde, wie Iana nicht gegen die Männer aufbegehrte. Schreckliche Erinnerungen zogen an ihren Augen vorbei. Sie öffnete sie wieder und sah Karana zitternd an, der im Schneidersitz neben ihr saß.

»Warum haben sie uns nicht getötet?« fragte sie ihn.

»Warum haben sie mich am Leben gelassen und die arme Naknaktup getötet?«

Der Junge starrte in die Dunkelheit hinaus. »Karana weiß nur das, was andere über den Geisterstamm erzählt haben. Sie stehlen Frauen und Kinder. Naknaktup war älter als du und keine Schönheit mehr. Wenn wir ihr Lager erreicht haben, werden sie uns unter die Erde mitnehmen, und wir werden für immer für diese Welt gestorben sein.«

Lonits Mundwinkel zitterten, als sie das tierische Grunzen und Stöhnen ihrer Entführer hörte, die sich an Iana befriedigten. »Es sind Männer und keine Geister«, sagte sie. »Also müssen wir weiterhin langsam gehen und unsere Füße schleifen lassen, damit wir deutliche Spuren hinterlassen. Die Männer denken, daß sie alle von uns getötet oder gefangen haben. Sie wissen nichts von Torka. Sie dürfen niemals erfahren, was Lonit und Karana Kraft und Hoffnung gibt.«

Der Junge nickte. Unbewußt imitierte er den von ihm verehrten Herrn der Geister, als er die Arme über der Brust verschränkte, das Kinn reckte und die Mundwinkel herunterzog. »So soll es sein«, sagte er leise und schnaubte. »Torka wird uns finden!«

Aber das Wetter wechselte, und der Wind drehte sich. Er blies wieder so heftig und verursachte ein solches Schneetreiben, daß ein Weiterkommen unmöglich war. Nach zwei Tagen, die ihm wie eine Ewigkeit erschienen waren, verließ Torka den Windschatten eines Hügels, wo er und die Hunde sich vor der Kälte versteckt hatten. Er blickte auf eine Tundra hinaus, von der sämtliche Spuren getilgt waren.

Nachdem er seine Verzweiflung überwunden hatte, marschierte er in Richtung der aufgehenden Sonne weiter. Die Hunde trotteten schnüffelnd neben ihm her, als versuchten sie herauszufinden, warum er sich auf den Weg in ein unbekanntes Land machte.

»Lonit und Karana sind dort«, antwortete er ihnen und hatte vergessen, daß er Umak immer vorgeworfen hatte, mit dem Hund wie mit einem Menschen zu sprechen.

In den nächsten Tagen versuchte er, während der wenigen hellen Stunden weiterzugehen und nachts, wenn es kalt und windig war, zu schlafen, um für den Tag ausgeruht zu sein. In der dritten Nacht wachte er bereits kurz vor der Dämmerung auf und sah zum ersten Mal den hellen Stern am Horizont. Dann bemerkte er, daß er sich nicht bewegte. Er verfluchte seine Dummheit. Es war ein Leuchtfeuer. Die Entführer reisten bei Nacht und folgten einem Signal, das tagsüber nicht zu sehen war.

Er war sofort auf den Beinen, sammelte seine Sachen ein und marschierte auf das Licht zu. Die Hunde winselten, aber er achtete nicht darauf. Die Berge waren nicht mehr fern, und es lag bereits der Geruch von Eis in der Luft. Doch von den Reisenden oder ihren Lagern roch er nichts. Falls es wirklich der Geisterstamm war, hatte er einen passenden Namen. Sie zu verfolgen war genauso, als wollte man eine Wolke verfolgen, die vom Himmel verschwunden war. Doch jetzt hatte er zumindest ein Licht, das ihm den Weg zeigte.

Er lief den ganzen Tag weiter und hielt auf den Teil des Gebirges zu, wo er das Licht gesehen hatte. Er machte nur so lange Rast, bis er sich wieder erholt hatte. Er schlief kaum und aß noch weniger. Obwohl das Land bereits anstieg, schienen die Berge kein Stück näherzukommen. Tag und Nacht lief er weiter, bis er vor Erschöpfung zusammenbrach. Als er die Hunde bei der Jagd beobachtete, wie sie ihre Beute und anschließend den Schlafplatz teilten, mußte er an Lonit denken. Verzweifelt vergrub er sein Gesicht in den Armen und schlief ein, ohne etwas gegessen zu haben. Er wachte auf, als Aar ihm die Hand leckte. Der Hund hatte ihm einen Schneehasen ohne Kopf und Beine vor das Gesicht gelegt. Aar blickte ihn erwartungsvoll an. Torka war hungrig genug, um das Angebot anzunehmen. Er erinnerte sich daran, wie oft der Stamm sein Essen mit dem Hund geteilt hatte.

Das Licht war bereits recht nahe. Ihre Entführer schritten zuversichtlich aus. Lonit spürte wieder den dumpfen Schmerz in ihrer hinteren Hüftgegend. Von den Gesprächen der Frauen in Galeenas Höhle wußte sie, daß diese Schmerzen den Beginn der Wehen ankündigten. Ihr Baby . . . Torkas Baby war so weit. Sie biß sich auf die Lippen, um Torkas Namen nicht laut hinauszuschreien.

Sie waren kurz vor den Bergen, und das Land stieg bereits an. Karana war eine Zeitlang allein gegangen und kam nun zu den Frauen zurück.

»Von einem Hügel aus habe ich ihn gesehen!« Obwohl er nur flüsterte, klang seine Stimme triumphierend. »Ein Mann mit zwei Hunden! Es war dunkel, aber ich habe ihn im Sternenlicht erkannt! Es kann nur Torka sein!« Zum ersten Mal seit ihrer Entführung sah er Lonit wieder lächeln. In den letzten beiden Tagen hatte sie so blaß und erschöpft ausgesehen, daß er sich Sorgen um sie machte. Also sagte er nicht, daß er kaum mehr gesehen hatte als drei winzige Schatten auf dem Schnee in weiter Ferne. Die Männer des Geisterstammes schienen nichts bemerkt zu haben, doch Karana wußte, daß es Torka war, weil wie damals, als der Berg ihn warnte, eine Stimme zu ihm gesprochen hatte. Aber er zweifelte, daß Lonit ihm das glauben würde. »Wir müssen nur noch ein oder zwei Nächte dafür sorgen, daß wir nicht zu schnell vorankommen und Spuren für ihn hinterlassen.«

Lonits Lächeln verschwand, und sie blickte zu den

unförmigen, zottigen Gestalten auf, die ihr vorausgingen und mit ihren Speeren die Festigkeit des Schnees prüften. Hinter und neben ihr gingen weitere Männer mit häßlichen, tätowierten Gesichtern, die ihre Unterlippen mit Knochenplatten vergrößert hatten, so daß sie ihnen bis über das Kinn hinunterhingen. *Mörder,* dachte sie. *Männer, die ihre Speere und Messer nicht nur zur Jagd oder zum Schutz gegen Raubtiere tragen. Sie sind Raubtiere, die über ihre eigenen Artgenossen herfallen.* »Wenn Torka uns erreicht . . .« Sie unterbrach sich, bevor sie ihre Befürchtung in Worte kleiden und die Gefahr damit womöglich heraufbeschwören konnte. Doch als sie den Jungen ansah, wußte er genau, was sie sagen wollte. *Wenn Torka uns erreicht, werden sie ihn töten.*

Vor ihr blieb der Mann, der die Führung übernommen hatte, plötzlich stehen, hob seinen Arm und rief etwas, das wie ein Gruß klang. Lonit und Karana waren dankbar für die Unterbrechung, bis sie Gestalten entdeckten, die ihnen von den Bergen entgegenkamen. Sie trugen Fackeln, die offensichtlich aus talggetränktem Gras bestanden, das um die Rippenknochen eines großen Tieres gewickelt war. Atemlos kamen sie an, lächelnde, häßliche Männer, die ihre Entführer umarmten wie langerwartete Brüder, die von der Jagd zurückkehrten.

Allerdings war ihre Beute kein Wild, sondern Sklaven. Die verwirrte Lonit war plötzlich der Mittelpunkt des Interesses. Die Männer schlugen ihre Kapuze zurück, musterten sie eingehend und reichten sie weiter. Sie prüften ihren dicken Bauch und schienen zufrieden zu sein, denn sie klopften ihren Entführern anerkennend auf die Schultern. Dann wandten sie sich Iana und ihrem starken, schreienden Kind zu und nickten grunzend. Als nächster war Karana an der Reihe. Sie stubsten ihn grinsend, als wäre er ein hübsches junges Mädchen, bis der Junge vor Wut aufschrie und sich an dem Mann rächte, der einen Handschuh ausgezogen hatte, bevor er Karana unter die Kleidung fahren wollte.

Lonit zuckte zusammen, denn sicherlich würden sie Karana jetzt zu Tode prügeln. Doch sie lachten nur und stießen ihn an, als hätte er ihnen Spaß bereitet. Der Mann, den Karana gebissen hatte, saugte Blut aus der Wunde und löste eine Fallschlinge von seinem Gürtel. Während zwei Männer den Jungen festhielten, öffnete er die Schlinge und legte sie ihm um den Hals.

»Shliank!« rief er, riß an dem Strick und zog Karana zu sich heran.

Lonit brauchte nichts von ihrer Sprache zu verstehen, sie wußte auch so, daß er gerade verkündet hatte, Karana gehöre jetzt ihm. Zum ersten Mal stellte sie fest, daß die Tellerlippe dieses Mannes kunstvoller verziert und doppelt so lang wie die seiner Stammesmitglieder war. In seinem dunklen, zottigen Bisonfell sah er bedrohlich, aber unzweifelhaft mächtig aus. Er hatte Eckzähne wie ein Raubtier, und sein Gesicht war völlig von schwarzen, spiralförmigen Tätowierungen entstellt. Als er die anderen aufforderte weiterzugehen, zögerte niemand, seinem Befehl zu folgen. Als Karana sich sträubte, zog der Mann einfach am Strick, so daß der Junge gehorchen mußte, wollte er nicht erdrosselt werden. Sie gingen weiter auf das Licht zu, das sie wie ein Auge an der Seite eines schmalen, länglichen Hügels am Fuß der Berge anstarrte. Dann öffnete sich langsam das Auge, und Menschen traten daraus hervor.

Lonit schreckte ängstlich zurück, wurde aber mit Speerstößen über eine weite, schneefreie Fläche weitergetrieben, auf der sie keine Spuren hinterlassen würden. Karana ging voraus und keuchte, weil die Schlinge ihn zu erwürgen drohte. Sie gingen den Damm entlang, bis sie das Auge erreichten. Lonit schrie voller Angst auf. Hinter ihr hörte sie zum ersten Mal, seit sie um ihres Kindes willen die Vergewaltigungen ertragen hatte, daß Iana ein Geräusch von sich gab. Es war ein leises Wimmern, mit dem sie um Gnade flehte, für sich selbst, für ihr Baby, für Lonit und Karana.

Aber es gab keine Gnade für sie. Dies war ihre Bestimmung, es gab kein Zurück mehr. Rauhe Hände packten Lonit von hinten und schoben sie den Hügel hinauf zum Auge. Jetzt sah sie, daß es nur ein weites Loch an der Hügelseite war. Aus dem Innern der Erde drang Licht, und ein gräßliches Tiergesicht grinste zu ihr hinauf, als sie an den Schultern hochgehoben und ins Auge hinuntergereicht wurde, wo wartende Hände sie entgegennahmen.

Sie wurde beinahe ohnmächtig, als ihr die Hitze und der Gestank entgegenschlugen. Sie stand auf feuchtem, glitschigem Boden und war von grinsenden, nackten Männern umgeben, die ihre Körper eingeölt hatten und von der Stirn bis zu den Zehen, einschließlich der Geschlechtsteile, tätowiert waren.

Wieder wurde sie berührt, Hände fuhren unter ihre Kleider und prüften ihren Bauch. Vergeblich versuchte sie sich zu wehren; sie wurde herumgeschubst und dann tiefer in das Auge hineingedrängt, einen stinkenden, rutschigen Tunnel entlang, der tief unter dem Hügel verlief.

Sie kamen an einen weiteren Gang, in dem eine kurze, steile Treppe mit einem Geländer aus Knochen zu einem kleinen Raum hinaufführte. Die Wände waren mit Fellen verhängt, und überall standen Speere. Mehrere von Fackeln erleuchtete Tunnel führten in diesen Raum.

Lonit hatte fürchterliche Angst. Hinter ihr hörte sie Iana weinen. Karana war nirgendwo zu sehen. Dann wurde Manaaks Frau in einen Tunnel gedrängt und Lonit in einen anderen. Ihre Gedanken wirbelten durcheinander wie Vögel in einem Sturm. *Karana hatte recht. Diese Menschen bestehen aus Fleisch und Blut, aber gleichzeitig sind sie böse Geister. Nicht einmal ein erfahrener Spurenleser wie Torka wird uns hier jemals finden.*

Aar nahm zuerst die Witterung von Menschen auf und lief aufgeregt schnüffelnd herum. Als Torka in der Nähe die ersten Spuren fand und die Abdrücke von Lonit und Karana erkannte, jubelte er vor Freude. Das Weibchen legte den Kopf schief und winselte leise. Sie war offensichtlich irritiert vom Verhalten der männlichen Mitglieder ihres Rudels.

»Torka wird seine Frau wiederfinden!« schwor er grimmig. »Dieser Mann wird sich heranschleichen und sich mit Keule und Speerschleuder an vielen Menschen für das rächen, was sie getan haben.«

Sie gingen weiter in Richtung Osten, bis sie am Fuß der Berge die schneefreie Fläche erreichten und die Spur verloren. Aar verfolgte die Witterung und rannte hin und her, bis er bei Anbruch der Dunkelheit zurückkehrte. Torka hoffte, daß er sich in der Nacht am Leuchtfeuer orientieren konnte, aber dann waren die kalten, fernen Sterne die einzigen Lichter, die zu sehen waren. In nicht allzu großer Entfernung hörte er das Trompeten von Mammuts. Ein Kalb rief, eine Kuh antwortete, und dann erklang die Stimme eines anderen, älteren Kalbes. Die Hunde hoben die Köpfe bei diesem Geräusch und winselten leise.

Torka erkannte plötzlich, daß er die Sprache der Mammuts verstehen konnte, als hätten sie sich mit den Worten der Menschen unterhalten.

»Mutter, wo bist du? Ich habe Angst!«

»Sei still, Kind. Ich komme!«

»Mutter, meine Geschwister sind in Gefahr. Komm schnell!«

»Seid unbesorgt, Kinder! Habt keine Angst! Ich werde immer bei euch sein!«

Torka lauschte. Nach einer Weile schwiegen die Mammuts, als die Kuh ihre Kinder beruhigt hatte, wie war das möglich? Mammuts waren wilde Tiere! Sie hatten doch keine menschlichen Seelen! Sie konnten nicht lieben und sich sorgen oder sich an denen rächen, die ihnen Leid zugefügt hatten!

Torka war verwirrt. Es war kälter geworden, und die Hunde hatten sich bereits aneinandergekuschelt. Das Weibchen hatte ihr Rudel verlassen, um bei Aar zu bleiben. Das ergab nur dann Sinn, wenn sie ihn liebte, genauso wie er Lonit liebte und sie wiederfinden wollte. Er erinnerte sich an ein großes, haßerfülltes rotes Auge. Der Zerstörer hatte sie angegriffen, als er sich zusammen mit Alinak und Nap über die Kuh hermachte. War der Zerstörer ihr Lebensgefährte gewesen? War es möglich, daß das große Mammut sie geliebt hatte? Konnte ein Tier wie ein Mensch denken, lieben und hassen?

Torka schüttelte entschieden den Kopf. Es war nicht möglich. Wenn es an der Zeit war, würde er den Zerstörer töten und im Namen seines verlorenen Stammes sein Blut trinken.

Seine Augen starrten über das wilde, dunkle Land. Jetzt war er auf der Spur einer anderen Beute, mordlustige Frauenräuber und Sklavenhalter. Und für einen Mann alleine würden sie genauso gefährlich sein wie ein Mammut.

4

Lonit schrie, doch ihre Stimme wurde von den Wänden des winzigen Raumes verschluckt. Die Kammer lag am Ende eines der vielen labyrinthartigen unterirdischen Gänge des Geisterhauses. Die Wände und das kegelförmige Dach wurden genauso wie die Tunnel von Rippenknochen und Mammutstoßzähnen abgestützt, zwischen die eine Mischung aus menschlichen Fäkalien, Gras und Abfällen gestopft war, die auch den Boden bedeckte. Die ganze Kammer war heiß und stinkend wie eine eiternde Wunde.

Lonit schrie erneut und schnappte nach Luft.

Mehrere tätowierte Frauen hockten im Kreis um sie herum, während sie in den Wehen lag. Man hatte sie auf ein Bett aus mehreren schimmeligen Fellen über einer Matratze aus vermodertem Gras und Flechten gelegt. Ein Rahmen aus Mammutrippenknochen sorgte dafür, daß der Inhalt der Matratze sich nicht über den schleimigen Boden ergoß. Im trüben, flackernden Licht zweier Öllampen sahen die Gesichter der Frauen gleich aus, bis eine von ihnen verständnisvoll lächelte und sich über Lonit beugte.

Die Frau war bis auf einen Lendenschurz aus Federn nackt und fast genauso groß wie Lonit. Sie langte problemlos zur Decke der Kammer hinauf und zerrte eine Sode aus dem Dach. Die warme, stinkende Luft entwich und bildete Dampfschwaden in der Kälte.

Lonit sog die Luft, die von draußen hereinkam, in tiefen Zügen ein. Sie war kühl und rein und stammte aus der Außenwelt, wo Torka war und nach ihr suchte. Inzwischen mußte er jede Hoffnung, sie jemals wiederzufinden, aufgegeben haben. Mühsam hielt sie sich zurück, nicht laut seinen Namen zu rufen.

Eine der Frauen fuhr die Frau an, die das Luftloch geöffnet hatte. Die große Frau verschloß es wieder, worauf die anderen zustimmend murmelten. Lonit würgte, als sie wieder vom Gestank des Raumes eingehüllt wurde. Die große Frau sah es und öffnete das Luftloch erneut. Die anderen Frauen schimpften mit ihr, offensichtlich in verschiedenen Dialekten, aber die große Frau starrte sie nur an, während sie die Hände in die tätowierten Hüften gestemmt hatte. Die anderen standen auf, und eine Frau schrie ihr etwas zu, das mit dem Wort ›Gulap‹ endete. Die Frau antwortete ihr noch schärfer mit einem Satz, in dem dasselbe Wort vorkam. Beleidigt verließen die anderen daraufhin die Kammer durch einen kleinen, fellverhangenen Eingang, der kaum mehr als ein Loch in der Wand war. Die große Frau seufzte, schüttelte den Kopf und setzte sich neben Lonit.

»Gulap wird sowieso kommen«, sagte sie.

Verwirrt stellte Lonit fest, daß die Frau in ihrer eigenen Sprache gesprochen hatte. Sie lächelte über ihre Verblüffung. »Du und Aliga, wir sprechen dieselbe Sprache. Wir müssen aus demselben Teil der Welt kommen. Weit weg von hier. Im Westen, ja?«

»Ja!«

Aligas Lächeln wurde wehmütig. »Dort war das Leben gut. Aber es ist schon so lange her. Wir sollten lieber nicht mehr daran denken. Dieses Lager stinkt wie ein Kadaver, aber es ist gut zu wissen, daß wir trotz dieses Gestanks am Leben sind.«

Dann folgte eine neue Wehe, die Lonit voller Schmerz aufschreien ließ. Sie spürte einen entsetzlichen Druck, der nur langsam wieder nachließ.

Aliga legte ihre Hand auf Lonits Bauch. »Dein Baby wird bald kommen.«

»Wo ist Iana? Ich möchte sie jetzt gerne bei mir haben.«

»Deine Freundin ist bei den Männern. Sie ist neu, daher werden sie sich lange mit ihr beschäftigen. Sei froh, daß du hier bist. Wenn das Baby kommt, werde ich dir etwas zu trinken geben, damit du noch lange Zeit blutest, wenn du willst. Kein Mann wird dich anrühren, solange du blutest.«

»Was haben sie mit Ianas Baby gemacht?«

»Ein kräftiger Junge! Viele Frauen werden sich darum

reißen, ihn zu stillen. Wenn er größer ist, wird der Geisterstamm ihn mit zur großen Versammlung der Mammutjäger nehmen. Dort werden sie ihn gegen viele gute Dinge eintauschen und gegen viele Frauen.«

Lonit starrte sie erschrocken an und zögerte, ihre nächste Frage zu stellen. »Und Karana . . . werden sie ihn auch eintauschen?«

»Den Jungen, der humpelt? Nein, er ist hübsch wie ein Mädchen. Die Männer werden ihn wie eine Frau benutzen. In manchen Stämmen sind solche Jungen sehr wertvoll, wenn die Jäger lange Jagdzüge ohne Frauen machen.« Sie sah, daß Lonit sie verständnislos anstarrte. »Jungen haben keine Monatsblutung, und sie werden nicht schwanger. Für manche Männer sind sie wertvoller als Frauen. »Sie seufzte traurig. »Deine Freundin hat großes Glück, einen Jungen zu haben. Diese Frau hofft dasselbe für dich. Dann wird der Geisterstamm dein Baby am Leben lassen . . . wenn Gulap sagt, daß die Zeichen gut sind.«

»Gulap?«

»Sie ist die älteste Schwester des Häuptlings und die Mutter seiner Lieblingssöhne. Sie ist sehr alt und sehr klug. Immerhin hat sie es geschafft, so lange Zeit in einem solchen Stamm am Leben zu bleiben.« Aliga verstummte plötzlich, als Frauenstimmen zu hören waren, die sich dem Geburtsraum näherten. »Sei jetzt stark und tapfer, Frau aus dem Westen, und sage nichts, was Gulap ärgern könnte! Der Häuptling hat gesagt, daß du ihm gehörst, sobald deine Blutungen vorbei sind. Er hat gesagt, daß er dich persönlich tätowieren will. Das ist eine große Ehre, aber jetzt ist Gulap sehr böse auf dich. Ihr Bruder wird sie nie wieder so ansehen, wie er dich angesehen hat.«

»Aber diese Frau ist häßlich! Warum sollte er mich wollen?«

Aliga blickte Lonit an, als könnte sie nicht glauben, was sie gerade gehört hatte. »Du hast die Augen einer Antilope. Bei vielen Stämmen gilt das als ein Zeichen großer Schönheit. Es ist so selten wie ein weißer Löwe oder wie ein Seetaucher ohne Streifen auf dem Rücken. Das Seltene und Ungewöhnliche ist von sehr hohem Wert. Du bist sehr schön, Lonit, Frau aus dem Westen. Kann es sein, daß noch niemand es dir gesagt hat?«

»Nur ein Mensch. Aber das bedeutet mir mehr als alles auf der Welt...«

Die ganze Nacht riefen die Mammuts klagend, Torka schlief unruhig, bis der Morgen die Tundra sanft erhellte und der Ostwind einen ekelhaften Gestank heranwehte. Die Hunde hatten ihn ebenfalls bemerkt, ihre Nasen in den Wind gehalten und sich schließlich abgewandt. Sie niesten, als wäre ihnen der Gestank unangenehm. Dann wurde Aar plötzlich unruhig und lief schnüffelnd und winselnd umher.

Torka stand auf, als er den Geruch von Menschen im Wind aufnahm. Doch viel stärker war der Gestank von verfaulten Abfällen. Selbst die Höhle am Berg hatte nicht so schlimm gestunken, nachdem Galeena sie übernommen hatte. Es war unverkennbar der Geruch eines Lagers, aber er konnte am Horizont keinerlei Lebenszeichen erkennen, obwohl er seine Augen anstrengte. Doch dann drehte Aar sich um, blickte nach Norden und erstarrte.

Torka folgte dem Blick des Hundes. In einer langgezogenen Reihe kamen Menschen auf ihn zu. Doch er erkannte sofort, daß es eine viel größere Gruppe als die der Entführer war. Die Frauen gingen gebückt unter schweren Lasten, und die Männer trugen Speere. Kleine Kinder konnte er nicht entdecken. Ein kleiner Stoßtrupp Jäger lief ihm rufend mit erhobenen Speeren entgegen. Er hielt seinen eigenen Speer bereit und wartete auf sie, während Aar an seiner Seite knurrte.

Die Männer trugen kunstvoll verarbeitete Kleidung und rochen nicht wie Menschen, die in Schmutz und Dreck lebten. Der Anführer der Gruppe hielt außerhalb Speerreichweite an und hob den Arm. Ein jüngerer Mann trat neben ihn. Seine Kleidung bestand vollständig aus dem weißen Bauchfell eines im Winter erlegten Karibus. Er hob ebenfalls den Arm. Dabei baumelten die Falkenkrallen an seinem Medizinbeutel im Wind.

Torka rührte sich nicht, bis der Anführer als Zeichen friedlicher Absicht seinen Speer fallen ließ. Der Mann in Weiß tat es ihm nach, aber, wie Torka feststellte, mit einem gewissen Zögern.

»Wir sind auf dem Weg zur großen Versammlung der Mammutjäger am Eingang zum Tal der Stürme.« Die Stimme des Anführers war klar und ohne bedrohliche Untertöne.

»Wir haben die Rufe der Mammuts in der Nacht gehört. Wir wollen jagen!« Die Stimme des zweiten Mannes war dünn und scharf wie eine Speerspitze. »Wo ist dein Stamm, Mann mit den Hunden?«

Es waren nicht ihre Worte, die Torka zusammenzucken ließen. Es war ihr Dialekt. Er kannte ihn genausogut wie seinen eigenen, denn Karana sprach dieselbe Sprache. Er wußte sofort, daß es Karanas Stamm war – dafür sprachen außerdem ihre Anzahl und das Fehlen von Kindern.

Torka vergaß jede Sorge um seine Sicherheit und ließ den Speer fallen. »Ich bin Torka! Ich suche den Geisterstamm, der meine Frau und Karana geraubt hat, den Sohn von Supnah! Wenn du dieser Mann bist, schließe dich mir an! Heute werden wir keine Mammuts, sondern Menschen jagen!«

Karana stellte sich schlafend. Er war nackt und rührte sich nicht, aus Angst, seine Peiniger könnten zurückkommen und mit ihrer unnatürlichen Beschäftigung weitermachen. Er hörte sie nebenan im Schwitzraum, wie sie sich gegenseitig mit Urin einrieben. Er hatte so getan, als würde er kein Wort verstehen, doch seine natürliche Sprachbegabung hatte ihn sofort die Besonderheiten ihres Dialekts erkennen lassen. Jetzt, wo sie sich an ihm – und gegenseitig – befriedigt hatten, sprachen sie von der Jagd auf eine andere Beute.

Das Trompeten der Mammuts hatte sie fast genauso erregt wie ihre Spiele mit Karana. Die Rufe deuteten darauf hin, daß eins oder mehrere der Tiere in Schwierigkeiten war. Die anderen blieben in der Nähe, um zu helfen oder sie zu trösten.

Die Räuber sprachen davon, daß der Häuptling bereits mit einem großen Erkundungstrupp vom Geisterhaus aufgebrochen sei, um die Mammuts zu suchen. Sie freuten sich darauf, daß bald die Jagd auf die Tiere beginnen würde.

Karana hörte ihnen voller Haß zu, voller Haß, weil sie ihn tief im Innern seines Körpers verletzt hatten, wo kein Mann einen anderen verletzen durfte, und erst recht nicht einen heranwachsenden Jungen.

Geht nur! Und während ihr auf der Jagd seid, werde ich meine Kleidung nehmen und wie der Rauch durch das Abzugsloch aus diesem Raum verschwinden, bevor es jemand merkt. Ich werde Torka finden und ihn herführen. Gemeinsam werden wir feststellen, ob die Männer vom Geisterstamm genauso leicht bluten wie die Männer und Frauen, die sie aus Vergnügen töten.

Der Plan war gut, doch dann fiel ihm ein, daß er keine Ahnung hatte, was mit seiner Kleidung geschehen war. Sein Blick wanderte die Knochenleiter hinauf, die zum Luftloch an der Decke führte. Draußen wartete eine kalte und feindliche Welt auf ihn. Wenn er sich beeilte, konnte er jetzt fliehen. Keiner der wohlgenährten Männer vermochte ihm durch das Loch zu folgen. Aber ohne Kleidung konnte er nicht überleben – es sei denn, er fand Torka sofort. Aber er war sich nicht einmal sicher, ob die Schatten, die er auf der Tundra gesehen hatte, nicht nur eine Sinnestäuschung gewesen war.

Aus einem der stinkenden Tunnel drang Lonits Schrei zu ihm. Er konnte ihren Schmerz und ihre Angst spüren. Er kniff die Augen zusammen und befahl dem Geist des Mutes, zu ihm zu kommen. Lonit war Torkas Frau, und er schuldete Torka sein Leben. Doch im Geisterhaus waren sie alle schon so gut wie tot.

Vielleicht könnte ein nackter Junge überleben, dachte er, als er sich langsam von seinem Bett aus schimmeligen Fellen erhob.

Torka lebt. Er ist ganz in der Nähe. Wieder sprach die Geisterstimme zu ihm wie an jenem kalten, klaren Morgen, als der Berg ihn gewarnt hatte. Karana konnte die Stimme ebensowenig ignorieren wie Lonits Schreie. Er hatte schon öfter Frauen in den Wehen gehört und wußte, daß die Zeit der Geburt gekommen war. Und für ihn war die Zeit der Flucht gekommen.

Ob nackt oder bekleidet, vielleicht bot sich ihm diese Gelegenheit nie wieder. Leise zog er die Felle zur Seite, sprang vom Bett und huschte wieselflink die Leiter hinauf. Er schob die Sode zur Seite und zwängte sich durch das Luftloch, um wieder in die Welt der Lebenden zurückzukehren.

Aar verfolgte die Witterung und ging Torka und Supnahs Stamm voraus, als wäre er der Anführer des Rudels. Die Menschen nahmen nur gelegentlich den Gestank nach Urin und Verwesung wahr.

Sie hielten an und witterten wie Tiere. Supnahs wettergegerbtes Gesicht war von Konzentration angespannt. Neben ihm ging der Mann im weißen Karibufell in die Knie. »Ist sich mein Bruder Supnah sicher, daß er dem Geisterstamm folgen will, dem wir bisher immer erfolgreich ausgewichen sind?«

»Wenn Karana bei ihnen ist, wird Supnah ihn verfolgen«, antwortete der ältere Mann.

»Karana ist bei ihnen«, bestätigte Torka noch einmal. »Und dieser Mann sagt, daß Geister keine Fußspuren hinterlassen, denen man folgen kann.«

Navahk, der Zauberer, starrte Torka aus kalten Augen an, die direkt durch ihn hindurchzublicken schienen. Torka hatte selten einen ansehnlicheren Mann gesehen, aber auch selten einen, dem er instinktiv so sehr mißtraute. Nicht einmal auf Galeena hatte er mit so viel Abneigung reagiert. Vielleicht hatte ihn seine Erfahrung mit dem Häuptling Fremden gegenüber mißtrauischer gemacht. Doch gegen Supnah hatte er keine Abneigungen, obwohl er immer wieder daran denken mußte, daß Supnah seinen Sohn ausgesetzt hatte. Dennoch entging ihm nicht die Ähnlichkeit zwischen Karana und Supnah, der ganz anders als sein Bruder war.

Jedes Wort und jede Geste des Zauberers wirkte zurückhaltend, und sein breiter Mund war zu einem unablässigen Lächeln verzogen, als ob er um ein großes und wunderbares Geheimnis wußte, das nur er verstehen konnte. Torka hatte kaum die Geschichte erzählt, wie Karana dem Adler gefolgt und Zuflucht auf dem Berg der Macht gefunden hatte, als er die Augen des Zauberers in seinem Rücken spürte. Als er sich umdrehte, lächelte Navahk ihn freundlich an und zeigte ihm seine gesunden ungewöhnlich spitzen Zähne. Torka spürte, daß der Mann, obwohl er das Gegenteil behauptete, gar nicht davon erbaut war, daß Karana am Leben war und nun aus den Händen des Geisterstammes gerettet werden sollte.

Doch Supnah war begeistert. Er schien um Jahre verjüngt. »Dieser Mann hat Karana einmal im Stich gelassen. Er wird es nicht noch einmal tun!« Er legte Torka seine kräftige Hand auf die Schulter. »Es ist gut, daß die Geister uns zu diesem Treffen geführt haben.«

»Ja, das ist es!« stimmte Torka zu.

Navahk schwieg.

Die Jäger schüttelten begeistert ihre Speere und waren einverstanden, Supnah zu folgen und den Geisterstamm zu jagen. Schon viel zu lange hatte dieser Stamm ihre Mitmenschen gejagt, als wären sie wilde Tiere.

Navahk lächelte immer noch. »Kann man Geister jagen? Es heißt, daß der Geisterstamm die Frauen menschlicher Stämme rauben muß, weil sie nicht aus richtigem Fleisch und Blut bestehen. Nur so können sie Nachkommen haben. Kann man sie dafür verurteilen?«

»Wenn sie deine Frau geraubt hätten, müßtest du deinen Zorn jetzt nicht rechtfertigen«, sagte Torka kalt. »Und dieser Mann sagt dir, daß sie nicht nur Frauen, sondern auch Felle und unsere letzten Nahrungsvorräte aus dem Lager mitgenommen haben. Geister müssen nicht essen oder sich kleiden. Diese hier sind keine Geister, sondern Männer, die lieber Frauen rauben, als sich die Mühe zu machen, selber Mädchen großzuziehen.«

Ein Raunen ging durch die Jäger. Navahk verzog das Gesicht.

»Es heißt, daß sie große, zottige Geister sind, die die Körper von Bisons, die Zähne einer Säbelzahnkatze und schwarze Gesichter haben. Man kann ihnen nur dann gefahrlos begegnen, wenn sie auf der großen Versammlung ihre Frauen tauschen. Sie verschwinden genauso spurlos, wie sie aufgetaucht sind. Niemand hat es je gewagt, sie zu jagen, wie wir es jetzt tun.«

Die Jäger blickten Supnah an und warteten auf seine Erwiderung, doch im Augenblick war er sprachlos.

Navahk nutzte die Angst der Männer für seine Zwecke aus. Hatte er selber Angst? Torka musterte ihn und kam zu der Ansicht, daß er andere Beweggründe haben mußte. Nach dem Verhalten der anderen zu urteilen war Supnah nicht der einzige, der bei diesem Stamm die Entscheidungen traf. Navahk wurde in allen Dingen um Rat gefragt. Obwohl beide den Stamm anführten, trug Supnah letztlich die Verantwortung für alle Erfolge und Fehlschläge. Torka erinnerte sich, daß Navahk schlechte Vorzeichen als Grund angeführt hatte, warum Supnah seinen Sohn und die anderen Kinder aussetzen mußte. Warum sollte Navahk etwas Derartiges anraten? Und warum hatte Supnah auf ihn gehört?

In einer fernen Gebirgsschlucht war wieder das Trompeten der Mammuts zu hören. Torka streckte ungeduldig seinen Arm in Richtung der Berge aus. »Dann geht doch und jagt Mammuts! Dieser Mann wird nach dem Geisterstamm suchen, nach seiner Frau, nach der Frau und dem Kind eines toten Freundes und nach einem Jungen, der für ihn wie ein Sohn ist. Torka wird alleine gehen. Er hat keine Angst!«

Er hatte sie mit seiner Rede anstacheln wollen, weil er allein kaum eine Überlebenschance hatte. Doch sie rührten sich nicht von der Stelle. Der Zauberer hatte sie verunsichert; sogar Supnah wirkte jetzt unentschlossen.

»Woher wissen wir, daß Karana noch lebt und nicht schon ein Geist ist?« fragte der Häuptling.

Plötzlich hatte Torka nur noch Verachtung für Supnah übrig. Navahk hatte ihn völlig unter seiner Kontrolle. Dieser Häuptling war in Wirklichkeit ein Schwächling. »Wir wissen es nicht. Wir müssen es herausfinden!« Damit drehte er sich um und ging, bevor er die Beherrschung verlor und die Männlichkeit des Häuptlings beleidigte.

Vor Wut machte er lange Schritte. Die Hunde liefen mit der Nase am Boden und aufgerichtetem Schwanz voraus, bis Aar plötzlich stehenblieb.

Aus dem Osten humpelte ihnen ein kleiner nackter Junge entgegen.

Das Gesicht der alten Frau war schwarz. Auf ihrer Haut gab es einschließlich der Ohren und Augenlider nicht ein Fleckchen, das nicht mit wirbelnden Linien tätowiert war, die an die Bänder des Nordlichts erinnerten.

Lonit starrte sie erschöpft und voller Schmerzen an. Noch nie hatte sie etwas so Häßliches gesehen. Die Wimpern und Augenbrauen der Frau waren grün von Schimmel, ihr Haar spröde und gelb gebleicht von vielen Urinwaschungen, so daß es wie Spinnweben wirkte. In der verwitterten Haut öffnete sich ein Spalt – ihr Mund, aus dem unverständliche Worte drangen. Doch ihre Stimme war die einer jungen Frau. Lonit war so verblüfft, daß sie für einen Augenblick ihre Angst vergaß.

Dann lächelte Gulap und zeigte ihre kleinen, spitzen Zähne, die ebenfalls tätowiert und spitz geschliffen worden waren, was unter den Frauen des Geisterstammes als Schönheitssymbol galt. Dann hob sie eine Faultierkralle und schüttelte sie rasselnd im Rhythmus ihrer Worte. Die Kralle war ausgehöhlt und mit kleinen Knochen gefüllt. Die anderen Frauen begannen zu jammern, während Gulap immer noch lächelte. Lonit schloß die Augen. Die Schmerzen kamen wieder. Sie waren wie ein Gürtel, der immer fester um ihren Bauch gespannt wurde, das Gejammer der Frauen machte es nur noch schlimmer, aber sie war ihnen dankbar, daß sie sie in der Geburtsstellung hielten. Sie war zu schwach, um sich alleine auf den Knien halten zu können.

Plötzlich durchfuhr sie ein stechender Schmerz, als

Gulap ihre Rassel als Messer benutzte und sie heftig in Lonits Unterleib stieß. Sie traf die Fruchtblase und ließ ihr Baby nur deshalb unverletzt, weil ihre Muskeln sich gerade in einer Wehe verkrampft hatten. Lonit schrie auf, gleichermaßen vor Schmerz wie vor Entsetzen. Gulap sprach und schüttelte den Kopf. Sie beobachtete, wie Lonit sich ängstlich zurückzog und die Arme der Frauen um sie herum wegstieß. Aliga sah sie traurig an, während sie Gulaps Worte übersetzte.

»Gulap sagt, daß sie deinen Schmerzen ein Ende bereiten will. Es ist besser, wenn dein Baby stirbt. Gulap hat schlechte Vorzeichen für dich gesehen. Deine Milch ist Gift, und dein Kind wird nicht in der Lage sein, aus einer weiblichen Brust zu trinken.«

»Und um sicherzugehen, will sie es abstechen, bevor es seinen ersten Atemzug getan hat!« Lonit funkelte die Frau wütend an. Sie sollte wissen, daß sie sich nicht von ihrem falschen Zauber übertölpeln ließ.

»Sieh die weise Frau nicht so an!« warnte Aliga.

»Sie ist nicht weise, sondern böse! Sag ihr, daß diese Frau ihre Geburstshilfe nicht will! Sag ihr auch, daß Lonit kein Verlangen hat, die Frau ihres Bruders zu werden! Wenn sie mich in Ruhe läßt, wird Lonit ihr Kind bekommen und dann diesen Ort verlassen. Zusammen mit Iana und Karana wird Lonit fortgehen und nie wiederkommen.«

Aliga schüttelte langsam den Kopf. »Das würden wir alle gerne, wenn wir könnten. Doch wenn Gulap dich gehen ließe, würden die Männer des Stammes sie töten.«

»Sag ihr, was ich gesagt habe!«

Aliga zuckte mit den Schultern und kam ihrem Wunsch nach. Sie zeigte keine Überraschung, als Gulap boshaft grinste und sich direkt an Lonit wandte.

Aliga übersetzte. »Gulap sagt, daß der Junge nackt in die Kälte geflohen ist. Er ist schon seit längerem fort und dürfte inzwischen tot sein. Wenn die Mammutjäger zum Geisterhaus zurückkehren, werden sie diejenigen bestrafen, die einen so hübschen Jungen haben entkommen lassen. Liquah und Tlah suchen immer noch verzweifelt nach seiner Leiche. Wenn sie sie gefunden haben, werden sie ihr die Haut abziehen. Gulap wird daraus ein Kleid machen, das du tragen wirst, wenn deine Blutungen aufgehört haben. Der Häuptling wird sich freuen, wenn er gleichzeitig dich bekommt und das, was von dem Jungen noch übrig ist. Über ihr Kind sollte sich die Frau aus dem Westen keine Sorgen machen, denn es ist verflucht. Es spielt keine Rolle, ob es ein Junge oder ein Mädchen ist. In dem Augenblick, wo es auf die Welt kommt, wird Gulap es nehmen und seine Seele dem Wind überlassen.«

Bruder Hund begrüßte Karana mit einer solchen Begeisterung, daß er den Jungen umwarf. Supnahs Jäger hoben bereits ihre Speere, um das Tier zu töten, das offensichtlich den verlorenen Sohn des Häuptlings angriff, doch Torka konnte sie gerade noch rechtzeitig zurückhalten. Und dann lief Karana ihnen auch schon entgegen, während Aar glücklich neben ihm hersprang.

Die Jäger waren verwirrt. Noch nie hatten sie einen Hund in der Gesellschaft eines Jungen gesehen, der sich wie sein Bruder verhielt.

Navahk beobachtete mißtrauisch, wie Karana vor seinem Vater stehenblieb und die traditionelle Grußformel des Häuptlings entgegennahm. Supnah blickte den Jungen lange an, und seine Augen verrieten eine Liebe, die er mit Worten nicht ausdrücken konnte. Er legte dem Kind seine Hände auf die Schultern und nannte ihn den Jungen, der dem Adler folgt. Dann hüllte er ihn in Kleidung, die die anderen Männer eilig besorgt hatten.

Karana war stolz auf den Namen und freute sich, seinen Vater wiedergefunden zu haben. Dennoch war in seinem Herzen eine Leere. Supnah hatte ihm den Rücken zugewandt und ihn den Stürmen der langen Dunkelzeit überlassen. Torka hingegen hatte in einem Wintersturm sein Leben aufs Spiel gesetzt, um ihn zu retten. Daher ging er jetzt zu Torka und umarmte ihn wie einen Vater. Er wußte, daß er jetzt zu Torka gehörte. Er war Torkas Sohn und Lonits Bruder.

»Sie lebt«, sagte er. »Sie liegt in den Wehen und schreit vor Schmerzen an dem schrecklichsten Ort, den dieser Junge jemals gesehen hat. Ihr Leben ist in großer Gefahr. Dieser Junge wird dich hinführen. Zusammen werden wir Lonit aus der Welt der Geister befreien und sie in die Welt der Lebenden zurückholen!«

»Also sind es doch Geister . . .«, sagte Navahk leise.

Karana erbleichte, und Torka fühlte, wie eine Schlinge sich um seinen Hals legte.

»Seht!« Karana deutete nach Osten und war froh, seinen Onkel nicht mehr ansehen zu müssen.

Auf der schneefreien Fläche liefen zwei winzige Gestalten in ihre Richtung. Sie bewegten sich in der unregelmäßigen Art der Spurenleser. Nur der Sonnenstand verhinderte, daß sie Supnahs Jäger im Schatten der Tundrahügel entdeckten.

»Männer vom Geisterstamm«, flüsterte Karana.

»Woher willst du das wissen?« fragte Navahk scharf.

»Ihr Haus ist dort unter dem länglichen Hügel. Ich glaube, daß sie mich suchen. Sie wollen verhindern, daß entflohene Gefangene andere zu ihrem Versteck führen und verraten, wie leicht man sie dort überrumpeln könnte. Man könnte sie genauso wie Dachse ausräuchern. Das Geisterhaus ist ein unterirdischer Bau mit vielen Gängen und Luftlöchern. Doch die Luftlöcher sind klein, und es gibt nur einen Eingang. Wenn man den blockiert und die Luftlöcher verstopft, werden sie alle sterben.«

»Oder man wirft Feuer durch die Luftlöcher, verschließt sie und wartet am Eingang mit Speeren auf sie. Das Feuer wird sie heraustreiben, ehe sie ersticken.« Es war ein guter Plan.

»Geister sind unsterblich. Wer sie jagt, wird ihren Zorn auf sich ziehen!« sagte Navahk.

»Der Geisterstamm hat meinen Zorn auf sich gezogen!« brüllte Torka zurück. »Und jetzt werde ich euch beweisen, daß es ganz gewöhnliche Menschen sind!«

Er bat Supnahs Männer nicht, ihm zu folgen. Er befahl lediglich Karana zurückzubleiben. Mit der Speerschleuder und der Keule machte er sich an die Verfolgung der Männer, die Karana verfolgten. Er brauchte nicht lange. Der erste Mann sah den Speer überhaupt nicht, der ihn tötete. Der zweite fuhr herum und suchte nach einem Gegner, den er nicht sehen konnte. Als Torka sich zeigte, war er außer Speereichweite, so daß der Mann alle seine Speere warf, ohne daß einer auch nur in seine Nähe kam. Torka lächelte, als er bemerkte, daß der Mann vom Geisterstamm Angst bekam. Jetzt sah *er* einen Geist.

Torka nahm sich die Zeit, alle Speere einzusammeln. Er prüfte sie und fand sie etwas plump, aber brauchbar. Der Mann starrte ihn entgeistert an, wich vor ihm zurück, bis er sich umdrehte und davonrannte.

Dann schleuderte Torka einen Speer nach dem anderen mit der Speerschleuder. Die ersten beiden überholten den Mann und brachten ihn zum Stehen. Der dritte durchbohrte seinen Rücken, und zwei weitere fuhren ihm in die Schenkel. Torkas Mundwinkel zuckten vor Befriedigung, als hinter ihm Supnahs Männer aufschlossen und sein Können und die Zauberkräfte seiner Speerschleuder bewunderten.

»Es ist kein Zauber«, sagte er und bot ihnen an, jedem eine Speerschleuder zu machen . . . aber erst, nachdem sie ihm geholfen hatten, seine Frau zu befreien. Murmelnd beratschlagten die Männer. Torka hörte nicht zu, sondern beugte sich über den Mann vom Geisterstamm. Er rollte ihn auf die Seite und kümmerte sich nicht um seine Schmerzensschreie. »Du bist kein Geist«, knurrte er ihn an und dachte an Manaak, Naknaktup und Umak, während er ihn am Kragen packte. »Sag ihnen, was du bist!«

Der Mann hatte die Augen weit aufgerissen, und unter den Tätowierungen erbleichte seine Haut.

»Sag es ihnen!« Torka schüttelte ihn und wußte, daß er ihm damit Schmerzen bereitete.

»Mensch ... ich bin ... ein Mensch ... ein Mann ...«

»Bald bist du ein toter Mann«, sagte Karana und zog den Speer, der im Bauch wieder ausgetreten war, an der Spitze heraus. Der Mann würde langsam und qualvoll sterben, genauso wie Karana lange und qualvoll unter dem Gewicht des Mannes und unter dem Wissen gelitten hatte, daß dies der Mann war, der Umak von hinten erschlagen und in die brennende Erdhütte gestoßen hatte.

5

Unter einen düsteren Himmel zogen sie weiter. Karana führte sie und war froh, daß Navahk es vorgezogen hatte, mit einigen Männern zurückzubleiben und die Frauen vor möglichen Angriffen durch große Fleischfresser zu schützen.

Als sie die halbe Strecke zurückgelegt hatten, warfen sie sich zu Boden und duckten sich, denn bewaffnete Männer waren aus dem Geisterhaus gekommen und verschwanden in einer Schlucht am Fuß der Berge. Der Wind wehte von den Gletschern zu dem Tundrahügel hinunter, hinter dem sie sich versteckt hatten. Er trug den

Geruch von Eis mit sich, und ab und zu hörten sie das Trompeten eines Mammuts.

»Sie sind auf Mammutjagd gegangen«, sagte Karana. »Es dürfte kaum noch jemand im Geisterhaus sein, außer ein paar Wachen und den Gefangenen. Wir werden die Frauen befreien und über alle Berge sein, wenn die Mammutjäger zurückkommen.«

Supnah ließ seinen Blick nachdenklich über den Horizont wandern. »Die Wachen ... wir werden sie töten müssen. Dieser Mann hat noch nie einen Menschen getötet.«

Karana blickte seinen Vater an und fragte sich, ob es etwas anderes war, wenn man seine Kinder in der Winterdunkelheit aussetzte. »Der Geisterstamm hat Menschen getötet«, sagte Torka. »Weil sie sich wie Raubtiere verhalten haben, dürfen wir sie jagen. Wenn sie tot sind, können die Stämme der Tundra ohne Angst vor ihren Raubzügen leben. Sie zu töten ... ist eine gute Sache.« Er zitterte vor Erwartung, als er beobachtete, wie die letzten Jäger des Geisterstammes in der Schlucht verschwanden. *Wenn sie zurückkommen, werden sie ihr Lager genauso vorfinden, wie ich mein Lager vorgefunden habe,* dachte er. *Wenn sie zurückkommen, werden sie sterben ... aber erst, nachdem sie wie ich die Leichen ihrer Brüder und Frauen gesehen haben, über die Aasfresser herfallen werden.*

Die alte Frau ging durch die niedrigen, schmalen Tunnel und triumphierte vor Vorfreude über ihren Sieg.

Der Säugling in ihren Armen war genauso stark und hübsch wie seine Mutter. Gulap fuhr mit der Zunge über ihre Zahnreste. Ihr Grinsen verzerrte sich zu einer Grimasse. Die Frau aus dem Westen hatte wie ein in die Enge getriebenes Raubtier um ihr Kind gekämpft. Sie hatte sich kratzend und beißend gewehrt, als die anderen Frauen sie festgehalten hatten, doch Lonit hatte ihr einen kräftigen Kinnhaken verpaßt. Gulap schmeckte Blut in den Löchern in ihrem Zahnfleisch, wo einmal zwei Zähne gesteckt hatten. Ihre Gesichtszüge verzerrten sich vor Haß, so daß sie noch häßlicher aussah.

Am verrauchten Tunnel, der zum Eingang des Geisterhauses hinaufführte, saß eine Wache. Der Mann erschauerte, als er sie vorbeigehen sah. Er fragte sich, ob alle Frauen so häßlich wie die Schwester des Häuptling würden, wenn man sie zu lange am Leben ließ. Er schloß die Augen, bereute es, sie überhaupt angesehen zu haben, und nickte wieder ein.

Sie schlich weiter, bis sie zu einem zweiten Mann kam, der im Stehen döste. Sie rammte ihm den Ellbogen in den üppigen Bauch, während sie vorbeiging. Dann drehte sie sich um und lachte, als er sich die Eingeweide hielt.

»Komm! Zieh dich an! Gulap braucht einen Mann, der ihr Fleisch vor Raubtieren schützt, während sie ihnen dieses nutzlose Fleisch bringt.«

»Ein Mädchen?«

»Nicht mehr lange!« rief sie und gackerte boshaft. Der Wächter schlüpfte in sein Hemd und zog die Stiefel über. Dann stieg er die Leiter mit der Grazie eines fetten Bären hinauf und öffnete ihr den Ausgang in die Außenwelt.

Der kalte Wind schlug ihr entgegen und vertrieb ihre Fröhlichkeit, denn er erinnerte sie an ihre verlorene Jugend. Wie lange war es schon her, daß sie ein unverwüstliches Mädchen war, das jedem Wetter trotzte. Jetzt wehte der eisige Wind um ihre alten Knochen. Ihre freie Hand griff nach der Kapuze, doch dann überlegte sie es sich anders. Es spielte keine Rolle, in wie viele Felle und Häute sie sich einhüllte. Die Kälte drang sogar bis zu ihrer Schlafstätte tief im Geisterhaus vor, wo sie nachts oft zitternd dalag und sich ihre Jugend und die Wärme der Männer zurückwünschte, die einst neben ihr gelegen hatten.

»Mutter ... gib mir das Fleisch, damit du besser die Leiter hinaufkommst!«

Die Stimme des Wächters durchfuhr sie wie der kalte Wind. *Mutter!* Sie war nicht die Mutter dieses Mannes! Seine unbeabsichtigte Beleidigung machte sie wütend, doch dabei wurde ihr wärmer. Denn Wut brachte Wärme ... und das Vergnügen, wenn sie denen Schmerz zufügen konnte, die jung und schön waren, wie sie es nie wieder sein würde.

Sie war plötzlich nicht mehr am Tod des Babys interessiert. Es war noch viel zu jung, um Angst vor ihr zu haben. Es würde wie ein blökendes Schaf sterben. Aber seine Mutter konnte Gulaps alte Knochen wärmen und ihr den Zahnschmerz nehmen. Die Mutter mußte nicht sterben; dazu benötigte Gulap außerdem die Erlaubnis des Häuptlings. Sie würde früh genug sterben, sicher, aber Gulap brauchte die Wärme jetzt.

Ungeduldig reichte sie dem Wächter das Kind und sagte ihm, er solle es weit genug vom Geisterhaus wegbringen, damit es keine Raubtiere anlockte.

»Verstopfe ihm Mund und Nase mit Schnee. Es soll ersticken. Das ist ein qualvoller Tod. Aber schlage es zuerst, damit es schreit! Ich will, daß seine Mutter die Schreie hört!«

Der Mann zuckte die Schultern und nahm das Kind. Ob es lebte oder starb, war ihm egal, aber das Töten von Kindern war eigentlich Frauenarbeit. Heimlich verfluchte er die alte Hexe, weil sie ihn zu einer so entwürdigenden Aufgabe in die Kälte hinausschickte, während sie sich wieder in das warme Geisterhaus zurückzog.

Als der Mann hinauskletterte, hörte er noch ihr glucksendes Lachen und sah, wie sie ihre blutige Faultierrassel schüttelte. Er hoffte, sie würde stolpern und sich selbst damit erstechen.

Dann sah er das Baby in seinen Armen an. Es war genauso hübsch wie seine Mutter. Er lächelte und dachte an die blutige Spitze der Faultierkralle. Er hatte schon öfter gesehen, wie Gulap sie benutzte. Die Mutter dieses Kindes würde noch unter vielen Männern liegen, aber nie wieder würde sie Fleisch gebären, das den Stürmen überlassen wurde.

Sie lagen hinter dem Hügel versteckt auf Lauer und beobachteten den Mann, der aus dem Erdloch zum Vorschein kam. Er kehrte ihnen den Rücken zu und atmete tief die kalte, saubere Luft der Tundra ein, während der Wind durch die verfilzten, stinkenden Strähnen seiner Bisonfelljacke fuhr. Er drehte sich nicht um.

Das war der letzte Fehler, den der Mann jemals machen sollte. Supnah packte ihn von hinten, während Torka zu ungeduldig war, um die Leiter zu benutzen, und in den Eingang sprang, mit dem Speer in der einen Hand und der Keule in der anderen.

Überall in den gewundenen Gängen flackerten die Fackeln und drohten zu ersticken. Der penetrante Geruch von Rauch und brennendem Fell breitete sich im Innern des Geisterhauses aus. Doch so sehr sie es auch versuchte, Aliga konnte das Abzugsloch des Geburtsraumes nicht öffnen. Es schien festgefroren zu sein.

Lonit war es gleichgültig. Sie hatten ihr Baby weggenommen, um es auszusetzen. Sie war eine Gefangene in einer Unterwelt, wo es keine Hoffnung mehr gab, ihren Mann jemals wiederzusehen. Die Wehen hatten lange gedauert, aber die Geburt selbst war kurz und ohne Komplikationen verlaufen. Sie dachte an Ianas grausames Schicksal, an dem auch sie bald teilhaben würde, und beobachtete den flackernden Docht der Öllampe. *Dieser Raum wird immer dunkler,* dachte sie, *aber es macht nichts. Auch das Lebenslicht dieser Frau erlischt langsam.* Sie schloß die Augen. *So ist es besser.*

Aliga rüttelte sie plötzlich. »Lonit, hör doch! Die Stimmen am Eingang zum Geisterhaus! Männliche Stimmen, die in unserer Sprache fluchen!«

Lonit war durch die Geburt und die stickige Luft erschöpft und müde, so daß sie Aligas Worte nur zur Hälfte verstand. »Iana! Wo ist Iana? Ich habe ihr Baby lange nicht schreien gehört. Es muß ein gutes Baby sein.«

Aliga biß sich auf die Lippen. Es war nicht die richtige Zeit, um Lonit zu sagen, daß es kein gutes Baby gewesen war. Es hatte gequengelt und Durchfall bekommen, als man es einer fremden Frau zum Stillen gegeben hatte. Gulap hatte genug von dem Gejammer gehabt und ihm den Schädel eingeschlagen.

Und nun war Gulap plötzlich im Geburtsraum. Mit der einen Hand hatte sie den Fellvorhang am Eingang zur Seite geschoben, und in der anderen hielt sie die Rassel. Langsam kam sie näher. Sie schwenkte die blutige Spitze und ließ sie rascheln, während sie sprach. Sie nahm offenbar an, daß der Lärm in den Gängen von den zurückgekehrten Jägern stammte, und hörte nicht darauf.

»Geh zur Seite, Aliga! Die Frau aus dem Westen und Gulap werden einige Zeit zusammen verbringen. Damit!«

Aliga starrte entsetzt – nicht auf die alte nackte Frau mit der ausgetrockneten Haut, sondern auf die erhobene Spitze der schrecklichen Kralle. In ihrem Unterleib krampften sich verstümmelte Muskeln zusammen, als sie sich an ihre eigene Erfahrung mit der Kralle erinnerte und das erregte Stöhnen der tätowierten Hexe hörte, die jetzt auf Lonit zuging. Aliga hatte Angst um die junge Frau.

Sie war so schwach und konnte sich nicht gegen Gulap wehren. Wenn Aliga sich einmischte, würden die Männer sie bestrafen oder töten. Niemand forderte Gulap ungestraft heraus. Sie war die älteste Schwester des Häuptlings und hatte ihm viele Söhne geboren, die niemals die Hand gegen sie erheben würden.

Die alte Frau grinste und schüttelte die Rassel bei jedem Schritt, den sie auf Lonit zuging.

»Mach ihr die Beine breit!« rief sie, und Aliga wagte es nicht, sich gegen ihren Befehl aufzulehnen.

Lonit öffnete blinzelnd die Augen und versuchte den Kopf zu heben, als sie sah, wie die Hexe vor ihr kniete und Aliga zur Seite stieß.

Dann blickte die alte Frau sich verblüfft um, als plötzlich eine der Gefangenen in den Raum stürzte.

»Wir werden ersticken!« keuchte sie. »Wir werden ausgeräuchert wie ein Dachs in seinem Bau!«

»Was sagst du da?« fragte Gulap verwirrt.

»Fremde sind gekommen! Sie haben die Luftlöcher verstopft! Sie stürmen durch die Gänge und töten die Wachen, die an die frische Luft wollen. Sie werden bald hier sein und uns alle töten!«

Aligas Gesichtsausdruck war eine Mischung aus Furcht und Entzücken. »An diesem Ort sind wir bereits tot!« sagte sie und zuckte zurück, als plötzlich das Fell am Eingang aufgerissen wurde.

Der Mann, der sich durch die niedrige Öffnung zwängte, war groß und hatte einen mörderischen Blick in den Augen. Er stieß die jammernde Frau zur Seite und starrte dann auf Gulap und das Bett, auf dem Lonit lag. Sein Haar, seine Kleidung, sein Speer und die seltsam geformte Knochenkeule waren rot vom Blut des Geisterstammes.

Die alte Frau starrte ihn erregt und entsetzt an. Er war Macht und Tod. Er war der hübscheste Mann, den sie je gesehen hatte, und sie wußte, daß er sie töten würde.

Als er sie ansah, erkannte sie an seinem Gesichtsausdruck, daß er nie in seinem Leben eine häßlichere Frau gesehen hatte.

Seine offene Abscheu erschütterte ihren Stolz, und ihr Herzschlag schien immer wieder dieselben Worte zu wiederholen: *Gulap ist alt. Gulap ist alt.* Sie schrie vollem Haß auf und stürzte sich mit der Rassel auf den Mann. Sie wollte sein hübsches Gesicht, seine Jugend und sein Leben mit der tödlichen Klaue zerstören.

Er wich ihr aus, so daß ihr Angriff ins Leere ging. Sie wirbelte herum und stürmte noch einmal schreiend vor. Die scharfe Spitze ihrer Faultierrassel streifte seine Schulter, durchdrang die Kleidung und verletzte seine Haut. Er brachte sie zum Stolpern, worauf sie zu Boden stürzte und sich die Klaue ins Herz bohrte.

Aliga fürchtete, jeden Augenblick vor Schreck in Ohnmacht zu fallen. Gulap lag im Sterben, und bald wäre auch ihr Leben zu Ende. Der Fremde kam auf sie zu. Sie wollte nicht sterben. Als sie bemerkte, daß seine dunklen, wilden Augen sich auf Lonit gerichtet hatten, schluckte sie und warf sich zwischen ihn und das geschwächte Mädchen.

»Nein!« rief sie und war über ihren eigenen Mut erstaunt. »Du wirst Aligas Schwester nicht anrühren!« Sie wünschte sich, sie würde nicht so heftig zittern. Sie hatte Angst, daß ihre Nacktheit ihn dazu verleiten könnte, sie vor ihrem Tod zu vergewaltigen.

Seine Augen musterten sie. Er sah ihre Angst, aber auch ihre Tapferkeit. Langsam wich der mörderische Ausdruck aus seinem Blick. Der Griff um seine Waffen entspannte sich. »Hab keine Angst, Aliga! Deine Schwester ist meine Frau. Torka wird weder ihr noch dir etwas antun.« Er legte seine Waffen ab und kniete neben dem Bett. Behutsam strich er über das Gesicht und flüsterte ihren Namen.

Ihre Hände griffen nach den seinen, als sie sich rührte und blinzelnd die Augen öffnete. »Torka?«

Vorsichtig umarmte er sie und hielt sie fest an sich gedrückt, als hinge sein eigenes Leben von ihrem ab.

Er küßte sie und spürte, wie sein Atem sich mit ihrem vermengte. »Wir gehören zusammen«, flüsterte er. »Torka und Lonit ... werden für immer zusammen sein. Für immer!«

Supnahs Männer verließen das Geisterhaus schweigend. Sie jubelten nicht und klagten auch nicht darüber, daß sie Menschen getötet hatten. Sie ließen die Leichen der Räuber zurück, wie sie waren, und führten die gefangenen Frauen in die Freiheit.

Torka trug Lonit auf den Armen, als Karana zu ihnen kam. »Seht!« rief der Junge begeistert und hielt ein kleines Bündel hoch. »Karana hat gut auf sie aufgepaßt! Aber jetzt hat sie Hunger, und Karana kann sie nicht stillen!«

Lonit schluchzte vor Erleichterung, als Karana ihr das Baby übergab. Torka blickte seine kleine Tochter an und stellte fest, daß sie die Antilopenaugen ihrer Mutter hatte. Er wollte lächeln und sich freuen, aber in seinem Innern war nur eine große, kalte Leere. Sie stank nach dem Blut der Männer, die er getötet hatte.

Lonit legte das Baby an ihre Brust, aber sie hatte keine Milch. Aliga trat neben sie und streckte die Arme nach dem Kind aus.

»Lonits Milch wird bald fließen. Laß Iana es inzwischen stillen! Vielleicht gibt es auch ihr neue Kraft, wenn sie dein Baby nährt.«

Lonit und Torka verstanden Aligas Worte erst, als Iana das Kind in den Armen hielt. Ihre leeren, traurigen Augen leuchteten auf, und ihr verhärmtes Gesicht entspannte sich zu einem strahlenden Lächeln. Sie küßte es und legte es an ihre Brust. Sie nannte es Ninipik und ihren ›kleinen Sohn‹.

»Wo ist Manaaks Kind?« fragte Torka.

Lonit schloß die Augen und vergrub ihr Gesicht an Torkas Schulter. Aliga beantwortete seine Frage. »So viele Seelen wehen im Wind . . .«

»Viel zu viele«, entgegnete Torka mit rauher Stimme. »Und noch viele werden folgen, bevor dieser Tag zu Ende geht.«

Sie brachten die Frauen zu Navahk und den anderen. Als die Gefangenen erzählt hatten, was sie erleiden mußten, gab es niemanden in Supnahs Stamm, der nicht mit Torka einer Meinung war. Solange noch ein Mann des Geisterstammes am Leben war, gab es keine Sicherheit für sie.

Nur Navahk hielt sich von den anderen fern und beobachtete Torka, der eine neue Spitze an einem Speer befestigte. »Für wen gehst du auf diese Jagd, Mann mit den Hunden?« fragte er. »Für das Wohl aller oder nur für dich selbst?«

Torka zögerte nicht mit der Antwort. »Ich jage den Geisterstamm für Manaak und für ein totes Kind, deren Seelen gemeinsam im Wind wehen. Ich jage den Geisterstamm für Naknaktup, eine mutige alte Frau, die sich aus Liebe zu einem noch mutigeren alten Mann von ihrem Stamm abgewandt hat. Ich jage für Umak, den Vater meines Vaters und Herrn meines Geistes. Ich jage sie für Iana und Aliga, für Lonit und für meine Tochter, die noch keinen Namen hat, damit sie nie wieder Angst vor Geistern haben müssen, die ihren Stamm töten und sie in die Sklaverei verschleppen. Ich jage sie für Karana, damit er nie wieder unter ihren Händen leiden muß. Und ich jage sie auch für Torka, denn ich muß sie jagen!«

Sie beratschlagten das weitere Vorgehen gegen den Geisterstamm. Sie würden in mehreren Gruppen ausschwärmen und sie suchen. Dann wollten sie sich wieder zusammentun, sie umzingeln und sie töten. Der Geisterstamm würde ganz mit der Mammutjagd beschäftigt sein und nicht damit rechnen, daß er selbst zum Opfer einer Jagd werden sollte.

Supnah bestimmte die Männer, die zum Schutz des Frauenlagers zurückbleiben sollten. Karana sollte ebenfalls bei ihnen bleiben und auf die Hunde aufpassen, vor denen viele Frauen noch Angst hatten. Der Junge schmollte und versuchte, die Männer davon zu überzeugen, daß er und die Hunde auf der Menschenjagd sehr nützlich sein würden. Doch weder Torka noch Supnah ließen sich umstimmen, weil es sehr gefährlich werden würde und sie sein Leben nicht aufs Spiel setzen wollten.

»Wir lassen einige unserer mutigsten Jäger hier zurück«, versuchte Supnah den Jungen zu trösten. »Unsere Frauen brauchen starke Männer, um sie zu beschützen. Karana wird einer von ihnen sein. Und auch Navahk. Es ist gut, wenn Karana beim Bruder seines Vaters bleibt. Er kann noch viel von Navahk lernen.«

Karana war sichtlich enttäuscht, und Aar leckte ihm tröstend die Hand. Navahk sah still lächelnd zu, als die Jäger aufbrachen und in der Ferne verschwanden.

»Navahk wird einen Zauber machen, der uns Kraft für die Jagd gibt«, sagte Supnah zu Torka.

»Unsere Zahl und die guten Speere von Supnahs Männern werden uns Kraft geben«, erwiderte Torka. Er hätte nicht sagen können, warum er Navahks Zauber nicht wollte.

Karana ließ den Blick über das Frauenlager schweifen und sah dann Navahk an. Er spürte wieder sein altes, instinktives Mißtrauen gegenüber diesem Mann und seinem ewigen, heimtückischen Lächeln.

Navahk ließ sich nicht anmerken, ob er den Blick des Jungen spürte. Er starrte immer noch lächelnd in die Ferne und ließ sich den eisigen Wind ins Gesicht wehen. Karana erschauderte vor ihm.

»Navahk ... warum lächelst du?« stellte er schließlich die Frage, die er stellen mußte, obwohl er Angst davor hatte.

Navahk blickte lächelnd auf Karana hinab. »Was denkt Karana, warum ich lächle?«

Karanas Blick verlor sich in den Augen des Zauberers und drohte in dem tiefen, schwarzen Abgrund zu versinken. Er schnappte nach Luft, als plötzlich mitten in der erstickenden Dunkelheit ein Licht explodierte. Dann sah er eine riesige Eiswand, die im Sonnenlicht blendete. Ein dröhnendes Geräusch erfüllte die Welt, wie der Junge es noch nie gehört hatte – ein Schreien, ein Brüllen, ein Trompeten. Und dann brach die Eiswand auseinander und mit ihr die Vision.

»Karana weiß und sieht es. Der Sohn der Frau meines Bruders, die meine Frau gewesen wäre, wenn ich Häuptling geworden wäre ... er weiß, daß er Fleisch meines Fleisches ist ... er sieht die Welt durch meine Augen ... und was er sieht, verrät ihm die Wahrheit über seine Geburt, die alle außer Supnah wissen, der ein Dummkopf ist, der nichts sieht!«

Karana war immer noch in den Augen Navahks gefangen, in den Augen seines Vaters. Er war verwirrt. »Du hast meine Seele dem Wind überlassen.«

»Um dadurch die Seele meines Bruders zu brechen! Durch seinen Mund beherrsche ich den Stamm. Nur wegen dir und deiner Mutter konnte Supnah sich gegen meinen Willen auflehnen. Es war gut, daß deine Mutter gestorben ist, und es wird gut sein, wenn auch du diesen Weg gehst. Ich habe deinen Tod gesehen, Karana. Deshalb lächle ich.«

Der Junge wich entgeistert vor ihm zurück.

Navahk lächelte wieder, und sein Blick wanderte zu den Gebirgszügen im Osten zurück. »Die Schluchten, die die Jäger betreten haben, führen ins Tal der Stürme. Es ist ein Ort des Todes, von dem noch niemand lebend zurückgekehrt ist. Supnah und seine Jäger werden umkehren, aber Torka wird sterben. Ich habe seinen Tod im Donner gehört.« Navahk drehte sich um und krallte seine Hand in Karanas Schulter. »Du wirst mit ihm sterben . . . du, der niemals hätte geboren werden sollen. Navahk wird seine Macht mit niemandem teilen!«

Karana befreite sich aus dem schmerzhaften Griff. Der Zauberer wollte ihn erneut packen, doch Aars drohendes Knurren ließ ihn zurückzucken.

»Ich habe deinen Tod gesehen«, sagte Navahk noch einmal. »Und Torkas Tod. Im Angesicht der aufgehenden Sonne, hinter einem endlosen Tal des Eises und der Stürme werdet ihr alle sterben.«

Karana war plötzlich nur noch wütend. »Irgendwann werden wir alle sterben! Aber nicht heute, wenn dieser Junge es verhindern kann!« Damit drehte er sich um und rannte nach Osten los, während Bruder und Schwester Hund ihm über die Tundra folgten.

6

Torka und Supnahs Männer hatten keine Mühe, die Spuren der nachlässigen Jäger des Geisterstammes zu verfolgen. Sie führten durch die Schlucht in ein kaltes, windgepeitschtes Land zwischen zwei Bergketten in südöstlicher Richtung. Leise durchquerten sie Fichten- und Erlenwäldchen, während die Rufe der Mammuts ihnen den Weg wiesen.

Den Männern, die ihr Leben auf der Tundra verbracht hatten, war das düstere, zerklüftete Gelände unheimlich. Über die bloßen, schwarzen Knochen der Berge stülpten sich riesige Gletscher. Torka erinnerte sich schaudernd an die Eismassen, die vom Berg der Macht herabgestürzt waren. Doch er mußte sich für jene rächen, die unter den Speeren des Geisterstammes gestorben waren und durfte sich keine Angst erlauben.

Sie konnten die Stimmen der Mammutjäger bereits hören, als die Schlucht sich verbreiterte und gabelte. Sie entschieden sich für einen der beiden Wege und folgten den Rufen und Pfiffen der Jäger, die immer lauter wurden. Dann schrie ein erwachsenes Mammut, und das Echo hallte von den Wänden der Schlucht wider. Als sie ein Stück weiter vorgedrungen waren, hielten sie plötzlich an, denn nun hörten sie das Mammut hinter sich. Trotzdem rührten sie sich nicht von der Stelle, denn der Ausblick, der sich ihnen bot, nahm sie ganz und gar gefangen.

Sie hätten sich niemals vorstellen können, daß es eine solche Landschaft gab. Unter ihnen fielen die Berge zu einer sanft gewellten Ebene ab, die sich scheinbar unendlich nach Osten erstreckte. Eingefaßt wurde die Tundra von den Rändern zweier gewaltiger Gletschermassen, die jeweils einen Kontinent bedeckten. Der größte Teil des

Wassers auf der Welt war in diesen zwei Meilen dicken Eismassen gefroren.

»Die wandernden Berge . . ., flüsterte Supnah andächtig.

Seine Männer murmelten leise und ehrfurchtsvoll. Der Wind wehte ihnen aus dem Osten über die unermeßlich weite Landschaft entgegen. Torka ließ den Blick über die Tundra wandern. Der Wind bildete wandernde, wellenförmige Muster auf dem ersten Frühlingsgras. Tiere weideten dort, doch sie waren zu weit entfernt, um sie erkennen zu können.

Supnah folgte Torkas Blick und schüttelte warnend den Kopf. »Das Tal der Stürme ist ein gefährlicher Ort. Kein Mensch darf dort jagen.«

»Nicht einmal Torka!« keuchte Karana atemlos.

Torka war verärgert über ihn und schimpfte mit ihm, weil er nicht wie befohlen zurückgeblieben war. Der Junge murmelte eine Entschuldigung und platzte dann heraus: »Dieser Junge mußte dich warnen! Navahk hat gesagt, daß schlimme Dinge geschehen, wenn Torka den Mammuts in das Tal der Stürme folgt.« Die Männer blickten ihn und die Hunde zweifelnd an, bis sie wieder von den Schreien der Mammuts und der Jäger vom Geisterstamm abgelenkt wurden.

»Navahk hatte einen trüben Blick«, sagte Torka. »Die Mammuts rufen uns vom Tal der Stürme fort und nicht hinein.«

Supnahs Männer waren froh, als sie sich wieder an ihre ursprüngliche Aufgabe machten. Karana sollte in der Nähe bleiben, während sie zur Schlucht zurückgingen und die richtige Verzweigung nahmen. Sie kamen in ein kleines Tal, das von steilen Klippen eingerahmt wurde. In der Mitte lag ein kleiner See, an dessen Ufer Fichten wuchsen. Ein Mammutkalb mit mehreren Speeren im Rücken steckte bis zu den Schultern im halbgefrorenen Schlamm des Seegrunds.

Die Männer des Geisterstammes standen auf einem der schmalen Felsgrate, die in den See hineinführten. Dadurch waren sie gerade außer Reichweite einer wütenden, aber erschöpften Mammutkuh, die immer wieder verzweifelt gegen den Fels anrannte, ohne etwas gegen die Jäger ausrichten zu können. In ihrem Körper steckten mehrere Speere. Die Männer verspotteten die Versuche der Kuh und schlugen mit ihren Messern nach ihrem blutigen Rüssel. Auf der anderen Seite des Sees stand wankend ein jugendliches Mammut in einem Fichtenwäldchen und schrie herzerweichend.

Diese Mammutfamilie in Not hatte etwas Rührendes und Mitleiderregendes. Die Kuh und das junge Mammut hätten den Jägern problemlos entkommen können, aber die Kuh wollte ihr Kalb nicht im Stich lassen, obwohl es bereits tot war, während das junge Mammut ängstlich wie ein menschliches Kind schrie.

Mutter! Hör auf! Laß uns fortgehen, bevor es zu spät ist!

Die erschöpfte Kuh rief ihm tröstend zu und trompetete dann, um andere Mammuts zu Hilfe zu holen, die vielleicht in Hörweite waren. Wutschnaubend wäre sie beinahe in den See gestürzt, als sie trotz ihrer Wunden einen erneuten hoffnungslosen Versuch machte, die Mörder ihres Kalbes vom Felsgrat zu vertreiben.

Im gleichen Augenblick, als Aar knurrte und Schwester Hund winselte, stellte die Kuh ihren Angriff ein und drehte sich um. Die Welt erbebte, und Donner schien den Himmel zu erschüttern. Doch es war kein Donner, sondern ein fürchterliches Brüllen, als ein Mammutbulle aus einer anderen Schlucht in das Tal kam.

Seine Schultern schienen bis zum Himmel zu reichen und sein Kopf die Wolken zu berühren. Es blieb schwer atmend stehen und überblickte das Tal mit kleinen roten Augen. Niemand konnte sagen, wie weit dieses Tier allein gewandert war, seitdem sein Schatten zuletzt über Menschen gefallen war.

Es war der Zerstörer, Donnerstimme, der Welterschütterer. Es war die Bestie aus Torkas Alpträumen. Ungläubig beobachteten die Jäger des Geisterstammes, wie der Tod sie angriff. Sie rannten um ihr Leben, doch der Bulle packte sie mit dem Rüssel und schleuderte sie gegen die Klippen. Einige waren sofort tot, andere lagen noch einen Augenblick betäubt oder schreiend da, während der Tod sie in den Boden stampfte. Sein triumphierendes Trompeten übertönte die panischen Schreie Supnahs und seiner Männer, die sich in einer schmalen Schlucht in Sicherheit brachten, in die ihnen der Mammutbulle nicht folgen konnte.

Nur Torka hatte sich nicht von der Stelle gerührt. Fasziniert beobachtete er, wie der Zerstörer die Kuh tröstete. Torka war sich sicher, daß es seine Lebensgefährtin war. Jetzt schnaufte der Bulle zärtlich und zupfte ihr mit dem Rüssel die Speere aus dem Fell. Dann packte er Schlamm aus dem See auf die Wunden, bis sie nicht mehr bluteten. Gemeinsam holten sie das junge Mammut aus dem Wäldchen und trösteten es. Sie gingen zurück zum See und riefen das leblose Kalb. Mit seinen gewaltigen Stoßzähnen hob der Bulle den schlaffen, blutüberströmten Körper aus dem Schlamm und legte ihn ans Ufer.

»Torka!« Karana war erschrocken und mutig in das kleine Tal zurückgekehrt und zerrte an seinem Ärmel. »Was ist los mit dir?« fragte er mit unterdrückter Stimme. »Komm! Supnah und seine Jäger sind die Wände der Schlucht hinaufgeklettert. Wenn die Bestie uns folgt, wird sie steckenbleiben, so daß wir sie töten können! Sein Fleisch wird uns lange ernähren!«

Torkas Hände hielten den Speerschaft und den Keulengriff fest umklammert. Er wog sie in der Hand, während er über Karanas Worte nachdachte. Der Junge hatte recht. Es war möglich. Doch in diesem Augenblick, wo er die Möglichkeit sah, sich am Zerstörer zu rächen, wollte er seinen Tod nicht mehr. Das riesige Mammut war kein seelenloses Raubtier, sondern ein Geschöpf, das zu den gleichen tiefen Empfindungen wie er selbst fähig war. Wenn das Tier eine Bestie war, war es auch Torka – oder zumindest Galeena oder jeder Mann des Geisterstammes.

Doch es war zu spät, über die Tugenden des großen Mammuts nachdzudenken. Es hatte bereits ihre Witterung aufgenommen und seine Ohren aufgestellt.

»Lauf!« rief Torka dem Jungen zu.

Zusammen mit den Hunden rannten sie um ihr Leben. Wenn sie die schmale Schlucht erreichten, wo Supnah und die anderen warteten, waren sie in Sicherheit.

Auf halben Weg ließ Karana sein schwaches Bein im Stich. Als er benommen am Boden lag, kamen ihm Navahks Visionen ihres Todes wieder in den Sinn. Doch Torka kam zurück, schnappte sich den Jungen und rannte weiter. Dadurch hatte das Mammut sie fast eingeholt. Verzweifelt hielt er auf die nächste Felswand zu und hob Karana hinauf.

»Klettere, kleiner Jäger! Klettere um dein Leben!«

Er drehte sich um und wußte, daß nur er zwischen Karana und dem Tod stand. Das Licht, das im Auge eines Mannes brannte, wenn der Tod nahe war, brannte weiß und grell. In seinen Ohren summte es. Er hörte kaum das wütende Bellen des Hundes, der dem Mammut zwischen die Beine lief, um es abzulenken. Doch das Mammut schleuderte ihn mit einem Fußtritt zur Seite, und der Hund ging jaulend zu Boden.

»Bruder Hund, unsere Seelen werden gemeinsam im Wind wehen«, rief Torka. Bald würde er dem tapferen Hund in die Geisterwelt folgen. Dann würden sie wahrlich für ewig Brüder sein.

Er stellte sich dem Mammut und hielt seine Waffen bereit.

»Komm!« rief er dem Mammut zu. »Donnerstimme! Welterschütterer! Der die Wolken teilt und das Leben der Menschen zerstört! Torka hat keine Angst vor dem Tod!«

Was dann geschah, war wie eine Szene aus einem Traum und schien nur einen Herzschlag lang zu dauern. Dennoch sollte es von späteren Generationen immer wieder erzählt werden. Der Mensch hielt seine Waffen bereit und blickte dem Tier in die Augen. Das Mammut hielt inne. Vielleicht erinnerte der Zerstörer sich in diesem Augenblick an den mutigen Jäger, den es einst zum Sterben im Schnee hatte liegen lassen. Oder es roch an ihm nicht den Gestank des Geisterstammes, der sein Kalb getötet hatte. Vielleicht erkannte es auch mit der sagenumwobenen Weisheit seiner Art, daß dieser Mensch dasselbe große Herz hatte wie er selbst, daß es auch für das kleinste und unbedeutendste Mitglied seiner Art sein Leben aufs Spiel setzen würde.

Was auch immer das große Tier bewegen mochte, es rührte sich eine ganze Weile nicht von der Stelle, bis es sich schließlich abwandte.

Da war etwas draußen in der schwindenden Nacht – etwas Großes. Es war lautlos und nicht länger furchterregend. Es zog durch ein schattiges Tal, und während Supnahs Männer jubelten, daß es den Geisterstamm nicht mehr gab, kletterte Torka die Felswand hinauf und blickte in die Schlucht hinunter. Er teilte das Leid des großen Mammuts, das um sein totes Kalb trauerte.

Er blieb an diesem Ort, bis der Tag verging und ein neuer anbrach. Karana und Lonit kamen zu ihm und berichteten, daß Aar die Welt der Lebenden nicht verlassen hatte.

Karana schnaubte. »Bruder Hund ist zu klug, um sich von einem Mammut töten zu lassen! Sein Fleisch und sein Stolz waren verletzt, aber während wir den Geisterstamm jagten, hat Schwester Hund Junge bekommen. Aar hat jetzt seinen eigenen Stamm, und Karana hat viele Brüder und Schwestern. So ist es gut. Umak würde sich freuen!«

Torka nickte. Umak würde sich besonders darüber freuen, wie der Junge ihm nacheiferte, nicht nur in Sprache und Gestik, sondern auch innerlich. Navahk hatte es ebenfalls bemerkt. Das Kind besaß eine große Macht und würde eines Tages ein Herr der Geister sein, ein größerer Zauberer, als Navahk es jemals sein konnte.

Lonit kuschelte sich an ihren Mann. Sie hielt ihre kleine Tochter an der Brust und ließ sie an einem Stück Fell nuckeln. Sie zeigte hinunter ins Tal, wo die Mammuts den Körper des toten Kalbes mit Fichtenzweigen bedeckten. »Es ist, als wären sie Menschen«, flüsterte sie traurig.

Torka nickte. Die Mammuts waren wie Menschen, sogar besser als die meisten Menschen, die er je kennengelernt hatte.

»Kommt!« sagte Supnah. »Der Stamm ist bereit zum Aufbruch. Wir werden Bisons im Westen jagen.«

Torka beobachtete die Mammuts, die das kleine Tal verließen. Sie gingen durch die Schlucht in Richtung der aufgehenden Sonne ins Tal der Stürme. Die Tundra lag im strahlenden Sonnenlicht. In weiter Ferne sah er grasendes Wild, und über den Gletschern flogen Scharen von Vögeln der Sonne entgegen.

Er zitterte plötzlich. »Dort, wo die Sonne aufgeht, liegt eine neue Welt. Wir werden dem Wild nach Osten folgen und nicht zurückkommen.«

Supnah starrte Torka an, als hätte er ihn geschlagen. »Aber kein Mensch hat sich je in das Tal der Stürme gewagt! Der Tod wartet auf jene, die sich auf die Reise in das Unbekannte machen!«

Torka lächelte. »Umak sagt, daß ein Jäger sich dem Licht stellen muß. Nur dann kann seine Seele den Tod überwinden.«

Das Baby nuckelte zufrieden an Lonits Brust. Sie stand neben ihrem Mann und blickte zurück nach Westen, in eine Welt, die ihre Seele mit Dunkelheit gefüllt hatte. Dann wandte sie sich nach Osten, dem Morgen zu, einer neuen Welt, die voller Licht war. »Diese Frau hat keine Angst«, sagte sie mutig.

»Dieser Junge auch nicht«, schwor Karana und lächelte, weil er plötzlich die Vision verstand, die er mit Navahk geteilt hatte, es war keine Vision des Todes, sondern eines neuen Lebens in einem neuen Land jenseits des Tals der Stürme.

Das große Mammut führte seine Familie auf die grüne Tundra zwischen den Gletschern. Für einen Augenblick schien es Torka, als ob es den Rüssel hob, um ihn aufzufordern, ihm zu folgen. Torka hob den Arm, und das Mammut trompetete, daß die Welt erzitterte. Torka lächelte und winkte dem Tier, das ihm sein Leben geschenkt und seine Zukunft bestimmt hatte.

»Dieser Mann wird in Richtung der aufgehenden Sonne ziehen!« sagte er zu Supnah und wußte, daß seine Träume mehr als nur Träume gewesen waren. Die Welt im Westen, die nun hinter ihm lag, war eine feindliche Welt, wo in der einen Hälfte des Jahres Dunkelheit und Hunger regierten. Doch im Osten stand die Sonne hoch über Herden von grasenden Tieren auf der grünen Tundra. Dorthin würde er seinen Stamm führen und dem Mammut, das nun nicht mehr der Zerstörer, sondern der Lebensspender war, in warme, helle Jagdgründe folgen, wo die Sonne herrschte.

In eine neue Welt.

ENDE

Nachwort des Autors

Dieser Roman wurde sorgfältig und gewissenhaft recherchiert und beruht auf archäologischem und paläontologischem Beweismaterial.

Der Autor möchte sich besonders bei den Mitarbeitern des George C. Page Museums bedanken und an dieser Stelle das Geschick und Verständnis der Lektorin Laurie Rosin lobend erwähnen, deren Geduld und Ratschläge geholfen haben, diesem Projekt von Anfang an Richtung und Form zu geben. Aufrichtiger Dank geht auch an Kathy Halverson von Book Creations für ihre bibliographischen Recherchen, für ihre Detektivarbeit und die vielen wertvollen Fundstücke, die sie mir geschickt hat – außerdem an das gesamte Team von Book Creations, die ihre Fähigkeiten dafür eingesetzt haben, Torkas Weg in die Neue Welt zu ebnen.

Dank gilt auch der Bibliothekarin Reva Robins für ihre Unterstützung und ihr Interesse am Projekt und für die Leihgabe von Asen Balikcis außergewöhnlichem Werk *The Netsilik Eskimo,* das 1970 von der National History Press für das American Museum of Natural History veröffentlicht wurde.

Aufrichtiger Dank geht auch an Knud Rasmussen dafür, daß er seine Beobachtungen auf seinen Thule-Expeditionen aufgezeichnet hat, und an das Smithsonian Institute für die Ehrung der bahnbrechenden ethnographischen Feldarbeit Edward William Nelsons durch die Wiederveröffentlichung seines großartigen Werks ›The Eskimo About Bering Strait‹, zuerst erschienen im *Eighteenth Annual Report of the Bureau of American Ethnology, 1896-97.*

Die Debatte über den genauen Zeitpunkt, an dem der erste Mensch Amerika betrat, ist noch im Gange. Doch die meisten Archäologen sind sich einig, daß *Homo sapiens* aus Sibirien kam, daß die Jäger und Sammler über eine Landbrücke einwanderten, die heute vom Bering-Meer bedeckt ist, und nach Süden den nord- und südamerikanischen Kontinent besiedelten. Jüngste Funde in Brasilien wurden auf ein Alter von 32 000 Jahren datiert. Weiter nördlich tilgten die gewaltigen Eismassen des Pleistozäns alle menschlichen Spuren, die älter als 15 000 oder 20 000 Jahre waren. Doch wir dürfen nicht vergessen, daß die Eiszeit mehr als zwei Millionen Jahre dauerte und daß die großen kontinentalen Eismassen sich mindestens viermal vorschoben und wieder zurückzogen.

Und wer kann mit Sicherheit sagen, daß die warme Periode, die wir zur Zeit erleben, nicht nur eine kurze Atempause zwischen dem Kommen und Gehen der Eiszeiten ist? Vielleicht werden unsere Städte und unsere Zivilisation eines Tages begraben und vergessen sein. Vielleicht wird in vielen Jahrtausenden der *Homo futu-*

riens im Gletscherschutt nach unseren Knochen und Tonscherben suchen, so wie wir jetzt in den Trümmern vergangener Epochen nach dem kleinsten Beweis graben, daß einstmals in grauer Vorzeit ein Mann, dessen Name Torka gewesen sein könnte, Menschen aus Asien in eine neue Welt geführt hat und sie damit zu den ersten Amerikanern machte.

LAND AUS EIS wäre niemals geschrieben worden, wenn Lyle Kenyon Engel den Autor nicht dazu inspiriert und ermutigt hätte. Lyles Liebe zu Amerika ist uneingeschränkt, wie er als Initiator der Serien KENT FAMILY CHRONICLES, WAGONS WEST, STAGECOACH, WHITE INDIAN und SAGA OF THE SOUTHWEST gezeigt hat, um nur einige zu nennen. Schon seit langem träumte er von einer Romanserie über das Leben der allerersten Amerikaner, jener unbekannten Männer und Frauen der Vorzeit, die im Pleistozän den großen Herden von Asien aus über die Bering-Landbrücke folgten, um die Neue Welt zu besiedeln.

Torkas Geschichte ist meine Erfindung, ebenso wie alle Charaktere und das Fleisch auf dem Knochengerüst der Handlung, das es erst zu einer erzählenswerten Geschichte macht. Doch Lyles Begeisterung für das Thema war die treibende Kraft für die Entstehung dieses Romans.

LAND AUS EIS ist ebenso sein Roman wie der meine. Die ursprüngliche Idee stammt von ihm. Bereits 1979 wußte er, wie der Held heißen sollte. Und da er Tiere ebenso liebt wie Amerika, hatte er auch schon den Namen des ersten Hundes, der von Menschen domestiziert werden sollte: Aar.

In einer zunehmend komplizierten und herzlosen Welt war Lyle Kenyon Engel mehr als ein literarischer Agent und Initiator. Er war, wie ihn einer seiner Autoren treffend bezeichnete, ein Maestro, der die Schöpfung von

Büchern dirigierte, die Millionen von Lesern auf der ganzen Welt Freude brachten und immer noch bringen.

Lyle, ich hoffe, daß LAND AUS EIS eines davon und eines der besten ist! Wenn ich dies geschafft habe, danke ich Dir, daß Du mir die Möglichkeit gegeben hast, diesen Roman schreiben zu können.

William Sarabande
Fawnskin, Kalifornien